Un amor peligroso

Un amor peligroso

Sabrina Jeffries

Traducción de Iolanda Rabascall

TERCIOPELO

Título original: *A Dangerous Love*

Copyright © 2000 by Deborah Martin
Published by arrangement with Avon,
an imprint of Harper Collins Publishers.

Primera edición: octubre de 2011

© de esta edición: Libros del Atril, S.L.
© de la traducción: Iolanda Rabascall
Av. Marquès de l'Argentera, 17. pral.
08003 Barcelona
info@terciopelo.net
www.terciopelo.net

Impreso por Egedsa
Roís de Corella, 12-16, nave 1
Sabadell (Barcelona)

ISBN: 978-84-92617-27-2
Depósito legal: B. 28.059-2011

Al grupo Avon Ladies, unas adorables damas
que me han ayudado a salir de más de un apuro.
A Micki, una editora realmente excepcional.
Y a los amantes de Shakespeare en cualquier
parte del mundo.

Capítulo uno

Londres, agosto de 1815

El dinero habla un lenguaje que entienden todas las naciones.

El vagabundo, Aphra Behn, escritora inglesa

—*E*staré ausente un par de semanas, más o menos.

Marsden Griffith Knighton observó desde la cabecera de la larga mesa que presidía cómo la predecible alegría se extendía por las facciones de sus empleados. La última vez que Griff había abandonado la dirección de la Knighton Trading durante tanto tiempo había sido para encabezar una delegación a Calcuta que había acabado por triplicar los beneficios de la compañía y había aniquilado a dos de sus competidores de un plumazo.

Incluso Daniel Brennan, su administrador y hombre de confianza, que por norma general no se inmutaba por nada, irguió un poco la espalda en la silla. Daniel no solía asistir a esa clase de reuniones, ahora que se encargaba de administrar una parte sustancial de los intereses privados de Griff. Sin embargo, este tenía una razón de peso para requerir su presencia aquel día.

—¿Se quedará el señor Brennan al cargo de la empresa, como de costumbre, señor? —preguntó un joven empleado.

—No. El señor Brennan vendrá conmigo. —Cuando Daniel lo miró desconcertado, Griff le sonrió. Era difícil sorprender a Daniel, que prácticamente ya lo había visto todo en la Knighton Trading. Había empezado a trabajar en la compañía cuando su patrón la fundó, ganándose sus primeros jornales con operaciones de contrabando—. El señor Harrison se quedará al cargo.

Al empleado más veterano se le iluminó la cara ante aquella muestra de deferencia.

—¿Adónde vas esta vez, señor Knighton? ¿A Francia? ¿A la India? —A Green le brillaron los ojos—. ¿Quizá a China?

Griff ahogó una carcajada.

—A Warwickshire. No se trata de un viaje de negocios. Tengo que ir a visitar a unos familiares.

—¿Fa... familiares? —tartamudeó Harrison.

Griff podía adivinar sus pensamientos. «¡Pero si es un pobre diablo! Excepto por su santa madre, ¿cómo es posible que haya alguien en su familia que desee mantener relaciones con él?»

—Sí, familiares —repitió Griff con una visible satisfacción—. Se trata de un tema personal de cierta relevancia. —Hizo una pausa, después continuó con el mismo tono condescendiente que sus trabajadores reconocían y sabían que jamás debían cuestionar—. Y otra cosa: no mencionéis mi viaje a nadie, ni tan solo a mi madre. Si alguien os pregunta, lo único que sabéis es que he ido a Francia o a China, ¿entendido?

A continuación se oyó un coro apagado de asentimiento.

—Muy bien. Podéis retiraros. Tú no te vayas, Daniel; quiero hablar contigo.

Sus empleados se marcharon sin dilación. Sabían que Griff detestaba malgastar el tiempo con conversaciones frívolas. «Además —pensó Griff con amargura—, seguramente todos estarán ansiosos de chismorrear y especular acerca de las inesperadas noticias de que tenga familia.»

Unos años antes se habría enfurecido por ello, pero había convivido con el estigma de ser bastardo durante tanto tiempo que ya no le corroía la piel. Lo que sí que le corroía era el bolsillo, pero su intención era atajar ese problema de raíz.

Tan pronto como su despacho quedó vacío, Daniel enarcó una de sus rubias cejas e inclinó su corpulenta estructura sobre la ostentosa silla situada delante de la mesa de Griff.

—¿Un asunto personal?

—Lo creas o no, esta vez sí que es personal.

Atrás habían quedado los días en que él y Daniel se enfrascaban en increíbles aventuras, ilegales o no, para conseguir que la Knighton Trading triunfara. Ahora el futuro de la compañía se basaba en el prestigio de su nombre, aunque, irónicamente, el pasado de Griff careciera de aquel debido respeto.

Griff se acomodó en su silla detrás de la mesa.

—He recibido una invitación para visitar a un primo lejano, el conde de Swanlea. Se está muriendo, y yo soy el heredero de su propiedad, Swan Park.

Daniel parecía desconcertado.

—¿Pero cómo es posible que seas el heredero si eres...?

—¿Bastardo? No, no lo soy.

Daniel torció el gesto, con una mueca de decepción. Ser hijos ilegítimos era lo único que tenían en común, ya que en todo lo demás —apariencia, forma de comportarse y educación— eran totalmente opuestos. Daniel, que tenía el cabello rubio, había pasado tres años en un orfanato. Su padre, que falleció joven, era un famoso salteador de caminos, y el mismo Daniel había formado parte de una banda de contrabandistas. Griff, moreno y de complexión delgada, había sido criado y educado como un verdadero caballero.

Griff esbozó una sonrisa forzada y agregó:

—Aunque mi legitimidad todavía esté en entredicho.

—O eres bastardo o no lo eres —refunfuñó Daniel.

—No lo soy. No soy bastardo, a pesar de que no puedo probarlo. Por eso he aceptado la invitación de Swanlea.

Los ojos de Daniel se achicaron como un par de rendijas.

—¿No es ese el tipo que me pediste que investigara? ¿El viudo con tres hijas a las que todos llaman «las solteronas de Swanlea»?

—El mismo. —Griff le pasó a Daniel una carta por encima de la mesa—. La recibí la semana pasada, por eso te pedí que lo investigaras. Seguro que te interesará.

Mientras Daniel ojeaba la carta, Griff se dedicó a examinar su despacho con interés. La luz del sol estival penetraba por las elevadas ventanas por las que se veía obligado a pagar una fortuna a causa de estar gravadas con un elevado impuesto. La luz hacía cabriolas en las repisas de mármol y en una alfombra Aubusson antes de desaparecer debajo de las sillas de caoba. Este era su tercer despacho en diez años, cada vez mejor situado y cada vez decorado de una forma más ostentosa. Estaba ubicado en pleno centro de la ciudad, cerca del Banco de Inglaterra, proclamando a los cuatro vientos su enorme éxito.

Sin embargo, todavía no era suficiente. Griff quería que la Knighton Trading superara incluso a la Compañía Británica de las Indias Orientales. Gracias a la invitación de su primo lejano, quizá pronto podría hacer realidad aquel sueño.

Daniel terminó de leer la carta y miró a Griff con sorpresa.

—Así que si te avienes a los términos de tu primo, ¿te convertirás en el próximo conde de Swanlea?

—Sí. Me concederá la prueba de legitimidad que necesito para heredar su título y sus tierras, que supongo que se refiere al certificado de matrimonio de mis padres que se extravió hace años. A cambio, tendré que casarme con una de sus hijas para que las tres se puedan quedar en Swan Park.

Daniel achicó los ojos.

—¿No te parece un poco sospechoso que justo ahora ese conde haya encontrado la prueba entre sus documentos familiares, después de tantos años?

Griff resopló.

—Claro que me parece sospechoso. —En realidad, sospechaba que el quinto conde de Swanlea había cometido peores agravios contra su familia. Pero solo los estúpidos se dejaban llevar por rencillas y resentimientos del pasado. Y su objetivo trascendía a cualquier ansia maquiavélica de venganza—. No me importa qué ha hecho para encontrar esa dichosa prueba; lo único que sé es que la quiero. Cuando haya establecido mi legitimidad, dispondré de una posición aventajada para expandir mi negocio en China.

—¿Así que de veras piensas casarte con una de esas solteronas?

—¿Y acceder a su chantaje? ¡Jamás! Por eso necesito que vengas conmigo. Lo que pretendo es obtener esa maldita prueba. Y mientras la busco en Swan Park, quiero que tú distraigas a las hijas. Que las entretengas, que las cortejes si quieres; que hagas lo que sea necesario para mantenerlas alejadas de mi camino.

—¿Te has vuelto loco? —explotó Daniel—. ¿Entretener a las tres hijas del conde? ¡Ni tan solo querrán hablar con un hombre de mi posición social! ¿Cómo diantre voy a distraerlas?

Griff sonrió.

—Haciéndote pasar por mí, por supuesto.

—¿Yo? ¿Por ti? ¡Eso es... eso es... imposible! Tus empleados se desternillarán con esa...

Daniel se calló cuando Griff enarcó una ceja.

—¡Por Dios! ¿Hablas en serio?

—Por supuesto que hablo en serio. Si me presento allí y me pongo a cortejarlas, no tendré tiempo para buscar el documento. Pero si me presento como el administrador y hombre de confianza del señor Knighton, podré moverme con absoluta libertad por la casa. Si me descubren, simplemente tendré que revelar la farsa para que no nos arresten. No se atreverán a acusar a su primo de robo con tal de no arriesgarse al escándalo. En cambio, si te pillan a ti buscando el documento y averiguan tu pasado, el conde hará que te cuelguen de inmediato para que a mí me sirva de escarmiento.

Daniel seguía mirándolo con los ojos tan chicos como un par de rendijas.

—¿De veras crees que ese hombre es tan malvado?

Por un momento, Griff se sintió tentado a contarle toda la verdad, pero al final decidió no hacerlo. El código moral de Daniel podría malograrse de una forma impredecible. Quizá decidiera negarse a cooperar si se daba cuenta de hasta dónde estaba dispuesto a llegar Griff con tal de establecer su legitimidad.

—Sí. Así que yo seré el único que busque el documento en Swan Park. Pero no te preocupes; no nos costará nada intercambiar los papeles. Jamás he visto al conde de Swanlea ni a sus hijas. Gracias a las rencillas entre nuestras familias, ellos no saben qué aspecto tengo...

—¡Sandeces! A juzgar por el único retrato que he visto de tu padre, eres su viva imagen. Pelo negro, ojos azules...

—Por eso tengo aspecto irlandés; al menos yo me parezco más a un irlandés que tú. —Griff sonrió confiado. Daniel había heredado el aspecto de su madre inglesa y se había criado en Inglaterra, por lo que no tenía pinta de bribón irlandés—. He oído que el conde nunca sale de su aposento, por lo que no tendré que verlo. ¿Por qué no iba a creer que tú eres el señor Knighton?

Su joven amigo lo miró sin pestañear.

—Porque tú te comportas como un verdadero caballero. Y en cambio yo me comporto como el hijo bastardo de un bandido irlandés.

—Por eso te enviarían a la cárcel de Newgate ante la menor señal de perfidia. —Cuando Daniel se puso de pie con la intención de abandonar la sala, Griff suavizó su tono—. En cambio, como señor Knighton estarás en tu posición. A diferencia de mí, tienes fama de seductor entre las mujeres.

—Sí, entre las meretrices del puerto, pero no sé nada acerca de damas de alcurnia. —Avanzó a grandes zancadas hasta la mesa y propinó un puñetazo en la superficie sin apartar la vista de Griff—. ¡Estás loco! ¿Lo sabías? ¡No funcionará!

—Sí que funcionará. Knighton es una empresa mercantil, por lo que esperarán que Knighton sea un hombre de bruscos modales. No se fijarán en tu forma de hablar ni en tu comportamiento, porque se supone que eres rico, así que prácticamente durante todo el tiempo que dure esta farsa podrás ser tú mismo.

Daniel pareció sopesar las palabras de Griff.

Griff decidió sacar ventaja del momento.

—Tú quieres llegar a dirigir algún día tu propia compañía de inversiones, ¿no es cierto? Esta posibilidad te proporcionará el entrenamiento esencial en comportamiento social y borrará cualquier vestigio de tus años de contrabandista. —Griff sonrió—. Y además, recompensaré tus servicios con una apetitosa suma de dinero: cien libras además de tu salario fijo.

Aquella oferta consiguió captar la atención de Daniel.

—¿Has dicho cien libras?

—Sí. Para tu fundación. —Hizo una pausa—. No podré apañarme sin ti. Además, quizá incluso te diviertas con la posibilidad de pasar unos días con tres jovencitas.

—Tres feas arpías, querrás decir. Si no, no las llamarían solteronas. Diez años de duro trabajo y de absoluta lealtad hacia ti, ¿y así es como me pagas?

—¿Y si te ofrezco ciento veinte libras?

Daniel lo miró con ojos taimados y replicó:

—Ciento cincuenta.

—Trato hecho —concluyó Griff, y le tendió la mano.

Tras una pequeña vacilación, Daniel se la estrechó.

Griff sonrió como un niño travieso.

—Yo habría subido hasta doscientos.

—Y yo habría aceptado cincuenta —contrarrestó Daniel.

Cuando Griff se dio cuenta de que la resistencia de Daniel había sido calculada, dejó escapar una risotada reverberante.

—¡Menudo bribón! ¡Créeme! ¡No me queda la menor duda de que eres el hijo de Danny Brennan *el Salvaje*!

Daniel irguió la espalda.

—Y con documento que certifique que eres hijo legítimo o no, tú sigues siendo un verdadero bastardo.

—Nunca te rebatiré ese punto, amigo mío. —Pero antes de que el mes tocara a su fin, Griff podría demostrar que no era el mercader sin escrúpulos que todo el mundo creía. Entonces nada se interpondría en su camino hacia la imparable ascensión de la Knighton Trading.

Lady Rosalind Laverick, la segunda hija del conde de Swanlea, estaba repasando la lista de dispendios de Swan Park en un intento fútil de recortar gastos cuando uno de los lacayos entró en la sala de música.

—Acaba de llegar el emisario del señor Knighton, milady —dijo—. Ha anunciado que su señor llegará en una hora.

—¿Qué? Papá no se habrá atrevido a... —Ante la mirada consternada del lacayo, ella alzó la barbilla con petulancia—. Gracias, John.

Esperó hasta que el lacayo se hubo alejado antes de salir disparada hacia el aposento de su padre. Cuando entró, mostró una alegría contenida al encontrar a sus otras dos hermanas junto a él. La más joven, Juliet, estaba atendiendo al padre como de costumbre, mientras que Helena, la mayor, se dedicaba a inmortalizarla pintándola en un cuadro en miniatura. Era una escena familiar entrañable, una de las que tanto le gustaban a Rosalind. Pero para poder seguir gozando de esa clase de escenas, tendría que conseguir que su padre desistiera de su descabellado plan.

Él se sentó en la cama, arrebujando su decrépita osamenta con las mantas. A pesar de que jamás había sido un hombre apuesto, muchos años atrás había tenido una presencia imponente, con un porte y un vozarrón capaces de amedrentar a cualquiera.

Todavía poseía esa mirada amenazadora y la rígida barbilla que había hecho temblar a Rosalind en más de una ocasión cuando era pequeña. Pero su cuerpo era ahora un montón de músculos secos y huesos aplastados, recubiertos por una piel que se escurría debajo de los dedos de Rosalind cada vez que intentaba agarrarlo por el brazo o la mano. Siempre que lo veía tan enfermo y derrumbado, el dolor le oprimía el pecho.

Sin embargo no pensaba permitir que los sentimientos se mezclaran con su objetivo. No cuando se trataba de una cuestión tan importante.

—Papá, me acaban de informar de que la llegada del señor Knighton es inminente. —Avanzó con paso decidido hasta la cama—. ¿Cómo has podido? Pensé que habíamos decidido que...

—Tú habías decidido, Rosalind. Yo te dije que si alguna de tus hermanas accedía a casarse, me encargaría de los preparativos. Y Juliet ha accedido. Así que he escrito a ese hombre y lo he invitado a venir.

Helena resopló con pena, pero Juliet simplemente se ruborizó un poco y hundió la cabeza en el pecho.

—¿Cómo se te ha ocurrido? ¿Juliet? —le recriminó Rosalind.

—¡No lo entiendes! ¡No me importa casarme con él! —objetó Juliet, sentada junto a su padre—. Papá cree que es la mejor opción, y yo no puedo faltar a mi deber como hija.

—¿Casarte sin estar enamorada? —espetó Rosalind, sin prestar atención a la severa mirada de su padre—. Quizá creas que es tu deber, tal y como dice nuestro querido bardo de Avon en *Mucho ruido y pocas nueces*: «Haz una reverencia y di: "Como os guste, padre". Pero, sobre todo, que sea buen mozo; o de lo contrario, haz otra reverencia y di: "Padre, como a mí me guste"».

—Mira, angelito mío, no empieces otra vez a recurrir a los versos de Shakespeare de forma indebida —la atajó su padre—. Shakespeare suele ir más en contra de las mujeres que a vuestro favor. Piensa en Desdémona, por ejemplo. Si ella hubiera cumplido con su deber como hija y hubiera hecho caso a su padre y hubiera rechazado a Otelo, no habría muerto.

—Como de costumbre, no has entendido la esencia de la obra —replicó Rosalind sulfurada.

—Ay, Dios mío... —Helena se puso de pie visiblemente cansada—. Cuando sacáis a Shakespeare a colación, nunca os ponéis de acuerdo. —Asió la caja de pinturas con una mano y su bastón con la otra y enfiló hacia la puerta de la estancia con porte altivo.

—¿Adónde vas? —la interpeló Rosalind. Esperaba que Helena le mostrara su apoyo.

Helena se detuvo un instante.

—Quiero guardar mis pinturas antes de que llegue nuestro invitado.

—¿No te importa que papá esté planeando...?

—Por supuesto que me importa. A diferencia de ti, sin embargo, reconozco que de nada sirve discutir con papá. Si tú no estás interesada en casarte, será mejor que te apartes de la cuestión. Yo, desde luego, no tengo ninguna intención de casarme con el señor Knighton, aunque él aceptara tomar por esposa a una mujer con mis... defectos físicos. En cambio Juliet parece más que dispuesta a echarse a sus brazos, y por consiguiente no hay nada que podamos hacer. Especialmente si ella ha tomado esa decisión.

Rosalind observó con desesperación cómo su elegante hermana mayor avanzaba cojeando hacia la puerta. Si Juliet poseyera la fortaleza de Helena o si fuera más desconfiada con los hombres... Rosalind suspiró al tiempo que se encaraba a su padre y a su hermana menor. Pero Juliet era tan tímida como los vestiditos infantiles de color rosa y blanco que tanto le gustaba lucir. Y del mismo modo que se negaba a llevar colores vivos —como el traje bermellón que lucía Rosalind en esos momentos—, también se negaba a desobedecer a su padre.

—Papá —insistió Rosalind—, actúas como si este hombre fuera tu única esperanza. ¡Pero una de nosotras todavía podría casarse, y además por amor!

—Mira, angelito mío, tienes veintitrés años, y Helena veintiséis. Ya no estáis en edad casadera, y menos aún sin la ayuda de una dote decente o de un destacable atractivo físico. Helena es hermosa, pero su cojera siempre ha sido un impedimento. Y tú no eres la clase de chica que atraiga a los hombres...

—¿Quieres decir que no soy hermosa? —La fría sinceridad de su padre la había herido. Justo cuando pensaba que se había vuelto inmune a los constantes insultos de su padre, de nuevo había bajado la guardia y él le había vuelto a clavar una puñalada por la espalda—. Sí, sí, ya lo sé. Mi cabello es ingobernable y tan tieso como un revoltijo de alambres, y me sobran unos cuantos kilos.

—No hablaba de tu físico —la atajó su padre—, sino de tus modales. Quizá si intentaras ser menos...

—¿Directa? ¿Instruida? ¿Perspicaz? —espetó ella.

—Autoritaria y tempestuosa es lo que yo estaba pensando —replicó papá.

—¡No soy autoritaria! —Cuando él enarcó una ceja, Rosalind echó la cabeza hacia atrás con altivez—. De acuerdo, quizá un poco. Pero si no fuera así, no podría llevar las riendas de esta casa. —¡Oh! ¿Cómo era posible que se hubieran enzarzado en aquella estúpida discusión? —Además, ¿qué me dices de Juliet? Todavía podría casarse por amor, si le concedieras un poco de tiempo.

—Acéptalo, angelito mío, no nos queda tiempo. —La insidiosa tos de su padre solo corroboraba su sentencia.

Rosalind intentó alejar de su mente la dolorosa cuestión de la enfermedad de su padre.

—Ya sabes que no tenemos que casarnos. Podríamos sacar adelante estas tierras trabajando.

—No seas absurda. Cuando el señor Knighton os eche de aquí...

—Yo podría trabajar como actriz, igual que mamá. —Al oír el bufido de su padre, Rosalind saltó a la defensiva—. Quizá no sea muy agraciada físicamente, pero soy alta y tengo una voz agradable. Helena podría vender los cuadros que pinta. Y Juliet podría hacer algo, no sé... La amiga de mamá, la señora Inchbald, la actriz, nos ayudaría a encontrar una vivienda de alquiler en Londres. Si aunáramos nuestras fuerzas...

—¡No! —gritó Juliet—. ¡No podemos abandonar Swan Park! ¡De ningún modo!

—¡Maldita sea! ¿Y por qué no? —rugió Rosalind, barriendo con la mirada la estancia decadente, con sus molduras agrietadas y sus cortinas de seda ajadas—. No veo nada por lo que valga la pena sacrificar la vida de mi adorable hermana. ¿Qué ha hecho este montón de piedras por nosotras, excepto convertirnos en las solteronas de Swanlea? ¡Si he de ser una solterona, prefiero serlo en la ciudad!

—¡No sobrevivirías en la ciudad! —bramó su padre—. ¿Acaso no recuerdas lo que le pasó a Helena? Además, tu madre fue mucho más feliz aquí en su papel de esposa que como actriz. Esa vida no está hecha para ti, y tampoco para Juliet. Ella se merece un futuro mejor.

—Sí, pero un matrimonio de conveniencia no augura un futuro prometedor, papá. Sobre todo si ese hombre es, según las cartas de la señora Inchbald, un bribón y un villano. ¿Sabías que hizo tratos con contrabandistas y que incluso vendió productos de contrabando?

—Por necesidad, y de eso hace mucho tiempo. Ahora es un hombre completamente respetable.

—La señora Inchbald también dijo que...

—Un momento, angelito mío —la atajó su padre. Hizo una señal a Juliet y le susurró algo al oído. Ella asintió. Luego él volvió a mirar a Rosalind—. Dale a Juliet las llaves de la casa. Necesito que vaya a buscar mi reconstituyente en la despensa.

Era una burda excusa para deshacerse de Juliet, pero a Rosalind no le importó. Le entregó a su hermana el manojo de llaves y dio unas pataditas impacientes en el suelo con el pie mientras su hermana se alejaba.

Acto seguido, Rosalind centró de nuevo toda su atención en su padre, con tanto afán que ni tan solo oyó que su hermana cerraba la puerta echando la llave.

—Y lo que es más importante —continuó ella—, la señora Inchbald dice que el señor Knighton es un... bueno, digamos que no es hijo legítimo. ¿Acaso eso no te preocupa?

Su padre estalló en un alarmante ataque de tos. Rosalind se abalanzó sobre él y empezó a propinarle golpecitos en la espalda, tal y como solía hacer Juliet. Por lo visto, Juliet no se los daba con tanto vigor, ya que él la apartó de un empujón, y gruñó:

—¡Qué bruta eres, hija mía! ¡Ni que fuera un maldito tapiz al que pretendieras sacarle el polvo a porrazos!

Rosalind retrocedió, murmurando para sí unas palabras de desconsuelo. ¡Qué hombre más ingrato! ¡Y se preguntaban dónde había aprendido ella a renegar! ¿Cómo podía aguantarlo Juliet cada día?

Mientras él aspiraba y espiraba despacio varias veces seguidas, el resentimiento de Rosalind desapareció en un instante. ¡Pobre papá! El hecho de no poder levantarse de la cama para dar órdenes a todo el mundo debía de sacarlo de sus casillas. Al menos, a ella le pasaría. Rosalind se acercó de nuevo a la cama, enderezó la almohada con unas enérgicas sacudidas y se la colocó detrás de la espalda de su padre.

Él se acomodó de nuevo.

—La señora Inchbald está mal informada. —El anciano se deslizó bajó las mantas como una tortuga dispuesta a ocultarse dentro de su caparazón—. ¿Cómo podría Knighton ser el heredero de mi título y mis tierras si fuera un bastardo?

—Oh. —Ella frunció el entrecejo—. La verdad, no había pensado en eso.

—¿Lo ves? —murmuró él, con la cara parcialmente oculta entre las sábanas—. Ese es el principal problema de las mujeres, que no pensáis las cosas con el debido detenimiento. Por eso sois tan vulnerables. Os dejáis llevar por los sentimientos que os asaltan. En un segundo creéis que estáis enamoradas de un hombre, y al siguiente segundo...

Un súbito trajín en el vestíbulo tomó a ambos por sorpresa. Al alboroto de los criados se sumó el ruido de zapatos bajando las escaleras precipitadamente. Rosalind se dirigió hacia la ventana con paso veloz, pero desde allí no alcanzaba a ver la explanada principal de la casa. Sin embargo, el sonido de los cascos de caballos y el rechinar de las ruedas sobre la explanada empedrada indicaban la llegada de un carruaje.

Su primo.

—Me encantaría quedarme a escuchar tus sabias palabras acerca del género femenino —profirió ella con sequedad—, pero lamentablemente no puedo. Tu adorable señor Knighton acaba de llegar.

Rosalind se dirigió con porte airado hacia la puerta de la alcoba, pero cuando intentó girar el tirador, la puerta no se abrió. Lo intentó de nuevo sin éxito, entonces se quedó mirando el tirador con la mandíbula desencajada. Una horrible sospecha la asaltó de repente.

—Papá... —empezó a decir.

—Está cerrada. Le pedí a Juliet que nos encerrara aquí dentro.

¿Su hermana la había encerrado en la alcoba? Rosalind sintió un arrebato de cólera. ¡Maldita fuera esa niña tan obediente por naturaleza! Propinó una patada a la puerta, deseando que fueran las posaderas de Juliet, luego se volvió furiosa hacia su padre.

—¿Qué esperas conseguir con esto, papá?

—Te conozco, angelito mío. Echarías a Knighton antes de que Juliet tuviera la oportunidad de conocerlo. —Ni siquiera las caprichosas llamas en la chimenea podían camuflar el brillo maquiavélico en sus ojos—. Así que le he pedido que no te deje salir hasta que nuestro invitado se retire a dormir.

—Si piensas que con esto lograrás alterar mi animadversión hacia ese hombre...

—No me importa. —El anciano se sentó en la cama, apartando las mantas como Neptuno emergiendo entre las olas—. Aunque lo eches de esta casa, concluiré el acuerdo para que se case con Juliet por carta. Después de que haya visto la belleza de Juliet y su dulce carácter esta noche, seguro que accederá a casarse con ella. No me queda la menor duda.

¡Maldición! Si el señor Knighton se marchaba de Swan Park creyendo que Juliet podía ser una buena esposa, ¿cómo conseguiría Rosalind evitar la boda? No le quedaba otra alternativa que permitir que él se quedara a pasar la noche. ¡Pero ya se ocuparía de persuadir a Juliet de que ese hombre no le convenía!

La mueca triunfal de su padre se desvaneció cuando sufrió otro nuevo ataque de tos. Ella lo miró fijamente, negándose a colocarse a su lado. ¿Cómo podía sentir pena por alguien y al mismo tiempo tener el impulso de estrangularlo? Adoraba a su padre, sin la menor duda, pero su ceguera la sacaba de quicio.

Poco a poco el ataque de tos fue mitigándose.

—Otra cosa, angelito mío. Tengo que pedirte un favor. Se trata de una cosa que quiero que lleves a cabo cuando Juliet te deje salir.

—¿No me digas? ¿De qué se trata?

—En uno de los cajones del escritorio de mi despacho hay una caja fuerte cerrada con llave. Quiero que la cojas.

—¿Y que te la traiga?

—¡No! —El anciano desvió la vista—. No. Será mejor que la guardes a buen recaudo en algún lugar donde no la pierdas de vista. Quizá tu vestidor. O en un cajón de tu escritorio. Solo hasta que tu primo se haya marchado.

Aquellas palabras tan enigmáticas consiguieron despertar las sospechas de Rosalind.

—¿Por qué? ¿Qué contiene?

—Oh, solo son unos documentos que no quiero que él vea. —Volvió a apartar la mirada.

—¿Qué clase de documentos? —se interesó ella.

—¡Haz lo que te ordeno y no preguntes! Y no se lo comentes a nadie, ni intentes abrir la caja, ¿entendido? De lo contrario te volveré a encerrar.

—Pero papá...

—Prométeme que la custodiarás. O le pediré a Juliet que no te deje salir de aquí hasta que me lo prometas.

Ella irguió la espalda con altivez. Como si fuera tan fácil acatar las órdenes de su padre. Sin embargo...

—De acuerdo, lo prometo. —Cuando el anciano volvió a hundir su cuerpecillo en la almohada, ella agregó—: Sin embargo, creo que si el señor Knighton te merece tan poca confianza como para ocultarle unos documentos...

—Solo se trata de una medida preventiva. No tienes que preocuparte. Y ahora déjame dormir.

Rosalind apretó los dientes. ¿Por qué su padre siempre se comportaba como si se creyera poseedor de una verdad irrefutable? ¿Y por qué actuaba de un modo tan intrigante? No pensaba decirle la verdad, sin embargo, cuanto más sabía sobre el señor Knighton, más alarmada estaba. Algo olía mal en Dinamarca, y todo apuntaba hacia su primo.

¡Pues no pensaba quedarse de brazos cruzados! Con papá o sin él, descubriría de qué se trataba. ¡Vaya si no!

Capítulo dos

¡Menudo grupito de invitados, siempre criticando y jactándose sin parar! ¡Cielo santo! ¡Estoy harta de la puesta en escena de toda esta gente tan vacua!

Journal, FANNY BURNEY,
novelista, columnista y dramaturga inglesa

«*A*sí que esto es Swan Park», pensó Griff con un incontenible orgullo mientras su carruaje recorría el sendero señorial flanqueado por unos impresionantes robles centenarios y dejaba atrás un pintoresco estanque en el que nadaban unos cisnes majestuosos. El ambiente que se respiraba era indiscutiblemente refinado, de antiguo y noble abolengo, como la hiedra que revestía los muros de piedra de la casa solariega. Al lado de aquella fastuosa mansión, su propia casa quedaba completamente eclipsada. Quizá cuando fuera el propietario de Swan Park se instalaría allí. Sí, de ese modo se ganaría el apoyo de incluso los miembros más recalcitrantes del Parlamento.

—No me extraña que quieras obtener ese certificado de nacimiento a toda costa —murmuró Daniel, sentado delante de él.

Griff resopló satisfecho.

—Sería una magnífica anexión a mis propiedades.

Mientras la casa emergía con más claridad frente a ellos, los criados salieron por la puerta principal para formar una larga fila en la terraza. En el centro, dos mujeres presidían la comitiva.

—¡No me digas que esos dos bomboncitos son tus primas solteronas! —rio Daniel.

Griff las examinó a través del cristal polvoriento.

—Deben de serlo, aunque falta una. Quizá la tercera esté indispuesta o esté haciendo compañía a su padre.

Daniel esbozó una mueca de fastidio cuando el carruaje se detuvo súbitamente.

—Maldita sea, Griff, es muy probable que esas beldades se pasen los días desembarazándose de caballeros de noble cuna. ¡Con tan solo verme, reconocerán que soy un impostor!

—Solo son chicas provincianas. No te preocupes. Todo saldrá bien. —Griff observó cómo la mujer más alta avanzaba hacia ellos con una visible cojera, apoyándose con firmeza en un bastón—. Por el amor de Dios, la morena es coja. Estará encantada de que algún hombre le preste atención.

—¿Además de tonto eres ciego? —susurró Daniel—. Coja o no, tiene la elegancia de una verdadera duquesa. Seguro que se creerá diez veces superior a mí.

Las mujeres ya casi habían alcanzado el carruaje. Griff abrió la puerta, entonces bajó la voz:

—Piensa en las ciento cincuenta libras.

Lanzándole una mirada hosca por encima del hombro, Daniel se apeó del carruaje. Griff lo siguió, deseando haber instruido a Daniel sobre cómo comportarse como un auténtico hombre rico y poderoso. Daniel solía mostrarse confiado en sí mismo, pero por lo visto esas mujeres conseguían hollar su orgullo. Griff le propinó un puntapié en el talón deliberadamente, y Daniel irguió la espalda y apretó la mandíbula. Eso estaba mejor.

Dando un paso hacia delante, Daniel miró a la mujer más alta y realizó una solemne reverencia.

—Soy el señor Knighton. A vuestro servicio, señora.

—Bienvenido a Swan Park. Soy Helena, vuestra prima. —Su voz era templada y educada. Aferrándose con fuerza a su bastón con una mano, le ofreció la otra a Daniel.

Daniel sostuvo la mano de la mujer más tiempo del esperado, hasta que ella la retiró con cara desconcertada. Griff esbozó una mueca de fastidio.

Lady Helena señaló hacia la joven a su lado y añadió en un tono más arrogante:

—Esta es Juliet, mi hermana menor.

La jovencísima muchacha alzó sus ojos desmesuradamente abiertos hacia Daniel.

—Encantada de conoceros.

—Lo mismo digo —contestó Daniel, con un acento que podía pasar por el de un verdadero caballero, aunque un poco cohibido.

A continuación se formó un incómodo silencio. Entonces, lady Helena atisbó por encima del hombro de Daniel y fijó la vista en Griff, que permanecía de pie junto al carruaje.

—¿Y quién es vuestro amigo?

Daniel dio un respingo, incómodo.

—¡Ah! Sí, es cierto. Os pido perdón. Os presento a... a... Daniel Brennan.

Griff hizo una reverencia.

—Es un verdadero placer conoceros.

Cuando las mujeres miraron al verdadero Daniel, esperando una explicación, Griff apretó los dientes. Hacerse pasar por un subordinado tenía sus inconveniencias, sobre todo cuando Daniel permanecía allí plantado como un pasmarote. Griff intentó sacarlo de su estado de parálisis propinándole un golpecito en el pie con su bastón de paseo.

Daniel reaccionó al instante.

—El señor Brennan es mi mano derecha y goza de mi absoluta confianza. Espero que el hecho de haberme presentado con él no suponga ningún inconveniente, pero con tantos asuntos pendientes sobre mis negocios...

—No es ningún inconveniente —le aseguró lady Helena manteniendo su tono formal.

Mientras los invitaba a entrar en la casa, Daniel preguntó:

—¿No tenéis otra hermana?

Inexplicablemente, la mujer más joven se sonrojó.

—Sí, nuestra hermana. No... no sé dónde se ha metido Rosalind, pero la conoceréis a la hora de la cena, seguro.

Lady Helena le lanzó a su hermana una mirada desconcertada, y lady Juliet hundió la cabecita en el pecho.

«¡Qué extraño!», pensó Griff. ¿Por qué se escondía la tercera hermana? ¿Acaso sabía los planes de su padre para hacerle chantaje y obligarlo a casarse con una de ellas? ¿Estaban las otras dos hermanas al corriente de las maquinaciones de su padre?

Al menos no eran unas feas arpías, y estaba seguro de que Daniel se sentía aliviado con aquella constatación. Lady Helena se mostraba fría y formal, y lady Juliet no era más que una jovencita insípida, pero gracias a Dios ninguna de las dos parecía dispuesta a provocar problemas.

En la puerta, lady Helena se detuvo para señalar los confines de la finca a Daniel. Griff encontraba desconcertante desempeñar el papel de lacayo de Daniel. Como alumno desaventajado por su posición de hijo ilegítimo en Eton, la exclusiva escuela para niños de la alta sociedad londinense, Griff había detestado ser el blanco de miradas condescendientes, y ahora se sentía del mismo modo.

Entraron en la mansión, y la esperpéntica visión que se abrió ante los ojos de Griff lo dejó sin aliento. Su padre le había descrito esa casa solariega: con bellos arcos de mármol jaspeado y elegantes tapices añosos colgados por doquier. Sin embargo, lo que veía era comparable a una pesadilla en su momento más álgido.

El rojo parecía ser el color preferido. Las paredes forradas de papel rojo estaban rematadas con molduras oscuras y cortinas de gasa dorada con diseños estampados en color rojo. Junto a la escalinata, había una pagoda en miniatura sobre una mesa negra lacada. Sin lugar a dudas, el responsable de decorar el vestíbulo estaba obsesionado por el estilo chinesco. Griff se fijó además en la alfombra oriental de un intenso color escarlata y azul brillante que cubría todo el suelo de la colosal estancia y que no dejaba ver el impresionante suelo de mármol italiano de primera calidad que le había descrito su padre.

Al fijarse en su cara de consternación, lady Juliet se aventuró a decir:

—Hace poco Rosalind decidió redecorar el vestíbulo siguiendo la nueva moda al estilo chinesco.

—Pensé que se trataba de la decoración de un burdel —espetó Griff sin poderse morder la lengua. En el tenso silencio que ocupó la estancia a continuación, se dio cuenta de lo que acababa de decir, de a quién se lo había dicho, y lo más importante, que lo había dicho con una desfachatez impensable en un simple empleado.

Daniel lo miró con ojos burlones.

—Por favor, os ruego disculpéis a mi hombre de confianza. Tiene la mala costumbre de decir en voz alta lo que piensa.

Griff se contuvo para no agravar las cosas.

—Ro... Rosalind dijo que el estilo chinesco es el no va más en Lo... Londres —soltó la mujer más joven—. ¿Acaso no es cierto?

Daniel miró a Griff de reojo, quien asintió levemente con la cabeza.

—Es cierto. Es un estilo que todavía está de moda en muchos barrios de la ciudad —les aseguró Daniel a las dos damas—. Los gustos del señor Brennan son más sosos que los de vuestra hermana, eso es todo.

—Vuestro hombre de confianza ha de saber —intervino lady Helena con una voz gélida— que mi hermana Rosalind se encarga de toda la administración de la finca casi sin ayuda de nadie, dadas las difíciles circunstancias, por lo que considero que tiene derecho a permitirse pequeñas excentricidades.

—Os aseguro que mi intención no era ofenderos, milady —contrarrestó Griff, con la firme determinación de aplacar a esa mujer. Y cambiar de tema antes de que ella lo fulminara con cuatro palabras más—. Y hablando de excentricidades, veo que las tres hermanas tenéis nombres de heroínas de Shakespeare. Rosalind, Helena y Juliet. ¿Os pusieron esos nombres por algún motivo en particular?

—¿Os gusta Shakespeare?

Griff decidió que la verdad no podía hacerle daño a nadie.

—Sí, sobre todo me gustan sus comedias.

—Debido a nuestra proximidad a Stratford-Upon-Avon, la ciudad natal de Shakespeare, papá también es un gran entusiasta del dramaturgo. Por eso nos pusieron esos nombres. —Se volvió hacia Daniel—. ¿Y a vos? ¿También os gusta Shakespeare?

—La verdad es que no. Griff es el único que se ha contagiado de la fiebre de Shakespeare.

—¿Griff? —preguntó lady Helena, desconcertada—. Disculpad, ¿quién es Griff?

Maldición. Daniel acababa de meter la pata. Griff lanzó a Daniel una mirada de absoluta exasperación, pero entonces pensó que lo más probable era que sus primas no supieran su nombre de pila. Quizá aún estaba a tiempo de enmendar la indiscreción...

—Mis amigos me llaman Griff —se apresuró a decir—. Y también es como me llama el señor Knighton y los empleados de la Knighton Trading.

—Pen... pensaba que vuestro nombre de pila era Daniel, ¿no? —tartamudeó lady Juliet.

Griff pensó en una excusa a toda velocidad.

—Sí, pero me llaman Griff por el grifo, ya sabéis, la criatura mitológica con cabeza de águila y cuerpo de león, que se encarga de custodiar oro y riquezas.

—Así es —corroboró Daniel con un tono jovial, mientras sus ojos brillaban maliciosamente—. Como es tan avaro... Por ejemplo, la semana pasada quería pagarle a un hombre doscientas libras por un servicio que Griff considera que solo vale ciento cincuenta libras. ¿No es verdad, Griff?

Griff enarcó una ceja.

—Sí, y no he cambiado de parecer. Ese hombre todavía tiene que demostrar que puede llevar a cabo un trabajo decente.

—Espero de todo corazón que ese hombre os sorprenda. —Al ver la mirada de aviso de Griff, Daniel se volvió hacia las damas—. ¿Cuándo conoceré a vuestro padre? ¿Durante la cena? Tengo muchas ganas de hablar con él.

«Lo más probable es que tengas ganas de superar ese trance lo antes posible», pensó Griff irónicamente. Si Daniel pasaba la prueba, se quitaría un buen peso de encima.

—¡Oh, no! ¡Esta noche no! —gritó lady Juliet—. Quiero... quiero decir, papá hoy está indispuesto, así que será mejor que esperéis hasta que se encuentre un poco mejor. Quizá mañana por la mañana.

—Pero Juliet, seguro que... —empezó a decir su hermana.

—Por la mañana —terció lady Juliet, y acto seguido cambió de tema—: ¿Os apetece una taza de té, señor?

Griff achicó los ojos mientras lady Juliet los conducía por el pasillo, parloteando ansiosamente sin parar. Las apariencias a veces eran engañosas, y esas dos mujeres ocultaban algo, y seguro que su hermana, que por lo visto estaba al cargo de la finca, tenía algo que ver con tanto secretismo.

No importaba. Con estúpidos secretitos o no, él pensaba seguir firme en su propósito de encontrar el certificado.

Y

Rosalind estaba de un humor de perros cuando oyó girar la llave en la puerta.

Para su sorpresa, se trataba de Helena.

—¡Sí que estabas aquí! —exclamó Helena, y sus ojos reflejaron la sorpresa al ver a Rosalind aguardando con impaciencia al otro lado de la puerta.

Rosalind le propinó un empujón y salió de la alcoba.

—¡Chist! ¡Papá está dormido, y no quiero despertarlo! —Tan pronto como estuvo en el pasillo, preguntó—: ¿Te ha enviado Juliet para que me dejaras salir?

—Sí. No podía soportar la idea de que luego la sermonearas severamente. Si hubiera sabido que estabas aquí, habría venido antes. Son más de las once. —Helena cerró la puerta—. No puedo creer que ella te haya encerrado. De papá no me extraña, pero Juliet...

—Lo sé. Espera a que atrape a esa niñita estúpida. ¿Dónde está?

Helena le lanzó una mirada cauta.

—Se ha retirado a dormir, y tú deberías esperar a que se te pase la rabieta.

Rosalind aceptó de mala gana aquel sabio consejo. En ese momento habría sido capaz de estrangular a su hermana.

—Supongo que el señor Knighton se ha instalado en una de las estancias para huéspedes, ¿no es así?

Su hermana avanzó cojeando hacia la impresionante escalinata que conducía a la primera planta y a sus habitaciones.

—Sí. Ya se ha retirado a dormir. Todo el mundo duerme excepto nosotras.

Rosalind esbozó una mueca de disgusto mientras seguía a su hermana.

—Te lo aseguro, si no hubiera estado encerrada, le habría vedado la entrada en esta casa.

—Por eso papá le pidió a Juliet que te encerrara. Has perdido. Admítelo.

—Ese tipo no es un hombre respetable.

—Eso lo dices tú, pero no es tan horrible. Quizás incluso te guste.

—Lo dudo. —Mientras subían las escaleras, Rosalind aminoró la marcha para seguir el paso más lento de su hermana—. Cuéntame más cosas. ¿Habla como un caballero o es tan patán como me lo imagino? ¿Se parece a papá físicamente?

—En absoluto. Es rubio y más bien corpulento; no se asemeja en absoluto al retrato que papá nos mostró de su padre. Tiene el pelo rubio con mechones castaños, y lo lleva largo, como la melena de un león. Se comporta con muy poca educación, pero... —Helena dejó de hablar en seco y se ruborizó—. Bueno, ya lo verás con tus propios ojos mañana por la mañana.

Cuando llegaron al piso superior, Rosalind miró a su hermana con interés. Helena jamás se mostraba atraída por ningún hombre.

—Bueno, si no aparezco a la hora del desayuno, ven a rescatarme de la despensa o de cualquier otro sitio en el que papá le haya dicho a Juliet que me encierre.

Helena sonrió con porte cansado.

—De acuerdo. Y ahora creo que me retiraré a dormir. Estoy exhausta. —Propinó unas palmaditas a Rosalind en la mano y agregó—: Procura no preocuparte.

—Lo intentaré. —Mientras Helena entraba en su alcoba, Rosalind se dirigió a la suya al otro lado del pasillo, encantada de poder deambular de nuevo con absoluta libertad por aquel espacio que le resultaba tan cómodo y familiar. Pero cuando la criada medio dormida la hubo ayudado a desvestirse y la dejó sola, Rosalind permaneció despierta en la cama.

¿Cómo no iba a estar preocupada? Habían dado la bienvenida a un bribón, un tipo del que papá no se fiaba, si no, no le habría pedido que...

¡Maldición! ¡La caja fuerte! ¡Papá le había pedido que la guardara en su habitación lo antes posible!

De un brinco, se incorporó y se cubrió con una bata de seda. Ya que el invitado se había retirado a dormir, podría deslizarse hasta el piso inferior y coger la caja sin ser vista. Asió la vela junto a su cama y salió al pasillo y con paso ligero enfiló hacia las escaleras.

Ya había bajado la mitad de las escaleras y había alcanzado el rellano cuando vio una luz que descollaba por debajo de la puerta cerrada del despacho. Se detuvo abruptamente, con el pulso acelerado. Nadie debería estar ahí dentro a esas horas, ni tan siquiera los criados.

Tenía que ser su invitado. ¿Se habría perdido? ¿O es que buscaba algo? Apretó los labios hasta formar una fina línea. La caja fuerte. Papá no se había equivocado. ¿Cómo se atrevía el señor Knighton a entrar con sigilo en el despacho y fisgar en los documentos privados? ¡Pensaba poner a ese villano en evidencia! ¡Sí! ¡En evidencia delante de todos!

Acabó de bajar las escaleras a grandes zancadas y se dirigió directamente hacia el despacho. Abrió la puerta despacio, asomó la cabeza, y se quedó helada. La única vela que iluminaba el escritorio de su padre también iluminaba a un hombre encorvado justo detrás de la mesa. Era evidente que no se trataba de su rubio invitado, ya que ese sujeto tenía el pelo negro como un gitano.

¡Un gitano! Rosalind retrocedió asustada, con el corazón desbocado. Hacía poco que los gitanos habían empezado a extenderse de una forma preocupante por Warwickshire, pero jamás habían osado entrar en Swan Park. La indignación se apoderó de ella mientras veía cómo ese tipo abría uno de los cajones del escritorio y hurgaba en su interior. ¿Cómo se atrevía a rebuscar en los papeles de papá?

Frenó su impulso de entrar precipitadamente. A pesar de que todo el mundo la consideraba una mujer impetuosa, tampoco lo era hasta tal extremo. Si tuviera un arma, algo con que amenazarlo mientras ella gritaba para pedir ayuda... Si no, ese rufián se escaparía con lo que hubiera robado, quizá incluso la preciada caja fuerte de papá.

Alzó la vela para examinar el pasillo. Varios cuadros, un par de sillas, y una estatuilla de bronce demasiado pequeña como para poder utilizarla como arma amenazadora... ¡Un momento! ¿Y el escudo y la espada que colgaban en la pared opuesta? Depositó la vela en la mesa y descolgó los dos objetos. La espada pesaba más de lo que había esperado, pero el robusto escudo hecho con madera de roble y forrado de piel le confirió una aliviante sensación de seguridad.

Sin darse tiempo a sí misma para cambiar de parecer, atravesó el pasillo a grandes pasos y abrió la puerta de un puntapié con tanta fuerza que esta chocó estrepitosamente contra la pared. Blandiendo la espada y alzando el escudo, entró en el despacho al tiempo que gritaba sulfurada:

—¡Quieto! ¡Ladrón!

Cuando el desconocido con el pelo negro irguió la espalda detrás de la mesa, Rosalind se dio cuenta —con una gran angustia— de que había cometido un grave error. Los gitanos no tenían la piel tan clara ni los ojos de aquel intenso y desconcertante color azul; ni tampoco lucían ostentosos chalecos de satén ni elegantes pantalones de seda hechos a medida.

Entonces, para acrecentar su sentimiento de vergüenza, las facciones angulosas del desconocido se suavizaron con una leve sonrisa.

—Buenas noches, señora —la saludó mientras hacía una reverencia formal—. Debéis de ser lady Rosalind.

Capítulo tres

Aquel que pretenda recomendarlo [a Shakespeare] mediante una selección de citas actuará como el pedante de Hierocles, que mientras tuvo su casa en venta llevaba de muestra un ladrillo en el bolsillo.

Prefacio de las obras de William Shakespeare,
SAMUEL JOHNSON, mecenas y crítico de teatro

Griff se quedó mirando fija y desvergonzadamente a la amazona que blandía la espada delante de él. Por Dios, ¿aquella era la tercera hermana? ¿Aquella criatura sorprendente armada con unas antiguallas tan viejas como la propia mansión? No podía ser nadie más; su fina bata de seda china naranja solo podía pertenecer a la misma mujer que había decorado el vestíbulo de Swan Park.

Y que parecía decidida a desenmascararlo.

Él alzó una mano mientras rodeaba la mesa despacio. No era conveniente realizar movimientos extraños delante de una persona armada con una espada, y mucho menos si dicha persona era una pobre desquiciada.

—Sois lady Rosalind, ¿no es cierto?

—Jugáis con ventaja, señor. —Ladeando la cabeza y apartándose la melena que le llegaba casi a la cintura, ella alzó un poco más la formidable espada de acero—. Sabéis mi nombre, pero yo no sé el vuestro.

Bueno, quizá no desquiciada; solo un poco perturbada.

—Os pido que me disculpéis. Soy el hombre de confianza del señor Knighton. Daniel Brennan, para serviros, señora, pero casi todo el mundo me llama Griff. —La observó con curiosidad—. ¿No os han comentado vuestras hermanas que acompaño a vuestro primo en esta visita? —Cuando la espada flaqueó y la confusión se extendió por la cara de Rosalind, él se contuvo para no sonreír abiertamente—. Por lo visto no os lo han comentado.

Ella recuperó la compostura con rapidez.

—No, no me han dicho nada acerca de ningún hombre de confianza.

—Ah. —Él señaló con la cabeza hacia las armas pesadas con las que ella desafiaba la gravedad para poder controlarlas—. Eso explica vuestra... vuestra entrada triunfal. Me preguntaba si siempre recibíais a vuestros invitados con esta exhibición de las armas de Swanlea.

Si él pensaba que podía humillarla, se equivocaba. La espada no volvió a flaquear.

—Solo cuando encuentro a algún invitado fisgoneando en los cajones del escritorio de mi padre.

—¡Ah! —Gracias a Dios que había intercambiado su identidad con Daniel. No le habría hecho la menor gracia ver cómo Daniel se enfrentaba a la amazona—. Necesitaba realizar ciertas notas, pero me he olvidado los utensilios necesarios en casa. He pensado que aquí encontraría papel y pluma.

Ella ladeó la cabeza, y sus ojos del color de las castañas brillaron recelosos.

—¿Soléis trabajar hasta tan tarde?

—Estoy acostumbrado a trabajar a horas intempestivas en la ciudad. Para mí no es tarde. —Echó un vistazo al reloj—. Todavía no es medianoche.

—No sabía que los administradores trabajaran hasta tan tarde. Creía que se levantaban muy temprano cada día.

Qué mujer más astuta. Y también desconfiada. Era evidente que no resultaría fácil embaucarla.

—Mi patrón no es muy exigente en esa cuestión. A menudo lo acompaño a reuniones y cenas sociales, y me otorga absoluta flexibilidad para trabajar durante las horas que más me convengan. Pero eso lo habríais sabido si hubierais cenado con nosotros esta noche.

Rosalind esbozó una mueca de enojo.

—Mi intención era asistir a la cena. Pero papá tenía otros planes.

Al mencionar al bribón de su padre, Griff se puso tenso.

—¿Suele reteneros a su lado cuando llegan invitados?

Unas arrugas surcaron la frente pecosa de Rosalind enmarcada por unos ricitos cortos.

—Aquí la que hace preguntas soy yo, señor Brennan. Después de todo, no soy yo quien está en el lugar indebido. —Para enfatizar su alegato, blandió la espada con gran habilidad y soltura, como si fuera una sombrilla.

Santo cielo, esa fémina tenía mucha fuerza; la mayoría de las mujeres ni siquiera serían capaces de levantar una espada tan pesada. Aquel cuerpo lozano oculto bajo la bata drapeada exhibía una fuerza sorprendente.

Griff apoyó la cadera en la mesa y dijo:

—Podéis hacerme tantas preguntas como queráis. Pero ahora que nos hemos presentado como es debido, os agradecería que no me apuntarais con esa espada. A menos que tengáis miedo de un individuo que es meramente el hombre de confianza de vuestro primo.

—Yo no temo a nadie. —Soltó las palabras sin un ápice de presunción. Un segundo más tarde, bajó la espada, hincó la punta en el suelo y se apoyó en la empuñadura como si se tratara de un bastón. Con absoluto descaro, lo escrutó de la cabeza a los pies.

—Pensé que erais un gitano que había entrado a robar.

—No, solo soy un pobre irlandés —se apresuró a contestar Griff, recordando de repente su papel—. Aunque, según algunos, los irlandeses tienen tan mala fama como los gitanos.

—Yo no tengo nada contra los irlandeses, señor Brennan. Excepto cuando los sorprendo merodeando sigilosamente en las estancias privadas de mi casa.

Con aire indiferente, Rosalind se inclinó hacia delante para depositar el escudo en el suelo. Sin esa obstrucción, la vela que había en la mesa del vestíbulo detrás de ella la iluminó con una luz ambarina, detallando con una sorprendente precisión la silueta de su cuerpo a través de las vaporosas telas que la envolvían. Una imagen de pechos voluptuosos, caderas generosas y cintura de curvas muy sensuales emergió en la mente distraída de Griff. Otra parte de su cuerpo no tan distraída respondió al instante.

Ese molesto apéndice sabía lo que quería; y aquella noche, por lo visto, quería a la diosa guerrera. Griff se movió incómodo junto a la mesa. Era obvio que hacía demasiado tiempo que no se acostaba con una mujer. ¿Por qué si no se iba a sentir atraído por esa fémina? Normalmente le gustaban las damas elegantes y de porte sosegado, con buen gusto y prudentes a la hora de hablar, y no las amazonas exaltadas envueltas en una bata de seda de color naranja chillón.

Sin embargo, cuando ella irguió la espalda, Griff tuvo que realizar un enorme esfuerzo para apartar la vista de su cuerpo y centrarse en su cara. Aunque de nada le sirvió. Su rostro le interesaba tanto como la silueta erótica de su cuerpo iluminado por la luz de la vela. Cada uno de sus rasgos por separado parecía exagerado, como si Dios Creador se hubiera dejado llevar por un excesivo afán de embellecimiento. Su barbilla era un poco protuberante, sus mejillas un poco regordetas, sus cejas de un color más oscuro y más gruesas de lo que dictaba la moda. Sin embargo, todos esos rasgos juntos conferían a su cara un encanto arrebatador que le recordaba las bellezas que pintaba Tiziano, el gran maestro renacentista. De hecho, en su casa tenía un cuadro de un desnudo femenino pintado por Tiziano cuya cara guardaba un increíble parecido con la de su prima.

Sobre todo los labios. Eran una obra de arte hecha realidad. De repente lo embargó una incontenible necesidad de probar aquella boca tan erótica, una necesidad que frenó bruscamente recordándose a sí mismo el motivo por el que estaba en aquella casa. Un romance con la hija de su enemigo no le traería más que problemas.

—Si no os importa mi indiscreción —empezó a decir Griff en un intento fútil de enfocar sus pensamientos hacia unas consideraciones menos carnales—, ¿qué habríais hecho si hubiera sido un gitano ladrón?

Ella se encogió de hombros.

—Os habría mantenido aquí recluido mientras pedía ayuda.

Él reprimió una risotada.

—¿Mantenerme recluido? —Al ver que ella enarcaba una ceja, sin embargo, decidió no expresar en voz alta su punto de vista al respecto. Gozaba de una excelente oportunidad de sonsacarle información, y sabía que no lo conseguiría si se dedicaba a insultarla—. Vaya, a juzgar por el gran empeño que ponéis en esta cuestión, deduzco que los cajones del escritorio de vuestro padre deben de contener unos preciadísimos tesoros.

La alarma se reflejó en la cara de Rosalind.

—¡No! Quiero decir, esa no es la cuestión. No quiero que nadie robe a mi padre, aunque tan solo sean unas insignificantes notas dedicadas al mayordomo.

Qué interesante. ¿Podía ser que el certificado que buscaba estuviera en uno de esos cajones? No lo había visto, aunque no había tenido bastante tiempo para examinarlo todo con detenimiento antes de que la guerrera irrumpiera en el despacho con aquella entrada triunfal. Griff se apartó de la mesa.

—Sin embargo, habéis demostrado un desmedido afán por proteger los contenidos de los cajones de esta mesa, así que seguro que deben de ser muy valiosos para alguien.

—Parecéis inexplicablemente interesado en el contenido de los cajones de esta mesa. Os sugiero que esperéis hasta que mi padre haya fallecido para iniciar el inventario de las posesiones de vuestro patrón.

Maldición. Sin proponérselo, le había dado a su prima una impresión indebida.

—Os aseguro que esto no tiene nada que ver con la futura herencia de mi patrón. Simplemente me preguntaba si vuestro padre sabe que su hija arriesga la vida por... lo que hay en estos cajones, sea lo que sea.

Ella lo miró con actitud defensiva.

—No estaba arriesgando mi vida. Voy armada.

Esta vez él no contuvo la risotada.

—Lady Rosalind, si creéis que habríais podido inmovilizar durante más de cinco segundos a un gitano que hubiera entrado en vuestra casa con la intención de robar, con esa espada que es una reliquia, es que habéis perdido la cordura. Ni tan solo habríais conseguido retenerme a mí, si yo no hubiera accedido a no ofrecer resistencia.

—¿Que no habéis ofrecido resistencia, decís? —Ella volvió a alzar la espada y la blandió de forma temeraria—. Habláis en broma, ¿no es cierto?

¿Cómo iba Griff a resistirse a tal provocación? A pesar de que era evidente que ella estaba indignada porque en su pecho crecía su orgullo herido, era un pecho demasiado adorable como para quedar expuesto a las crueldades de cualquier ladrón real con el que ella pudiera toparse algún día. Esa mujer carecía de sentido común; necesitaba que alguien la instruyera en los peligros terrenales.

Con la agilidad que había adquirido durante sus peripecias con contrabandistas, agachó la cabeza por debajo de la espada y se colocó detrás de Rosalind, la apresó por la cintura con su brazo mientras que con su mano libre le arrebataba la espada con una pasmosa facilidad. Acto seguido, colocó el filo en el cuello de su prima y se hizo eco de las palabras que ella acababa de pronunciar—: No, no hablo en broma. —Bajó la voz e inclinó la cabeza tan cerca que con los labios le rozó la oreja—. Jamás os enfrentéis a un ladrón, milady, a menos que tengáis la absoluta certeza de que podéis vencerlo.

La fragancia a agua de rosas en su melena consiguió nublarle los pensamientos a Griff, además de la sensación de aquel vientre suave y tembloroso pegado a su antebrazo y la curva de aquella cintura bajo su mano. De un modo irrefrenable, él quería explorar con su mano aquel cuerpo, para descubrir los secretos escondidos entre sus muslos y acariciarlos hasta que ella no temblara de miedo sino de placer.

El pensamiento solo consiguió excitar todavía más aquella parte de su cuerpo que no se dejaba dominar por su mente lujuriosa. No, no podía ser. Y menos aún con una de las hijas de Swanlea.

Satisfecho después de haber dejado claro su punto de vista y con ganas de escapar de aquel cuerpo tan tentador, añadió:

—Cuando os enfrentéis sola a un hombre, hay cosas por las que os deberíais preocupar antes que por los contenidos de los cajones de una mesa, especialmente teniendo en cuenta la forma en que vais vestida. Por si no lo sabíais, «la belleza provoca a los ladrones antes que el oro».

Rosalind lanzó un trémulo suspiro, y acto seguido susurró:

—*Como gustéis.*

—Así que estáis de acuerdo conmigo.

—No, pedazo de chorlito —siseó ella—. Me refería a la

obra de Shakespeare que lleva por título *Como gustéis*. La frase que acabáis de recitar es de esa obra.

Él se quedó tan perplejo que bajó la espada. Rosalind aprovechó el momento para golpearlo, propinándole un codazo en las costillas con una fuerza desmedida.

Griff lanzó un gemido de dolor y la soltó.

—¡Maldita sea! ¡Por Dios! —Se doblegó sobre su vientre y soltó la espada con desmayo. El arma cayó al suelo alfombrado. Sin poderse contener, lanzó una retahíla de improperios, algo que normalmente no se atrevería a hacer delante de una mujer, y en particular con una dama. ¡Por Dios, esa bruja sabía cómo atacar allí donde más dolía! Y además tenía una fuerza descomunal.

Mientras Griff seguía agarrándose el abdomen, ella no perdió ni un segundo y se abalanzó sobre la espada para recuperarla, entonces retrocedió hacia el escritorio con actitud desconfiada. El escudo de armas de Swanlea situado detrás de ella en la pared parecía burlarse de él.

—Puesto que por lo visto estáis un poco familiarizado con Shakespeare —remarcó ella— me comprenderéis cuando digo que ningún hombre, ya sea gitano o administrador, «me tocará jamás un mechón de pelo y me arrebatará el tesoro de mi honor a la fuerza».

Él irguió la espalda con dificultad.

—¿*La tempestad*? —farfulló, con la certeza de que reconocía su paráfrasis.

—*Cimbelino*. —Rosalind enarcó una ceja—. Pero no está nada mal; os habéis acercado.

—Igual que cuando habéis adivinado antes que la frase era de *Como gustéis*.

—En mi caso no he acertado por casualidad. Me conozco *Como gustéis* al dedillo.

—¿Ah, sí? —Puesto que él no tenía la misma facilidad para seducir a las mujeres que Daniel, solía recurrir a los versos de Shakespeare, el Bardo de Avon, cuando deseaba lanzar algún que otro cumplido. Había usado aquella frase en particular con numerosas mujeres, pero ninguna había adivinado su procedencia.

En cambio, ella sí. Qué inusual. Por supuesto, cualquier mujer que usara la fuerza para proteger su honor era inusual.

Frotándose las costillas todavía doloridas, señaló con la cabeza hacia la espada.

—Supongo que seréis consciente de que solo intentaba demostrar mi razonamiento, y que no pensaba «arrebatar el tesoro de vuestro honor».

—Es vuestra palabra, no la mía. —La espada se agitó nerviosa entre sus manos crispadas.

—¿Acaso no me creéis?

Ante su sorpresa, ella bajó la vista hasta cierto punto de su cuerpo con el descaro que solían usar los hombres al escrutar los atributos físicos de una prostituta. Aquella actitud lo atribuló, pero su «espada» no mostraba tanto recato y se puso enhiesta bajo su mirada. ¡Qué fémina más peligrosa! Era completamente distinta a las hijas de sus amigos que había conocido hasta ese momento.

Entonces ella suspiró pesadamente.

—Os creo. Seguro que un hombre de vuestras características jamás se ve obligado a arrebatarle a una mujer su tesoro a la fuerza. Me apuesto lo que queráis a que sois capaz de seducir a cualquier mujer con suma facilidad.

—¿Se puede saber qué significa eso de «un hombre de mis características»?

—Un apuesto... don nadie. —Rosalind lanzó la espada al suelo con desdén—. Un irlandés que cita a Shakespeare para ilustrar sus propósitos. Sospecho que seguramente sabréis cómo meteros en la alcoba de cualquier mujer que deseéis.

—Pero jamás conseguiré meterme en la vuestra, ¿no es así? —Griff no pudo contenerse. Se preguntó qué pensaría ella si le contara que por norma general tenía que recurrir a regalos y a dinero en vez de a los versos de Shakespeare para meterse en la alcoba de una mujer. Era una táctica más efectiva, más hacedera.

Ella desvió la vista, y por primera vez desde que había irrumpido en el despacho, pareció joven y vulnerable.

—No, no es fácil seducirme con halagos. Todas esas monsergas acerca de que la belleza provoca a los ladrones... Quizá sí que consigáis seducir a otras mujeres con vuestro deplorable conocimiento de Shakespeare, pero a mí no. Soy capaz de reconocer a primera vista a un hombre que va con dobles intenciones: es la clase de hombre que solo memoriza aquellos versos literarios memorables que son apropiados para seducir a las mujeres.

Menudo insulto, a pesar de que fuera verdad. Sus otras dos hermanas no se habían mostrado tan desconfiadas hacia él ni hacia Daniel. Eso lo intrigaba. Jamás había conocido a una fémina que lo detestara a primera vista, por lo menos no desde que se había convertido en un hombre rico.

—Veo que tenéis una pobre opinión respecto a mí. Eso duele, dado lo poco que nos conocemos.

—Para mí está más que justificado, teniendo en cuenta que os he sorprendido fisgando en los cajones de mi padre.

¡Maldición! ¿Por qué no cerraba el tema de una vez?

—En busca de una pluma y de papel.

—Ya, claro. ¿Y lo habéis encontrado? —Rosalind dio media vuelta, y su bata de seda se abrió sutilmente para revelar su pantorrilla bien modelada por un instante fugaz antes de que se colocara al otro lado de la mesa.

Aquella efímera visión reavivó su excitación, y enturbió cualquier recuerdo que pudiera tener de si había visto papel y pluma en algún cajón del escritorio.

—No, pero acababa de iniciar la búsqueda cuando habéis entrado en el despacho blandiendo una espada y un escudo.

Ignorando el tono sarcástico, ella se inclinó hacia delante para abrir un cajón, y dos tentadoras protuberancias de carne amenazaron con escapar de la bata. Griff apretó los dientes en un vano intento de tragarse sus pensamientos lascivos. ¿Acaso esa mujer no tenía ni un ápice de decoro? Jamás sobreviviría un día en aquella casa si ella se paseaba por ahí exhibiendo sin pudor alguno de sus espectaculares atributos.

Cuando Rosalind volvió a colocarse con la espalda erguida, Griff vio que sostenía un fajo de folios. Se los ofreció a través de la mesa.

—Aquí tenéis lo que buscabais. En el cajón del escritorio de vuestra alcoba encontraréis una pluma y tinta. Todas las habitaciones de invitados disponen de material para escribir. Supongo que nuestro último invitado acabó con las provisiones de papel en la vuestra.

Su mirada beligerante solo consiguió incrementar la sensación de admiración que había empezado a sentir por ella.

Avanzó hasta el escritorio y aceptó los folios. ¿Debía insistir en su intento de sonsacarle información sobre los documentos que buscaba? No. Seguro que ninguna de sus tácticas surtiría efecto con aquella amazona perspicaz. Sin embargo...

Griff lanzó los folios sobre la mesa.

—De nada sirve seguir mintiendo: me habéis descubierto.

Las comisuras de la boca de Rosalind se curvaron triunfalmente hacia arriba.

—Solo una idiota creería que un administrador puede salir de casa sin la pluma, y yo no soy idiota, señor Brennan.

—Eso ya ha quedado más que claro.

Cuando pasó un segundo y él no dijo nada más, a Rosalind se le borró la sonrisa de los labios. Apoyó ambas manos en la superficie de la mesa, con un porte autoritario más propio de un hombre que de una dama, y sin proponérselo le ofreció otra imagen sensual de sus esplendorosos pechos levemente protegidos por la fina tela de la bata.

—Y bien, ¿pensáis darme una explicación o no?

—No. —Su mente estaba demasiado excitada por la sugestiva visión de aquellos atributos como para poder pensar en una explicación plausible. Lo mejor era mantenerse alejado de esa mujer, o jamás conseguiría su objetivo. Ella podía ser una distracción constante.

Un reloj cercano marcó el punto de la medianoche, y sus insistentes campanadas tomaron por sorpresa a los dos protagonistas. Cuando finalmente todo volvió a quedar en silencio, ella se separó del escritorio y volvió a erguir la espalda, y Griff casi suspiró de alivio. O de pena, no estaba seguro.

Para añadir más leña a aquella situación injuriosa, ella cruzó los brazos sobre las dos tentaciones gemelas, ocultando las sombras escasamente cubiertas por la fina tela.

—«Medianoche ha sonado con lengua de hierro», y estoy cansada y quiero irme a dormir, así que, ¿queréis dejar de hacer el tonto y decirme de una vez por todas qué buscabais en el escritorio de mi padre?

¿Hacer el tonto? ¡Por el amor de Dios! ¿Ella lo torturaba exhibiendo su cuerpo y encima era él quien se hacía el tonto? A lo largo de los años Griff se había ganado la fama de ser un hombre excesivamente serio e inmutable. ¿Y esa mujer lo acusaba de comportarse como un necio? ¡Cómo se habrían reído sus competidores si hubieran oído la anécdota durante una sobremesa, con sus copitas de brandy y un buen puro!

Un buen puro...

—Estaba buscando un cigarro.

—¿Un cigarro?

—Sí. Siempre me fumo uno antes de acostarme, y me he quedado sin. Puesto que Knighton no fuma, se me ha ocurrido echar un vistazo en el despacho. —Hizo una pausa, y luego continuó con un tono más sarcástico—. Os aseguro que no suelo ir por ahí robando cigarros, pero un hombre puede comportarse de un modo irracional y desesperado cuando se ha pasado todo el día sin fumar. Y no pensaba que os dedicabais a patrullar armada por el pasillo durante la noche, como un centinela. Decidme, ¿siempre usáis la espada, o a veces os decantáis por las pistolas? Quiero estar preparado, por si una noche os da por dispararme.

—Muy gracioso. Y si lo que en realidad buscabais no era más que un cigarro, ¿por qué no me lo habíais dicho antes?

—Seguro que no esperaréis que revele todos mis vicios en nuestro primer encuentro.

—¿Os referís a otros, aparte de los que ya habéis revelado?

—Exactamente. —De nada servía discutir con aquella mujer beligerante. Además, quería librarse de ella para poder continuar con la búsqueda.

Pero ella no parecía tener prisa por marcharse. Había empezado a abrir cajones sin ton ni son. De repente, sacó una caja de madera y se la lanzó con desdén.

—Aquí tenéis, señor Brennan. Los cigarros de mi padre. No podemos permitir que os paséis toda la noche deambulando por la casa porque no podéis dormir, cuando tenemos el remedio para vuestro insomnio tan a mano. Hace años que papá no fuma, así que no le importará que disfrutéis de sus cigarros.

¡Por Dios! ¡Ella se había tragado su patraña! Tomó la caja y la abrió, mostrando un enorme interés en su contenido. Los cigarros parecían ser de gran calidad. Qué pena que no fumara.

Cerró la caja y se la colocó bajo el brazo.

—Gracias. Sois realmente generosa.

—¿Os apetece fumar uno ahora?

—¿Aquí?

—Por supuesto.

¿Se trataba de una trampa? ¿O acaso esa mujer no tenía ni idea de lo que acababa de proponer?

—A pesar de que solo sea el hombre de confianza de vuestro primo, conozco las reglas de cómo hay que comportarse debidamente en sociedad. Jamás sería tan maleducado como para fumar delante de una dama.

—Tenéis unas nociones muy peculiares acerca del decoro, señor. Encontráis aceptable sustraer ciertas posesiones del dueño de la casa donde os alojáis y colocarle a su hija una espada en la garganta, ¿y sin embargo declináis la oferta de fumar un puro en mi presencia?

Muy a su pesar, una sonrisa curvó los labios de Griff.

—No soy el único con unas nociones peculiares sobre el decoro. No habéis mostrado ninguna reticencia a la hora de exhibiros en bata frente a un hombre solo por la noche. ¿Qué opinaría vuestro padre al respecto?

Por primera vez aquella noche, la amazona se sonrojó, y el hermoso color de sus mejillas compitió con el subido tono naranja de su bata.

—Sí, bueno, creo que será mejor que no... le comentemos este incidente a mi padre. Ni a nadie más, para ser más concretos.

¡Ja! ¡Benditas fueran las rigurosas normas de etiqueta! Sin embargo, no podía resistir la tentación de burlarse de ella.

—¿Y por qué iba a callarme? No he hecho nada malo. Solo buscaba un cigarro, ¿recordáis?

La alarma se extendió por los adorables ojos de Rosalind.

—Ya sabéis que a ninguno de los dos nos conviene la difusión de lo que ha sucedido.

—De verdad, no veo por qué he de sentirme avergonzado de nada...

—¡Maldita sea, señor Brennan! ¡Si le contáis...!

—De acuerdo, de acuerdo, supongo que puedo olvidarme del asunto. —No debería atormentarla de ese modo, sobre todo teniendo en cuenta que él también prefería que su padre no se enterara de aquel percance—. Y puesto que por una vez parece que me estoy comportando como un verdadero caballero, creo que será mejor que pongamos fin a este encuentro inapropiado. Buenas noches, milady.

—Buenas noches, señor Brennan. Os veré por la mañana, a la hora del desayuno. —Con porte porfiado, permaneció allí de pie, esperando a que él abandonara la estancia. Era evidente que no acababa de fiarse de él. Lo más seguro era que cuando Griff se marchara, ella se dedicaría a examinar si faltaba algo. Y cuando por fin ella saliera del despacho, cerraría la puerta con llave. Esa noche no iba a descubrir nada, de eso no le cabía la menor duda.

Pero volvería a entrar en el despacho otro día, ya que era evidente que allí ocultaban algo, y su intención era descubrir el qué.

—Muy bien. Hasta el desayuno. —Enfiló hacia la puerta, luego se detuvo un instante y se volvió hacia ella como si tuviera una irrefrenable necesidad de decir la última palabra.

—Por cierto, vuestra cita «Medianoche ha sonado con lengua de hierro» es de *El sueño de una noche de verano*, ¿verdad?

Ante la sorprendida mirada de ella, Griff añadió:

—Ya veis, no solo memorizo «versos literarios memorables que son apropiados para seducir a las mujeres», según vuestras propias palabras. De hecho, recuerdo perfectamente el resto del fragmento. —Con una voz muy suave, recitó—: «Medianoche ha sonado con lengua de hierro. Acostaos, amantes: es la hora de las hadas. Por la mañana, lo sospecho, dormiremos todo lo que hemos velado en esta noche».

Cuando la mención a los amantes provocó que sus bellas mejillas se tiñeran de un exquisito rubor, Griff se sintió enormemente satisfecho. Después de todo, la amazona podía ser vencida, y había encontrado la fórmula para lograrlo.

—A pesar de que nuestra «hora de las hadas» ha sido... muy instructiva, se ha hecho tarde, lady Rosalind. Así que será mejor que intentéis dormir el resto de las horas que le quedan a la noche, no sea que mañana lleguéis tarde al desayuno.

Griff le regaló una pícara sonrisa.

—Porque si yo llego primero, quizá me sienta tentado a explicar el porqué de vuestra demora. Y tengo la sospecha de que a vuestra familia, y a vuestro padre en particular, no le hará ni la menor gracia.

Capítulo cuatro

¡Cáspita! Toda mi vida he ido siempre con cinco minutos de retraso.

The Belle's Stratagem, HANNAH COWLEY,
escritora inglesa

*D*espués de que la criada la ayudara a vestirse a la mañana siguiente, Rosalind deambuló por su habitación en el mismo estado de agitación que la poseía desde que el señor Brennan había abandonado el despacho la noche previa.

¡Se había atrevido a amenazarla! ¡Él! ¡Un simple administrador! ¿En realidad creía que se pondría a temblar como un flan ante la posibilidad de que él le contara a papá lo que había sucedido? ¡Cuán equivocado estaba!

Alzó la barbilla con petulancia mientras elegía su mejor chal de encaje y se lo echaba por encima de los hombros, luego enfiló hacia la puerta. ¡Qué más daba lo que ese rufián le contara a papá! Le importaba un bledo. Se limitaría a bajar a desayunar y continuaría con sus labores cotidianas el resto del día. Ningún irlandés con aspecto prepotente y un cuerpo digno de un atleta podía asustarla. ¡Desde luego que no!

¿Y si realmente decidía hablar con su padre? Entonces ella revelaría que había sorprendido a ese tipo fisgoneando en los cajones del escritorio del despacho, y su padre ensalzaría su diligencia. Bueno, a menos que el señor Brennan mencionara su... atuendo ligero.

Rosalind frunció el ceño y se detuvo en seco frente a la puerta, dio media vuelta y quedó de cara a la habitación. Papá la regañaría, de eso seguro. El señor Brennan no se había equivocado respecto a esa cuestión en particular.

De nuevo la embargó la calidez de un susurro en su oreja: «Jamás os enfrentéis a un ladrón, milady, a menos que tengáis la absoluta certeza de que podéis vencerlo».

¡Maldición! Era evidente que el señor Brennan había acertado en que papá no toleraría ese comportamiento por parte de su hija, sobre todo después de oír toda la historia de cómo ese insolente se le había arrimado de una forma tan escandalosa, pegándose por completo a su cuerpo, y cómo la había inmovilizado colocando su enorme mano sobre su vientre en una actitud excesivamente íntima, provocándole a Rosalind una extraña sensación de vértigo a causa de aquella desmedida proximidad. Y cómo el calor de aquella mano varonil había conseguido atravesar la bata y la camisola...

Ese mismo calor se había apoderado ahora de sus mejillas, incitándola a deambular con paso furioso por la habitación. ¡Por el amor de Dios! ¡Ese chantajista incluso conseguía ruborizarla! No soportaba la situación. Se avergonzaba de su absurda reacción con él. No tenía sentido. ¿Desde cuándo un simple empleado podía suscitar esa clase de sentimientos en una mujer?

Pero claro, en teoría los administradores llevaban unos horrorosos quevedos sobre el puente de la nariz y tosían sin parar. Se suponía que olían a polvo y a tinta y a papel envejecido. En teoría eran hombres esperpénticos y desgarbados, con ojos saltones, como el administrador de papá.

Por descontado no tenían que estar hechos de puro músculo, con un cuerpo tan duro y firme como el acero de la espada de sus antecesores. No deberían oler a madera quemada y a piel curtida ni tener unos ojos tan azules que incluso con unos horrorosos quevedos seguirían siendo embriagadores.

Rosalind se dejó caer sobre la cama y con porte ausente empezó a acariciar la colcha de damasco de color verde jade, solo un poco menos brillante que las rayas del vestido que se había puesto ese día —su favorito—. El pelo rebelde del señor Brennan y su pasmosa habilidad para desarmarla la habían extasiado por completo. ¿Podía tratarse de uno de los compinches contrabandistas del señor Knighton, que había venido para tasar los objetos de valor de la finca antes de que papá estuviera enterrado? Sí, debía de ser eso.

Sin embargo, qué extraño que conociera a Shakespeare. Le parecía imposible que un contrabandista hubiera leído *El sueño de una noche de verano*. Por otro lado, tal y como Shakespeare había escrito: «El diablo puede citar las sagradas escrituras para sus propósitos», así que ¿por qué no iba el diablo a ser capaz de citar a Shakespeare?

Además había otra cuestión a tener en cuenta: no se acababa de creer la excusa de los cigarros. ¿Y si en realidad ese tipo buscaba algún documento privado de papá?

Deslizándose hasta los pies de la cama, abrió el arcón de madera para echar un vistazo a la caja fuerte. Gracias a Dios que el señor Brennan no había tenido tiempo de encontrar ese tesoro la noche anterior. Mientras estudiaba el pesado candado, su curiosidad se acrecentó. Definitivamente, parecía que a su padre y al empleado de su primo les interesaba mucho su contenido; por eso su primo había ordenado a su hombre de confianza que buscara en los cajones del escritorio en primer lugar.

Pues bien, si la misión del señor Brennan era encontrar la caja, ella se encargaría de evitar que lo lograra. No pensaba perderlo de vista, y no le importaban las consecuencias. Aunque él no estuviera buscando la caja, a Rosalind no le haría ningún mal conocer a su enemigo. El señor Brennan podía aportar pruebas sin proponérselo acerca de la deplorable personalidad de su patrón que ella podría usar para convencer a Juliet para que desafiara a papá. Seguro que papá jamás obligaría a Juliet a casarse si ella no mostraba su consentimiento.

Rosalind cerró la tapa del arcón. Sí, ese sería su plan: descubrir los secretos de esos hombres y ganar la batalla.

Con una determinación renovada, se puso de pie y enfiló hacia la puerta. El señor Brennan podía decir lo que quisiera durante el desayuno. Ella contrarrestaría cualquier acusación con otra de su propia cosecha. Él no la vencería. Ni en broma.

Abandonó la alcoba con paso presto y casi chocó con Juliet, que subía por el pasillo. Juliet alzó la vista para mirarla y se quedó más blanca que una hoja de papel.

—¿Ro... Rosalind?

—Buenos días, Juliet. ¿Preparada para el desayuno?

—Sí. —Juliet la miró con una visible ansiedad—. ¿No... no estás enfadada conmigo?

—¿Por qué iba a estarlo? —Rosalind se detuvo un instante—. ¡Ah, sí! Por encerrarme en la alcoba de papá. —Su encuentro con el señor Brennan había conseguido borrar esa humillante experiencia de su mente.

—Siento haberlo hecho —susurró Juliet, alisándose la falda de su traje de satén amarillo limón con unos dedos nerviosos—. ¿Estás muy enfadada?

¿Cómo iba a regañar a su hermana cuando la pobre la miraba con esos ojitos de absoluto arrepentimiento?

—No, ya se me ha pasado. Tú creías que hacías lo correcto.

—¡Así es! De verdad. —Juliet se dio la vuelta y se alzó las faldas mientras avanzaba hacia la escalera—. Sé que te preocupa el pasado del señor Knighton, pero él nunca ha sido un contrabandista. Además, papá dice que eso pasó hace mucho tiempo. Podría haber hecho cosas aún peores, como ser un borracho o un desalmado o incluso un amigo de ese horroroso lord Byron.

Rosalind esbozó una mueca de fastidio, pero Juliet tenía razón. Las cartas de la señora Inchbald no mencionaban ningún defecto deplorable que pudiera ser indicio de un carácter abominable. No obstante...

—No serás capaz de sacar a relucir la relación entre el señor Knighton y sus negocios con contrabandistas, ¿verdad? —la interrogó Juliet.

—Vamos, Juliet, jamás sería tan maleducada con un invitado. —Al menos no lo bastante maleducada como para incitarlo a ir a hablar con papá. No quería pasarse otra tarde encerrada.

Una resplandeciente sonrisa transformó los rasgos de su hermana.

—¡Entonces todo arreglado! No me gusta cuando nos enfadamos. Me siento fatal.

—Yo también —convino Rosalind, y lo decía de todo corazón. Después de que su madre muriera durante el parto de Juliet, Rosalind y Helena había intentado ocupar el sitio de su madre. Cuando tan solo tenían seis y nueve años respectivamente, habían cuidado a Juliet con todo su afecto. Y todavía sentían lo mismo por su hermana menor.

Ella era la niña mimada de todos, y no sin motivos. A sus diecisiete años, Juliet tenía una esplendorosa figura y una embelesadora melena de color dorado. Las tres hermanas tenían los ojos castaños de los Laverick, pero los de Juliet brillaban con unos puntitos verde esmeralda cuando lucía un vestido de un color armonioso. En cambio, los ojos de Rosalind guardaban un enorme parecido con el musgo oscuro que crecía en los árboles del bosque, y no importaba el color del traje, Juliet era mucho más atractiva para un hombre con un carácter aburrido como el señor Knighton.

—Así que, ¿qué opinas de nuestro primo? —Se interesó Rosalind, mientras se acercaban a las escaleras—. ¿Cumple tus expectativas?

Juliet hundió su cabecita en el pecho y aceleró el paso.

—Es agradable. Muy caballeroso.

Rosalind achicó los ojos y avivó el paso detrás de su hermana.

—Te gusta, ¿no?

Juliet se encogió de hombros y aceleró más el paso.

—Eso significa que no. —¡Ajá! Quizá no habría necesidad de revelar los secretos del señor Knighton, después de todo.

—No. Quiero... quiero decir... ¡Sí! —Empezó a descender las escaleras como una sonámbula lady Macbeth—. ¡Oh! ¡No lo sé! Supongo que no está mal.

Rosalind consiguió alcanzarla y la retuvo con una mano.

—Pero hay algo que te preocupa, ¿no es así? —Cuando Juliet empezó a protestar, Rosalind emplazó el dedo índice delante de los labios de su hermana—. No finjas conmigo, bonita. Eres tan transparente como un libro para niños.

No debía haber recurrido a ese desafortunado ejemplo.

—¡No soy una niña! —protestó Juliet con un tono herido—. Y no hay nada que me preocupe. Puedo apañarme sola. De verdad. Puedo hacerlo.

Hablaba como si intentara convencerse a sí misma. Rosalind suspiró mientras su hermana reanudaba el camino. ¿Cuándo había tomado Juliet esa firme determinación de salvar Swan Park? Teniendo en cuenta que era una jovencita que siempre había gozado de una vida de ensueño, de repente parecía muy segura del martirio al que estaba dispuesta a entregarse por la causa de papá. Rosalind pensó de nuevo en unos versos de Shakespeare:

«No eras mayor que ella cuando asumiste la responsabilidad de ocuparte de tu padre inválido, una hermana muy enferma, y una propiedad en ruinas.»

«Sí, pero en mi caso era distinto —se replicó ella a sí misma—. No tenía alternativa.»

Muy probablemente Juliet sentía lo mismo. Con un suspiro, Rosalind volvió a alcanzar a su hermana y decidió no decir nada más de momento. Quizá al final todo acabaría por solucionarse de un modo natural. Quizá los temores de Juliet la convencerían para abandonar ese despropósito.

Cuando llegaron a la planta baja, procuraron relajarse un poco antes de recorrer la interminable alfombra que conducía hasta el comedor. Un hombre apareció en la otra punta del pasillo, tan alto y corpulento que su cuerpo bloqueó la luz que penetraba por la ventana arqueada que había a su espalda. Al avistarlas, se detuvo en la puerta del comedor para esperarlas.

—¿Esa criatura bendita ha crecido durante la noche? —balbució Juliet en voz baja.

Rosalind también habló en voz baja:

—¿Ese es nuestro primo?

—Sí, ese es el señor Knighton.

Ella escrutó al hombre que tanto había demonizado. No parecía un bribón. Tenía pinta de labriego disfrazado con un traje de caballero, y parecía torpe e incómodo y desconfiado consigo mismo. El ayudante de cámara de papá, asignado al señor Knighton mientras durara su estancia en la casa, debía de haberle atado el nudo de la corbata demasiado fuerte, ya que el hombre intentaba aflojárselo con tanta asiduidad que corría el riesgo de deshacerse el nudo por completo. Su evidente incomodidad surtió un extraño efecto en Rosalind, que por unos instantes sintió pena por él.

Sin embargo, su actitud no parecía afectar del mismo modo a Juliet. La joven se ocultó detrás de Rosalind con aire temeroso. Por el amor de Dios, ese hombre se había puesto a sonreír, lo que transformaba sus rasgos afilados en un rostro casi atractivo. ¿Por qué intimidaba de ese modo a Juliet?

Mientras ellas se acercaban más a él, Rosalind se fijó en su gran estatura, y una sospecha la embargó de repente. Su primo era casi un gigante. Y Juliet, en cambio, era tan diminuta...

—No tienes que preocuparte por su estatura —le susurró Rosalind—. Pero si eso te amedrenta tanto, entonces...

—¡Alguien tiene que casarse con él! —la interrumpió Juliet. Rosalind se quedó pasmada al ver que su hermana no negaba su miedo—. Tú y Helena os negáis a casaros, así que me toca a mí.

—Pero...

—¡Ya basta! —susurró Juliet, a pesar de que las lágrimas habían inundado sus ojos—. ¡No pienso vivir el resto de mi vida como una solterona de Swanlea! ¡Y si no me caso con el señor Knighton y nos echan de Swan Park, eso es exactamente en lo que me convertiré!

Rosalind suspiró. Cuando se lo proponía, su hermana menor podía dejarse llevar por el sentido trágico de la vida.

—Todavía tienes tiempo para encontrar a otro hombre con el que casarte.

—¿De verdad lo crees? Helena perdió su oportunidad a causa de su cojera, y tú perdiste la tuya por tener que asumir la responsabilidad de esta casa y porque papá se negó a llevarnos a Londres en la temporada de fiestas. ¡Pues yo no pienso perder mi oportunidad! No pienso dejar escapar mi única oportunidad por culpa de un simple temor por la enorme estatura del señor Knighton. Venceré ese miedo. Lo haré.

¡Bah! ¿Qué ganaba intentando razonar con la insensata de su hermana que era más terca que una mula? Pero Rosalind hallaría el modo de que todo saliera bien. Se lo debía a Juliet; le debía verla felizmente casada con un hombre de su elección, y no con un cabestro que la aterrorizaba.

El señor Knighton realizó una reverencia cortés cuando las tuvo delante, una acción que solo sirvió para destacar más su gran estatura, ya que aún inclinándose hacia delante, continuaba sacándole una buena altura a la cabeza de Juliet. Rápidamente, su hermana procedió a realizar las presentaciones entre tartamudeos.

Él ignoró con mucha educación el azoramiento de la muchacha.

—Es un verdadero placer conoceros, prima —le dijo a Rosalind—. Vuestras hermanas me han hablado mucho de vos.

—No creáis ni una sola palabra. —Extendiendo la mano,

adoptó el papel principal al que estaba tan acostumbrada por ser la dueña de la casa—. Nadie puede exagerar los defectos de una persona de un modo más efectivo que una hermana.

Él tomó su mano unos segundos antes de soltarla.

—Entonces espero que me concedáis el privilegio de descubrir vuestras virtudes para que pueda contrarrestar las exageraciones de vuestras hermanas. Si es que de verdad se trata de exageraciones.

Acompañadas de una sonrisa embaucadora, sus palabras aduladoras casi la desarmaron. Casi.

—Vaya, vaya, señor Knighton. Estoy impresionada. Sois más elocuente y adulador que vuestro hombre de confianza.

Un brillo fugaz de alarma se perfiló en sus ojos tan grises como el acero.

—¿Habéis conocido a Griff?

¿Griff? ¡Ah, sí! Ese bribón había dicho que la gente lo llamaba así.

—Efectivamente. Anoche. —Sin dar más detalles, Rosalind echó un vistazo hacia la puerta y examinó el comedor vacío—. ¿Y dónde está el señor Brennan esta mañana? ¿Todavía en la cama, supongo?

—Mmm... sí. Suele seguir los horarios que lleva en la ciudad: acostarse tarde y levantarse tarde.

Precisamente lo que el señor Brennan había dicho. ¿Había el señor Knighton hablado ya con él y por consiguiente sabía lo de su aparición en el despacho armada con escudo y espada?

De ser así, lo disimulaba muy bien, ya que su expresión solo expresaba un educado desinterés.

—Estoy seguro de que no tardará en bajar. ¿Os parece bien si entramos en el comedor a desayunar? —Su sonrisa incluyó a Juliet, que lo miraba con cara obstinada, como si eso fuera a ayudarla a eliminar el terror que le producía su monumental tamaño.

—Por supuesto. —Rosalind dio un paso, se colocó entre él y Juliet, y aceptó el brazo que él le ofrecía. Su hermana suspiró aliviada.

Sin embargo no era el señor Knighton lo que ocupaba sus pensamientos cuando entraron en el comedor bañado por la suave luz del sol. El señor Brennan se había quedado dormido.

¡Ja! Y eso después de sus amenazas directas de revelar el encuentro embarazoso. ¿Quién había ganado la partida?

Mejor aún, así Rosalind podría interrogar al señor Knighton sin la importunación del señor Brennan. Ni de papá. Esperó hasta que los tres estuvieron sentados, con el señor Knighton a su lado y Juliet frente a él. Mientras los criados empezaban a servir bandejas con panecillos recién horneados y salchichas y huevos al plato, Rosalind asió la tetera y empezó su inquisición.

—Supongo que vuestra compañía es muy grande, ¿no, señor Knighton?

—A decir verdad, sí, muy grande. —Se echó hacia atrás para que ella pudiera servirle el té con más comodidad—. Solo en las oficinas de la Knighton Trading en Londres trabajan treinta empleados.

—¡Treinta personas! —Rosalind se sirvió una taza de té para ella, añadiendo un generoso chorrito de nata líquida—. Sin lugar a dudas eso es mucha gente. Me gustaría que nos contarais cómo llegasteis a establecer una compañía de unas dimensiones tan impresionantes.

Rosalind sorbió el té y esperó su respuesta, deseosa de ver si su primo era capaz de contestar sin aludir a las prácticas rufianescas que se rumoreaban sobre cómo había establecido su compañía.

—Oh, es una historia demasiado tediosa para unas damas tan jóvenes y elegantes. —Miró de soslayo hacia la puerta—. Y hablando de damas, ¿dónde está vuestra hermana esta mañana?

Rosalind no tenía intención de cambiar de tema.

—Oh, Helena está con papá. Y volviendo a la cuestión de los inicios de vuestra empresa...

—¿Lo está preparando para recibirme? —insistió él con tesón—. ¿Significa eso que conoceré a vuestro padre después del desayuno?

El comentario tomó a Rosalind por sorpresa.

—¿Todavía no conocéis a papá? —Se volvió hacia su hermana—. Juliet, ¿por qué el señor Knighton todavía no se ha entrevistado con papá?

La cara de Juliet adoptó un tono encarnado.

—Porque papá estaba indispuesto anoche, ¿recuerdas?

—Que yo sepa, no estaba peor que de costumbre cuando yo... —Rosalind sintió la patada de Juliet por debajo de la mesa en el mismo instante en que recuperaba la memoria—. ¡Ay! Sí. Es verdad. Papá estaba indispuesto. —Era la segunda vez que el encuentro con aquel maldito administrador había conseguido que se olvidara de su encierro. Le molestaba enormemente que aquel bribón tuviera tal efecto sobre ella.

En ese preciso instante, Juliet alzó la tapa de una bandeja y olisqueó el delicioso aroma antes de comentar:

—Señor Knighton, ¿os gustan los huevos al plato? Son la especialidad de nuestra cocinera; os recomiendo que los probéis. En Swan Park tenemos la suerte de disponer de unos huevos de primera calidad.

El comentario dio pie a que los dos se enzarzaran en una conversación acerca de la cocinera y su gran experiencia, y el tema derivó en la descripción exhaustiva de la impresionante cocina, y después departieron sobre la procedencia del carbón que necesitaban en la finca. Rosalind seguía los giros en la conversación con impaciencia, con ganas de volver a hablar de la Knighton Trading. Mientras tanto, aprovechó la oportunidad para observar al señor Knighton.

No se asemejaba en absoluto al hombre que se había imaginado. Carecía de la arrogancia del señor Brennan y no exhibía esa abominable actitud de estar tan seguro de sus opiniones. El señor Knighton parecía nervioso con Juliet, y era evidente que estaba realizando un enorme esfuerzo para ser afable. Se mostraba educado y encantador. Su comportamiento en la mesa era un poco rudo —se llevaba a la boca una excesiva cantidad de comida, y por lo visto tenía dificultades para manejar los cubiertos debidamente— pero dejando de lado esas pequeñas faltas, se comportaba de un modo cordial, y no como el ogro que ella había esperado.

Sin embargo, Rosalind no quería que esa primera apariencia inofensiva de su primo se ganara su absoluta complacencia. Esperó hasta la pausa apropiada en la conversación y volvió a atacar en el punto donde lo habían dejado. Pero esta vez de una forma más directa:

—Señor Knighton, ¿es cierto que una vez vendisteis mercancías de contrabando en Inglaterra?

—¡Rosalind! —exclamó Juliet—. Prometiste...

—Oh, solo me limito a sacar un nuevo tema de conversación. —Rosalind miró fijamente a su primo con ojos desafiadores—. Supongo que no os importará hablar del tema, ¿verdad? Circulan muchos rumores acerca de que erigisteis vuestro imperio vendiendo brandy francés y traficando con sedas de forma ilegal durante la guerra, así que no creo que mi pregunta sea impertinente. ¿Son ciertos los rumores?

El señor Knighton parecía haberse quedado paralizado, incapaz de articular un solo pensamiento, y Juliet estaba balbuciendo una disculpa con la cara angustiada, cuando una voz ronca la interrumpió desde el umbral de la puerta.

—¿Atacando a vuestros invitados como de costumbre, lady Rosalind?

Ella volvió la cara expeditivamente a la vez que resoplaba con exasperación. Debería haberse figurado que uno de los numerosos vicios de ese bribón sería presentarse en los momentos más inoportunos.

—Buenos días, señor Brennan. Estábamos hablando de los orígenes de la Knighton Trading.

—Ya lo he oído. —Como si fuera la viva imagen del malvado Yago, en la historia de *Otelo*, Griff entró en el comedor con paso chulesco—. Me alegra ver que no solo me acusáis a mí de llevar a cabo actividades delictivas, sino también a mi patrón. ¿Acaso vuestra vida no contiene suficientes matices dramáticos como para que tengáis que crear más?

La carcajada de alivio de Juliet resonó en el aire.

—¡Habéis dado en el clavo, señor Brennan! ¿Cómo sabíais que Rosalind es tan dramática?

—Oh, me temo que no puedo revelároslo. Es un secreto. —Una sonrisa porfiada se extendió por sus labios mientras tomaba asiento justo delante de Rosalind. Hizo una seña a un criado para que le sirviera el desayuno como si fuera el dueño y señor de la casa, y prosiguió—: Vuestra hermana me pidió que no revelara cómo había sido nuestro primer encuentro, y como caballero que soy, debo cumplir sus deseos.

—Un caballero jamás habría sacado el tema a relucir —espetó Rosalind—. Y no os lo pedí. No me importa lo que contéis, siempre y cuando no tergiverséis lo que pasó. —A pesar de hablar con tanta suficiencia, Rosalind se afanó en preguntarle maliciosamente—: ¿Disfrutasteis de los cigarros, después de que os costara tanto encontrarlos? Supongo que fue el rato que pasasteis fumando y no otra incursión a nuestras habitaciones privadas lo que ha provocado que esta mañana os hayáis quedado dormido.

El señor Knighton pareció recuperar la voz.

—Griff no suele...

—No duermo hasta tan tarde por regla general. —El señor Brennan acabó la frase por él—. Pero tenéis razón, lady Rosalind. Después de que fuerais tan amable de darme esos cigarros cuando me sorprendisteis deambulando por la casa... —Hizo una pausa para lanzarle una mirada incisiva a su patrón—. Me acosté muy tarde.

El señor Knighton volvió a abrir la boca, pero la cerró. ¡Qué extraño que el señor Knighton dejara que el señor Brennan lo intimidara de tal modo!

El señor Brennan se sirvió un par de huevos al plato y varias salchichas.

—De cualquier modo, espero que mi llegada con retraso al desayuno no haya supuesto un inconveniente para nadie. —Le dedicó a Rosalind una sonrisa burlona—. Especialmente para vos, lady Rosalind. Ya he sido testigo de lo que sois capaz de hacer cuando se os acaba la paciencia.

Ella no tenía intención de recoger el guante que él le acababa de lanzar, sin embargo, no pudo contenerse.

—Me disteis una buena razón para perder la paciencia, ¿no os parece?

Él se quedó con el tenedor suspendido en el aire.

—Quizá sí, ¿pero de verdad era necesario intimidarme con esa espada?

El señor Knighton casi se atragantó con el zumo.

—¿Una espada?

—Oh, sí, nuestra anfitriona sabe manejar bien la espada. Me apuntó con la punta del filo y me amenazó con rebanarme el pescuezo.

—¡Yo no hice eso! Me parece que ahora no soy yo quien se está excediendo con el dramatismo. —Rosalind atacó un huevo al plato con saña—. Además, fue un error justificado. Pensé que erais un ladrón. Después de todo, os sorprendí fisgando en los cajones de papá...

—Buscaba un cigarro. No habríais pensado mal si no tuvierais tanta imaginación, milady.

—¡Es cierto! ¡Tiene una imaginación desbordante! —lo interrumpió Juliet—. ¿Sabían que Rosalind quiere ser actriz?

—Jamás lo habría adivinado —replicó él con sequedad—, a pesar de que eso no explica su tendencia a «entrar allí donde los ángeles no se atreven ni a pisar».

Cuando continuó comiendo como si no la hubiera insultado, Rosalind se lo quedó mirando con porte beligerante.

—Señor Brennan, ¿me estáis llamando loca?

—¿Loca? —Él hizo una pausa en el acto de llevarse la taza de té humeante hacia los labios—. No. A pesar de que no me negaréis que fuisteis una verdadera inconsciente al atacarme de ese modo, sobre todo teniendo en cuenta lo que sucedió a continuación. Si realmente hubiera sido un ladrón en vez de un...

—¿Bribón? ¿Chantajista?

—Rosalind, por favor, no seas grosera —imploró Juliet con las mejillas sonrosadas de vergüenza, pero ninguno de los comensales le hizo caso.

Rosalind se volvió hacia el señor Knighton.

—¿Sabíais que vuestro hombre de confianza carece del sentido de la caballerosidad y del decoro?

—Por favor, contadme lo que sucedió. —El señor Knighton se acomodó en la silla, con ojitos burlones. Por alguna razón, su comentario parecía haberle hecho gracia.

En cambio al señor Brennan no le había hecho la menor gracia.

—¿Decoro? —Apartó la taza a un lado con tal virulencia que la tumbó, y su contenido se desparramó sobre el mantel—. ¿Y encima tenéis la audacia de hablar de decoro, señora? ¡No creo que sea justo que me acuséis de no saber comportarme como un caballero cuando una mujer vestida como un pavo real se presenta ante mí blandiendo una espada y un escudo! ¡Dudo que ningún hombre sea capaz de comportarse con caballerosidad y decoro en tales circunstancias!

¡Un pavo real! ¡Aquella afrenta era intolerable! Rosalind

se inclinó hacia delante con porte beligerante y la firme determinación de reprimirlo con severidad.

—Ya basta de insolencias, Griff —lo atajó el señor Knighton antes de que ella tuviera la oportunidad de abrir la boca.

Rosalind volvió a echarse hacia atrás y apoyó la espalda en el respaldo, más calmada, aunque se preguntó por qué su primo había tardado tanto en regañar a su desfachatado empleado y en exigirle que controlara su lengua. Y por qué su empleado estaba ahora mirando a su patrón con una mezcla de consternación y enojo.

—No sé qué sucedió entre ustedes dos anoche —continuó el señor Knighton, visiblemente nervioso—, pero no toleraré que te comportes de un modo tan grosero con mis queridas primas.

—¿Qué? ¿Que no tolerar...? —estalló el señor Brennan, pero de repente se contuvo, como si acabara de darse cuenta de que se había excedido con sus impertinencias. Con el movimiento preciso de un hombre que intentaba controlar su rabia, colocó bien la taza. Tras un interminable momento en silencio, volvió a hablar, con ojos refulgentes—: Sí, señor, por supuesto. No sé en qué estaba pensando.

—Y ahora pide disculpas a lady Rosalind.

Griff fulminó a su amigo con la mirada, y un músculo se tensó en su mandíbula. Pero, apretando los dientes, pronunció las esperadas palabras:

—Os pido perdón, lady Rosalind. No tenía intención de insultaros.

Ella lo habría creído de no haber sido por su tono, que era tan falso como las lágrimas de un cocodrilo. Miró al señor Knighton, quien de repente se había puesto a hacer unas muecas grotescas para contener la risa.

¿Qué era lo que encontraba tan divertido en aquella situación? Su administrador los miraba a los dos con inquina. El señor Knighton debería elegir con más cuidado a sus empleados.

Rosalind intentó contener su arrebato de rabia.

—Acepto vuestras disculpas, señor Brennan. Después de lo de anoche puedo decir que ya no me sorprende vuestra forma de hablar. Asimismo, estoy segura de que ya no os sorprende mi... tendencia a hablar con absoluta franqueza.

Cuando el señor Brennan clavó sus intensos ojos azules en

su cara, Rosalind tuvo la impresión de que estaba realizando un enorme esfuerzo por contenerse y no contraatacar con una respuesta sarcástica. Súbitamente, una leve sonrisa se perfiló en sus labios varoniles, una sonrisa que a Rosalind le provocó una inédita tensión en su interior. Se dijo que lo prefería cuando estaba enfadado. Cuando estaba enfadado ella no sentía aquella extraña conexión con él, aquel sentimiento embriagador, como si él la comprendiera mejor que nadie más en el mundo.

—Bien, entonces, tema zanjado —se apresuró a intervenir Juliet, con su habitual actitud pacificadora. Se limpió los labios con la servilleta de damasco y luego la depositó sobre su plato con una delicadeza típicamente femenina—. Quizá, puesto que hemos acabado de desayunar, podríamos ir a ver a papá. Nos está esperando.

—Si no os importa, yo me quedaré aquí; todavía no he terminado el desayuno porque he llegado tarde —remarcó el señor Brennan en un tono resuelto. A continuación desvió la vista hacia su amigo—. No me necesitas, ¿verdad?

—No, por supuesto que no.

—Acabaré de desayunar y daré un paseo por la finca, si te parece bien.

A pesar de que las palabras que había pronunciado el señor Brennan no contenían ningún rastro de impertinencia, Rosalind tuvo la desagradable impresión de que, en vez de pedir permiso, lo que acababa de hacer era dar una orden, y parecía muy habituado a hacerlo. La relación entre patrón y administrador era sin lugar a dudas muy peculiar. Por supuesto, si ella hubiera tenido un empleado tan... tan impredecible como el señor Brennan a su servicio, quizá también se sentiría empujada a contenerse por temor a que él la asesinara a traición mientras dormía.

—Me parece una idea muy acertada —respondió el señor Knighton—. No queremos molestar al pobre conde enfermo, fatigándolo con tanta gente a la vez. Ya iré yo con mis primas a verlo, tú quedas excusado.

«Ni en broma», pensó Rosalind. No iba a permitir que ese tunante siguiera fisgoneando en los documentos de papá.

—La verdad es que tampoco es necesario que yo os acompañe. Papá prefiere recibir grupos reducidos. —Le dedicó al señor Brennan una sonrisa radiante—. Iré con vos, señor. Necesitaréis una guía que os muestre la finca.

Griff apretó los labios hasta formar una línea de desaprobación.

—Espero que no os ofendáis, lady Rosalind, pero no tuve una institutriz a los tres años, así que no necesito una a estas alturas de mi vida. Soy absolutamente capaz de explorar la finca solo.

—No me cabe la menor duda; ya demostrasteis una destacada habilidad anoche, y más teniendo en cuenta que se trata de una casa que desconocéis. Pero si no os acompaño os perderéis muchos detalles relevantes, os lo aseguro. Lo siento, pero es imperativo que os acompañe.

Mirándola con cara angustiada, el señor Knighton se movió inquieto, apoyando todo el peso de su enorme estructura en la punta de aquella silla que no estaba preparada para sostener a un Goliat.

—Yo esperaba disponer de vuestra ayuda, prima. ¿No preferirá vuestro padre que todas sus hijas estén presentes en nuestro primer encuentro?

—Bobadas —lo atajó ella con jovialidad—. Será una reunión más distendida. Él ni se dará cuenta de mi ausencia. Y sostengo que el señor Brennan necesita una guía.

El señor Brennan propinó unos golpecitos nerviosos con los dedos en la mesa, probablemente para evitar utilizarlos para estrangularla.

—Quizá, ya que mostráis tanta devoción por Shakespeare, lady Rosalind, entendáis mejor mi mensaje si os lo digo con uno de sus versos: «Gracias por vuestra compañía, aunque, la verdad, hubiera preferido estar solo».

—Otra vez *Como gustéis*. «Y yo también» —citó a modo de respuesta—. Sin embargo, puesto que papá es todavía el propietario de Swan Park, y yo todavía soy la encargada de la finca, insisto en ser vuestra guía. Después de todo, no me lo perdonaría nunca si os pasara algo malo, sabiendo que podría haberlo evitado.

—¿Y qué me decís de vuestra reputación, milady? No deberíais pasear sola con un hombre.

Ella rio.

—Tengo veintitrés años, señor, así que no necesito una dama de compañía. Además, no estamos en la ciudad sino en el campo. Aquí no somos tan estrictos con ese protocolo del decoro, os lo aseguro.

Durante los últimos años Rosalind había hecho prácticamente lo que había querido, así que, ¿quién iba a detenerla ahora? Papá no, desde luego.

Por un momento el señor Brennan pareció dispuesto a seguir oponiéndose, pero la resignación enturbió sus ganas de continuar discutiendo.

—De acuerdo. Vuestros deseos son órdenes. Aunque os aviso que camino muy rápido y que puedo andar horas y horas sin necesidad de tomarme un descanso.

—Excelente. Igual que yo. Entonces estamos de acuerdo. —Se volvió hacia su hermana—. Juliet, ¿por qué no subís tú y el señor Knighton a ver a papá? Yo esperaré aquí a que el señor Brennan acabe el desayuno, y luego iniciaremos nuestro recorrido por la finca.

—Os ruego que me disculpéis —intervino el señor Knighton—, pero necesito hablar un momento con Griff a solas. Si no os importa esperar en el vestíbulo...

—Por supuesto que no nos importa —contestó Juliet, poniéndose en pie apresuradamente—. ¿Rosalind?

Rosalind también se puso en pie y la siguió sin mediar palabra. Ahora que había vencido, podía permitirse ser tan condescendiente como para dejar que esos dos hombres confabularan solos. Pero de nada serviría su conspiración. El señor Brennan no conseguiría fisgar en los documentos de papá, porque ella no pensaba perderlo de vista ni un segundo.

Cuando Rosalind y Juliet llegaron al vestíbulo, Juliet se volvió hacia ella con una cara que reflejaba una mezcla de admiración y preocupación.

—¿De verdad amenazaste al señor Brennan con una espada?

—Sí. Y estoy segura de que tú habrías hecho lo mismo, si hubieras visto lo que estaba haciendo.

Juliet echó un vistazo con disimulo hacia el comedor, y sus pestañas aletearon vertiginosamente como las alas de un pájaro desorientado.

—Yo no. El señor Brennan me da más miedo que nuestro primo. No sé de dónde sacas el coraje para hablar con él de esa forma.

—Nadie nace con coraje, Juliet. El coraje es un hábito que se adquiere después de constatar que la cobardía no lleva a ninguna parte. —Le estrujó el hombro con cariño—. Ya aprenderás cuando seas mayor, ya lo verás.

Juliet sacudió la cabeza.

—Jamás seré tan valiente como tú. Ni como Helena.

De repente a Rosalind se le ocurrió que su insistencia por permanecer cerca del señor Brennan podía tener otro resultado indeseado.

—Supongo que no te importa que te deje a solas con el señor Knighton, ¿verdad? ¿Estarás bien?

—Sí, no te preocupes. De todos modos, iremos directamente a la alcoba de papá. —Juliet miró a su hermana con los ojitos parcialmente entornados—. Tú... tú... parece que tienes ganas de quedarte a solas con el señor Brennan.

—No es que tenga ganas. —Miró con disimulo hacia el comedor, preguntándose qué era lo que el señor Brennan le estaba comentando al señor Knighton con tanta efusividad en la otra punta de la amplia estancia—. Pero será mejor que no lo pierda de vista. Me parece que trama algo, y que no se trata de nada bueno. —Volvió a enfocar la vista en su hermana antes de añadir—: No le cuentes nada a papá, ¿de acuerdo? No hasta que no esté segura de qué es lo que planea. De momento puedo apañarme sola.

Por supuesto que podía. Pensaba vigilar al pérfido administrador a todas horas. Aunque para ello tuviera que pegarse a él como una lapa durante todos los días que durara su estancia en la casa.

Capítulo cinco

Solo puede ser honesto aquel que no ha sido desenmascarado.

The Artifice, SUSANNA CENTLIVRE,
escritora inglesa

—¡*P*or todos los santos! ¿Por qué no has disuadido a esa maldita mujer para que no viniera conmigo? —Griff increpó a Daniel entre susurros por encima de la mesa.

Daniel se encogió de hombros.

—Lo he intentado. Pero ella ha insistido. Ya la has oído.

—¡No me importa! ¡Se suponía que debías convencerla tú, no yo! Yo no estoy acreditado para hacerlo, ¿recuerdas? —Acribilló a su amigo con una mirada crispada—. Claro que lo recuerdas, ya que has abusado de tu nueva posición de patrón para castigarme en público.

—¡No te desahogues conmigo! Todo este enredo fue idea tuya, no mía. Y si tú no puedes controlar a esa maldita mujer, ¿cómo diantre esperas que lo consiga yo?

—¿Cómo diantre se supone que puedo buscar el certificado con esa mujer pegada a mis talones?

—No tengo ni idea. —Daniel se inclinó hacia delante, y su cara expresó su preocupación—. A juzgar por lo que dices, supongo que anoche no encontraste la prueba.

—No. Ella me sorprendió antes de que pudiera concluir la búsqueda en el despacho. En uno de los cajones del escritorio había algo que ella no quería que viera, aunque quizá no se trate del documento que busco. Ese maldito certificado podría estar en cualquier parte. —Cuando Daniel le lanzó una mirada de amonestación, como diciéndole «Ya te lo había dicho», Griff resopló enojado—: Lo encontraré; no te preocupes.

—Mientras tanto, ¿qué piensas hacer con ella?

—¿Hacer? Maldita sea, no lo sé. —Mirando disimuladamente hacia el vestíbulo, Griff se fijó en la forma en que lady Rosalind y su hermana lo miraban, con una palmaria curiosidad. Él mostró un súbito interés en las salchichas que se habían enfriado en su plato, y ensartó una con el tenedor—. Ya que anoche desperté sus sospechas, supongo que lo mejor será que esta mañana la entretenga con alguna tontería.

—¿Crees que ella sabe lo que te propones?

—Lo dudo. —No creía que el conde se hubiera atrevido a contarles a sus hijas la verdadera historia de sus tratos con la familia Knighton. Por lo poco que Griff había podido ver, esas chicas se escandalizarían—. Creo que es una mujer desconfiada en general. Y que se siente responsable de todo lo que sucede en la finca.

—Quizá deberías intentar seducirla. Los halagos dulcifican a las mujeres.

—Quizá esa técnica funcione contigo, pero ya sabes que soy nefasto a la hora de soltar galanterías, sobre todo con una mujer tan lista como ella. —Se sirvió más té, fijándose en el lujoso juego de té de porcelana de Swanlea. Al menos el conde tenía más gusto que su hija—. Además, ya lo intenté anoche. Pero ella se mostró ofendida y me dijo que yo no era más que un don nadie, y luego me acribilló con preguntas acerca de qué hacía en el despacho.

—No es una palomita pusilánime ni timorata, en eso estamos de acuerdo. Jamás había conocido a una fémina como ella, tan dispuesta a decir lo que piensa sin ningún recato.

La descripción era muy acertada.

—Quizá sea mejor que me comporte de un modo desagradable para que ella no soporte estar a mi lado.

—Eso no te costará demasiado, eres genuinamente desagradable.

Griff lo fulminó con la mirada.

—Pero tengo que controlarme, cabeza de chorlito. Ella es una dama. Seguro que su pasatiempo favorito no es pasar el día con un mero empleado.

—No estaría tan seguro. Una mujer que se planta delante de un hombre con una espada... ¿De verdad hizo eso?

—Sí, y además blandiendo un escudo. —Griff cortó un

trozo de salchicha y se la llevó a la boca, luego la masticó despacio—. Y además solo iba vestida con una camisola y una bata de seda barata. Te juro que la bata era tan fina que incluso se transparentaba; yo no le habría comprado esa seda a Hung Choi, ese mercader estafador chino, ni que me la hubiera dejado a precio de saldo.

—Mmm... Esta historia se está poniendo interesante. Cuando dijiste que iba vestida como un pavo real pensé que querías decir que llevaba un atuendo llamativo.

—Bueno, tratándose de ella, eso por descontado. —Señaló con la cabeza hacia lady Rosalind—. Fíjate en el vestido chillón que luce hoy.

La brillante tela rayada de color amarillo y verde provocaba una sensación de vértigo que rivalizaba con la llamativa decoración del vestíbulo.

—¿Es que esa mujer no tiene ninguna prenda que no sea de colores chillones? ¿Y cómo consigue tener un aspecto tan encantador envuelta en un vestido tan horroroso?

Daniel la miró furtivamente.

—No veo nada de malo en el vestido.

—No me extraña.

Daniel resopló enojado.

—Un momento, no hay necesidad de que me insultes. Estoy haciendo lo que me pediste.

—No del todo. Todavía no me he librado de «lady amazona». Se suponía que tú tenías que extender tus encantos y seducir a esa fémina para apartarla de mi camino.

—¡Y qué puedo hacer si la mujer no se deja seducir?

—Bueno, quizá podamos asustarla; solo he de pensar en la forma de conseguirlo. —Griff se quedó pensativo un momento—. Después de todo, anoche no se mostró imbatible; logré dominarla cuando le puse el filo de la espada en la garganta. —Lanzó un tenedor de plata sobre la mesa—. ¡Ya lo tengo! ¿Te has fijado en cómo se ha amedrentado esta mañana cuando he perdido la paciencia? Se muestra muy segura de sí misma cuando tiene que enfrentarse a un caballero, pero yo no soy un caballero, ¿no es cierto? Yo soy tú, es decir, el hijo de un salteador de caminos y un antiguo contrabandista. Obedecer a su padre es una cosa, pero hacer compañía a un tipo peligroso como yo es otra cosa bien distinta, incluso para una amazona.

Daniel se quedó paralizado.

—No permitiré que le cuentes todas esas cosas, ¿entendido? A menos que ese maldito conde viva muchos años más, yo tendré que tratar con esas mujeres después de que heredes su título. Y mientras tú te halles en Londres dirigiendo la Knighton Trading, yo estaré haciendo el trabajo sucio de buscarles una casita decente para que se marchen de aquí, así que no permitiré que me lo pongas más difícil incitándolas a que me tengan miedo. Ya me odiarán bastante sin la necesidad de saber que soy un temible malhechor.

La repentina reticencia de Daniel sobre su pasado tomó a Griff por sorpresa. A pesar de que su amigo jamás lo había anunciado a los cuatro vientos, tampoco se había preocupado por ocultarlo. Incluso algunas veces lo había comentado sin reticencias, si sabía que con ello podía sacar ventaja en sus transacciones mercantiles. Obviamente, el hecho de jugar a ser un rico caballero le estaba afectando a su vanidad.

—No creerán que eres un malhechor. Además, cuando toda esta farsa se acabe y ellas sepan la verdad, no creerán nada de lo que yo haya dicho mientras me he hecho pasar por tu hombre de confianza.

—De todos modos, preferiría que no les contaras esos pormenores.

—Y yo preferiría que tú no me regañaras delante de todo el mundo, pero eso forma parte de la farsa, ¿no? Incluso cuando te excedes en tu papel. —Griff se tomó el resto del té casi frío, deseando que fuera una bebida más fuerte—. Después de tu actuación, debería reclamarte que me devuelvas el dinero. Te estás divirtiendo demasiado como para que encima te pague.

Una risita burlona se perfiló en los labios de Daniel.

—Incluso aunque perdiera ese dinero, habría valido la pena. Tendrías que haber visto tu cara cuando te ordené que no fueras insolente.

—Espera a que acabe esta farsa —refunfuñó Griff—. Ya te mostraré yo lo que es ser insolente de verdad, maldito rufián.

—No me cabe la menor duda. —Daniel soltó una carcajada—. Bueno, eso si esa bruja no acaba contigo antes.

—Ya verás como no, ahora que tengo un plan. —Se apartó de la mesa y se puso de pie—. Será mejor que vaya contigo. No parece que ella tenga intención de apartarse de mi lado de momento.

—Lo siento por ti, amigo. —Daniel se levantó de la silla, con cara triunfal—. En esta comedia yo me llevo la mejor parte; las otras dos damas se asemejan más a la clase de mujer que te gusta: son más bellas y menos belicosas.

—Sí. —Aunque un hombre siempre podía cambiar sus preferencias, ¿no?

Griff apartó esa perspectiva de su mente con brusquedad. Aquella ridícula atracción solo procedía del hecho de haberla visto envuelta en una fina bata. Unas pocas horas con ella agriarían con toda seguridad la fascinación alimentada por la lujuria que se había apoderado de él la noche anterior. Quizá incluso era mejor que ella insistiera en pasar el día con él. Si Griff empezaba a pensar en ella en esos términos, acabaría por arrepentirse de los planes que tenía previstos para Swan Park y su padre.

—Deséame suerte, ahora que me toca conocer al conde —murmuró Daniel.

Griff pensó con amargura en el viejo chivo maquinando su propio plan en su alcoba emplazada al final del pasillo.

—Me alegro de que seas tú quien vaya a verlo y no yo. —A pesar de los años que llevaba intentando dominar su rencor contra el conde, ahora le costaba mucho contenerse. Swan Park había despertado viejos resentimientos. Se preguntó si sería capaz de mantener una actitud civilizada si se veía obligado a hablar con aquel indeseable.

Daniel le lanzó una mirada inquieta cuando se acercaron a la puerta.

—¿Y si el conde me pregunta por los planes de boda?

—Dale largas. Dile que aún no has tomado una decisión.

—Solo espero que consiga convencerlo de que soy tú.

—No te preocupes. Habla con él del mismo modo que me has hablado durante el desayuno y serás perfectamente creíble.

Daniel soltó una risotada.

—Lo recordaré. Y no alimentes la animadversión de lady Rosalind contra Daniel Brennan o haré que me pagues todavía más dinero por esta farsa, ¿de acuerdo?

Griff no contestó. Mantendría los secretos de Daniel siempre y cuando eso fuera posible, pero si sin querer se le escapaba algo... Seguro que ella huiría despavorida si se enteraba de que él era el hijo de un salteador de caminos y un antiguo contrabandista.

Llegó al vestíbulo y casi sonrió cuando vio que lady Rosalind se daba la vuelta con disimulo como si no los hubiera estado espiando durante toda la conversación que habían mantenido los dos hombres en el comedor. Jamás había visto a una mujer con esa increíble falta de sutileza.

Él le ofreció el brazo.

—¿Preparada para el paseo?

Con una pasmosa impertinencia, ella ignoró su brazo y arrancó con paso firme, recorriendo el pasillo con toda la dignidad de una gran dama. Era un espectáculo digno de ver, pero él había visto a esa fémina envuelta en una bata, y en aquella ocasión ella había mostrado una dignidad propia de una vendedora ambulante en un teatro.

—Por aquí, señor Brennan —lo invitó a seguirla—. Hay muchas cosas por ver, así que no hay tiempo que perder.

Griff le lanzó una mirada de complicidad a Daniel antes de emprender la marcha. Pensó que por lo menos podría disfrutar de la vista, mientras su mirada se posaba en el rítmico contoneo de sus generosas caderas. Aquel traje tan llamativo se aferraba a sus curvas de una forma peligrosa para la salud mental de cualquier hombre. ¿Acaso no se daba cuenta de que sus movimientos no eran nada recatados, que aquellos contoneos rivalizaban con los de cualquier cortesana en su elevado grado de seducción?

Probablemente. No le extrañaría en absoluto que esa fémina estuviera intentando desplegar sus encantos femeninos para embrujarlo. Pues se iba a quedar con las ganas. Él podía ser invulnerable a los encantos de cualquier mujer —y en particular a los de la hija de su enemigo— si se concentraba en controlar sus desbocados pensamientos pecaminosos.

Ahora lo único que necesitaba era controlar su desbocado miembro viril...

Y

Percival, el conde de Swanlea, a veces se preguntaba cuánto tiempo sería capaz de soportar aquella agonía de seguir con vida. No podía respirar hondo sin sufrir un escandaloso ataque de tos. Tenía todos los músculos del cuerpo entumecidos, y podía notar cómo la enfermedad se iba extendiendo desde los pulmones al resto de su cuerpo, destruyendo cada fibra sin piedad.

Lo peor de todo era que echaba de menos a Solange. De no haber sido por sus hijas, ya haría tiempo que habría dejado de luchar para unirse a su amada esposa en el más allá. Pero tenía que asegurar el futuro de sus hijas antes de morir, por más que le costara un tremendo dolor físico, y eso significaba que debía encontrar un esposo rico para cada una de ellas. Por eso precisamente había decidido arriesgarse con Knighton, de entre todos los posibles pretendientes.

Sabía que corría un enorme riesgo invitándolo a Swan Park. Solo la inminente muerte, que cada noche se acercaba un poco más a él, lo había empujado a probar suerte con ese hombre.

Miró de soslayo hacia el rincón donde se hallaba Helena, sentada frente a su escritorio, inclinada sobre su cajita de pintura, concentrada en aplicar unas suaves pinceladas sobre unas diminutas láminas de marfil. No sabía de dónde había sacado las láminas, pero en realidad nadie le explicaba casi nada, como si ya no contaran con él, ahora que su vida parecía a punto de extinguirse como una vela.

Todavía podía deducir algunas cosas por sí mismo. Por ejemplo, sabía que Rosalind se equivocaba respecto a Juliet. Su hija menor era sin lugar a dudas la que se mostraba más dispuesta a casarse con Knighton; lo sabía por la forma modesta en que ella ocultaba su carita cada vez que mencionaban el tema de la boda. Y también sabía, por más que Rosalind lo negara, que a su hija mediana la enojaba saber que Juliet se casaría antes que ella.

Pero por más que Rosalind protestara, él había decidido no prestar atención a sus quejas. Si no hacía las paces con el hijo de su gran enemigo, sus hijas perderían aquella casa y la posibilidad de asegurarse un futuro digno.

Helena suspiró con una extrema suavidad, y Percival se

sulfuró unos instantes; le irritaba la dichosa eterna paciencia de su hija.

—¿Tardará mucho? —espetó el anciano.

—No, papá. Juliet lo traerá hasta aquí después del desayuno.

—Bien. Tengo muchas ganas de verlo.

La puerta se abrió solo unos momentos más tarde y un hombre apareció en el umbral al lado de Juliet, empequeñeciéndola con su titánica estatura.

El hijo de Leonard era tan alto como una torre. Después de todos aquellos años, el pequeño al que Percival había ultrajado se hallaba de pie frente a él. Los viejos sentimientos lo asaltaron —resentimiento, rabia...— y, sobre todo, una insoportable sensación de culpa. Por lo menos Leonard había engendrado un hijo varón, mientras que Percival no había tenido ninguno. Pero eso no ayudó a suavizar su sentimiento de culpa.

—Buenos días, señor Knighton —lo saludó Helena, sacando a Percival de sus recuerdos desagradables. La muchacha apoyó una mano en el escritorio para ponerse de pie.

Era bella, elegante y educada, a pesar de su cadera desnivelada. Le debía esas cualidades a la educación que le había dado Solange. Percival también le debía muchas cosas a Solange. Por lo menos tenía la alegría de saber que ella estaría absolutamente orgullosa al verlo ahora con el hijo de Leonard, procurando hacer las paces con él sin arruinar la vida de sus hijas.

Aquel pensamiento le aligeró el ánimo.

—Acercaos, señor. Permitid que os vea más de cerca.

Mientras Juliet entraba con gracilidad en la alcoba, con todo su inocente y joven esplendor, Knighton la siguió. Aquel hombre no parecía prestar atención a sus encantos, cosa que incomodó a Percival.

El anciano hizo un esfuerzo por sentarse con la espalda erguida en la cama.

—Por favor, cerrad la puerta —ordenó—. No nos interesa que los criados metan las narices en nuestros asuntos, ¿no es verdad?

El hombre colosal asintió con la cabeza e hizo lo que Percival le pedía, pero cuando la puerta estuvo cerrada, se acercó al lecho con expresión desconfiada.

—Hablando de empleados —continuó Percival—, Helena me ha contado que habéis venido con vuestro hombre de confianza.

—Así es.

—Bien, bien. —Percival esperaba que Knighton hubiera obrado así con la intención de redactar un acuerdo de boda lo antes posible—. Se llama Brinley o algo parecido, ¿no es así?

—Brennan. —Knighton pronunció el apellido en un tono como si se sintiera ofendido—. Se llama Brennan.

—De origen irlandés, ¿eh? —Percival señaló hacia la puerta—. Y bien, ¿dónde está? ¿Por qué no se encuentra aquí?

—No queríamos molestarte llenando la alcoba con demasiada gente, papá —intervino Juliet—. El señor Brennan se ha quedado con Rosalind. Ella se ha ofrecido a enseñarle la finca.

Percival suspiró aliviado. Si Rosalind permanecía ocupada con el hombre de confianza del señor Knighton, no podría abrumar a este con sus groserías y su lengua desvergonzada.

—Acercaos más —le ordenó el anciano—. Mi vista ya no es tan buena como antes. Dejad que os vea mejor.

El hombre avanzó como un soldado preparándose para enfrentarse a su enemigo. Era tan alto que con la cabeza rozó los flecos que colgaban del dosel de la cama, y sus amplios hombros bloquearon parte de la luz.

Percival achicó los ojos para verlo mejor.

—No os parecéis a vuestro padre en absoluto.

—Me parezco a mi madre.

—No, tampoco os parecéis a Georgina.

Knighton parecía confundido.

—¿La conocíais?

—Por supuesto. ¿No lo sabíais? Quiero decir, teniendo en cuenta... —Percival hizo una pausa y miró a Helena de soslayo. Las chicas no debían oír aquella exposición. Además, primero quería averiguar qué era lo que Knighton sabía. A lo mejor Leonard y Georgina no le habían contado toda la historia. Cuando Percival denunció a Leonard, Knighton era tan solo un bebé—. Bueno, de todos modos, os aseguro que sí que la conocí. Una vez.

—Yo... yo jamás me ha... hablado de usted, milord —tartamudeó el joven, como si esperara que en cualquier momento lo contradijera el anciano.

La aclaración le hizo daño a Percival, a pesar de que sabía que se lo merecía.

—No me extraña que ella no sienta simpatía por mí. —Soltó un apenado suspiro que provocó un nuevo ataque de tos. Juliet se precipitó a colocarse a su lado con una jofaina y su tintura de consuelda, mientras Helena permanecía inmóvil, con cara de desesperanza.

El anciano escupió en la jofaina, a continuación se tragó un poco de la tintura para aclarar la garganta.

—Ya veis qué bien me atiende mi hija, Knighton. No le deseo a nadie una enfermedad pulmonar, pero tiene sus compensaciones. —Tomó la mano de Juliet y le propinó unas palmaditas afectuosas—. Mi querida hija siempre está pendiente de mí. Es mi alegría y mi orgullo, un ángel, sí, señor, un verdadero ángel.

Percival no comprendió por qué Knighton desviaba la vista hacia Helena. Él también miró a su hija mayor, pero aparte de verla de pie más tensa que de costumbre, le pareció que exhibía la misma actitud de siempre: reservada, serena, y como una verdadera dama.

Desmereciendo aquel extraño momento, volvió a centrar toda su atención en Knighton.

—Y bien, ¿qué opinión os merece Swan Park? Supongo que vuestro padre os contó algo acerca de esta finca cuando erais todavía un niño, ¿no? ¿Creéis que su descripción le hace justicia?

—Nada podría hacerle justicia, señor.

Qué extraño que Knighton se expresara con tan poca elegancia, pero supuso que eso era lo que se podía esperar de un hombre que trabajaba en un ambiente mercantil. Dadas las circunstancias que Percival había averiguado en los últimos años acerca de la infancia de aquel joven...

No, no quería pensar en ello en ese preciso momento. Le suponía un desagradable peso de conciencia.

Lo mejor era ir directamente al grano.

—Bien, estamos encantados con vuestra visita. —Miró a

Helena con insistencia—. Juliet y tú os podéis retirar. Me gustaría hablar con el señor Knighton en privado.

Juliet abandonó la sala con una sorprendente velocidad mientras Helena recogía su caja de pinturas y todas sus láminas.

Aquella operación atrajo la atención de Knighton.

—¿Os gusta la pintura, lady Helena?

—Sí —respondió sosegadamente—. Pinto miniaturas.

—¿Estáis pintando un retrato de vuestro padre?

—No, estaba retocando un retrato de mi madre.

—A Helena se le da muy bien ese arte —remarcó Percival, orgulloso como siempre de la habilidad de su hija mayor—. Para su corta edad, quiero decir. Tendríais que pedirle a Juliet que os muestre algunas de sus obras.

Knighton le dedicó a Helena una mirada de consideración al tiempo que asentía con la cabeza y decía:

—Lo haré.

—Oh, papá exagera —apuntó Helena con sequedad mientras pasaba por delante de Knighton en dirección a la puerta—. No soy una avezada pintora. Solo es un mero pasatiempo.

—Sandeces —terció Percival, sonriendo a Knighton—. Os aseguro que pinta muy bien. Helena pone toda su energía en ello, puesto que no puede montar a caballo o bailar ni realizar actividades similares.

De repente se oyó un ruido seco. Algo se acababa de estrellar contra el suelo. Knighton se dio la vuelta.

—Lo siento, no pretendía asustaros —se disculpó Helena con la voz entrecortada y la cara totalmente pálida, mientras seguía con la vista fija en algo que se le había caído de la caja de pinturas. La muchacha hizo amago de marcharse, probablemente porque le costaría un enorme esfuerzo arrodillarse con su pierna atrofiada, pero Knighton se apresuró a inclinarse para recoger el objeto para ella.

Se lo entregó al tiempo que decía:

—Esto es vuestro, y no tenéis que disculparos por nada.

Percival observó con una pasmosa fascinación cómo se sonrojaban las mejillas de su hija mayor. Hacía años que no la había visto ruborizarse. ¿Qué diantre le pasaba?

Ella tomó lo que parecía una lámina de marfil sin alzar la vista para mirar al hombre que se la ofrecía.

—Grac... gracias —tartamudeó de una forma muy distinta a su habitual tono reservado. Entonces, sin despedirse de su padre, abandonó la estancia cojeando.

Cuando Knighton volvió a mirar a Percival, su expresión era implacablemente gélida.

—No teníais que recordárselo. Estoy seguro de que ya es plenamente consciente de ello.

Percival se quedó desconcertado.

—¿Recordarle el qué?

—Que no puede montar a caballo ni bailar.

—¡Bah! No os preocupéis por eso. Helena no es una pobre niña pusilánime como para que le afecten esa clase de comentarios.

—Me parece que no conocéis a las mujeres en absoluto, milord —remarcó Knighton.

—Pues yo opino que sí que conozco a mi hija. —Pero eso no era de lo que quería hablar con el hombre que tenía el futuro de Swan Park en sus manos—. Y hablando de hijas, ¿os gusta Juliet?

El gesto de Knighton le provocó una gran incomodidad. Percival detectó cierto asco o incluso rabia. Pero la mueca se desvaneció en un instante.

—Sí, señor. Me gusta Juliet. De momento.

—¿De momento? —repitió Percival.

—Solo acabo de conocerla. No he tenido tiempo de formarme una idea más real.

Maldición, aquel hombre se proponía retrasar su decisión. El anciano miró a Knighton con ojos severos.

—¿Pero no os dais cuenta de lo que hay en juego, muchacho? Supongo que habréis comprendido lo que tenéis que hacer si queréis heredar estas tierras.

Knighton sacó pecho.

—Lo sé. Pero en ningún momento me dijisteis que tenía que tomar una decisión de buenas a primeras.

Percival sintió un escalofrío en la espalda.

—¿Qué es lo que necesitáis para tomar una decisión? La única forma de obtener la prueba de vuestra legitimidad es casándoos con Juliet. —Eso no era del todo cierto; no quería morir cargando con el peso de sus pecados en su conciencia. Pero primero tenía que probar ese recurso, ya que tampoco quería dejar a sus hijas desamparadas.

—En ningún momento dijisteis que tenía que ser Juliet —pronunció Knighton sin perder la compostura—. En vuestra carta decíais que podría elegir entre una de vuestras hijas.

Percival no se habría quedado más patidifuso si Knighton le hubiera anunciado que quería al ama de llaves por esposa.

—Es cierto, pero no pensé que... ¿Os casaríais con Rosalind? ¿O con Helena?

Era imposible adivinar los pensamientos del joven, con aquella expresión ininteligible.

—No lo sé. ¿Cómo voy a afirmarlo si todavía no las conozco?

Percival se estremeció angustiado al pensar que la decisión tendría que mantenerse suspendida en aquel limbo por más tiempo; sin embargo, no estaba en posición de protestar. De todos modos, no pensaba permitir que ese hombre se demorara mucho. No había tiempo que perder.

—De acuerdo. Os podéis quedar unos días para conocer mejor a mis hijas. De aquí a una semana volveremos a hablar de la cuestión.

La sonrisa porfiada de Knighton irritó a Percival.

—Gracias, milord. Os prometo que no os arrepentiréis.

Capítulo seis

¿Por qué no salís al jardín? Me gustaría que mis rosas os vieran.

La escuela del escándalo, RICHARD BRINSLEY SHERIDAN,
escritor angloirlandés y propietario del teatro Drury Lane

*R*osalind estaba pensando que aquel tipo era demasiado astuto, mientras se adentraba en el coto de caza seguida por el señor Brennan. Había necesitado toda la mañana, pero por fin había averiguado lo que él se traía entre manos.

—No me lo digáis, a ver si lo adivino —dijo él detrás de ella con aquel tonillo condescendiente tan irritante—. Acabamos de entrar en el bosque de Arden.

—Estáis pensando en otra parte de la finca —le comunicó ella con sequedad—. Este es nuestro coto de caza. Dicen que es el mejor en todo el condado de Warwickshire.

Rosalind aspiró el aroma embriagador a madera húmeda que desprendía el bosque y se preparó para escuchar sus quejas. Si su teoría era correcta, él no dudaría en exponer cualquier fallo o defecto que viera en el coto de caza, tal y como había hecho en las otras partes de la finca que ella le había mostrado aquella mañana.

Como osara mencionar algún punto negativo de aquel bello reducto, lo llamaría mentiroso a la cara. Nadie podía objetar nada sobre el coto de caza. Papá en persona había realizado un seguimiento de su progreso a lo largo de innumerables años de meticuloso cuidado.

Con el aire de un hombre que examina una propiedad para comprarla, el señor Brennan escrutó la zona con interés.

—Este lugar sí que merece todos mis halagos.

Ella casi se cayó de espaldas a causa de la sorpresa. ¡El señor

Brennan acababa de admitir que le gustaba una parte de Swan Park!

—¿Me estáis diciendo que no creéis que necesite ninguna mejora? —Aquella había sido la conclusión del señor Brennan tras inspeccionar cada una de las estancias de la casa solariega.

Él enarcó una ceja.

—No, no creo que necesite ninguna mejora.

—No os contengáis; si queréis podéis llamarlo «un cementerio de hojas caducas», tal y como habéis descrito el invernadero —insistió ella.

—Es verdad.

—Pero el coto de caza no está impecable; había olvidado la importancia que conferís a la pulcritud. Ha de ser eso, si os habéis atrevido a decir que nuestra vaquería está sucia. La encargada de la vaquería se ha quedado patidifusa al oír tal aseveración, la mujer a la que entre todos le hemos puesto el apodo de «Doña Guantes Blancos».

Rosalind se refería a aquella absurda afirmación que la había llevado a deducir lo que él tramaba. Por lo visto, ese insensato pretendía provocarla para que se cansara de hacerle de guía y lo enviara a paseo, y de ese modo se desharía de ella y podría deambular solo por la finca.

El señor Brennan había fruncido los labios en evidente señal de hastío.

—Ya, pero se supone que un coto de caza no ha de estar absolutamente impecable, ¿o me equivoco?

—No, no os equivocáis. —Ella vadeó el camino para no tropezar con un árbol caído que bloqueaba el sendero. ¿Consideraría el señor Brennan que aquello era un peligro potencial tanto para los cazadores como para los gamos? Por un momento sintió curiosidad por su reacción. Se detuvo en seco y lo miró fijamente; a continuación realizó un amplio arco con su mano como si quisiera enmarcar todo lo que la rodeaba—. ¿Me vais a decir que no veis nada, absolutamente nada, que criticar en nuestro coto de caza? ¿Ningún fallo decepcionante ni ningún desperfecto?

—Oh, es un sitio muy pintoresco, de eso no me cabe la menor duda. —Sus ojos chispearon con astucia—. Aunque ahora que lo decís... Dada la cercanía de la casa, no considero una elección muy acertada que la vegetación sea tan tupida, ¿no estáis de acuerdo?

Rosalind no pudo contenerse. Súbitamente estalló en una risotada. Sí, los olmos formaban una barrera tupida sobre la maleza, y parecía que los robles estuvieran a punto de engullir el sendero hasta hacerlo desaparecer, pero aquello había constituido siempre uno de los encantos del coto de caza. Y ese maldito bribón lo sabía, aunque permaneciera allí de pie delante de ella con una expresión de absoluta inocencia.

—¡Qué pena que lo interpretéis como un fallo! Yo creo que a los gamos les gusta. Por lo que he visto, parece que prefieren estar rodeados de árboles, probablemente eso va unido a su instinto de esconderse de los cazadores y de los perros de caza. —Un impulso se apoderó de ella—. Pero quizá me equivoco. ¿Qué tal si buscamos un gamo y se lo preguntamos directamente?

Una sonrisa se perfiló en los labios del señor Brennan.

—Me limitaba a comentar que un bosque tan tupido es un sitio ideal para que se oculten los cazadores furtivos. Podrían disparar a un ciervo o meter en un saco varias perdices y marcharse antes de que nadie se diera cuenta.

—¿Cazadores furtivos? Mmm... No había pensado en esa posibilidad. Pero os olvidáis de que esto no es Londres. —Irguiendo más la espalda, añadió con malicia—: Ni tampoco es una de vuestras ciudades costeras con sus enclaves de contrabandistas. Casi nunca vienen cazadores furtivos por aquí, y aunque se deje caer uno de vez en cuando, tampoco pasa nada si se lleva un ciervo o varias perdices.

—¿De veras? —Su sonrisa se borró de un plumazo—. Pues ayer por la noche no os mostrabais tan tranquila con los ladrones, lady Rosalind.

Maldición, aquel hombre dirigía la conversación hacia la dirección que más le convenía con tal de atacarla, con tanta facilidad como la que había mostrado cuando le arrebató la espada la noche anterior. Pero ella podía actuar del mismo modo, ¿no? ¿Por qué no desviar la conversación hacia los secretos de su patrón? Sus tres intentos anteriores no habían obtenido el efecto deseado, pero hasta ahora había actuado con demasiada sutileza. Y la sutileza jamás había sido su mejor aliada.

Ladeó la cabeza para ocultar su expresión bajo la pamela.

—A mi modo de ver, un hombre que caza gamos furtivamente para alimentar a su familia difiere enormemente de un ladrón. El primero no es más que un pobre diablo que intenta sobrevivir; el segundo está motivado por la codicia, y por consiguiente merece ser llamado malhechor.

—Sois más indulgente que las leyes de la propiedad, que no hacen una distinción tan selectiva. La ley estipula que aquel que se apodera de algo que no le pertenece es un ladrón y un malhechor, sin importar cuáles sean las motivaciones de sus acciones.

Ella le lanzó una mirada desafiadora.

—Vos deberíais saberlo, ¿no?

—¿Qué queréis decir? ¿De nuevo estáis aludiendo a vuestras ridículas suposiciones respecto a lo que ocurrió anoche? Creía que ya habíamos aclarado la cuestión.

—De hecho, me refiero al hombre para el que trabajáis.

Los ojos del señor Brennan se iluminaron con unos vivaces destellos azules.

—¿Knighton, un ladrón? ¿Por qué? ¿Porque heredará Swan Park?

—Por supuesto que no. Por su conexión con contrabandistas.

—Ah, sí —dijo él con una visible tensión—. ¿Sabéis, lady Rosalind? Creo que vuestra vida debe de ser la mar de aburrida, dado que vuestro tema favorito siempre parece girar en torno a la población que delinque.

Ella lo estudió con interés mientras él avanzaba hacia el árbol caído y se sentaba en el tronco. ¿Eran correctas sus sospechas sobre él? ¿Por eso lo incomodaba que ella se hubiera referido a «la población que delinque»?

Sin embargo, cuando él volvió a alzar la vista para mirarla, no parecía incómodo. No, más bien parecía indiferente, impasible...

Y atractivo. Maldito fuera. Un hombre como él no debería merodear por ahí solo cerca de una mujer. A Rosalind ya le había costado mucho no fijarse en la perfección de aquel espécimen la noche anterior bajo la tenue luz que iluminaba el despacho. Y ahora, a plena luz del día, le resultaba del todo imposible no hacerlo.

El tronco se combó bajo su peso, obligándolo a separar exageradamente las piernas y a echarse hacia atrás para mantener el equilibrio. Sin poderlo evitar, Rosalind clavó la mirada en la abertura de su abrigo que dejaba entrever unas piernas perfectamente esculpidas bajo unos pantalones de cachemira que desaparecían dentro de unas lustradas botas de piel.

Botas de montar a caballo. ¿Montaba bien? Tendrían que ir a caballo para desplazarse hasta los campos de trigo y las granjas de los aparceros. Rosalind se lo imaginó montado en el mejor caballo de su padre, con sus musculosos muslos aferrándose a los flancos de la poderosa bestia...

A punto estuvo de salivar a causa de aquella sugerente imagen, antes de poder recobrar la compostura. Virgen santa, tenía que dominar su escandalosa imaginación. Pero ¿quién la iba a acusar, cuando durante años no había visto a ningún hombre en Swan Park con aquella magnífica... percha? No estaba segura de si lograría sobrevivir a la visita de aquel sujeto.

Pero tenía que sobrevivir. Después de todo, ni tan solo sabía si estaba casado. Aquel pensamiento aciago la empujó a desviar la mirada hasta su cara.

—¿Y bien? El señor Knigthon tiene conexiones con contrabandistas, ¿no es cierto?

—Que yo sepa, no. Pero aunque las tuviera, los contrabandistas no son ladrones, milady. Ellos compran las mercancías con las que luego trafican.

Ella lo miró con recelo.

—Ya, pero no pagan los impuestos del Gobierno cuando venden mercancías. Y los hombres que venden esas mercancías son igualmente culpables. Además, tampoco podemos olvidar que ningún inglés debería comprar mercancías a los franceses, ya que estamos en guerra con Francia. Estoy segura de que comprendéis por qué se les considera unos personajes deshonestos.

—Os aseguro que mi patrón no está asociado con ningún «personaje deshonesto». Sus negocios son completamente legítimos.

—Quizá ahora sí. Pero he oído que no siempre fue así. —Unas nubes condensadas oscurecieron el sol y apagaron la de por sí mortecina luz del bosque—. No evadiréis mis preguntas tan fácilmente como habéis hecho esta mañana, por lo que será mejor que me contéis la verdad. ¿La Knighton Trading empezó como una salida para vender las mercancías de contrabandistas? Y no cambiéis de tema.

Esta vez a Rosalind no le quedó la menor duda del cambio de humor de su interlocutor.

—Eso no es cierto. —Sin embargo, a pesar de su tono desafectado, echó la cabeza hacia atrás para observar el sendero. La luz difuminada dibujaba unas tensas líneas en sus mejillas angulosas y en su frente bronceada. Ella siguió su mirada hasta un atareado pájaro carpintero que con el pico se dedicaba a trepanar el tronco de un castaño lleno de agujeros.

—Decidme —continuó él—, ¿creéis que ese pájaro matará al árbol?

—Os he pedido que no cambiéis de tema.

—Y no lo hago. Por favor, contestad mi pregunta.

—De acuerdo. —Rosalind se quedó unos momentos mirando fijamente al pájaro carpintero—. No creo que lo mate. Los pájaros carpinteros provocan estragos, pero no son letales. Y necesitan alimentarse de gusanos.

—Exactamente. Pues podríamos decir lo mismo de los contrabandistas. Quizá sea cierto que sus transacciones provoquen estragos, pero no son letales para la sociedad, y en la mayoría de los casos lo hacen para sobrevivir.

—¿Y el señor Knighton lo hizo para sobrevivir? —preguntó con un claro objetivo.

El señor Brennan la miró directamente a los ojos durante un largo e incómodo momento. Luego soltó una maldición a media voz.

—Sí. La Knighton Trading se fundó cuando vuestro primo le compró a un contrabandista una destilería ilegal y empezó a vender brandy a sus compañeros de Eton.

—¡Lo sabía!

Un músculo se tensó en su angulosa mandíbula varonil.

—Él y su madre corrían el riesgo de acabar en la prisión Fleet de Londres por las numerosas deudas que les había dejado su padre al morir y que no podían saldar. Knighton hizo todo lo que pudo por ganar dinero de forma decente, aceptando los trabajos más variopintos, pero obtuvo más dinero vendiendo brandy ilegal que todo lo que había ganado en un año con aquellos trabajos tan diversos. —Volvió a desviar la vista y añadió—: O por lo menos, eso es lo que me ha contado.

—Pues a mí me parece sospechoso. Si él y su madre no tenían dinero, ¿cómo pagaban Eton?

Él se puso más tenso.

—Su padre había sido quien lo había matriculado en aquella escuela tan cara. A su muerte, la madre de Knighton consiguió que le permitieran a su hijo seguir unos años más en la institución a cambio de que se pagara los estudios realizando diversas tareas para la escuela, hasta que al final la situación se hizo insostenible, ya que las otras deudas eran demasiado elevadas como para poder reembolsarlas.

—Por lo que empezó a comprar mercancías de contrabando y a venderlas para sacar beneficios. Y lo hizo más de una vez, ¿verdad? No creo que sea posible erigir una gran compañía con los beneficios obtenidos en una única venta.

El señor Brennan se frotó el puente de la nariz con exasperación.

—Lady Rosalind, ¿os habían dicho antes que vuestra infinita curiosidad resulta terriblemente irritante?

—Sí, me lo dicen casi todos los días. —Plantó ambas manos en las caderas—. ¿Y bien? ¿Tengo razón, señor Knighton?

—Vuestro primo —espetó él— no disponía de suficiente dinero para sufragar su negocio, ni tampoco estaba relacionado con gente importante que pudiera financiar su empresa, así que sí, tuvo que dedicarse a vender mercancías de contrabando.

El señor Brennan apoyó una de las botas contra una rama muerta del tronco y la miró con ojos penetrantes.

—Decidme, cuando surgió la posibilidad de vender brandy a estudiantes ricos y de ese modo mantener a su madre y pagar las deudas de su padre, ¿debería haberla rechazado? ¿Debería haberle dicho a su madre que era más digno que ella acabara sus días en la cárcel mientras él huía del país en busca de fortuna? ¿Qué habría hecho en su lugar una señora tan decente como lady Rosalind?

Ella era plenamente consciente de cómo se podía complicar la vida cuando escaseaba el dinero, y eso que su familia jamás había llegado al extremo de temer un encarcelamiento por deudas económicas. Además, la explicación del señor Brennan coincidía con la de papá: que el señor Knighton había hecho tratos con contrabandistas por necesidad.

Sin embargo, le parecía extraño que el señor Brennan defendiera la causa de su patrón con tanta resolución. Realmente debían de ser muy buenos amigos.

Rosalind alzó la barbilla con petulancia.

—Supongo que habría sucumbido a la tentación temporalmente. Pero cuando hubiera conseguido triunfar, habría roto mis vínculos con los malhechores, os lo aseguro.

—¡Qué actitud tan noble la vuestra! —apuntó él con un marcado sarcasmo—. Vuestro primo no fue tan noble. Sucumbió a la tentación durante varios años. Descubrió que le gustaba pagar sus deudas y al mismo tiempo disponer de dinero para seguir invirtiéndolo en su nueva compañía. Pero claro, él era más susceptible a la tentación, ya que no había nacido con el privilegio adquirido de ser rico.

A Rosalind no le gustó la indirecta, y lo miró con reprobación.

—Quizá no había nacido con el privilegio adquirido, señor Brennan, pero por lo menos había nacido varón. Intentad poneros en la piel de una mujer por cinco minutos, y rápidamente descubriréis que un hombre de la posición social más baja dispone de más privilegios que cualquier mujer. A mí siempre me han dicho que no puedo controlar mi propio dinero ni gobernar mi propia vida ni buscar la clase de futuro que anhelo. ¡Menudo privilegio! Es más, tengo que encargarme de esta finca sin ayuda de nadie y cuidar de mis dos hermanas y de mi padre aún sabiendo que jamás heredaré la propiedad que estoy manteniendo. Os aseguro que estaría encantada de no gozar de tales «privilegios».

El señor Brennan hizo amago de replicar, pero ella se lo impidió siguiendo con su contundente monólogo.

—Además, no es una cuestión de privilegios; es una cuestión de obrar bien o mal. Parecéis a favor del comercio libre. Supongo que conocéis de primera mano a bastantes contrabandistas, ¿verdad?

Al señor Brennan le brillaron los ojos peligrosamente.

—¿Queréis decir, aparte de trabajar para mi malvado patrón?

—Sí. Manejáis muy bien la espada, para ser un mero administrador.

—Podría alegar que también creo que manejáis muy bien la espada, para ser la hija de un conde. Sin embargo yo no os he acusado de tener experiencia de primera mano con contrabandistas.

—¡Por supuesto que no! ¡Qué idea tan absurda!

—¿Por qué? ¿Porque sois una mujer? Y yo he de ser un contrabandista a la fuerza porque soy irlandés y manejo bien la espada, ¿no es así? Para que lo sepáis, también hay mujeres que delinquen, del mismo modo que hay muy buenos espadachines irlandeses que son hombres respetables.

Ella se sonrojó. Su intención al emitir tales especulaciones no había sido llegar a aquellas conclusiones tan obvias.

—No he dicho que seáis un contrabandista.

—No ha sido necesario. Me he convertido en un adepto a adivinar lo que vuestra desbordante imaginación es capaz de conjurar. —Se levantó del tronco con un malicioso brillo en los ojos—. No obstante, he de daros la razón: sí, hace mucho tiempo fui contrabandista.

Rosalind aceptó aquella revelación con júbilo.

—¡Por eso os contrató mi primo!

—No. Vuestro primo me contrató porque le salvé la vida cuando mis camaradas intentaron asesinarlo. —Se echó hacia un lado del sombrero de piel de castor y un mechón rebelde tan negro como un tizón le cayó graciosamente sobre la frente—. Vuestro primo se quedó... impresionado con mis habilidades, que tan bien le han servido a lo largo de todos estos años. De hecho, nadie ha sobrevivido para quejarse de mis habilidades.

Rosalind sintió que un escalofrío le recorría toda la espalda antes de escrutar sin pestañear la cara de su interlocutor.

—Me estáis tomando el pelo.

—¿De veras? —Dejando las palabras suspendidas en el aire, él reemprendió la marcha por el sendero con toda la arrogancia de un hombre seguro de su propio poder.

Ella lo siguió, analizando la nueva estrategia de su invitado. ¿Estaba intentando asustarla deliberadamente? ¿O era otra táctica para librarse de su compañía? Se decantó por la segunda opción, salvo por el desagradable recuerdo de con qué facilidad le había puesto el filo de la espada en el cuello la noche anterior.

Rosalind aceleró el paso hasta colocarse a su lado, con la firme determinación de obtener más información.

—¿Por qué os convertisteis en contrabandista?

¿Acababa de detectar una mueca divertida en su cara antes de que él recuperara la compostura arrogante, o se lo había imaginado?

—Veamos, «¿qué simple ladrón se jacta de sus propios logros?».

—*La comedia de los errores*, muy bien, veo que conocéis a Shakespeare. Sin embargo, no me importa si os jactáis. Tal y como habéis dicho antes, mi infinita curiosidad resulta terriblemente irritable. Si no la satisfacéis, soy capaz de abrumaros con mil y una preguntas hasta que lo hagáis.

—Ya me estáis abrumando —refunfuñó él—. Pero si insistís en conocer los detalles más escabrosos...

—Insisto.

—Para mí, el contrabando representó una vía de escape del orfanato en el que vivía desde los seis años, cuando tuve la oportunidad de unirme a una banda de contrabandistas a los nueve años.

—¡Un orfanato!

—Ya os había prevenido de que mi poco prestigioso pasado os escandalizaría —comentó.

—¡No, no es eso! Lo encuentro fascinante, de verdad. Parecéis tan... quiero decir... jamás lo habría imaginado...

—¿El qué? ¿Que no soy un caballero?

—Bueno, eso ya lo sabía —se apresuró a responder ella—, pero pensaba que habíais recibido una educación de caballero y que simplemente habíais optado por ignorarla.

—¡Vaya! No esperaba tal halago por vuestra parte. —Él aceleró el paso hasta que ella casi tuvo que correr para poder seguir su ritmo a través de las numerosas pilas de hojas caídas—. Sin embargo, si os irrita mi rudeza, no hay ninguna necesidad de que sigáis haciéndome compañía. Puedo apañarme solo. Estoy seguro de que tenéis otras obligaciones diarias, en vez de enseñarle vuestra finca a un hombre tan desagradable.

Él había pronunciado aquel comentario con absoluta convicción, como si creyera que ella era tan tonta como para caer en la trampa. Seguramente jamás había sido contrabandista. Ni tampoco había vivido en un orfanato.

—Oh, no me importa —contestó Rosalind con una aparente desidia—. Me gusta pasear, incluso con un malhechor tan peligroso a mi lado.

Continuaron en silencio. El único ruido era el que provocaban sus pies sobre la hojarasca y el jolgorio que armaban las ardillas alborotadas. Entonces a Rosalind se le ocurrió que podía intentar sacar ventaja de la franqueza que él le mostraba, bueno, eso si era capaz de creer una palabra de lo que alegaba.

—Decidme, ¿cómo es que acabasteis en un orfanato?

Él se encogió de hombros.

—Mis padres murieron, y me quedé solo en el mundo. Así que robé una naranja en una parada del mercado y acabé donde acaban todos los jóvenes rufianes. Supongo que no hace falta decir que el magistrado sabía reconocer una amenaza potencial para la sociedad cuando la veía.

Rosalind no pestañeó; lo único que había conseguido él con aquella historia era intrigarla aún más.

—¿Cómo es que perdisteis a vuestros padres a la vez? ¿Fue por la viruela? ¿O es que sufrieron un accidente?

Él resopló pesadamente.

—¿Por qué os gusta tanto meter las narices en los asuntos ajenos, lady Rosalind?

—No creo que sean asuntos ajenos, cuando afectan a mi familia. —Cuando él le lanzó una mirada de protesta, ella añadió maliciosamente—: Os alojáis bajo nuestro techo y os movéis por esta casa con bastante libertad, así que no considero que sea desatinado pediros que me ayudéis a determinar vuestro grado de vileza. No pienso permitir que una amenaza genuina ocasione problemas en mi finca.

—Entonces será mejor que os preparéis para combatir numerosos problemas. Soy más ruin de lo que os podéis llegar a imaginar. Soy el hijo bastardo de Danny Brennan *el Salvaje* y de la hija de una posadera que era su cómplice. —Hizo una pausa como si tuviera curiosidad por ver su reacción, y a continuación dijo con una pasmosa tranquilidad—: Los ahorcaron.

Ella se lo quedó mirando con la mandíbula desencajada,

aunque sin dar crédito a lo que acababa de oír. ¿El hijo de un salteador de caminos? ¡Menuda mentira! No podía ser el hijo del famoso Danny Brennan *el Salvaje*; no era tan feroz ni tan cruel como para ser el hijo de aquel forajido irlandés que había aterrorizado a todos los viajeros en Essex hasta que lo atraparon en una taberna jactándose de sus éxitos. Con su pareja, con la que no estaba casado.

Rosalind se estremeció. A Danny Brennan *el Salvaje* lo habían ahorcado con una mujer, y el señor Brennan se había presentado a sí mismo como Daniel Brennan. Debía de tratarse de coincidencias en ambos casos.

—¿Por eso utilizáis un apodo en vez de vuestro nombre de verdad? ¿Porque no queréis que la gente establezca la conexión con vuestro padre?

Él se limitó a observarla con una mirada críptica.

—No. Me llaman Griff por la figura mitológica del grifo.

—Ah, sí. Qué raro que el señor Knighton eligiera a un contrabandista que, además, era el hijo de un famoso salteador de caminos para confiarle sus finanzas. —Como si acabara de asimilar los comentarios que él le acababa de revelar sobre su pasado, Rosalind añadió en un tono poco serio—: A pesar de que supongo que para él es apropiado tener un grifo cerca que se encargue de aniquilar a sus enemigos.

—Hace tiempo que no me dedico a aniquilar enemigos —replicó él con sequedad—, aunque por lo visto he ofendido vuestra delicada sensibilidad. Con mi despreciable pasado, decididamente, no soy digno de continuar siendo vuestra compañía.

Él parecía maliciosamente decidido a rebajarse a sí mismo para que ella lo despreciara. Quizá por eso había fraguado aquella historia sobre el orfanato, igual que la de sus padres.

O quizá todo era verdad.

En cualquier caso, todo ello solo sirvió para afianzar su decisión de no perderlo de vista. Y aunque le pareciera abominablemente vergonzoso admitirlo, los cuentos sobre su pasado criminal también habían despertado su interés. Era una historia decididamente romántica. El papel de indigente y de ser hijo de malhechores a la vez quedaba la mar de bien. Si es que era verdad.

—No habéis ofendido mi delicada sensibilidad, en absoluto —dijo ella—. Os aseguro que sois el primero que la describe como delicada. Después de todo, no sois culpable de las fechorías que cometieron vuestros padres, solo de las vuestras. Elegisteis un camino mejor cuando tuvisteis la oportunidad. No os convertisteis en un ladrón.

—Salvo por mi pequeño escarceo con el contrabando —remarcó él.

Ella se contuvo para no sonreír.

—Sí, excepto por eso. Pero ahora sois un hombre respetable.

—Respetable. Pero no un caballero.

—Quizá sea mejor así. Por lo que he visto, tenéis unos gustos más particulares que cualquier caballero que conozco. Tiemblo al pensar qué efectos tendría vuestra opinión acerca de Swan Park si la hubiera expresado un caballero. De momento, habéis criticado sin clemencia todo lo que habéis visto.

—No es cierto que lo haya hecho sin clemencia. —Su burlona sonrisa suavizó la rigidez de la mandíbula y acabó con la tensión de su boca—. Ya os he dicho que me gusta el coto de caza.

—Salvo que los árboles crecen excesivamente juntos.

—Exacto. —Hizo una pausa y aminoró un poco el ritmo de su marcha—. ¿Así que os he ofendido con mis críticas?

Él se lo había preguntado con una evidente esperanza de que la respuesta fuera afirmativa, y Rosalind tuvo que contenerse para no echarse a reír.

—No, desde luego que no. De todos modos, vuestro patrón tendrá la libertad de alterar lo que quiera en Swan Park cuando mis hermanas y yo nos hayamos ido.

Rosalind se dio cuenta de lo que acababa de revelar solo cuando el señor Brennan la fulminó con la mirada. Virgen santa, había hablado más de la cuenta. Papá la castigaría si se enterara de que ella le había insinuado al señor Brennan que no pensaba que el señor Knighton acabaría casándose con una de ellas.

Pero papá había rechazado tener en consideración los sentimientos de sus tres hijas, por lo que quizá ella debería expresarlos a alguien que pudiera estar más interesado. En el proceso, Rosalind podría recalcar unos cuantos inconvenientes que podrían disuadir al patrón del señor Brennan a quedarse con una propiedad al borde de la ruina y tres solteronas sin dote alguna. Sí, quizá el señor Knighton debería saber que aquel acuerdo tan limpio con papá no era tan limpio después de todo.

Y la mejor forma de informar al señor Knighton era poner en antecedentes a su hombre de confianza.

Capítulo siete

Ella conoce a su hombre a la perfección, y aunque reniegues y despotriques, es capaz de domarte con un simple chasquido de los dedos.

Traducción de las *Sátiras* de Persio, JOHN DRYDEN, poeta, crítico, y dramaturgo inglés

Griff no sabía cómo interpretar el comentario de Rosalind. Después de aquella mañana, no sabía qué pensar sobre aquella fémina. Ella había soportado estoicamente cada una de sus críticas, incluso se había reído de él, como si hubiera adivinado sus intenciones.

Y probablemente era cierto. Poco a poco se había ido convenciendo de que aquella mujer era mucho más lista que lo que se figuraba. Había gestionado Swan Park de forma adecuada, a pesar de sus excéntricos métodos. Por descontado, él no habría pintado la fachada de la vaquería de color azul añil para compensar el «tedioso» color blanco del interior del recinto. Pero el espacio estaba escrupulosamente limpio y parecía proveer una producción de primera calidad, a juzgar por el queso que ella le había dejado probar.

A Griff no se le habría ocurrido contratar como mozos de cuadra a tres actores ambulantes de Stratford-upon-Avon, que, de entrada, parecían incapaces de hacer nada más que recitar *Como gustéis* para entretener a milady. Pero tenía que admitir que habían hecho un trabajo decente con los establos, teniendo en cuenta que aquellos caballos solo servían para llevar a las tres hermanas a Stratford y para sus desplazamientos por la finca.

En vista de esas destacables habilidades de gestión, no comprendía por qué ella había soltado aquel extraño comentario acerca de ceder Swan Park sin ofrecer resistencia.

—¿Qué queréis decir con eso de marcharos de Swan Park? Seguramente, si una de las tres se casa con mi patrón, tal y como vuestro padre plantea, las tres podréis quedaros a vivir aquí.

Rosalind aceleró la marcha y se adelantó unos pasos en el sendero.

—Solo porque papá haya ofrecido sacrificarnos como a tres reses que llevan al matadero no significa que estemos dispuestas a ir diligentemente al matadero.

Él la miró sin parpadear.

—¿Me estáis diciendo que ninguna de las tres tiene intención de casarse con mi patrón?

—Sí, eso es precisamente lo que digo.

Maldición. Las tres hermanas no solo eran víctimas del maquiavélico chantaje de su padre, sino que además no estaban dispuestas a casarse con él. ¿Cómo podía ser posible?

—¿Sabéis que perderéis Swan Park si una de las tres no se casa con Kinghton?

—¿Y a mí qué me importa? De todos modos, es un verdadero suplicio tener que encargarme de la gestión de la finca, para que lo sepáis. Especialmente de una finca con tantas deudas como Swan Park.

—Estoy seguro de que es un trabajo que conlleva muchos quebraderos de cabeza.

—No es el trabajo lo que me molesta. —Lo fulminó con una mirada altiva, como si la hubiera insultado—. No le temo al trabajo, por el amor de Dios.

—Entonces, ¿por qué...? —Griff hizo una pausa al recordar la imagen de ella blandiendo la espada—. Ah, ya entiendo. Es la clase de trabajo lo que os molesta. Demasiado aburrido, supongo.

Rosalind soltó un suspiro teatral a modo de respuesta.

—De ninguna manera. Me encanta planificar, redecorar y rehabilitar la casa. Me gusta dirigir al personal. Me gusta organizar el menú diario.

—Dirigir, organizar, planificar. —Griff sonrió socarronamente—. Os gusta estar al mando, ¿no es cierto?

Ella se encogió de hombros.

—Supongo que sí. Pero las otras tareas son tan aburridas... Detesto tener que repasar la contabilidad con nuestro mayordomo, y mediar en las mezquinas riñas entre los aparceros, y encargarme de un sinfín de detalles tediosos. Lo hago porque es mi obligación y porque si no nadie más lo haría, pero no porque me guste.

Griff se preguntó si ella le estaba diciendo toda la verdad. Seguro que si quisiera podría delegar los «detalles tediosos» a algún empleado; había muchos señores que lo hacían. Pero no pensaba cuestionarle esa perspectiva. En vez de eso, decidió jugar al abogado del diablo.

—Entiendo. Así que no os gusta encargaros de la finca. De todos modos, no tenéis por qué abandonarla por completo. Si Knighton contrae matrimonio con una de vuestras hermanas, él se encargará de la gestión, o pagará a alguien para que lo haga. Podríais vivir aquí las tres, y dedicaros a disfrutar de la vida.

Rosalind sorprendió a Griff cuando le replicó:

—Pase lo que pase, no quiero vivir aquí. Stratford es un sitio muy aburrido. Yo quiero ir a vivir a Londres.

Debería habérselo figurado.

—Entonces, ¿por qué no os casáis con Knighton y le pedís que os lleve a vivir allí con él?

¡Por el amor de Dios! ¡Qué barbaridad acababa de decir! Se recordó a sí mismo que no pensaba casarse con ninguna de ellas. Aunque... no le gustaba pensar que, una vez consumados sus planes, echaría a una familia entera de Swan Park en cuestión de meses.

Aquel pensamiento le provocó cierto malestar.

Ella lo miró con aprensión.

—¿Casarme con Knighton? ¡Ni hablar! ¡No lo haría ni por todo el oro de Inglaterra!

El insulto consiguió borrar de su conciencia aquella sensación de malestar.

—Eso es un poco fuerte, ¿no os parece? —Aquella mujer debería alegrarse de que alguien quisiera casarse con ella, teniendo en cuenta su edad y su forma de ser tan... peculiar—. ¿Tanto os disgusta la simple idea de casaros con alguien como Knighton?

Ella pestañeó varias veces seguidas, desconcertada ante la dureza en su tono.

—No... sí... quiero decir, no es que me oponga a casarme con él, no es eso exactamente. Opinaría lo mismo acerca de cualquier otro pretendiente que papá hubiera elegido para mí sin considerar mis sentimientos. Ya no vivimos en la época de las cavernas, señor Brennan. Las mujeres deberían gozar de la libertad de elegir a sus esposos, ¿no os parece?

A pesar de que estaba de acuerdo con ella en principio, Griff seguía sintiéndose herido.

—Y supongo que queréis ser tan libre como para elegir a un esposo que no haya erigido su imperio vendiendo mercancías de contrabando.

Él esperaba que lo negara, pero ella le mantuvo la mirada sin amedrentarse.

—Ya que lo mencionáis... sí. ¿Cómo podría respetar a un hombre que ha antepuesto su fortuna por encima de cualquier otra consideración, como la ley, la moral y el honor?

Griff dio varias zancadas con resolución para adelantarse y evitar que ella viera la rabia reflejada en sus facciones. ¿Qué sabía ella sobre anteponer la «fortuna por encima de cualquier otra consideración»? Ella tenía su coto de caza y sus criados y probablemente su propia fortuna. Quizá no fuera muy cuantiosa, aunque el término «cuantioso» también podía ser relativo. Hacía mucho tiempo, para él «cuantioso» habría significado unas veinte libras. Ella jamás había conocido una vida con tantas privaciones, de eso estaba seguro.

Sin embargo, cuanto más pensaba en ello, más le sorprendía su respuesta. Griff estaba acostumbrado a mujeres que «antepondrían la fortuna por encima de cualquier otra consideración», que sin vacilar estarían dispuestas a convertirse en la esposa o incluso la amante del inmensamente rico señor Knighton. Y sin embargo allí estaba ella, una mujer que consideraba que su dinero era una traba, una demostración de su pobre carácter. No sabía si admirar sus ideales o deplorar su esnobismo.

Como si acabara de caer en la cuenta de que lo había insultado, Rosalind irguió la espalda con una evidente tensión y murmuró:

—Bueno, no se trata solo del contrabando. Creo que una persona, ya sea hombre o mujer, debería casarse por amor.

Él la miró con escepticismo. Ella reemprendió la marcha por el sendero con cara risueña, como si soñara que en el futuro un hombre se enamoraría de ella. Costaba creer que aquella amazona tuviera una noción tan romántica acerca del matrimonio. Mercenaria, sí, o incluso condescendiente. Pero ¿romántica? Extraordinario.

—¿No es un punto de vista inusual, viniendo de alguien de vuestra posición social? —se interesó Griff—. Yo creía que las damas de vuestra clase consideraban que era más fácil enamorarse de un hombre rico que de uno pobre.

—No sé lo que opinan las damas de mi clase, pero yo personalmente considero que no es fácil enamorarse de nadie, ya sea rico o pobre. —Lo miró directamente a los ojos—. ¿Y puedo saber vuestra opinión al respecto? ¿Creéis que un hombre debería casarse con una mujer rica, si se le presenta la ocasión? ¿O quizá ya tenéis una esposa rica esperándoos en Londres?

—No —respondió él con firmeza—. Ni tengo ni planeo tener esposa, ya sea rica o pobre. De momento estoy centrado en... otros asuntos que me preocupan más que la cuestión del matrimonio. —Unos asuntos que seguramente dificultarían que las solteronas de Swanlea se casaran. Griff intentó dominar el sentimiento de culpa que había empezado a notar en el pecho.

—Así que no tenéis intención de casaros, ¿eh? Ni por dinero ni por amor.

—Por dinero no, y mucho menos por amor. No creo en esa emoción tan dudosa; jamás he estado enamorado. La gente confunde deseo con amor, un error peligroso que induce a los hombres a actuar como unos insensatos y a las mujeres a elegir a esposos equivocados, y al final entre todos propician que sus... sus... necesidades los lleven a la ruina. —Una precaución que debía recordar con lady Rosalind, ya que si alguien podía llevar a un hombre a la ruina, indudablemente esa era ella.

—¡Menudo cínico! Por lo que tengo entendido, el amor difiere enormemente del deseo.

—Pero ¿no tenéis la absoluta certeza? ¿Jamás habéis estado enamorada?

Rosalind lo miró a los ojos, primero sorprendida, y luego con recelo. Las motitas doradas en sus ojos castaños reflejaban los destellos del sol en las lustrosas hojas de los robles que les servían de techo. Griff le mantuvo la mirada al tiempo que notaba una extraña tensión en el pecho mientras contemplaba cómo crecía el rubor en las mejillas de su interlocutora.

Rosalind desvió rápidamente la vista y la clavó en un punto lejano del sendero.

—No, creo que no.

Él resistió la necesidad de emitir la siguiente pregunta lógica —si alguna vez había sentido deseo— ya que la respuesta probablemente desataría sus propios deseos.

—¿No recordáis si alguna vez habéis estado enamorada?

La pregunta consiguió arrancarle una sonrisa a Rosalind.

—Bueno, supongo que lo recordaría, si hubiera estado enamorada.

Griff sintió de repente una incontenible necesidad de prolongar la dulce sonrisa en aquel bello rostro.

—Entonces, ¿vuestra objeción a casaros con Knighton no tiene nada que ver con algún pretendiente secreto e inapropiado al que habéis ocultado en un lugar seguro?

Rosalind estalló en una sonora carcajada, ligera y jovial e inmensamente grata al oído.

—No, desde luego que no.

—¿Y qué hay de vuestras hermanas? —inquirió, recordándose a sí mismo su objetivo más importante, que sería más fácil de conseguir si le sonsacaba información a lady Rosalind que si flirteaba con ella—. ¿Tienen algún pretendiente oculto?

—Que yo sepa, no. —Ahora ella caminaba de una forma más relajada, con los brazos más sueltos y movimientos más fluidos, como si el hecho de haber revelado sus pensamientos acerca de aquella boda que planeaba su padre la hubiera liberado y ahora se sintiera más cómoda con él—. Pero no examino el coto de caza con regularidad. Y además están los establos; creo recordar que habéis comentado que los mozos de cuadra eran muy incompetentes. Podrían ser un par de pretendientes enmascarados.

Qué mujer más bromista. Griff sabía muy bien que a ella no le habían afectado sus críticas.

—Sí, ¿quién sabe qué perversos planes para fugarse con una de las tres hermanas podría estar fraguando uno de ellos en estos precisos instantes? —Sus pasos resonaron cadenciosamente sobre las hojas secas—. Así que vuestras hermanas tampoco desean casarse con Knighton, ¿no?

Rosalind vaciló antes de contestar.

—No estoy segura acerca de Juliet. Ella sí que quiere quedarse en Swan Park a toda costa. Y papá la presiona sobre la cuestión constantemente. A pesar de todo, sin embargo, creo que al final se echará atrás.

Por todos los santos, esas hermanas eran muy quisquillosas a la hora de encontrar esposo. Empezaba a comprender por qué seguían solteras.

—Supongo que ella también comparte vuestra aversión contra los contrabandistas.

—No, en realidad creo que a Juliet no le importa. Solo es que... bueno... que el señor Knighton la asusta, por lo visto.

—¿La asusta? ¿Por qué? Da... Knighton jamás le haría daño a una mujer.

—Me parece que en este caso la lógica no juega ningún papel relevante. Juliet solo tiene diecisiete años.

Él reflexionó un momento.

—Sí, y ahora que lo decís, parece tímida.

—¡Exacto! Es muy tímida y menuda, y creo que ve a Knighton como a un coloso.

Griff podía entenderlo. El tamaño de Daniel alarmaba a la mitad de las mujeres que Griff conocía, aunque generalmente perdían el miedo cuando Daniel las seducía con su encanto irlandés.

—¿Y lady Helena? ¿No se casaría con mi patrón con tal de asegurar que las tres pudierais seguir viviendo en Swan Park?

Ella sacudió la cabeza con tristeza.

—Me temo que las experiencias previas de Helena con sus pretendientes han acabado de una forma muy desafortunada. Uno de ellos en particular, lord Farnsworth, quiso casarse con ella a pesar de su cojera. Se comprometieron formalmente, pero él la abandonó cuando descubrió que papá decía la verdad acerca de su irrisoria dote.

—¡Qué ultraje!

Ella le agradeció el comentario con una mirada de aprobación.

—Así es. He intentado convencerla de que ese tipo no era más que un bribón, pero no me cree. Especialmente porque varios hombres la han rechazado por su cojera. Está demasiado desilusionada con los hombres como para considerar la posibilidad de casarse con el señor Knighton. Aunque Helena desee continuar viviendo aquí, no creo que sea capaz de desposarse para lograrlo.

—Y ya hemos establecido los motivos por los que tampoco os casaríais para salvar la propiedad. Además queréis ser actriz, ¿no es cierto?

—Así es. —Alzó la barbilla con orgullo.

—¿Seríais capaz de abandonar todo esto con tal de encaramaros a un escenario? —Griff no podía creerlo.

—¿Por qué no, si eso es lo que quiero?

—Porque desconocéis la verdadera naturaleza de lo que queréis —espetó él—. Es una profesión degradante. Las actrices trabajan hasta la noche por una pequeña paga y un respeto aún menor. Normalmente sufren el acoso de hombres que las consideran más o menos igual que unas furcias, y ni tan solo gozan del lujo de un trabajo estable, ya que incluso pueden echarlas de la compañía después de su primera actuación, y a ver dónde encuentran trabajo después.

—¿Así que habéis sido actriz? —le preguntó Rosalind con un marcado sarcasmo—. Habláis de esa profesión con una familiaridad que me incita a pensar que la habéis experimentado en carne propia.

Qué mordaz era esa mujer.

—No tengo que haberlo experimentado para saber cómo es. Voy al teatro.

—Igual que yo. Sin embargo mi impresión de la vida de una actriz difiere muchísimo de la vuestra. Qué curioso.

—Vais al teatro de un pueblo; no es lo mismo que en Londres. Supongo que vuestra intención es ser actriz en Londres.

—Por supuesto. —Volvió a alzar la barbilla con petulancia—. Igual que mi madre.

Griff había olvidado que la condesa había sido actriz. Eso explicaba por qué lady Rosalind albergaba esa romántica noción de aquella profesión.

—Por cierto —prosiguió ella—, mamá jamás la definió como una profesión degradante. Creo que recordaba aquella etapa de su vida con nostalgia.

—Es fácil recordar una etapa con nostalgia cuando ya ha quedado atrás —refunfuñó él.

—¿Ah, sí? ¿Recordáis vuestra infancia en el orfanato con nostalgia? —Rosalind le dedicó una implacable sonrisa victoriosa.

Él le contestó con una mirada fría.

—Precisamente porque he sufrido el trato de un paria a causa de mi pasado y mi profesión, sé que no os gustaría el teatro. Os han educado para un futuro mejor, por más que os cueste aceptarlo.

Si alguien sabía el sufrimiento de haber sido educado para una buena vida que luego resultaba inalcanzable, ese era él. Le había costado mucho erigir el imperio de la Knighton Trading, y había cortado sus vínculos con el pernicioso mundillo de los contrabandistas tan pronto como había ganado suficiente prestigio como para poder encargarse de la empresa de forma independiente.

—¿Así que opináis que lo mejor que podría hacer sería casarme con vuestro patrón? —le preguntó ella con desprecio.

—¡Por supuesto! ¿Una muchacha tan inocente cambiando Swan Park por la indecorosa vida ajetreada del teatro? Es absurdo, especialmente cuando podéis continuar gozando de vuestra aventajada situación meramente casándoos con...

Griff se detuvo en seco y resopló. Aquella maldita fémina le estaba haciendo perder los papeles; ni siquiera sabía lo que decía. Por el amor de Dios, ¿por qué estaba intentando convencerla? ¡Él no quería casarse con ella!

—Es vuestra opinión —contraatacó ella—, pero eso no cambia lo que sentimos mis hermanas y yo. No queremos casarnos con vuestro patrón. Ha sido realmente un gesto muy generoso por parte del señor Knighton considerar la propuesta de papá, pero no cambiaremos de parecer. Ni tampoco se lo tendremos en cuenta a nuestro primo, si decide buscar esposa entre otras candidatas que posiblemente sepan apreciarlo más.

Él se la quedó mirando boquiabierto. ¡Aquella fémina se atrevía a rechazar una propuesta de matrimonio que él ni tan solo le había hecho! Por supuesto, técnicamente lady Rosalind no lo había rechazado a él, sino a Daniel. Sin embargo, aquel matiz solo consiguió paliar levemente el sentimiento de orgullo herido.

De repente emergieron del bosque y se encontraron en lo alto de una colina por la que se descendía hasta los huertos de árboles frutales. Los rayos del sol se filtraban entre unas nubes cremosas que aportaban al ambiente una sensación de pesada humedad que se exageraba con el intenso aroma de la hierba pisada.

Permanecieron en lo alto de la colina unos instantes para contemplar Swan Park, pero Griff se sintió como si esas tierras se volvieran cada vez más hostiles hacia él. Todas sus expectativas acerca de aquella visita se estaban desmoronando. Las solteronas deseaban continuar siendo solteronas. No eran unas arpías, sino tres jóvenes afables y atractivas. Y las tres parecían dispuestas a entregarle la heredad sin oponer resistencia.

Sin embargo, una cosa no había cambiado: Griff todavía no tenía el certificado de matrimonio de sus padres. Así que a pesar de que le habría encantado contentar a sus primas regresando a Londres, no podía hacerlo.

Consideró la posibilidad de proponerle un trato a lady Rosalind: si ella le entregaba el certificado que su padre guardaba, él se marcharía cuando ella se lo pidiera. Pero Griff temía que ella fuera demasiado inteligente como para aceptar el trato sin rechistar. Seguramente le preguntaría para qué quería aquel certificado, cómo era posible que obrara en poder de su padre, así como los detalles de aquella triste historia. Y cuando ella supiera todos sus planes...

No, no podía correr ese riesgo. Por consiguiente, hasta que no encontrara lo que quería, él —o más bien Daniel— debería continuar con la farsa de su interés por una alianza, a pesar de lo que Rosalind pensara y lo que Griff deseara en realidad.

—Comprendo perfectamente lo que decís —Griff continuó de pie, contemplando las tierras, sus futuras tierras, con las manos tensamente entrelazadas en la espalda—. Pero me temo que no convenceréis a mi patrón. Por lo visto está sumamente interesado en el plan de vuestro padre. —La miró de reojo—. Dudo que lo rechace solo por vuestras aseveraciones.

—¿Qué? —gritó ella, dándose la vuelta expeditivamente hacia él—. ¿Me estáis diciendo que realmente quiere casarse con una de nosotras? Pero ¿por qué? Heredará Swan Park de todos modos, así que, ¿qué posible ventaja puede obtener, casándose con una de nosotras?

Él se encogió de hombros.

—Prestigio. Él tiene dinero y ahora quiere algo más. Posiblemente una mejor posición social. O quizá finalmente se enamore de una de sus primas. En cualquier caso, no puede tomar una decisión sobre la propuesta de vuestro padre cuando apenas hace un día que os conoce. Probablemente querrá estar aquí como mínimo una semana o más.

Ella resopló con disgusto y empezó a descender por la ladera de la colina.

—Genial. Vuestro maldito patrón está buscando esposa, y el loco de mi padre aprueba la idea, así que lo que opinemos mis hermanas y yo no importa en absoluto.

—Yo no he dicho eso —terció Griff mientras la seguía, incapaz de apartar la vista del sinuoso contoneo de sus caderas.

—¡Hombres! —bramó ella—. ¡Jamás aprenderán! ¡Un matrimonio de conveniencia no es más que un infierno! ¡Shakespeare ya lo dijo después de sufrir con su infeliz matrimonio, y sin embargo nadie le hace caso!

Realmente esa mujer se sabía la vida y milagros de Shakespeare. A Griff le gustaba el Bardo de Avon, pero no consideraba que todo lo que decía ese hombre fuera de una indiscutible sabiduría. Además, la libre interpretación que ella daba a esas frases y pensamientos célebres según su propia conveniencia lo irritaba en extremo.

—Nadie sabe si Shakespeare tuvo un matrimonio infeliz.

—¡Por el amor de Dios! Abandonó a su esposa aquí, en Stratford-upon-Avon, durante casi treinta años mientras él perseguía sus propios sueños en Londres. No sé qué opináis, pero a mí no me parece un matrimonio perfecto. —Lo miró a la cara, con unos ojos ensombrecidos por la rabia por debajo del ala de su pamela—. De todos modos, ¿qué clase de hombre desea casarse con una mujer contra la voluntad de ella?

—Me parece que ya no estamos hablando de Shakespeare, ¿no es así? —declaró Griff con sequedad.

Rosalind alzó la barbilla con petulancia y reemprendió la marcha.

—¿Por qué diantre quiere mi primo casarse con una de nosotras? ¿Acaso no ha oído hablar de las solteronas de Swanlea? ¡Nosotras no nos casamos por dinero ni por posición! ¿Por qué no busca esposa en otro sitio? Él es rico, y además muy pronto heredará un título nobiliario.

—Sí que es rico. —A Griff se le escapó una sonrisita traviesa, ya que ella hablaba de Knighton (de él) como si fuera un verdadero idiota. Por lo visto desconocía su situación de bastardo.

Lady Rosalind malinterpretó su sonrisita y lo fulminó con unos ojos muy duros.

—Si el señor Knighton cree que obligando a una de nosotras a casarse con él...

—¡Por todos los santos, mujer, calmaos de una vez! Yo no he dicho que él os vaya a obligar a casaros. Solo he dicho que probablemente no abandonará su intención simplemente porque sintáis una fuerte animadversión hacia su persona.

El sendero que descendía hasta los huertos estaba anegado de barro, y a Rosalind se le hundían las botas de tacón en el lodo. Por lo visto, aquel inconveniente añadido aún la puso más furiosa.

—Así que tendremos que soportaros a vos y a mi primo durante unas semanas, hasta que decida si quiere casarse con una de nosotras, ¿verdad?

—Si seguís mostrándonos una hospitalidad tan efusiva, no creo que nos quedemos muchas semanas. Por mi parte, espero que sea menos tiempo.

—Mirad, señor Brennan, yo no os he pedido que vengáis a complicarme la vida fisgoneando por ahí y...

—¿Fisgoneando? —A Griff se le tensó la mandíbula. Así que ella seguía desconfiando de él. No podía permitirlo, porque si no, esa pesada lo seguiría por todas partes sin darle tregua. Sin alterar el tono de voz preguntó—: ¿Se puede saber a qué os referís? ¿Por qué iba yo a fisgonear? ¿En busca de qué?

Ella irguió la espalda.

—No... no tengo ni idea. Pero es obvio que queréis libraros de mí por alguna razón.

Él pensó una excusa rápida.

—Solo por conveniencia, os lo aseguro. Mi patrón me paga para determinar qué mejoras tendrá que aplicar a la finca cuando la herede. Puedo sacar conclusiones más rápidamente sin una mujer pisándome los talones que me diga dónde he de ir y qué es lo que he de ver.

Tal y como Griff había esperado, ella se ofendió.

—Los hombres siempre tan abominablemente pomposos... —Lo traspasó con la mirada—. No sé por qué no podéis aceptar mi ayuda.

Rosalind se había indignado tanto que no vio la roca que se desprendía del suelo bajo sus pies hasta que la pisó y resbaló. Instintivamente, Griff la agarró por el codo y la estrechó con fuerza entre sus brazos para evitar que ella se precipitara por la pendiente. Rosalind se aferró a sus hombros para no perder el equilibrio.

Entonces los dos se quedaron paralizados, enredados el uno en los brazos del otro. Ella alzó la vista y sus pupilas se contrajeron por la tensión de tenerlo tan cerca. Excesivamente cerca. A pesar de que lo había tenido igual de cerca la noche anterior, en aquella ocasión Rosalind no estaba de cara a él. Del mismo modo, Griff no había gozado de una vista tan íntima de sus mejillas teñidas por el reflejo del sol ni de sus largas y sedosas pestañas oscuras ni de sus labios carnosos que se habían entreabierto sinuosamente como si él acabara de besarlos.

Maldición. Mejor no pensar en besarla. Porque si la besaba, probablemente cometería una estupidez: no podría dejar de besarla.

Se ordenó a sí mismo soltarla, pero sus manos no obedecieron la orden. Sus dedos pulgares ya se habían clavado en sus costillas, y habían empezado a ascender hacia sus pechos, deseosos de comportarse con una absoluta falta de decoro, de tocar lo intocable. Y ahora sus labios también mostraban una predisposición a la rebeldía. Querían pegarse a aquellos frágiles párpados, a aquella barbilla impúdica, y cómo no, a aquella boca voluptuosa.

La culpa era de ella, por la forma en que lo miraba, como si lo deseara. Y esos labios entreabiertos... Malditos fueran por tentarlo a besarlos. No era un hombre que rechazara una provocación. Jamás.

Griff empezó a bajar la cabeza, pero el ala de su sombrero topó con el ala de la pamela de Rosalind, y eso hizo que ella recobrara la compostura. Con un efímero suspiro de alarma, apartó las manos de sus hombros hercúleos y luego se zafó de sus brazos.

—¿Estáis bien? —Griff se oyó a sí mismo preguntar mientras se apartaba de la tentación. ¿Se había vuelto loco? ¿Había perdido el juicio por completo? Su miembro viril totalmente erecto le indicaba que sí.

Tartamudeando, ella le dio la espalda y reanudó la marcha, con un paso mucho más expeditivo que antes.

—¡No vayáis tan rápido! —la previno él al tiempo que la seguía a grandes zancadas—. ¿No veis que os podéis torcer un tobillo bajando tan rápido por esta pendiente?

—Bueno, al menos eso sería realmente conveniente para libraros de mí, ¿no?

—¿Se puede saber qué os pasa?

—Digo que entonces os libraríais de mi compañía durante el resto de vuestra estancia.

Rosalind aceleró la marcha hasta que prácticamente se puso a correr. A pesar de que Griff notó una creciente alarma, era evidente que ella no estaba atemorizada, ya que seguía caminando con paso impetuoso y lanzándole dardos envenenados con absoluta naturalidad, como un jugador de cartas totalmente seguro de sí mismo.

—¡Pues siento decepcionaros, señor Brennan, pero no pienso daros ninguna excusa para que os libréis de mí! ¡Será mejor que os vayáis haciendo a la idea! ¡No me apartaré de vuestro lado ni un segundo! ¡Y no me importa lo que hagáis con tal de intentarlo!

—Pues por lo que veo ahora mismo os estáis alejando de mí —bramó él, y la agarró por el brazo para obligarla a aminorar la marcha, pero ella se zafó bruscamente de su garra. Se alzó la falda hasta una altura indecente y echó a correr por la pendiente. Fue un milagro que no cayera rodando.

Pero ¿qué mosca le había picado? ¿Por qué huía de él como una mujer poseída por mil demonios?

Entonces lo entendió. Ella huía por la misma razón por la que él había estado tan excitado unos segundos antes cuando había escrutado sus hermosas facciones. Por pasión. No le cabía la menor duda. Se estaba alejando de él por la innegable pasión que existía entre ellos.

¡Perfecto! Griff se había equivocado la noche anterior: no era el filo en su garganta lo que la había puesto tan nerviosa, sino sus manos sobre ella, su cuerpo pegado al suyo. Ella podía fingir que era inmune a tales sensaciones, pero él había reconocido la llama de la pasión en su mirada unos momentos antes. No, ella no era inmune, y esa realidad irrefutable la aterraba.

Griff sonrió victoriosamente mientras aminoraba el paso. Por fin había descubierto el secreto mejor guardado de aquella amazona. Así que temía a la pasión, ¿eh? Especialmente hacia un hombre al que menospreciaba por ser de baja extracción, ¿no? Muy bien, pues pasión era lo que pensaba darle. De ese modo se la sacaría de encima en un abrir y cerrar de ojos.

Una voz desagradable en su cabeza se rio de él y de su propósito, arguyendo que solo era una excusa, que su intención no era zafarse de ella, sino que en realidad ardía en deseos de poseerla. Griff hizo caso omiso de aquella voz. Además, merecía divertirse un poco a costa de aquella fémina que llevaba toda la mañana atormentándolo.

La idea de lo que se proponía hacer lo empujó a acelerar nuevamente el paso mientras llegaba al final de la pendiente y avistaba un camino con árboles frutales a ambos lados. Entró en el huerto y la encontró quieta, esperándolo, como una resplandeciente pincelada de color en contraste con los oscuros troncos de los árboles. Allí su traje a rayas no era chillón, sino más bien un rayo plateado de sol en medio de las brillantes hojas verdes y las sugestivas ciruelas encarnadas que pendían sobre su cabeza. En aquel escenario idílico, ella irradiaba un esplendor terrenal que dejó a Griff sin aliento y le provocó un desapacible cosquilleo en la parte inferior del vientre.

Sí, quería divertirse con ella, solo un poco. Solo lo suficiente como para conseguir que ella huyera despavorida y aplacar aquella incontrolable sed carnal que se había apoderado de él.

—Este es nuestro huerto de ciruelos —anunció Rosalind mientras él se le acercaba—. Pensé que os gustaría verlo. También tenemos un huerto de manzanos y otro de cerezos, pero el de los ciruelos es el que más destaca por su atractivo colorido, ¿no os parece?

En aquel momento a Griff le importaban un ardite las cerezas, las manzanas y las ciruelas, pero decidió seguirle la corriente para que ella bajara la guardia, ya que parecía tan tensa que seguramente saldría corriendo si él daba un paso más.

El problema era que ella nunca se alejaría demasiado, así que tenía que darle un buen susto para que lo dejara en paz de una vez por todas. Griff alzó los ojos para contemplar las ramas cargadas de aquellas maravillosas frutas maduras.

—No me gustan las ciruelas —declaró con absoluta sinceridad.

A Rosalind se le escapó una carcajada de frustración.

—No sé por qué, pero no me sorprende.

Él clavó la vista en ella al tiempo que una idea iba tomando forma.

—Las ciruelas son ácidas, y no me gusta la fruta ácida. Cuando me llevo algo a la boca, quiero que sea dulce y jugoso.

Griff desvió la vista hacia las partes de ese cuerpo femenino que cumplían aquellas cualidades a la perfección, y se regocijó al ver cómo a ella se le aceleraba la respiración y su pecho subía y bajaba apresuradamente. Rosalind había comprendido el doble sentido, y se mostraba alarmada. Incluso se sonrojó un poco antes de darse la vuelta expeditivamente y enfilar hacia uno de los árboles.

«Mi plan está funcionando. Empieza a mostrarse esquiva, como un cervatillo que busca cobijo en las profundidades de los bosques frondosos de Swan Park.»

—Estas ciruelas no son ácidas —replicó Rosalind, sin mirarlo a los ojos—. Seguro que estáis pensando en las damson, la variedad que se usa para hacer tartas. —Se quitó un guante y lo guardó en el bolsillo, luego tomó una ciruela carnosa y madura que pendía de una rama baja. Para sorpresa de Griff, ella se volvió hacia él y se la ofreció.

—Probadla —lo invitó.

Ni tan solo Eva completamente desnuda en el jardín del

Edén habría tenido un aspecto tan tentador como Rosalind, con su mano desnuda ofreciéndole una fruta madura. ¿Qué se proponía aquella fémina?

Griff se sintió tentado por el juego. Se acercó a ella y se quitó ambos guantes. Apresándolos con una mano, aceptó la fruta con la otra.

Pero en vez de tomarla, le apresó la muñeca a Rosalind y la obligó a acercar su delicada mano con el trofeo hasta la boca de él. Ella entreabrió los labios con una mueca de sorpresa, y sus bellos ojos adoptaron un delicado tono verde dorado, mientras observaba cómo él daba un bocado a la ciruela; sin embargo, no hizo amago de apartar la mano ni de tirarle la fruta a la cara con desprecio.

No. Rosalind había fijado la vista en aquella boca. Como si fuera ella la que estuviera saboreando la fruta, se pasó la lengua por el labio inferior, y Griff se excitó al instante. Cuando él tragó la fruta, ella lo imitó, y el suave movimiento de su garganta lo hipnotizó.

«¡Maldición!», pensó él al tiempo que volvía a mirarla a los ojos. No había previsto aquella reacción. Ella tendría que haberlo abofeteado, insultado, y después haberse alejado absolutamente indignada. Sin embargo se había quedado paralizada frente a él, con los labios entreabiertos y los ojos como un par de naranjas.

Tenía que provocarla aún más, eso era todo. Con una desfachatez deliberada, Griff deslizó la boca desde la ciruela a la mano pegajosa de Rosalind y lamió el jugo dulzón de la fruta.

—Tenéis razón —murmuró él—, no es ácida, en absoluto.

Continuó deslizando los labios por su mano hasta alcanzar su muñeca, y sintió una alegría triunfal al constatar la celeridad con que le latía el pulso bajo su lengua.

—Es dulce... deliciosa...

Griff esperaba que ella se amedrentara, sin embargo permaneció quieta mientras él le lamía el jugo de la fruta. Agarró su muñeca con más fuerza al tiempo que notaba cómo se apoderaba de él el deseo de seguir lamiéndola hasta formar una senda que bajara por su escote y probar aquel cuerpo exuberante que ella había exhibido sin querer la noche anterior.

Rosalind carraspeó incómoda, y Griff supo instintivamente

que ella protestaría si él seguía excediéndose. Antes de que ella pudiera pronunciar ni una sola palabra de reprobación, Griff dirigió la delicada mano de Rosalind hacia su propia boca y dijo:

—Comprobadlo. Probad este manjar. Sé que estáis tan hambrienta como yo.

Rosalind entornó los ojos con una extraña modestia, dejando claro que comprendía a qué clase de apetito se refería él. Sin embargo, obedeció, tomando la ciruela entre sus dientes blancos y desgarrando la piel de la fruta con suavidad, solo para probar levemente el sabor. Una gota de jugo resbaló a traición por su barbilla, y Griff inclinó la cabeza para cazarla con su lengua.

Una verdadera insolencia, aunque no tanto como lo que planeaba hacer a continuación. Griff alzó la boca medio centímetro para rozarle los labios, y entonces la besó.

Fue un beso suave, sedoso, tierno. A pesar de que anhelaba besarla apasionadamente, su objetivo era asustarla, y no incitarla a denunciarlo por excederse con ella.

Lamentablemente, cuando él se apartó, Rosalind no lo abofeteó ni huyó despavorida, ni tan solo protestó. En vez de eso, se lo quedó mirando con los ojos desmesuradamente abiertos, mientras la ciruela se escurría entre sus dedos y caía al suelo.

—Veo que se os da... muy bien... realmente bien... besar.

Maldición. Obviamente, su plan requeriría un mayor empeño que el que se había figurado inicialmente. Soltó los guantes, deslizó los brazos alrededor de su cintura y la atrajo hacia sí, pegando su cuerpo al de ella.

—¿Qué esperabais? Antes me habéis dicho que no soy un caballero.

Esta vez Griff no se intimidó y se entregó a la fiera necesidad que ella había despertado en él durante su encuentro nocturno. Embriagado por el aroma de las ciruelas y la calidez del sol, embistió sus labios carnosos con el mismo deseo que sentía de embestir aquel cuerpo.

Para su sorpresa, ella también lo besó. ¡Por todos los dioses! ¡Ella lo estaba besando! Con un entusiasmo inimaginable en una mujer de su alcurnia y experiencia limitada. Cuánta dulzura, cuánta tentación... ¿Cómo iba él a resistirse? Se le cayó el sombrero mientras se pegaba más a ella. Pasó la lengua sobre sus labios vírgenes hasta que estos cedieron y se abrieron para que él pudiera explorar con su lengua las profundidades sedosas de aquella tentadora boca. Rosalind se puso un poco rígida ante la fusión tan íntima de las dos lenguas, pero al cabo de unos instantes se entregó a la pasión, enredada entre aquellos brazos varoniles, y Griff pensó que iba a estallar a causa de la excitación.

Le encantaba ver cómo ella se pegaba más a su cuerpo, cómo retorcía los brazos alrededor de su cuello, dejando caer el chal por la espalda. Griff hundió más la lengua, con más vigor, casi a punto de perder el control de sí mismo.

«Esto es una verdadera locura», pensó. Pero sentía una imperiosa necesidad de tocarla, de besarla. Si no lo hacía, sabía que no podría quedarse en aquella casa ni una semana sin secuestrar a esa fémina y llevarla a su alcoba como el bruto de Petrucho con su fierecilla domada.

De todos modos, en esos mismos instantes corría el riesgo de actuar de un modo igualmente deplorable, ya que estaba perdiendo la cabeza. Necesitaba manosear aquellos pechos generosos, arrancarle aquel vestido tan escandaloso y explorar todos sus secretos hasta que sus gritos de placer resonaran en el huerto. Ella era como una esplendorosa fruta madura en pleno verano, y él era un hombre hecho y derecho al que le gustaba saciarse de tales manjares. Solo su virginidad lo frenó para no tumbarla allí mismo en el suelo, en medio de la tierra salpicada de ciruelas caídas de los árboles, alzarle la falda y plantarse entre esos suaves muslos de una blancura nívea.

Si ella no dejaba de lanzar aquellos suspiros tan sensuales, sin embargo, perdería la batalla y se dejaría arrastrar por la lascivia. Estaba recurriendo a toda su fuerza de voluntad para no agarrarla por las caderas y atraerla hacia su pene inflamado.

—Mmm... señor Brennan... —jadeó ella, pegada a sus labios.

—Griff —pronunció él, totalmente estimulado—. Llámame Griff, mi dulce Rosalind.

¿Qué estaba haciendo? ¿Había perdido la cordura? Debería haberla asustado para librarse de su presencia de una vez por todas y buscar el certificado de nacimiento.

A pesar de ello, Griff se rebelaba a aquel pensamiento, especialmente ahora que ella había empezado a estampar unos besos tentadores a lo largo de su mandíbula y su cuello. Era tan apasionada como él había soñado. Hundiendo la cara en la embriagadora fragancia a agua de rosas de su melena, Griff no hizo ningún movimiento para acabar con aquel delirio.

¡Por Dios! ¿Cómo iba a hacerlo, si lo que más deseaba en aquel momento era un beso más, solo uno? Sin embargo, temía que después de aquel beso, quisiera otro... y otro, y otro más, hasta que ella lo atrapara irremediablemente entre sus redes seductoras.

Tenía que parar. Sin dilación.

Lo único que quería era saborear unos momentos más aquella locura, luego la apartaría de su camino y reanudaría la labor que lo había llevado hasta aquella casa, su verdadero propósito.

Solo unos pocos momentos más en el paraíso...

Capítulo ocho

¿Puede el espíritu desde la tumba, o un demonio desde el infierno, ser más odioso, más maligno que un hombre? ¿Un hombre villano?

Orra, JOANNA BAILLIE, dramaturga escocesa

*R*osalind se preguntaba por qué tenía que ser tan hábil en el arte de la seducción mientras se entregaba a sus exquisitos besos. Su boca era firme y secreta, la boca de un hombre que probablemente había probado las tentaciones más oscuras. Se movía implacable sobre la suya, demasiado insistente como para rechazarlo.

Aunque ella no tenía ninguna intención de rechazarla. Ahora que él la había arrastrado hasta tan lejos, no había retorno. Eso le pasaba por ser tan débil a los placeres de la carne, a las tartas de manzana aromatizadas con canela que se fundían en la boca, a las telas de seda que acariciaban la piel con suavidad, a los baños calientes y relajantes... Y ahora a un hombre apuesto y viril que le robaba los sentidos con cada nuevo beso. ¿Cómo iba a negarse a aquella deliciosa lascivia pasajera?

Le parecía absolutamente natural permitir que aquella lengua cálida hurgara en su boca, permitir que la conquistara con embestidas aterciopeladas que la dejaban sin aliento. Le parecía absolutamente correcto permitir que él le aflojara la cinta de la pamela y que luego se la quitara para poder besarla mejor.

Sabía que él podría exigirle un resarcimiento por su impertinencia al cuestionar su pasado rufianesco, pero no esperaba que resultara tan sensual y excitante...

Y peligroso. No debían continuar. No.

—Griff, yo...

—Chist, mi adorable Rosalind... —Otro beso, otro beso embriagador para saciar su sed. Pero esta vez él pegó la parte inferior de su cuerpo a la de ella, sus caderas contra las de ella.

Rosalind notó algo duro que se le clavaba en el vientre. Algo duro que él llevaba en el bolsillo. ¿Una pistola? El pensamiento le provocó un desapacible escalofrío. ¿Y si el arma se disparaba accidentalmente a causa del roce? Asustada, se apartó de un brinco. Desde luego, era posible. Él era la clase de hombre que podría ir armado con una pistola peligrosa.

—¿Qué es eso? —Rosalind bajó la vista y la clavó en sus pantalones.

—¿El qué?

Griff se inclinó para besarla de nuevo, pero ella arqueó la cabeza hacia atrás antes de que él lo consiguiera.

—En vuestro bolsillo —susurró—. Tenéis... algo en el bolsillo.

—¿Algo en mi...? —Griff resopló con incredulidad al tiempo que la miraba con sus intensos y seductores ojos azules—. A menos que estés usando un eufemismo para la erección masculina, no llevo nada en el bolsillo.

¿Erección masculina? Ella lo miró sin entender, hasta que al final cayó en la cuenta de lo que él le decía. Entonces se sonrojó de la cabeza a los pies.

—¡Oh! He visto caballos y toros, pero... pero... no pensaba que la gente... quiero decir, que los hombres...

—Sí, los hombres también nos excitamos, y cuando eso pasa, se nos pone duro el miembro viril. Y te aseguro que has conseguido excitarme, y mucho.

Ella hundió la cara abochornada en su corbata.

—Seguro que pensáis que no soy más que una pobre mujer estúpida.

—No, esa no ha sido la primera palabra en la que he pensado, no. —Tras soltar una carcajada, Griff le lamió el lóbulo de la oreja, y después deslizó la lengua hasta el interior de su oreja—. Virgen, quizá. Una gran seductora, desde luego. Pero estúpida, no.

Ella se estremeció mientras aquella lengua juguetona seguía hurgándole la oreja. Jamás se habría imaginado que una lengua pudiera dar tanto placer. Ni que las orejas fueran tan sensibles. La fragancia almidonada de su corbata mezclada con el ligero olor a sudor generaban un aroma muy masculino y sorprendentemente estimulante.

Griff volvió a estrecharla entre sus brazos, y Rosalind volvió a ser consciente de su enorme fuerza. La noche anterior la había sorprendido, pero ahora ella sabía cómo la había desarrollado: primero en el orfanato y luego en los veleros que cruzaban las rizadas aguas del canal de la Mancha.

Aquella constatación debería haberla apartado de él, que se diera cuenta de que no era un hombre que estuviera a su altura. Sin embargo, su fascinante pasado la intrigaba e incrementaba la tensión, por lo que le era imposible apartarse de él.

Por lo visto, él sí que se sentía incómodo, ya que se echó hacia atrás y murmuró:

—No deberíamos hacer esto, Rosalind.

Era verdad, pero le molestaba que fuera él quien la rechazara tan fácilmente cuando ella no podía reunir fuerzas para hacer lo mismo con él. En un impulso, alzó la cara para besarlo en los labios. Él se quedó paralizado, y acto seguido, para inmensa satisfacción de Rosalind, resopló y empezó a besarla con la misma impudicia de antes.

Esta vez fue ella la que se apartó, dejándolo completamente aturdido.

—¿Qué decíais? —bromeó ella.

Griff fijó la vista en sus labios.

—Decía que... que... —Sacudió la cabeza como si quisiera despertarse—. Decía que será mejor que paremos.

Qué pena que él tuviera razón.

—¿Es necesario? No, no contestéis. Sé que tenemos que parar. —Con un gran pesar, Rosalind aflojó las manos alrededor de su cuello y las dejó caer a ambos lados. De repente la asaltó la magnitud de lo que acababan de hacer—. No sé qué me ha pasado.

—Lo mismo digo. —Griff se inclinó para recoger la pamela de Rosalind y se la entregó. Mientras ella se la ponía, peleándose con la cinta, él continuó—: Por eso no... no deberíamos pasar más tiempo juntos a solas. Eres una tentación demasiado provocadora para mí.

Rosalind sintió que se le encogía el pecho.

—¿Qué queréis decir?

—Exactamente lo que acabáis de oír. No deberíamos propiciar estos encuentros a solas. Será mejor que a partir de ahora nos separemos.

Eso era precisamente lo que ella había entendido de entrada. Excepto que no era posible que él hablara en serio, ¿no? Se sintió invadida por una sensación de angustia y asco a la vez. ¡Qué mema había sido! ¡Una absoluta mema! Había creído que él se sentía genuinamente atraído por ella, que sentía el mismo deseo irracional que ella.

Pero no era así. Solo se había tratado de otra artimaña para alejarla de él. Una abominable sensación de vergüenza y traición se instaló en su pecho, y Rosalind notó que le costaba mucho respirar. ¡Virgen santa! ¡Se había burlado de ella! ¡Maldito bribón!

Rosalind se volvió expeditivamente y avanzó unos pasos hasta uno de los árboles frutales. ¿Cómo había podido ser tan ingenua como para haber caído en la trampa más antigua que los hombres tenían en su arsenal: la seducción? Y no solo había caído en la trampa, ¡sino que se había entregado sin ofrecer resistencia! ¡Y encima había gozado del exquisito placer! Se había comportado como... como una verdadera fresca.

¡Qué vergüenza! De esta experiencia Rosalind debería sacar una lección: que cuando se intenta colmar el apetito por los placeres mundanos, la historia nunca acaba bien. Pero esta vez ella no solo sufriría náuseas por haberse arriesgado a probar una deliciosa golosina, esta vez sufriría el dolor de la pérdida de su dignidad y del respeto a sí misma.

Irguió la espalda. No, eso no era verdad. Si algo podía salvar, eso era su dignidad. A pesar de que le habría encantado regañarlo a voz en grito por su perfidia, no podía correr el riesgo de revelar tan fácilmente cuán atraída se sentía por él. Aquel bribón se regodearía de su éxito al haber seducido a la hija idiota del conde. ¿Cómo era posible que un hombre tan apuesto y avezado en el arte de la seducción se excitara besando a una solterona a la que ya se le había pasado el arroz?

Rosalind oyó cómo él recogía su sombrero y le quitaba el polvo, y en ese momento le escocieron los ojos a causa de las lágrimas traidoras que pujaban por salir. ¡Maldito fuera! ¡No, no pensaba llorar! Solo las niñas profundamente enamoradas lloraban, y ella no iba a permitir que él la viera comportarse de ese modo. Pero haría que él admitiera su jugarreta. ¡Vaya si no! Por lo menos, tendría esa satisfacción.

Procurando poner una carita coqueta, volvió a girarse, lo miró a la cara y sonrió. Aquel papel no era distinto a cualquier otro que pudiera desempeñar como actriz. Lo único que necesitaba era sosegarse y dejar de temblar.

—¡Santo cielo! ¡Qué tonta he sido! —se lamentó ella en un tono burlón, claramente teatral—. ¡Y yo que había pensado que nos estábamos... divirtiendo genuinamente! —Unas palabras más duras clamaban por escapar de su boca, pero ella las oprimió. Había otras formas mejores de vencer a un hombre—. Debería haberme dado cuenta de que solo se trataba de otro de vuestros intentos por libraros de mí. De verdad, señor Brennan, vuestras artimañas son tan obvias...

Él se puso lívido, y asió el sombrero con los dedos crispados.

—¿Se puede saber de qué diantre estáis hablando?

—De vuestros besos, claro. Habéis demostrado un gran talento. —Realmente, él había excedido sus expectativas—. Pero supongo que esperabais que huyera despavorida ante vuestra falta de recato, ya me entendéis: alarmar a una muchachita virgen y todo eso.

—No seáis ridícula. —Pero su repentina mirada incómoda delataba su sensación de culpa.

¡Maldito bribón!

—Qué pena que yo no haya actuado como esperabais. —Rosalind notó que la decepción se filtraba en el tono de sus palabras y se obligó a serenarse—. No me he comportado como una verdadera dama y no os he abofeteado en plena cara, ni tampoco os he prohibido que volváis a acercaros a mí. Eso es lo que queríais, ¿no?

Rosalind deseó haberlo abofeteado después del primer beso. Ahora ya era demasiado tarde para enmendar su reacción descocada e indecorosa. Era demasiado tarde para fingir que no se había dejado arrastrar por el deseo y la emoción. Sin embargo, todavía no era demasiado tarde para fingir que no se sentía triste por aquella traición.

Él la observó en silencio y un músculo se tensó en su mandíbula inferior. Ella lo maldijo por ser tan atractivo; incluso con
aquella mirada como si quisiera pedirle perdón y ese par de
mechones rebeldes que le caían por encima del lado izquierdo
de la frente, estaba irresistible.

—Supongo que mi reacción entusiasta os ha pillado por
sorpresa, ¿no? —Se apoyó con naturalidad en el tronco del árbol—. Si me hubierais dicho qué efecto queríais, me habría
sentido tentada a realizar una actuación estelar. También sé
actuar como una verdadera dama cuando quiero, ¿lo sabíais?
—Soltó un largo suspiro—. Pero ¡qué pena! No lo he hecho, y
por eso os habéis visto obligado a alterar vuestro plan.

Griff se colocó el sombrero en la cabeza y avanzó hacia ella
con el semblante serio.

—No tengo ni idea de qué estáis hablando.

¡Por el amor de Dios! ¡Él parecía genuinamente arrepen-
tido! Pero eso era imposible. El señor Brennan jamás se arrepentía de nada, ¿no? No, claro que no. El hombre que probablemente se había inventado aquella patraña de su pasado
plagado de fechorías simplemente con el fin de librarse de ella
no iba a admitir su pérfido plan.

—Sabéis exactamente a qué me refiero —espetó ella—.
Después de mi respuesta, habéis decidido entretener a la chica
provinciana, ¿no es cierto? ¡Dejemos que se divierta un poco!
Luego ya le recordaremos que ese pobre hombre no está a su
altura social. Supongo que habréis pensado que una solterona
no suele recibir esa clase de atenciones, por lo que haría cualquier cosa después de un beso tan... tan...

Rosalind no acabó la frase por temor a revelar sus sentimientos. Necesitó solo un segundo para recuperar el porte altivo y proseguir.

—Pero no soy tonta, y reconozco un plan perverso y deplorable cuando lo tengo delante.

Él la fulminó con una gélida mirada con sus intensos ojos
azules.

—Así que creéis que me habéis desenmascarado, ¿eh?

—¡Sé que os he desenmascarado! —Rosalind notó una
punzada de dolor en el pecho. ¿Qué esperaba? ¿Que él lo negara? Había una cosa que había aprendido de Griff: que cuando

lo pillaban con las manos en la masa, lo admitía. Pero en su interior había tenido la esperanza de estar equivocada.

—De acuerdo. Quizá lo planeé al principio, pero cuando nos besamos... —Griff desvió la vista, luego continuó con un tono más cavernoso—. No soy tan avezado en estos temas como creéis. Lo que he dicho acerca de que sois una verdadera tentación no es mentira.

—No os creo.

—Es verdad. —Griff quiso cogerle la mano, pero ella la rechazó de un manotazo—. Lo juro.

Rosalind escrutó su cara, con afán de saber la verdad. Él exhibía aquella... horrible habilidad de contar cosas en un tono que parecía plausible.

—No os creo —sentenció ella, haciendo un enorme esfuerzo por no sucumbir a las lágrimas.

El rostro de Griff se tiñó de rabia.

—Mirad, querida, aunque lo quisiera, no podría fingir una erección. Os lo aseguro, no soy tan buen actor.

Ella esbozó una sonrisa sarcástica.

—¿De veras? Pues os equivocáis. Habéis bordado el papel, con absoluta maestría.

Griff la miró con recelo.

—¿Se puede saber a qué papel os referís?

—Ya lo sabéis. ¿O quizá sería mejor hablar de varios papeles? Los que habéis desempeñado a causa de vuestra firme determinación de libraros de mi compañía, como por ejemplo fingir que sois tan extremamente desagradable, o que habéis sido contrabandista, o alegar que sois el hijo de un salteador de caminos...

—En realidad he sido contrabandista y soy el hijo de un salteador de caminos —la atajó él—. Del único papel que podéis acusarme es de no saber bordar genuinamente el de buen amante.

La palabra «amante» la golpeó con una fuerza brutal. Había habido varios momentos durante aquellos besos tan íntimos que ella había pensado en él en términos de amante. ¡Qué tonta!

—Es cierto —replicó Rosalind con voz temblorosa—, a pesar de que habéis desempeñado el papel mejor que otros, no habéis sido lo bastante convincente como para engañarme.

Se apartó del árbol e intentó pasar por delante de él para reanudar la marcha, pero Griff la inmovilizó agarrándola por los hombros.

—Os equivocáis si creéis que estaba actuando. Todo lo que he hecho era cierto, y los besos no eran fingidos. —Bajó la mirada hasta sus labios, y entre susurros le dijo—: Me tentáis... «porque la tentación siempre te sigue».

—¿Tan desesperado estáis por intentar libraros de mí que recurrís a los sonetos de mi querido amigo el Bardo de Avon? —repuso Rosalind con agudeza, en un intento de enmascarar su alegría por la esperanza que él acababa de encender de nuevo en su pecho.

—Desesperado por conseguir que me creáis, sí.

Furiosa ante su impresionante habilidad para contestar lo que ella quería oír —y por haberla emocionado hasta el punto de que el corazón le latía de una forma desbocada como a una tonta colegiala— forcejeó para zafarse de él. No pensaba caer de nuevo en la trampa de sus tácticas. A partir de ahora, tendría mucho cuidado con los hombres perversos y con sus besos. O, por lo menos, con los besos de aquel hombre perverso.

Rosalind tuvo que aunar todas sus fuerzas para mantener la voz serena, cuando lo único que deseaba era encerrarse en su habitación y echarse a llorar.

—Pues si os tiento, será mejor que os vayáis acostumbrando, porque no me importan las artimañas que se os ocurran para libraros de mí: no pienso apartarme de vuestro lado. Durante todo el tiempo que dure vuestra visita, tengo la intención de ser vuestra compañera del alma.

Cuando él enarcó una ceja por la elección de sus palabras, Rosalind se sonrojó. Sin perder ni un segundo, se apresuró a añadir:

—Tendréis que acostumbraros a convivir con vuestras tentaciones, si es que eso es cierto.

—¿Y qué me decís de vos y de vuestras tentaciones? Yo no he sido el único que ha gozado con esos besos, Rosalind.

—Lady Rosalind —lo rectificó ella, encantada de poder volver a marcar las distancias entre ambos—. Por supuesto que me lo he pasado bien. He de admitir que besáis muy bien, señor Brennan...

—Griff —la corrigió él, enfadado.

—Señor Brennan. Pero no han sido unos besos tan espectaculares como para tener ganas de repetir la experiencia.

—Embustera. Yo también os tiento. Admitidlo.

—En absoluto. —Rosalind recogió su chal del suelo y se cubrió los hombros con un movimiento arrogante. Cada vez le costaba más mantener aquel papel—. Así que será mejor que os olvidéis de la posibilidad de usar la tentación como táctica disuasoria para libraros de mí. Ahora soy inmune a vuestros besos.

Rosalind rezó para que él se lo creyera. Ya que, en realidad, a pesar de que Griff la había manipulado y engañado con vileza, temía no ser inmune a sus encantos.

Capítulo nueve

Me he enterado de que tus dos amigas, Prudence y Reflection, han decidido venir a visitarte, por lo que te felicito de todo corazón, ya que no hay nada más dichoso que el reencuentro con viejos amigos, después de una larga y dolorosa peregrinación.

A Narrative of the Life of Mrs. Charlotte Charke,
Charlotte Charke, actriz inglesa

*E*n medio del parloteo de lady Juliet, los intentos de mostrarse encantador de Daniel y el reservado silencio de lady Helena, Griff permanecía sentado y callado, mirando cómo Rosalind devoraba las rodajas de jamón y las lonchas en forma de media luna de queso cheddar de su plato. Fiel a sus palabras, ella no daba ninguna señal de que le hubieran afectado sus besos, y se había mostrado igual de impasible desde el momento en que abandonaron el huerto. En el camino de vuelta, ella se había dedicado a charlar animadamente y había evitado hablar sobre ellos, como si hubiera olvidado completamente la cuestión.

En cuanto a Griff, estaba demasiado furioso —y excitado— como para poder hacer algo más que contestar con gruñidos a los comentarios de ella. Cuando llegaron a la casa, todos los estaban esperando en la terraza, donde acababan de servir el almuerzo.

Ahora Rosalind estaba sentada y comía tranquilamente bajo el cálido sol, luciendo la misma expresión serena que su hermana mayor. Griff, en cambio, estaba sentado con cara de pocos amigos. Quizá ella sí que era inmune a la tentación, pero él no, en absoluto. Todavía no había conseguido dominar su miembro viril rebelde, y solo le hacía falta mirar a Rosalind para que el traidor volviera a ponerse inhiesto.

¿Cómo podía estar sentada tan calmada, conversando y bromeando como si no hubiera pasado nada entre ellos? Griff no tenía el más mínimo interés en las conversaciones triviales de sus compañeros, y mucho menos apetito ni sed.

Excepto por la insaciable sed que se le había despertado por ella durante aquel primer paseo por la finca. Por lady Rosalind.

Rosalind era una caja de sorpresas. Se parecía a un buen vino francés en vez de al vino avinagrado que él había esperado encontrar, y Griff se moría de ganas de volver a probar aquella exquisitez, aunque sabía que no podía hacerlo. ¡Por el amor de Dios! ¡Ella pertenecía a la cosecha de Swanlea! ¿Había perdido la cabeza, por pensar en ella en tales términos?

Seguramente. Porque el mero pensamiento de probar de nuevo aquel delicado néctar lo atormentaba.

Pero por lo visto a Rosalind no. De sus ojos había desaparecido el brillo y el ardor de su virginal admiración. Ella no había mentido cuando había dicho que podía comportarse como una verdadera dama cuando quería. ¿Era su aire arrogante y pretencioso simplemente eso? ¿Un papel teatral? ¿O de verdad aquellos besos no habían sido para ella nada más que las notas de una sonata que se desvanecían en el viento?

Si estaba actuando, lo hacía perfectamente, allí sentada, tan impasible y soberbia, inmutable a cualquier altercado. ¡Por Dios! Griff estaba dispuesto a provocar cualquier altercado con tal de que ella reaccionara y abandonara esa fachada tan fría. ¿Cómo se atrevía a menospreciar sus besos cuando para él eran el motivo de un indomable desasosiego?

—¿No tenéis hambre, señor Brennan? —preguntó Juliet en un tono jovial—. ¿Acaso no os gusta el almuerzo?

Él observó con detenimiento el contenido de su plato.

—No, no es que no sea de mi agrado. —Intentó captar la atención de Rosalind, pero ella de repente había empezado a mostrar un enorme interés por su copa de vino. Griff achicó los ojos—. Lo que pasa es que a vuestra hermana y a mí nos ha entrado un apetito tan voraz durante nuestro paseo que nos hemos comido una ciruela en el huerto.

—Querréis decir varias ciruelas —lo corrigió Juliet entre risitas—. No habréis compartido una...

Griff dudó unos instantes, el tiempo suficiente para que

Rosalind alzara la vista y lo mirara con un destello de alarma en los ojos. Pero ella había malinterpretado su intención. Él no pretendía ponerla en evidencia, solo quería que Rosalind le prestara atención.

—No, por supuesto que no —mintió al fin—. Pero fue una estúpida indulgencia, ya que ha matado nuestro apetito por completo.

Griff sabía que Rosalind comprendía su doble sentido, a pesar de que no lo demostró con ningún gesto. En vez de eso, ella se inclinó hacia delante para cortar otra rodaja de jamón.

—¿Estáis hablando de mí? —Ella alzó la rodaja entera y se la acercó a la boca, luego hizo una pausa—. Mi apetito está intacto, al menos con una comida tan sabrosa como esta.

—¿Estáis diciendo que las ciruelas no son un alimento saludable? —Griff notó que los demás lo miraban con curiosidad, pero no les prestó atención. Le daba igual lo que pensaran. Él quería que Rosalind admitiera que a ella también le habían afectado aquellos besos.

—Oh, están bien, pero pueden ser un poco indigestas. Tal y como ya habréis notado, solo es necesario comer una sola ciruela para sentirse indispuesto.

—No me habéis entendido. La ciruela no me ha provocado ninguna indigestión. —Bajó la voz deliberadamente—. Al revés, lo que me ha pasado es que me han entrado ganas de... comer más ciruelas.

Griff había esperado que ella se sonrojara con aquella indirecta, pero Rosalind solo le dedicó una mirada glacial.

—Antes me habíais dicho que no os gustaban las ciruelas. Sois una criatura muy variable, señor Brennan.

—Os equivocáis. Después de que me hayáis prácticamente obligado a probar una, he descubierto que el gusto de una fruta realmente sublime puede hacer cambiar a cualquiera de opinión.

—Por lo visto, señor Brennan, habéis tenido una mañana realmente tediosa, si os habéis limitado a hablar todo el rato de fruta —intervino Juliet antes de que Rosalind pudiera replicar. La jovencita bostezó exageradamente.

—De ninguna manera me atrevería a decir que mi mañana ha sido aburrida. —Griff no apartaba los ojos de Rosalind. Se había propuesto ponerla nerviosa—. Además, hemos estado hablando de otras cuestiones. Shakespeare, por ejemplo, de uno de sus sonetos. Hemos mantenido un interesante debate acerca de la tentación, ¿no es cierto, lady Rosalind?

Ella no mostró ninguna reacción, aunque un rápido vistazo al resto de los congregados reveló que por lo menos dos de ellos estaban muy interesados en la conversación. Daniel los miraba con los ojos como un par de rendijas, y lady Helena había dejado de pintar la miniatura que había sacado después de dar por concluido el almuerzo.

Sin embargo, Rosalind permaneció impasible.

—¿Estáis seguro de que se trataba de uno de los sonetos? Recuerdo que hemos hablado de Shakespeare, pero creía que se trataba de *La comedia de los errores*. Todos esos comentarios sobre ladrones, ¿no os acordáis? Cuando hablábamos sobre vuestra infancia en el orfanato y vuestra fascinación por los contrabandistas y salteadores de caminos...

Maldición. Esa fémina sabía realmente cómo echar dardos envenenados. Daniel irguió la espalda en la silla y le dedicó a Griff una mirada de reprobación.

Rosalind sonrió, como si se hubiera dado cuenta de que acababa de poner el dedo en la llaga. Entonces se inclinó hacia su hermana menor sin apartar la vista de Griff.

—Juliet, ¿sabías que el señor Brennan tiene un pasado de lo más oscuro? Su padre era un salteador de caminos, sí, el mismísimo Danny Brennan *el Salvaje*. ¿A que es increíble?

Griff resopló indignado. Daniel lo mataría.

—¡No! —exclamó Juliet, mirando a Griff como si de repente se hubiera transformado en una serpiente venenosa. Entonces se fijó en la mirada calculadora de su hermana y soltó una risita nerviosa—. ¡Ah! Rosalind, ya estás otra vez tomándome el pelo, ¿verdad? A veces eres realmente un demonio.

—No, hablo en serio. El señor Brennan me ha dado todos los detalles. ¿No es cierto, señor Brennan?

Griff agarró su copa de vino y tomó un buen trago, luego se dedicó a observar con atención los matices color rubí del licor en la copa para no tener que enfrentarse a la mirada asesina de Daniel.

Rosalind continuó hurgando en la llaga.

—El señor Brennan me ha contado que fue contrabandista, también. Sí, un hombre realmente peligroso. Será mejor que vayas con cuidado con él, Juliet. Se ha pasado toda la mañana intentando convencerme de que es una persona perversa.

Griff jugueteó con la copa de vino para contenerse y no saltar por encima de la mesa y estrangular a aquella arpía.

Daniel carraspeó con exasperación antes de hablar.

—Por lo visto, los dos habéis tenido una mañana muy interesante, paseando por la finca.

—Así es. El señor Brennan ha estado entreteniéndome todo el rato con historias increíbles sobre su pasado. —Rosalind miró a Daniel directamente a los ojos—. A menos que no se tratara de patrañas, ¿no?

Griff tensó los puños mientras Daniel se ponía de pie bruscamente y empezaba a deambular arriba y abajo de la terraza como un oso enjaulado. Maldición, solo esperaba que Daniel no lo dejara como un mentiroso delante de ella, porque si lo hacía, lo estrangularía delante de las tres hermanas.

Daniel se detuvo y miró a Griff con unos ojos severos, incapaz de ocultar su enorme malestar.

—Bueno, veréis, milady...

—Knighton —lo interrumpió Griff, al tiempo que depositaba su copa de vino sobre la mesa—, ¿recuerdas aquel individuo al que pensabas que deberías pagarle doscientas libras? Estoy empezando a pensar que probablemente tengas razón, que la suma es justa. O incluso doscientas cincuenta libras. ¿Qué opinas?

—No cambiéis de tema —espetó Rosalind, y luego miró a Daniel con ojitos suplicantes—. ¿Señor Knighton? ¿Me ha mentido el señor Brennan acerca de su pasado?

Daniel la miró primero a ella y luego a Griff, con una expresión de absoluta frustración. Finalmente, y para gran alivio de Griff, suspiró y se derrumbó pesadamente sobre la silla.

—¿Y eso qué importa? Si digo que miente, no me creeréis. Solo pensaréis que estoy encubriendo a mi hombre de confianza. Sobre todo teniendo en cuenta que sus declaraciones me afectan directamente a mí, y de forma negativa.

El alegato de Daniel dejó a Rosalind desconcertada.

—No veo por qué sus declaraciones os han de afectar negativamente. No sois responsable de las fechorías de los padres del señor Brennan, si es que realmente cometieron alguna fechoría. Y no lo conocíais cuando estuvo en el orfanato. Y por lo que me ha dicho de cómo os conocisteis, es completamente comprensible que contratarais al hombre que os salvó la vida, aunque fuera —o eso es lo que dice él— un contrabandista.

Daniel volvió a mirar a Griff, ahora más relajado.

—¿Eso es lo que le has dicho? ¿Le has contado cómo nos conocimos?

Griff asintió.

Rosalind seguía mirándolos con estupefacción.

—¿Me estáis diciendo que... que todo lo que me ha dicho es verdad?

Visiblemente incómodo, Daniel se echó hacia atrás en su silla.

—Sí, así es. Pero creedme, todo eso ya no tiene importancia. Pasó hace mucho tiempo, y el señor Brennan no...

—No me malinterpretéis, señor Knighton —lo interrumpió Rosalind, mientras su expresión se teñía de un claro remordimiento—. Yo no... yo no lo acuso de nada, ni tampoco pretendo decir que os equivocasteis al contratarlo o al traerlo aquí o...

—¿Entonces qué es lo que estabas haciendo, Rosalind? —terció lady Helena, tras haber permanecido en silencio todo el rato. Sus labios se trocaron en una fina línea de reprobación—. A mí me ha parecido que querías poner en evidencia a alguien, o bien al señor Knighton o bien al señor Brennan. Me parece que te olvidas de que son nuestros invitados, por más que te disguste la idea. Esta vez te has excedido en tu descortesía, y lo sabes.

Griff se sintió aliviado al ver la evidente contrariedad de Rosalind después de aquel merecido sermón. Había empezado a temer que no había nada que pudiera avergonzar a aquella criatura tan descarada.

—Me parece que has malinterpretado mis comentarios, Helena —rebatió Rosalind—. Pensaba que el señor Brennan mentía, si no, no habría sacado el tema a colación. Durante todo el rato no ha hecho nada más que mentirme para... para burlarse de mí, y pensaba que estas historias no eran más que patrañas. De verdad, me sorprende constatar que me he equivocado.

Rosalind había pronunciado aquellas palabras con tanta dignidad que Griff notó que su entusiasmo se empañaba un poco. La verdad era que él había mentido, al menos sobre sí mismo. Ella era tan astuta como para haberse dado cuenta.

Daniel, el otro embustero, saltó en defensa de Rosalind.

—La culpa no es de lady Rosalind —comentó, mirando directamente a lady Helena—. Conociendo a Griff, estoy seguro de que ha hecho algo para despertar el recelo de vuestra hermana. Últimamente muestra una desagradable tendencia a alarmar a jóvenes mujeres con historias sobre sus días como contrabandista. Por lo visto, vuestra hermana no se alarma tan fácilmente.

Daniel le lanzó a Griff una mirada de aviso.

—¿Ves todo el lío que has armado por nada? ¿Cómo te atreves a molestar a mis queridas primas? Ahora no querrán saber nada de mí, y todo porque mi hombre de confianza se jacta de su pasado pendenciero.

—¡Eso no es verdad! —objetó Juliet con un hilito de voz.

Griff se levantó abruptamente y se puso el sombrero. Ya había tenido bastante. Si se quedaba un segundo más, con su poco aguante era capaz de revelar toda la farsa del intercambio de personalidades.

—Estoy seguro de que puedes aplacar los ánimos tú solo, Knighton. Es lo que sabes hacer mejor, ¿no? Mientras tanto, yo tengo trabajo, así que, si me disculpáis, me marcho. Os dejaré tranquilos durante unas horas.

Rosalind se puso de pie al instante, con la obvia intención de mantener la amenaza de ser su sombra.

—Pero si todavía queda una parte de la finca que no habéis visto...

Griff no estaba de humor para otro paseo con ella.

—Enseñadle a vuestro primo las delicias de Swan Park si queréis, lady Rosalind, pero no me metáis a mí en este asunto.

Cuando él se alejó del grupo con paso furioso en dirección al interior de la casa, oyó el taconeo de las botas de aquella fémina repiqueteando sobre las baldosas de granito mientras corría tras él.

—Si vuestra intención es trabajar en la biblioteca —gritó ella a sus espaldas con voz imperiosa—, yo os haré compañía...

—¡No! —Griff se detuvo y se volvió hacia ella. Eso era lo último que podía soportar: a Rosalind sentada frente a él, mirándolo con desconfianza, tentándolo sin proponérselo para que la sedujera, y ella con la firme determinación de no sucumbir a sus encantos.

De repente se le ocurrió una idea brillante. Bajó la voz para que solo ella pudiera oír sus palabras.

—La cuestión es que no pretendía trabajar en la biblioteca, sino en mi alcoba... sentado en la cama.

Griff la repasó descaradamente de arriba abajo con una inadmisible insolencia, deteniéndose deliberadamente en el punto donde el chal ocultaba sus pechos generosos.

—Si queréis hacerme compañía en mi alcoba, estaré más que encantado. —Alzó la vista despacio, muy despacio, y la clavó de nuevo en su cara—. Hay mucho espacio en mi cama para los dos. Solo tenéis que decirlo, si queréis que subamos juntos a mi alcoba.

Para su gran satisfacción, Rosalind se sonrojó desde el escote hasta las mejillas.

—¡Sabéis perfectamente bien que jamás accedería a tal proposición! —siseó entre dientes.

—¡Qué pena! De momento solo he encontrado un modo de frenar vuestra lengua mordaz, y os aseguro que me alegra haber dado con un método tan efectivo. Supongo que admitiréis que... los dos nos lo hemos pasado bien en el huerto.

Rosalind tembló de la cabeza a los pies, pero sus ojos estaban encendidos de rabia.

—¡Me moriría antes de permitir que volvierais a besarme, maldito... maldito bribón!

¡Por fin! Por fin había conseguido arrancarle una reacción a aquella fémina arrogante. Era más que evidente que Rosalind no era inmune a sus besos. Con gran regocijo, citó de memoria otra de las frases de su querido Shakespeare:

—«Me parece que la dama protesta demasiado». —Y acto seguido remató su intervención con una amenaza excesivamente peligrosa—. Y si seguís persiguiéndome por todas partes como un perrito faldero, quizá decida demostraros que sí que os gustan mis besos. Aunque os lo advierto, la próxima vez no me contentaré únicamente con unos simples besos.

Sin prestar atención a la latente rabia que se había apoderado de las facciones de Rosalind, Griff dio media vuelta sobre sus talones y entró en la casa a grandes zancadas, sin mirar atrás. No le importaba que ella estuviera sulfurada. Ahora sabía la verdad. Rosalind no era indiferente a sus besos, así que hasta que no cesara en su empeño de acompañarlo a todas partes, la amenazaría constantemente con volver a besarla... en cualquier lugar.

Griff echó un vistazo hacia las estancias del conde ubicadas en el ala este. Rosalind podía importunarlo, pero seguro que no tanto como a su padre, con su actitud inamovible de negarse a salvar Swan Park casándose. Una sonrisa triste se perfiló en sus labios. ¡Qué ironía, que su enemigo tuviera que confiar en sus hijas para salvar sus tierras! Esperaba que para el viejo eso fuera como una dura estocada en el pecho.

Recorrió el pasillo hacia el ala oeste, subió hasta el siguiente rellano de las escaleras, y prácticamente ya había llegado a su habitación en el segundo piso cuando oyó unos pasos a sus espaldas. Era imposible que después de sus amenazas Rosalind insistiera en seguirlo. Con porte cansado, se dio la vuelta para ver de quién se trataba. Pero no era Rosalind la que se acercaba.

Era Daniel. Y el gigante no parecía contento.

Griff suspiró y lo esperó. Cuando su amigo se le acercó y empezó a hablar, Griff se apresuró a colocarle un dedo en los labios y luego hizo una seña con la cabeza hacia la puerta de su alcoba.

Tan pronto como entraron, Griff cerró la puerta.

—Daniel, yo...

—Mira, no me vengas con excusas —espetó Daniel—. Tenía buenos motivos para pedirte que no se lo contaras, pero a ti te da igual, ¿verdad? Te has comportado como siempre; los demás te importan un comino, solo piensas en ti y en tu maldita compañía. Hasta ahora te lo he aguantado casi todo, pero hoy...

Se calló un momento y sacudió la cabeza con abatimiento.

—*Quedemos* que no se lo contarías.

—Querrás decir «quedamos» —lo corrigió Griff instintivamente.

Daniel lo fulminó con una gélida mirada de aviso.

—¡Y no me digas cómo he de hablar! Ya soy mayorcito para que juegues a ser mi maestro de gramática, ¿no te parece? Además, eres tú el que se equivoca, Griff, y muy a menudo, con tu abominable comportamiento. Por una vez ten la decencia de admitirlo.

—No estoy de acuerdo —replicó Griff.

—Eso te pasa porque tú no tienes que vivir con mi reputación. En cambio yo sí. Maldito seas, a mí me tocará tratar con ellas, seré yo quien intente convencerlas de que no queremos hacerles daño. Incluso fingiendo que soy tú, me tienen miedo. La menor de tus primas está aterrada casi todo el tiempo, y la mayor, aunque es hermosa, es... —resopló con hastío—. Es una verdadera dama, así que me ha despreciado incluso antes de que tú les contaras toda esa bazofia. ¡Maldita bruja arrogante! ¡Me entran ganas de obligarla a que se siente en mis rodillas! Si no me sacas de aquí pronto, un día no me podré contener y... —Alzó las manos en actitud de estrangular a alguien y agregó—: Su cuerpo incitaría a cualquier hombre a...

Hizo una pausa al oír las carcajadas de Griff, entonces dijo con un aire más solemne:

—Cualquier hombre perdería la cabeza por ella. Es casi tan seductora como lady Rosalind, ¿Y qué diantre se supone que he de hacer con ella?

—Yo me las apaño la mar de bien con lady Rosalind —le aseveró Griff.

—Ya lo he visto. ¿Qué te apuestas a que esa diablesa está al otro lado de la puerta en estos mismos instantes, esperándote?

—No se atreverá —refunfuñó Griff.

—¿Qué te apuestas? —Daniel avanzó hacia la puerta a grandes zancadas y apoyó la mano en el tirador—. Cinco libras a que está fuera esperándote.

—De acuerdo, cinco libras —espetó Griff al tiempo que él también se acercaba a la puerta.

Daniel abrió la puerta bruscamente, y Griff salió al pasillo. Entonces resopló con fastidio. Allí estaba Rosalind con un lacayo.

Sin perder ni un segundo, ella se precipitó hacia él.

—Venía a comunicarles que le he pedido a John que sea su acompañante: para que les muestre la finca, para que les ayude con los libros mayores de papá y cosas por el estilo. —Su tono se tornó más ácido—. Puesto que me han dejado claro que mi compañía les empujaría a... comportarse indebidamente, he pensado que será mejor que les ofrezca un criado para que les ayude.

De todas las... ¡Maldita fémina! ¿Jamás daba el brazo a torcer?

—Lady Rosalind —bramó encolerizado—, no necesito la ayuda de nadie.

La expresión de Rosalind era sospechosamente inocente.

—Pero si me habéis dicho que estabais tasando la finca para vuestro patrón. Por consiguiente, lo más lógico es que necesitéis toda la ayuda que podáis obtener, teniendo en cuenta los pocos días que permaneceréis aquí.

Griff oyó la risita sofocada de Daniel detrás de la puerta. ¡Maldición! Él se había creído muy listo con sus amenazas acerca de besarla, pero con ello solo la había empujado a buscar otra forma de importunarlo. Albergaba serias sospechas de que ella sabía lo que él estaba buscando, salvo que no podía creer que su padre le hubiera contado la verdad.

Ahora le había tendido otra trampa, y ella lo sabía y estaba satisfecha. Si Griff insistía en rechazar los servicios del lacayo, ella sabría que él había mentido acerca de sus razones para «fisgonear por ahí», tal y como ella había dicho. Y entonces ella volvería a seguirlo, lo cual suponía enfrentarse a más problemas peligrosos. Pero un lacayo podía ser menos receloso de sus motivos y quizá incluso podía ayudarlo sin ser consciente de ello.

Y un lacayo no lo excitaría.

—Muy bien —terció Griff—, en cuanto haya acabado mi trabajo aquí, en mi alcoba, iré en busca de la ayuda de vuestro lacayo.

—Os esperará impaciente —respondió Rosalind al tiempo que alzaba la barbilla con petulancia.

A esa arpía no se le escapaba nada.

—Mientras sea él quien me acompañe, perfecto. Pero os lo advierto, como continuéis siguiéndome, os prometo que llevaré a cabo mi amenaza.

Su carita ruborizada le dio a entender que ella había comprendido la indirecta. Con cierta satisfacción, volvió a entrar en su alcoba.

—Son las cinco libras que me he ganado más fácilmente en la vida —comentó Daniel con una risita socarrona.

—Cállate, a menos que tengas una sugerencia sobre cómo puedo desembarazarme de esa pesada. —Esa pesada tan atractiva, cuya actitud beligerante, junto con sus encantos femeninos, rivalizaban con los de Atenea, la diosa de la guerra. Esa pesada que de nuevo había vuelto a despertar en él aquella imperiosa sed por volverla a besar.

Daniel resopló.

—Esa arpía debería haber trabajado para ti cuando fundaste tu compañía. ¡Quién sabe hasta dónde habrías llegado si la hubieras contratado!

«No muy lejos», se dijo Griff con amargura. Habría estado demasiado ocupado intentando seducirla. En tan solo una semana, habría conseguido que él le ofreciera la Knighton Trading a cambio de una noche de amor.

—Si estás preocupado por el lacayo, ¿por qué no usas las escaleras de servicio? —continuó Daniel.

—¿A qué te refieres?

—Ven, te lo enseñaré. —Daniel señaló hacia un trozo de la pared—. ¿Ves ese panel, el que está ornamentado, detrás del escritorio? Es una puerta que lleva directamente a las escaleras de servicio.

Griff ya se dirigía hacia el sitio indicado.

—¿Estás seguro?

Daniel lo siguió.

—Esta mañana casi me da un patatús cuando he oído unos golpecitos al otro lado de la pared en mi habitación. Era el ayuda de cámara. Me ha dicho que todos los sirvientes usan esas escaleras para entrar y salir de las habitaciones, tanto en el ala oeste como en el ala este.

Griff había oído hablar de esa clase de escaleras, pero jamás había visto ninguna. Aunque en realidad era normal que no las hubiera visto, ya que casi nunca se le presentaba la ocasión de visitar una mansión como aquella. Griff apartó el escritorio y no le costó encontrar el tirador de la puerta que quedaba camuflado entre la ornamentación del panel. Pero cuando intentó abrir la puerta, no lo consiguió. Recorrió con los dedos el perfil del marco.

—Está sellada con pintura.

—No creo que reciban muchos invitados. Tu habitación es la única en esta planta que está ocupada en estos momentos. Es probable que los sirvientes nunca suban hasta aquí.

Griff sacó una navaja y recorrió con ella el marco de la puerta hasta que logró abrirla. Daba a una escalera húmeda y vacía, llena de telarañas. Las apartó con el brazo, entonces asomó la cabeza por el hueco y miró hacia abajo. En el rellano más cercano había un montón de muebles apilados. Por lo visto, ahora utilizaban esa escalera para almacenar trastos. Por eso los sirvientes que habían entrado en su habitación lo habían hecho por la puerta principal.

Pero él podía sortear los muebles. Si iba con cuidado y evitaba a los sirvientes, podría entrar y salir a su albedrío. Lo único que necesitaba hacer era fingir que se pasaba muchas horas encerrado en su cuarto cada día, trabajando. Si pasaba el resto del tiempo con el lacayo de Rosalind, quizá al principio ella no se daría cuenta de lo que él tramaba. Y además podría reemprender la búsqueda durante la noche.

Regresó a la habitación con una risita triunfal en los labios.

—¡Excelente! Rosalind no sospechará nada.

—¿Rosalind? ¿Desde cuándo la llamas directamente por su nombre de pila? —Daniel sacudió la cabeza con porte asqueado—. ¿Por qué no te acuestas con esa dichosa mujer y acabas de una vez con esta tórrida historia?

Griff se puso tenso.

—¿Acostarme con ella?

—Sabes que eso es lo que quieres.

¿Tan transparentes eran sus intenciones?

—Sandeces. —Se alejó de su amigo tan perspicaz y se dirigió hacia el otro extremo de la alcoba, luego se quitó la chaqueta con la intención de adentrarse en la escalera de servicio por primera vez—. Tal y como has dicho antes, esa mujer no es mi tipo.

—Entonces será mejor que no la manosees cuando estéis solos.

Griff volvió a ponerse tenso.

—¿Se puede saber de qué diantre estás hablando?

—Me he fijado en su aspecto cuando habéis regresado de vuestra «visita» por la finca. Estaba azorada y llevaba la pamela mal puesta. Me ha dado la impresión de que «alguien» había estado intentando pasárselo bien con ella.

—De acuerdo, sí, la he besado —murmuró Griff mientras se aflojaba el nudo de la corbata—. Me estaba molestando, y he pensado que de ese modo conseguiría quitármela de encima. Eso es todo.

—¿Y por eso la has estado mirando de ese modo durante el almuerzo? Tus pensamientos eran prácticamente audibles: clamaban cómo anhelabas tumbarla allí mismo en el suelo y separarle las piernas.

—¡No hables de ella con esa desfachatez! —regañó Griff a Daniel—. ¡Por el amor de Dios! ¡Ni que fuera una de tus amiguitas, esas meretrices del puerto!

Demasiado tarde para darse cuenta de con qué facilidad había caído en la trampa que le había tendido Daniel. Su amigo lo miraba con los ojos abiertos como un par de naranjas.

—No, ya lo sé que no es una de mis amigas —respondió con suavidad—. Es la clase de mujer con la que un hombre desea casarse, la clase de mujer con la que tú deberías casarte.

Griff apartó la sugestiva idea de su mente antes de que arraigara en su cerebro.

—Contraer matrimonio con lady Rosalind queda totalmente descartado.

—No sé por qué. Quieres a esa mujer, ¿no es así?

Por un momento, Griff estuvo tentado a mentir, pero Daniel lo conocía demasiado bien como para poder engañarlo.

—Sí, aunque parezca una locura, quiero a esa mujer, pero solo en el sentido físico. Sin embargo, aún quiero más el documento que testifica mi legitimidad.

—¿Y por qué no te quedas con los dos? Una esposa a la que deseas (la hija de un conde, ni más ni menos) y los papeles que demuestran que eres el heredero legítimo de estas tierras y de un título nobiliario.

—No es tan sencillo.

—¿Por qué no? —Daniel bajó la voz—. ¿Porque tu orgullo no te permite que el viejo conde gane la partida? Si pudiera tener a una mujer tan atractiva como ella y lo único que tuviera que hacer para conseguirlo fuera tragarme mi orgullo, te aseguro que no me lo pensaría dos veces. Pero no es mi caso. No estoy a la altura de mujeres como lady Rosalind, ni jamás lo estaré. No sabes lo afortunado que eres.

La vehemencia en la voz de Daniel lo sorprendió. Jamás había pensado que Daniel tuviera anhelos, sueños, esperanzas o frustraciones. Aquel irlandés siempre se había mostrado dispuesto a bromear o a contar alguna chanza, nunca le había dejado entrever que quizá anhelaba más de lo que tenía. Griff siempre había estado tan centrado en sí mismo y en sus propósitos que nunca había considerado lo que Daniel podía estar planeando, a no ser por el objetivo de ganar suficiente dinero como para erigir su propia empresa. Pero en ese caso, Griff comprendía la motivación, ya que era la misma que a él lo había empujado a luchar en la vida.

Intentó otra táctica.

—Parece que das por sentado que Rosalind se casaría conmigo si se lo pidiera. En cambio, me ha dejado bien claro que no aceptaría mi propuesta, ni tan solo para salvar Swan Park. Por lo visto, ninguna de las tres hermanas ve el plan de su padre con buenos ojos, y menos aún Rosalind. Según ella, soy una persona llena de defectos.

—Querrás decir yo, porque ella cree que yo soy tú.

—Me refiero a los dos. Ella desprecia al señor Brennan por su pasado como contrabandista, que según ella equivale a ser un ladrón. Y desprecia al señor Knighton porque ha recurrido a lo que ella describe como métodos sin escrúpulos para ganar su fortuna. Por consiguiente, no conseguiría seducirla ni en un papel ni en el otro.

—¡Chorradas! Si la cortejas, se casará contigo. He visto cómo te mira. Ella también te desea. Seguro que no te costaría nada acostarte con ella, y entonces se casaría sin oponer resistencia. Ninguna mujer desea que arruinen su reputación.

Griff fantaseó con las imágenes eróticas que las palabras de Daniel habían conjurado y resopló. Acostarse con ella no le costaría nada, seguro. La deseaba tanto que casi no podía pensar en otra cosa.

—Vamos, cásate con ella —continuó Daniel—. Consigue el

documento, acaba con esto de una vez y volvamos a casa. Estoy harto de esta dichosa farsa. No quiero seguir.

Maldición, su amigo lo estaba empujando a contarle la verdad. Lamentablemente, a Daniel no le gustaría oír la verdad, especialmente si sentía simpatía por las hijas de Swanlea, tal y como parecía. Pero era evidente que si Griff no se lo contaba, pronto perdería la ayuda de su preciado amigo.

Renegó a media voz. Giró sobre sus talones y enfiló hacia la ventana. Contempló la finca que muy pronto iba a ser suya, más pronto de lo que Daniel pensaba.

—Si me caso con lady Rosalind —dijo lentamente—, la prueba de Swanlea no me servirá de nada.

—¿Por qué?

—Porque ese documento no demuestra que soy el heredero del conde de Swanlea. —Se dio la vuelta y miró a Daniel fijamente a los ojos—. Ese documento demuestra que soy el verdadero y legítimo conde de Swanlea.

A Daniel se le desencajó la mandíbula.

—¿Se puede saber de qué diantre estás hablando? No puedes ser el conde a menos que tu padre... —Se calló en seco, con cara de espanto.

—Mi padre era el conde. O el supuesto heredero. —A Griff se le escapó una risotada llena de amargura—. ¿Cómo crees que mi padre incurrió en tantas deudas cuando yo era pequeño? ¿Porque era un despilfarrador? No. Se suponía que él tenía que heredar el título y Swan Park por parte del cuarto conde de Swanlea, el predecesor del actual conde. Mi padre esperaba poder resarcir todas sus deudas con esa heredad. Pero murió antes que el cuarto conde, así que cuando este falleció, el título y la propiedad tenían que ir a parar al siguiente en la línea sucesoria después de mi padre. Sin embargo, mucho antes de que eso sucediera, alguien ya había decidido que yo no fuera el siguiente en la línea sucesoria.

—¿Porque creían que eras bastardo?

—No lo creían, pero intentaron alegarlo legalmente. Después de que yo naciera, el padre de Rosalind fue a juicio para demostrar que mis padres no estaban casados. Lo hizo con el propósito expreso de confirmar que yo no heredara el título. Puesto que no había ningún documento que certificara que mis padres estaban casados, le fue fácil persuadir al cuarto conde —y luego a los jueces cuando mi padre lo negó— de que yo había nacido en pecado.

Daniel, que seguía boquiabierto, dejó caer su enorme estructura en la silla al lado del escritorio.

—Rayos y truenos, pero eso es... eso es... —Alzó la vista y miró a Griff—. ¿Así que tú crees que el viejo conde tiene el certificado de matrimonio de tus padres? ¿Que lo robó para conseguir su objetivo?

Griff había adoptado un semblante sombrío. Se apoyó en la repisa de la ventana y respondió:

—No estoy seguro. Swanlea visitó a mis padres después de que la capilla donde se habían casado, en Gretna Green, quedara totalmente arrasada por un incendio. Unos meses después de aquella visita, mi padre buscó su certificado de matrimonio en su escritorio y descubrió que se lo habían robado. Es posible que le faltara desde el día en que Swanlea los había visitado. Sospecho que ese hombre vio la oportunidad de quitarme del medio.

—¡Menudo villano! ¿Cómo pudo tratar tan mal a tus padres? ¡Tu padre era su primo, por el amor de Dios! Y a juzgar por sus palabras, supongo que habían sido buenos amigos.

—Quizá sí que eran amigos previamente —prosiguió Griff con una evidente tensión—, pero jamás fue amigo de mi madre. Dudo que le gustara que lo asociaran con la hija de un director de teatro de Stratford de poca monta. El anterior conde también despreció a mi madre por el mismo motivo; eso fue lo que provocó que mis padres se fugaran inicialmente y se casaran en secreto, y más tarde que el conde creyera los alegatos de Swanlea acerca de mi ilegitimidad.

Frunciendo el ceño, Daniel se inclinó hacia delante y se abrazó los codos por encima del escritorio.

—Qué extraño. Esta mañana, Swanlea me contó que conocía a tu madre. Incluso se refirió a ella por su nombre de pila.

—¿Qué? —Griff siempre había asumido que ella no había conocido a aquel hombre tan abominable en persona.

—Además —continuó Daniel—, Swanlea se casó con una actriz, así que no podía ser tan crítico con el mundo teatral como crees.

Griff intentó zafarse del malestar que se había apoderado de él. No importaba si Swanlea había conocido a su madre o no; aquel tipo era un ser despreciable y ruin. Y eso no iba a cambiar los planes de Griff.

—De cualquier modo —concluyó Griff con aire de determinación—, por más que hubiera mantenido previamente una relación amistosa con mis padres, al final acabó por convertirse en su enemigo. Por eso ahora quiere que me case con una de sus hijas antes de darme la prueba: cree que si obtengo el certificado sin ninguna condición a cambio, echaré a su familia de estas tierras sin pensármelo dos veces, de las mismas tierras que él me robó.

Daniel achicó los ojos.

—Ya entiendo. ¿Y es esa tu intención?

Griff lo miró fijamente sin parpadear.

—Más o menos. Cuando encuentre el certificado, mi intención es despojar a Swanlea del título que me pertenece. Tan pronto como sea posible.

Daniel esbozó una mueca de contrariedad.

—¿Y no temes lo que pueda pensar la alta sociedad? ¿Qué beneficio sacarás de un maldito título si aquellos de los que te interesa obtener su influencia piensan mal de ti por cómo lo has obtenido?

—La alta sociedad no me criticará, te lo aseguro. Entre la oportunidad de secundar a un usurpador o al verdadero heredero de un título, se pondrán al lado del verdadero heredero sin lugar a dudas. Son los primeros interesados en que nadie se salte las normas.

—¿Y qué pasará con las hijas de Swanlea?

«Las hijas de Swanlea. Rosalind...»

Griff notó de repente una desagradable sequedad en la garganta.

—¿Qué pasa con ellas?

—Si despojas a Swanlea de su título y de su propiedad, ellas también compartirán su desgracia. Y su pobreza.

Una puñalada de culpabilidad sobresaltó a Griff, y se encogió instintivamente.

—No es mi intención. Nunca la ha sido. No tengo nada contra sus hijas. —Especialmente ahora que las había conocido. Propinó unos golpecitos rítmicos con los dedos en la repisa de la ventana—. Me aseguraré de que no les falte de nada, les daré una dote para que puedan encontrar esposo.

—Pero aunque procures que estén bien atendidas, sus vidas quedarán marcadas por el escándalo. Dadas las circunstancias quizá sus dotes no sirvan para comprarles maridos.

—De todos modos, ellas no quieren casarse —espetó Griff—. Según Rosalind, han elegido permanecer solteras.

—Pero tú no lo crees.

Griff recordó los buenos deseos de Rosalind: «Creo que una persona, ya sea hombre o mujer, debería casarse por amor». Me parece que nunca han puesto demasiadas esperanzas en el matrimonio, pero al menos mi dinero ayudará a que incrementen esas esperanzas.

—¿Pero por qué no te dedicas simplemente a buscar el certificado de matrimonio y esperas a que el viejo conde se muera? No tardará, te lo aseguro. Y después podrás realizar todos los trámites tranquilamente para demostrar que eres hijo legítimo, heredar las tierras y el título, y nadie pondrá en tela de juicio tu legitimidad. De ese modo no tendrás que darles ninguna dote a tus primas. Estoy seguro de que su padre les dejará suficiente dinero.

—No puedo esperar a que muera; podría tardar años. He visto cómo muchos hombres que se suponía que estaban a las puertas de la muerte sobrevivían a sus propios hijos.

La voz de Daniel adoptó un tono de indignación.

—¿Y qué si tienes que esperar varios años? ¿Desde cuándo un título o unas tierras son tan importantes para ti? Dispones de todo el dinero que necesitas, y la Knighton Trading es una compañía sólida.

Griff apretó los dientes. A pesar de que ya había esperado la reacción de Daniel, no había esperado que le molestara tanto.

—No lo entiendes —espetó con rabia—. Tan pronto como me convierta en el conde de Swanlea, tendré acceso a la Cámara de los Lores. Me hallaré en la posición perfecta para formar parte de la delegación a China. Y eso debo hacerlo antes de que acabe el año, o perderé una oportunidad de oro.

Daniel se quedó mirando a Griff como si lo viera por primera vez.

—Así que de eso se trata, ¿no? De tu interés por hacer negocios en China y de ese modo incrementar el capital de la Knighton Trading.

Maldito fuera Daniel por su inexpugnable sentido de la decencia.

—Sí, la Knighton Trading, la compañía que te ha puesto en el lugar donde estás, ¿o acaso lo has olvidado? Sin mi empresa, tú no gozarías de ninguna posición social. Ni tampoco los otros cien o más empleados. No dispondrías de esa pequeña fortuna que te está permitiendo erigir tu propia fundación, ni tampoco ninguna oportunidad de llegar a tener tu propio negocio algún día. Puedes criticar mis métodos todo lo que quieras, pero sin ellos, ¿dónde estarías?

Daniel ladeó la cabeza con porte orgulloso.

—Es la primera vez que critico tus métodos. Nunca lo he hecho, porque nunca he tenido que hacerlo. Pero es que antes jamás te habías propuesto hundir a cuatro personas por tu ambición por la Knighton Trading.

Griff resopló airado y se apartó de la ventana.

—Esa alimaña hundió a toda mi familia para quedarse con estas tierras y con el título. Al menos yo intento no dejar a su familia en la ruina; eso es más de lo que él ha hecho jamás por mí.

Deambuló disgustado por la estancia, con las manos en la espalda y el ceño fruncido.

—¿Sabes cómo solían llamar a mi madre en Eton cuando mis compañeros creían que yo no los oía? La puta de Knighton. Yo era el hijo bastardo de Knighton y ella era la puta de Knighton. Mis padres volvieron a casarse después de aquel escándalo, pero eso no cambió la opinión pública respecto a ella. Ni respecto a mí. Después de todo, me habían declarado bastardo en un juicio, ante Dios y ante todo el mundo.

A grandes zancadas, se encaminó hacia el escritorio. Plantó los puños sobre la mesa y acribilló a Daniel con una mirada enojada.

—Cuando mi padre murió, ¿crees que Swanlea nos ofreció su ayuda? No, por supuesto que no. —Mientras hablaba, Griff sintió que se le cerraba la garganta. Rápidamente se propuso vencer aquella opresión, del mismo modo que se había prometido mil veces que jamás permitiría que su pasado destruyera su sueño—. Y ahora quiere que me case con una de sus hijas para darme a cambio una prueba, un documento que me pertenece. ¿Qué harías tú? ¿Te casarías con ella? ¿Se lo pondrías tan fácil al viejo conde? ¿Es eso lo que crees que debo hacer?

—No veo cómo se lo vas a poner más fácil por el hecho de casarte con una de sus hijas. Eso no quita que tú le arrebates el título. Sé que tienes sed de venganza, pero...

—¡No se trata de venganza!

Daniel lo miró con ojos acusadores.

—¿Ah, no?

—¡No! —Volvió a deambular por la estancia como una fiera enjaulada—. ¡Solo quiero obtener el permiso para abrir mercado en China! Si me caso con Rosalind, ¿crees que ella se quedará de brazos cruzados mientras humillo a su padre públicamente? ¿Mientras frustro las posibilidades de que sus hermanas se casen? No, Rosalind luchará con uñas y dientes. Ya te lo he dicho: si me caso con ella, el certificado de matrimonio de mis padres será virtualmente inútil para mí. No podría exigir mi derecho legítimo sin ganarme una enemiga de por vida: mi propia esposa.

Griff le dedicó a su amigo un gesto solemne.

—No. Lo mejor será que obtenga el certificado sin la hija, tal y como había planeado. —No pudo evitar añadir, con una nota de sarcasmo—: Y tú tendrás tus doscientas cincuenta libras.

Como si acabaran de darle una puñalada por la espalda, Daniel se puso de pie al instante.

—No quiero tu dinero. Era distinto cuando pensaba que solo pretendías demostrar tu legitimidad. No te acusé por ello, ni tampoco por no querer casarte. Un hombre está en todo su derecho a reclamar su propiedad sin tener que casarse. Pero esto es... esto es... —Hizo una pausa y esbozó una mueca de repugnancia.

—¿Te niegas a continuar con esta farsa? —espetó Griff, cerrando las manos en dos puños amenazadores.

—Te dije que lo haría y lo haré, pero solo una semana. Así tendrás tiempo suficiente para encontrar el dichoso documento. —Enfiló hacia la puerta con paso airado, pero antes de salir se dio la vuelta para mirar a Griff con un brillo extraño en los ojos—. Pero te lo advierto: será la última semana que trabaje para ti, ¿me has oído? Quizá Swanlea sea un villano, y puesto que lo he conocido en persona puedo asegurar que es un bocazas, pero es viejo y se está muriendo y parece que solo quiere una cosa: asegurar el futuro de sus hijas. No puedo acusarlo por eso.

Los ojos de Daniel habían adoptado una tonalidad más oscura. El gigante apoyó la mano en el tirador de la puerta.

—En cambio tú estás deseando hundirlos solo para incrementar tus ganancias, por tu ambición. Pues para que lo sepas: hay cosas que incluso el hijo de un salteador de caminos no puede digerir.

Aquellas palabras atormentaron a Griff incluso muchas horas después de que Daniel se hubiera marchado.

Capítulo diez

La mente se acomoda de forma natural a cualquier circunstancia, incluso a las impropiedades más ridículas, si suceden con frecuencia.

Evelina, Fanny Burney,
novelista, columnista y dramaturga inglesa

*G*riff tramaba algo. Rosalind lo sabía. Pero no acertaba a adivinar de qué se trataba. Dejando de lado la evidente tensión que existía entre él y su patrón, no había detectado nada que le sirviera de indicio de sus intenciones.

Los informes del lacayo no habían sido relevantes, y cada vez le costaba más acercarse a Griff. Cuando lo intentaba, incluso en compañía de otras personas, él le susurraba comentarios realmente escandalosos cuando nadie más podía oírlo. Abundaban las alusiones a las ciruelas —ese hombre carecía de imaginación—. Y tampoco ayudaba que Juliet hubiera interpretado indebidamente las palabras de Griff aquel día en la terraza, ya que ahora se aseguraba de que siempre hubiera ciruelas en la mesa en cada comida. Unas ciruelas que él comía con deleite para atormentarla.

Aquella mañana Rosalind había insistido en salir a cabalgar un rato con él y con el señor Knighton porque John tenía otros quehaceres pendientes. Griff no había perdido la ocasión para atormentarla todavía más, especialmente cuando descubrió que no sabía montar de lado. Cada comentario acerca de montar a caballo cobraba un doble sentido obsceno. Y él le había demostrado con qué absoluta maestría podía controlar un caballo, ya que mientras cabalgaban le había rozado la pierna con la suya varias veces con tanta precisión que los caballos ni se habían inmutado ni se habían puesto nerviosos.

Pero lo peor había sido cuando la ayudó a desmontar. La había sostenido por la cintura mucho más rato del necesario y remarcó en voz baja que la visión de ella a horcajadas sobre el caballo garantizaba que él «llevara los bolsillos llenos». Rosalind había necesitado un segundo para reconocer la alusión. Para su propia vergüenza, no solo sus mejillas se encendieron con tal comentario. Como si notara el calor que se extendía por la parte baja de su vientre, él se había echado a reír con ganas. ¡Insolente bribón!

Ahora estaba sentada cerca de la mesa de billar, al fondo de la larga galería en el primer piso que comunicaba el ala este con el ala oeste. Griff jugaba contra Juliet mientras el señor Knighton, sentado en una silla, se dedicaba a alentar a la joven. Rosalind había decidido quedarse al margen, intentando no atraer más la atención de las perversas maniobras de Griff, hasta que cayó en la cuenta de que de ese modo él estaba consiguiendo su objetivo de alejarla de su lado. Su orgullo no le permitía concederle la más mínima victoria al respecto.

Era una mesa antigua; su padre la había comprado incluso antes de que ella naciera. Él y mamá solían jugar al billar, y Rosalind tenía grabada en la mente una dulce escena borrosa de su niñez. Papá reía y se burlaba de mamá mientras Helena suplicaba que la dejaran jugar, protestaba porque ya tenía casi nueve años y eso significaba que era lo bastante mayor para poder jugar al billar.

Tras la muerte de mamá, papá dejó de jugar. Rosalind suponía que aquel pasatiempo le traía unos recuerdos dolorosos. Pero las tres chicas aprendieron a jugar. ¿Qué más podían hacer en los largos meses de invierno cuando incluso la lectura se convertía en una actividad tediosa, y no tenían a nadie más con quien conversar? Lamentablemente, cuando a Helena se le declaró la enfermedad, alegó que ya no podía jugar más, pero Juliet y Rosalind todavía jugaban a menudo. Juliet no dominaba la técnica, pero Rosalind era bastante diestra, a pesar de que aquella tarde no tenía ganas de mostrar su habilidad.

Pero ver a Griff jugar le suponía un gran tormento: la gentileza con que agarraba el taco, la flexión de sus músculos mientras se inclinaba sobre la mesa, sus roncas carcajadas de éxito cuando ganaba. Todo ello alimentaba su imaginación de una forma peligrosa. En vez de agarrar el taco del billar, imaginaba que Griff la agarraba por la cintura, y en vez de inclinarse sobre la mesa, imaginaba que se inclinaba sobre su cuerpo para besarla y manosearla. Y sus carcajadas roncas se convertían en jadeos de necesidad a medida que él se excitaba más y más...

«¡Virgen santa!», pensó Rosalind, sonrojándose de los pies a la cabeza. ¿Cómo era posible que no pudiera apartar esas fantasías escandalosas de su cabeza? Pero ella sabía el porqué. Todas las contradicciones en las que Griff había incurrido acerca de su pasado, así como su gran elocuencia y su comportamiento la fascinaban. En un momento se comportaba como un caballero, y al momento siguiente como un bribón. El hecho de no saber a ciencia cierta qué podía esperar de él la irritaba enormemente.

Bueno, al menos había dejado de fisgonear por la casa. ¿O quizá nunca había fisgoneado y simplemente ella se lo había imaginado al principio? La noche que se conocieron, ¿era posible que en realidad solo buscara un puro? Y al día siguiente, ¿se había sentido atosigado cuando ella había insistido en convertirse en su sombra, y eso lo había empujado a probar todas aquellas tácticas para zafarse de su compañía?

Era posible, aunque le parecía improbable. Sin embargo, ¿por qué él no se había mostrado molesto con las nuevas restricciones impuestas por ella? A pesar de que Griff se encerraba en su habitación cada tarde para trabajar, John se quedaba haciendo guardia junto a la puerta. Otro lacayo lo reemplazaba por la noche. Rosalind habría sospechado que quizá los centinelas se quedaban dormidos, salvo que ella misma había ido a echar un vistazo varias veces, incluso bien entrada la noche, y había constatado que estaban completamente despiertos y siempre en actitud alerta.

Probablemente ese era el plan de Griff: cansarla hasta que Rosalind se relajara y bajara la guardia, para entonces poder reanudar sus pesquisas. Pues bien, no pensaba bajar la guardia hasta el día en que él se marchara de Swan Park.

A medida que transcurría la tarde, la invadió una plácida somnolencia. La noche anterior le había costado mucho conciliar el sueño, imaginando sonidos por los pasillos en el interior de las paredes cuando ninguno de los sirvientes podía deambular por allí a esas horas. Estaba sopesando la posibilidad de ir a su alcoba y echarse un ratito a dormir cuando una bola se coló por una de las troneras laterales de la mesa, y Juliet soltó un gritito de alegría.

—¡He ganado! ¡He ganado! —exclamó Juliet, blandiendo el taco con una alegría infantil—. ¡Por fin os he vencido, señor Brennan! ¡Admitidlo! ¡Y a la tercera partida!

—Así es.

El tono de Griff era indulgente, amable. Rosalind pensó que probablemente él había jugado peor aquella partida, sin ningún motivo aparente, pero cuando Griff le dio la espalda a Juliet e intercambió con el señor Knighton una mirada de complicidad, comprendió que había dejado ganar a su hermana.

Rosalind se sintió agradecida por aquel gesto. El grifo mitológico no era tan desalmado, después de todo. Con su acción había conseguido erosionar la coraza de timidez de Juliet; ni el propio señor Knighton lo había logrado, por más que lo había intentado. En los últimos tres días, Juliet se había mostrado excesivamente recatada, manteniendo un silencio espectral, y solo contestaba cuando se le preguntaba algo directamente. Se sentía más cómoda con Griff que con el señor Knighton, pero el motivo para ello era más que obvio: Juliet no tenía que casarse con Griff.

Rosalind suspiró. Lamentablemente, por lo que podía ver, a Juliet cada vez le costaba más controlar su nerviosismo. En esos momentos precisamente estaba mirando al señor Knighton con una visible incomodidad, como si temiera que su proceder impropio de una dama al ganar la partida hubiera podido molestarlo.

De repente, Griff se plantó delante de Rosalind, bloqueando su visión mientras le ofrecía un taco.

—Ahora que vuestra hermana me ha derrotado, lady Rosalind, he pensado que quizá os apetecería hacer lo mismo.

El reto chulesco en su mirada la empujó a aceptar la invitación. De acuerdo, había llegado la hora de demostrarle su superioridad respecto a él.

Con una sonrisa confiada, se puso de pie y aceptó el taco que él le ofrecía.

—Nada podría darme más satisfacción que derrotaros, señor Brennan.

Los ojos de Griff brillaron peligrosamente antes de empezar a recitar:

—«¡Oh! Ella es quien me trata de un modo que no lo sufriera un tarugo. Habla puñales, y cada palabra suya es un golpe», de *Mucho ruido y pocas nueces*.

Rosalind pasó por delante de él con porte arrogante y se dirigió al otro extremo de la mesa mientras replicaba:

—Lo hago lo mejor que puedo. Pero por lo visto tendré que afilar mis puñales, puesto que seguís viniendo a por más, y no pienso parar hasta que os vea sangrando.

Griff apoyó la punta del taco sobre la mesa tapizada.

—Me alegro de que os refiráis únicamente a palabras. A juzgar por lo bien que blandís la espada, podríais dejarme estéril si os lo propusierais. —Acto seguido, hizo una reverencia teatral para indicarle que la invitaba a dar el saque de inicio.

Rosalind sonrió maliciosamente.

—Una idea realmente tentadora, no os diré que no. Pero prefiero venceros en la mesa de billar. ¿Cuántos puntos establecemos para ganar la partida?

—¿Cincuenta os parece bien?

—De acuerdo, cincuenta. —Con una sonrisa porfiada, Rosalind se dispuso a sacar. Con una gran precisión, coló una bola roja, y luego otra, y otra, y otra más, sin errar el tiro. Habría colado cinco bolas seguidas de no haber sido porque la mesa era un poco inestable, y eso provocó que la quinta bola se detuviera a tan solo un centímetro de la tronera.

El señor Knighton lanzó un silbido y se levantó de la silla para examinar la mesa.

—¡Por dios, milady! ¿Dónde habéis aprendido a jugar con tanta pericia?

Ella se apartó de la mesa.

—Me enseñó uno de nuestros lacayos. —Se volvió hacia Griff, que permanecía apoyado en la pared más cercana, con los brazos cruzados sobre el pecho y el ceño fruncido—. Son cuatro puntos a mi favor. Vuestro turno, señor.

Griff se acercó a la mesa, colocó el taco en la posición de tiro, golpeó la bola y la coló en la tronera con una precisión impresionante.

—Veo que vuestros lacayos tienen un amplio listado de obligaciones. —Volvió a concentrarse y tiró nuevamente, esta vez realizando una impresionante carambola que culminó con una de las bolas en la tronera—. Os enseñan a jugar al billar y se comportan como vuestros asistentes personales con los invitados inquietos. Me pregunto si tienen tiempo para ejercer de lacayos.

Rosalind pestañeó impresionada al ver su nivel de juego.

—Pronto descubriréis que todos nuestros sirvientes son muy versátiles. Por lo que si un lacayo no realiza esos servicios, lo hará otro, el mayordomo, el cochero...

—¿La señora de la casa? —La provocó él mientras se detenía un momento para analizar la situación en la mesa.

Ella enarcó una ceja.

—Si es necesario...

Griff metió una bola que no era roja, y Rosalind hundió la mano en la tronera para rescatarla. Cuando se inclinó sobre la mesa para volverla a colocar en su sitio, sin embargo, se fijó en que Griff no tenía los ojos puestos en su mano sino más abajo. Solo entonces se dio cuenta de que su chal se había aflojado y que estaba exhibiendo una generosa visión de su escote. Apretó los dientes al tiempo que se proponía retroceder, pero Griff cerró su mano sobre la de ella, y por un segundo quedó inmovilizada.

Rosalind le lanzó a su primo una mirada implorante, pero él y Juliet se habían alejado por la galería para admirar los retratos de los antecesores de Swanlea. Estaban enfrascados en una animada conversación y les daban la espalda. Ninguno de los dos vio cómo Griff la agarraba con aquella absoluta desfachatez.

Su mano suave y cálida era tan grande que envolvía la suya, aunque no tan grande como para implicar una brutalidad de carácter. Sus dedos la acariciaban, recordándole cómo aquellos mismos dedos habían recorrido su cintura hacia las costillas aquel luminoso día en el huerto.

Una dulce necesidad se apoderó de su vientre. ¡No! ¡No iba

a permitir que él la sedujera de nuevo! Solo lo hacía para burlarse de ella, para provocarla.

Pero cuando intentó retirar la mano, él la mantuvo cautiva un momento más.

—Por más que me encantaría tener a la señora de la casa como asistenta —susurró—, no quiero apartarla de sus otras obligaciones más apremiantes.

—Entonces quizá sería mejor que regresarais a Londres con vuestro patrón, donde no molestaréis a nadie —replicó ella con sequedad.

—¿De verdad os molesto? —Su mirada liviana se posó nuevamente en su escote incipiente—. ¿O es que tenéis miedo de que descubra... vuestros secretos?

A pesar del gran esfuerzo por evitarlo, a Rosalind se le encendieron las mejillas. Él sonrió victorioso, luego tomó la bola y le soltó la mano. Deseando meterle la bola en su insolente boca para silenciarla de una vez por todas, Rosalind se echó hacia atrás bruscamente y se aderezó el chal. Era obvio que el billar ofrecía demasiadas oportunidades para poder apreciar unas increíbles vistas del cuerpo femenino. Lo mínimo que podía hacer era cubrirse las partes que Griff insistía en devorar con la vista.

Cuando hubo acabado de acicalarse lo miró de soslayo, y lo pilló sonriendo picaronamente. Muy bien, que sonriera todo lo que quisiera. Al menos eso era mejor que no que se la comiera con los ojos. O que realizara comentarios obscenos, unos comentarios que encontraba desapaciblemente estimulantes.

Él retomó el juego con tres golpes fulminantes, en rápida sucesión, y Rosalind volvió a centrar su atención en la partida. Tenía que admitir que la habilidad de Griff la impresionaba. Había acertado antes: seguro que había dejado ganar a Juliet. Pero cuando fuera de nuevo el turno de Rosalind, ya le enseñaría que no todas las solteronas de Swanlea eran unas niñitas modositas y poco diestras en el manejo de un taco de billar.

Su oportunidad llegó al cabo de unos minutos, justo en el momento en que hacía un sobreesfuerzo por no bostezar. Griff se colocó a su lado y se preparó para el siguiente tiro con una gran seriedad. Desde su punto de vista aventajado, ella podía adivinar que iba a probar una carambola, pero a aquella mesa le faltaba estabilidad, y a pesar de su indiscutible maestría, Griff falló. En aquel momento, le sacaba a Rosalind siete puntos de ventaja.

Griff se apartó mientras ella se concentraba absolutamente en la jugada, ya que él había dejado la bola de tiro en una posición prácticamente inalcanzable. Tras unos breves momentos en los que tuvo que inclinarse exageradamente sobre el tapete para calcular el ángulo con el taco, enmarcar la tronera y luego volver a calcular el ángulo con el taco, Griff murmuró a sus espaldas:

—Si lo estáis haciendo adrede para tentarme, lo estáis consiguiendo.

Ella lo miró de reojo y lo pilló con la vista clavada en su trasero y en las faldas levantadas que revelaban una buena porción de sus medias. Le dedicó una mirada de reprobación.

—Si no os gusta que os tienten, señor Brennan, no desviéis los ojos de la mesa, que es donde deberían estar. —Sin moverse un centímetro, Rosalind volvió a centrar la atención en la mesa, a pesar de que ahora le resultaba difícil no imaginar la mirada de Griff fija en su trasero.

Él rio divertido.

—¿Quién dice que no me gusta que me tienten?

Apretando los dientes, ella golpeó la bola y... falló, por supuesto. Eso le pasaba por dejar que ese maldito tunante la distrajera.

Con cara enfurruñada, irguió la espalda, se dio la vuelta expeditivamente y se dio cuenta de que él estaba tan cerca que sus pantalones grises le rozaban la falda.

—Disculpad, señor Brennan —espetó airada para que se apartara, pero él no se movió.

Griff lanzó una rápida mirada hacia el señor Knighton y Juliet, que seguían de pie en la otra punta de la galería. Juliet estaba refiriéndole la historia de cada conde, y el señor Knighton la escuchaba con la debida atención. Afortunadamente, esa debida atención era la que no estaba prestando a su hombre de confianza, quien ahora se inclinaba peligrosamente sobre Rosalind, devorándola con ojos seductores.

—Creo que deberíamos apostar algo en esta partida.

—¿Qué clase de apuesta? —Rosalind intentó retroceder, pero quedó acorralada por la mesa. Griff estaba excesivamente cerca, y ella recordó lo que había sucedido la última vez que habían estado tan cerca. Se le aceleró el pulso.

—Si gano —murmuró él— amarraréis a vuestro perro.

Rosalind resopló con fastidio. Debería haberse imaginado que tarde o temprano él sacaría el tema a colación. Alzando la barbilla con petulancia, preguntó:

—¿Y si gano yo?

—No ganaréis. —Cuando ella lo miró con recelo, Griff sonrió y añadió—: De acuerdo, si ganáis, yo... —se quedó pensativo unos momentos—, os prepararé una audición con Richard Sheridan.

Rosalind abrió los ojos como un par de naranjas. ¿El señor Richard Sheridan? ¿El propietario del teatro Drury Lane? ¿El hombre que había escrito *La escuela del escándalo*?

El perverso tunante sonrió victoriosamente, sabiendo que ella no podría resistirse a aquel trato.

—El mismo.

Parecía demasiado seguro de sí mismo. Rosalind lo miró con desconfianza.

—¿Lo conocéis tan bien como para pedirle una audición?

—Digamos que Sheridan y yo compartimos una sana afición por el buen coñac francés, y que a veces quedamos para tomar una copa.

—¿Cómo es posible que un mero administrador conozca a un personaje tan famoso como Sheridan?

Su curiosidad pareció pillarlo por sorpresa. Entonces Griff se encogió de hombros.

—Mi patrón es el mecenas de varios teatros, y tiene una pequeña inversión en el Drury Lane. —Señaló con la cabeza hacia el señor Knighton—. Si no me creéis, preguntádselo.

Ella miró hacia su primo, quien seguía con atención las explicaciones de su hermana. ¿El señor Knighton era accionista del Drury Lane? ¡Imposible! La noche anterior durante la cena había quedado claro que ese zoquete no sabía quién era John Dryden ni Christopher Marlowe, ni tan siquiera Homero, a pesar de haber estudiado en Eton. Rosalind empezaba a dudar de que realmente hubiera cursado estudios en aquella distinguida escuela. Dudaba seriamente que a su primo le gustara el teatro.

Como si se hubiera dado cuenta del motivo de su desconfianza, Griff añadió:

—De hecho fui yo quien lo animó a realizar dicha inversión, ya que eso le reportaría (y a mí también) un palco reservado y muy bien situado en el Drury Lane.

Eso tenía más sentido. A pesar de sus numerosos defectos, Griff parecía genuinamente interesado en el teatro.

—¿Y bien? ¿Aceptáis la apuesta? —la exhortó él.

Rosalind todavía se mostraba recelosa.

—Solo si antes contestáis una pregunta.

—De acuerdo.

—¿Por qué os interesa tanto libraros de mi lacayo? John simplemente se limita a ayudaros.

—No necesito ayuda. Estoy acostumbrado a ir donde me place solo, cuando me da la gana, sin tener audiencia. ¿Habéis intentado alguna vez leer con detenimiento un documento con un criado a vuestro lado que intenta no perder detalle de vuestras reacciones? Os aseguro que es absolutamente enojoso.

Analizado de esa forma, Rosalind comprendió cómo se sentía. Además, su intención era ganar la partida. Y la posibilidad de tener una audición delante de Sheridan, de Richard Sheridan, era irresistible.

—Muy bien. Acepto la apuesta.

—¡Rosalind! —la llamó su hermana desde el fondo de la galería. Ella y el señor Knighton ya volvían a acercarse a la mesa de billar—. ¿Se puede saber qué es lo que tú y el señor Brennan tramáis? Pensaba que estabais jugando al billar.

Griff se apartó de Rosalind con una sonrisa taimada.

—Es lo que estamos haciendo, milady. —Agarró su taco con poderío y añadió—: Vuestra hermana y yo hemos decidido jugar en serio.

Rosalind pensaba que ya estaban jugando en serio, pero él pronto le demostró cuán equivocada estaba. Cuando Griff se inclinó sobre el tapete esta vez, ya no tonteó ni flirteó ni bromeó, sino que se concentró en su objetivo. Se entregó a la partida con la ferocidad y competitividad de un deportista nato.

Y logró ganar veinte puntos más antes de que le patinara el taco y fallara el tiro.

Ella ocupó su puesto visiblemente intranquila. Ya no estaba tan segura de poder ganar. Debería haber insistido en que comenzaran una partida nueva. Ahora él le sacaba veintisiete puntos: sin duda una ventaja excesiva. Si perdía, tendría que pasar más tiempo con él, lo que sería todo un desatino, y eso sin mencionar la pena de perder la audición con Sheridan.

Prestando una gran atención a su objetivo, consiguió entronerar varias bolas seguidas. No era muy buena con las carambolas, así que no quiso arriesgarse, a pesar de que de ese modo quizá podría haber incrementado su puntuación más rápidamente. De todos modos, ella había conseguido superar en cuatro puntos la puntuación de Griff cuando falló el tiro.

Rosalind y Juliet se lamentaron en voz alta a la vez.

—Mi turno. —Griff sonrió mientras entroneraba una bola con una jugada maestra.

A partir de ese momento, empezó a jugar como un verdadero profesional. Rosalind debería haberse figurado que un hombre que había sido contrabandista debía de ser un verdadero experto del billar. Seguramente así era como se entretenían él y sus compinches.

Cuando superó los cuarenta puntos, ella se puso tensa. Griff apuntó con su taco la bola, y ella se inclinó sobre el tapete en el lado opuesto de la mesa para apreciar mejor la jugada. Él alzó la vista de la mesa para mirar a su bella rival solo una milésima de segundo, pero eso bastó para desconcentrarlo y hacer que fallara el tiro. Griff no podía creerlo. Pronunció una maldición entre dientes.

Acribillándola con la mirada, rodeó la mesa y se detuvo a su lado para murmurarle al oído:

—¿Qué? ¿Empezáis a desesperar?

—¿Por qué lo decís? —susurró ella a modo de respuesta.

—Por mucho que me guste la visión de vuestros... de vuestros encantos, no creo que sea lícito que los exhibáis sin recato en mi línea de visión cuando estoy a punto de tirar.

Ella bajó la vista y se sonrojó al ver que se le había desatado el chal nuevamente.

—No me había dado cuenta —respondió con absoluta sinceridad, intentando volvérselo a atar.

—No, claro que no.

¡Aquel maldito bribón no la creía! Rosalind vaciló un momento, entonces, con porte desafiante, se quitó el chal y lo lanzó sobre una silla. Si ese rufián insistía en atribuirle tales tácticas, lo mejor era que al menos la acusara con buenos motivos.

A partir de aquel momento, ella hizo todo lo posible por distraerlo. No le resultó difícil. Por lo visto, ante la opción de concentrarse en su taco o devorar los pechos de una mujer, un hombre elegía sin vacilar la segunda opción. Aquella reacción tan previsible era casi cómica.

Lamentablemente, Griff no tardó en encontrar el modo de vengarse de ella. Cada vez que era el turno de Rosalind, él pasaba lo bastante cerca como para susurrarle algún comentario tan subido de tono que jamás fallaba a la hora de obtener una reacción, que normalmente se traducía en que Rosalind erraba su tiro.

Pronto fue obvio que ambos habían abandonado el tono serio de la partida y que se habían enfrascado en una partida de billar «picante».

Juliet no parecía darse cuenta de lo que pasaba. Cuando oía algún comentario, no lo entendía debidamente, y era demasiado inocente para comprender las miradas provocadoras y encendidas que el señor Brennan le dedicaba a su hermana. A pesar de que el señor Knighton no era tan ingenuo, decidió no prestarles atención. Sin embargo, Rosalind lo sorprendió un par de veces observándolos a ella y a Griff con una inexplicable expresión divertida en la cara.

La partida se alargó más de lo esperado, ya que ninguno de los dos progresaba mucho en cada turno: un punto por aquí, otro por allá, seguido de un fallo... Iban empatados a cuarenta y nueve cuando Helena se acercó por la galería.

—¿Qué pasa? —preguntó al tiempo que daba un último saltito para sentarse en una silla.

—El señor Brennan y Rosalind están jugando una partida —anunció Juliet en un tono jovial—, y a los dos les falta solo un punto para ganar. Han fallado en las tres anteriores oportunidades. Me parece que estaremos aquí todo el día, si esto continúa igual.

Helena examinó la mesa con curiosidad, entonces desvió la vista hacia Rosalind. Al ver lo escotada que iba, la miró con reprobación.

—No me extraña que Rosalind tenga problemas para ganar. Debe de estar helada sin su chal, y eso seguramente afecta a su habilidad a la hora de jugar.

Rosalind maldijo a su hermana en voz baja.

—No te preocupes. Estoy cómoda.

—No —las interrumpió Griff—, lady Helena tiene razón. —Avanzó hasta la silla donde Rosalind había dejado el chal, lo recogió y se lo llevó—. Aquí tenéis, milady. —Con una detestable sonrisa, se lo colocó por encima de los hombros—. Esto os ayudará a concentraros más en la partida.

—Muchas gracias —replicó ella, apretando los dientes. ¡Ya se encargaría ella de leerle la cartilla a Helen cuando se quedaran solas!

Por lo menos era su turno y no el de Griff, y él no se atrevería a realizar ningún comentario obsceno mientras Helena estuviera tan cerca. Rosalind miró fijamente la bola roja que tenía delante. Lo único que tenía que hacer era concentrarse. Nada más.

Sin embargo, sentía las manos pegajosas, y el taco se le escurría entre los dedos como una anguila. No podía fallar ahora. ¡No debía fallar! Porque si fallaba el tiro, esta vez seguro que él no fallaría. Y entonces ya podía despedirse de su oportunidad de conocer a Sheridan.

Se concentró, tiró, y luego observó con gran deleite cómo la punta de su taco golpeaba la bola roja con una absoluta precisión y la enviaba hacia la tronera con una gracia incuestionable. Pero entonces la bola aminoró la marcha a medida que se acercaba a la tronera. ¡No! ¡Otra vez no! ¡No podía sucederle dos veces! ¡No podía tener tan mala suerte! ¡Por favor, no, no!

Pero tuvo mala suerte. La bola osciló en la entrada de la tronera, luego se retiró medio centímetro hasta una posición que ni tan solo un novato erraría el tiro.

Por lo menos, Griff ni siquiera sonrió cuando remató la bola que ella le había dejado tan bien colocada. Pero cuando la bola roja desapareció en la tronera provocando un eco seco que resonó en la mente de Rosalind, él sí que esbozó una pequeña sonrisa. Griff desvió la vista hacia la hermana menor.

—Ya lo veis, lady Juliet. Por lo visto no tendremos que estar aquí todo el día.

Rosalind lo miró sin decir nada mientras él rodeaba la mesa y se le acercaba para estrecharle la mano. ¡Oh! ¡Cómo deseaba partirle el taco en la frente! Pero sabía que no podía comportarse como una fierecilla indomable. Con cara de pocos amigos, alargó el brazo, esperando un ligero apretón de manos.

Pero debería habérselo figurado. Con la mirada depredadora de un águila que tenía apresada una liebre entre sus garras, se inclinó hacia su mano desnuda y la besó. Aquellos labios eran suaves y cálidos, en contacto con su piel, y Griff alargó el beso más de lo esperado, de modo que a ella le pareció que transcurría una eternidad —aunque en realidad solo habían pasado unos segundos— antes de que él volviera a erguir la espalda.

—Tenéis que admitir que más o menos tenemos el mismo nivel de juego. —Griff le soltó la mano.

—Supongo que sí —replicó ella, decepcionada por haber perdido la apuesta. Era mejor pensar en la oportunidad que acababa de perder que en el efecto hipnótico que le había provocado la presión de aquellos labios en su mano.

Griff esperó hasta que su primo empezó a preguntarle a lady Juliet si quería jugar otra partida, entonces se acercó un poco más a Rosalind y bajó la voz.

—Iré a mi habitación a trabajar un rato. Cuando salga, espero que vuestro lacayo ya no esté de centinela.

Rosalind había olvidado que al perder la apuesta, él había ganado la suya. Ahora tendría que hallar otra forma de seguirlo de cerca, o si no tendría que guardar la caja fuerte en algún lugar donde él jamás pudiera encontrarla. Si es que en realidad eso era lo que buscaba.

Rosalind tragó saliva, luego asintió. Con una última sonrisa triunfal, él se alejó por la galería hacia las escaleras del ala oeste en dirección a la segunda planta, donde estaba su habitación.

Con una amarga decepción por haber perdido, Rosalind se

dio la vuelta al mismo tiempo que Juliet le decía al señor Knighton que no le apetecía jugar más al billar.

Él miró a Helena.

—Milady, ¿os apetece jugar?

—No —respondió ella con sequedad.

Cuando él pareció ofendido por su parca respuesta, Rosalind decidió intervenir:

—Helena dice que su cojera le impide jugar, que le cuesta mantener el equilibrio en una sola pierna cuando ha de tirar. —Era absurdo, por supuesto, pero jamás había averiguado si Helena se lo creía o simplemente usaba aquella excusa para mantenerse alejada de la gente, igual que hacía en otras circunstancias. Rosalind añadió—: Pero antes de caer enferma era tan buena jugadora que solía ganarme sin problemas.

Helena la miró con reprobación, pero Rosalind siempre había pensado que era mejor ir por la vida con la verdad por delante. Además, tenía que admitir que su primo le caía bien, aunque fuera un poco zafio y hubiera tenido tratos con contrabandistas un tiempo atrás. Le dolía ver que Helena lo trataba con tanta frialdad, aunque lo cierto era que Helena se había mostrado excesivamente reservada con todos los hombres en los últimos años.

El señor Knighton no había apartado los ojos de su hermana mayor mientras Rosalind hablaba. Ahora había empezado a alejarse hacia la pared más lejana en silencio. Alzó una silla, la llevó de vuelta hasta la mesa de billar y la colocó de tal modo que el reposabrazos quedó paralelo al borde, con unos treinta centímetros de espacio entre la mesa y la silla.

Miró a Helena.

—¿Por qué no os sentáis en la silla? De ese modo, no tendréis que apoyar el peso de vuestro cuerpo en las piernas mientras jugáis.

El cuello de Helena adoptó un oscuro rubor.

—No resultaría práctico, señor Knighton. Tendría que mover la silla alrededor de la mesa cada vez que me tocara jugar.

Rodeando el respaldo de la silla con sus enormes manos, él se encogió de hombros.

—Por eso os conviene jugar al billar con un tipo tan corpulento como yo, milady. He levantado objetos mucho más pesados un montón de veces. Si no puedo mover una sillita como esta, entonces es que tengo problemas.

A Rosalind se le formó un nudo en la garganta.

En cambio, Helena no parecía impresionada.

—El brazo de la silla no aguantará mi peso.

—Sí que lo hará. —Él ejerció presión sobre el reposabrazos para demostrárselo. Después se acercó con paso rápido al lugar donde ella estaba sentada. Helena seguía mirándolo con recelo. Él le ofreció la mano—. De todos modos, no lo sabréis hasta que no lo hayáis intentado. Y os prometo que no permitiré que os deis de bruces contra el suelo si la silla cede.

Helena se quedó mirando su mano sin pestañear durante un largo momento. Rosalind vio la llama del deseo en su rostro. Habían pasado muchos años desde la última vez que Helena había jugado al billar, y muchos más años desde que un hombre la había tratado con tanta cortesía.

—Vamos, Helena —la animó Rosalind—, el señor Brennan y yo no le hemos dado al señor Knighton la oportunidad de jugar, y si Juliet no quiere hacerlo y yo estoy demasiado cansada, tú eres la única que queda.

Helena hizo una mueca de disgusto, si bien reconocía que no tenía escapatoria. Con cara de fastidio, aceptó la mano del señor Brennan y permitió que él la ayudara a ponerse de pie. Mientras avanzaba cojeando hacia la silla, murmuró:

—Si se me cae encima la silla, señor Knighton, la responsabilidad será sólo suya.

Él se limitó a sonreír tímidamente a modo de respuesta, luego la ayudó a acomodarse sobre el reposabrazos.

Cuando los dos empezaron a jugar, Juliet arrastró a Rosalind hasta la otra punta de la galería, para que nadie pudiera oírlas.

—¿Te has fijado? —Susurró—. Es tan tierno y amable con Helena...

Rosalind observó cómo el señor Knighton se afanaba por disponer las bolas correctamente sobre el tapete.

—Sí, me parece que es un hombre muy afable.

—¡Qué pena que ella lo desprecie de ese modo! —comentó Juliet con tristeza—. Esta mañana ella lo ha llamado zoquete y ha dicho que jamás se casaría con un tipo como él.

—Ya sabes que Helena puede ser muy desagradable con los hombres. Siempre busca excusas para rechazar sus atenciones.

—Me temo que en este caso Helena tiene algo más que una excusa. Opina que él solo está aquí para obtener una recompensa. Cree que quiere casarse con la hija de un conde para que ella le enseñe a comportarse como es debido en sociedad. Así que no existe ni la más remota posibilidad de que se case con él; su orgullo no se lo permitiría. —Juliet se mordió el labio inferior—. Y tú has puesto el ojo en el administrador...

—¡No es verdad!

Juliet sacudió la cabeza.

—Puedes negarlo tanto como quieras, pero sé que te gusta.

—Estás totalmente equivocada. —Rosalind se sentía intrigada por su persona, fascinada, tentada. ¿Pero que le gustara Griff? Eso eran palabras mayores.

—Así que si ninguna de vosotras dos acepta casarse con el señor Knighton, tendré que hacerlo yo —profirió con un afligido tono de resignación.

—Mira, Juliet, no tienes que hacerlo. Ninguna de las tres tiene que casarse con él. Ya te lo he dicho, podríamos...

—¿Abandonar Swan Park para siempre? Yo no quiero irme.

—No sé por qué no —espetó Rosalind.

A Juliet le tembló sutilmente el labio inferior.

—No lo entiendes. Jamás lo has entendido.

La nota de desesperación en la voz de Juliet hizo que Rosalind se la quedara mirando unos momentos fijamente.

—¿Por qué no me lo explicas?

La luz del sol de la tarde se filtraba por los ventanales divididos con parteluz, iluminando la melena dorada de Juliet y también las lágrimas que acababan de formarse en sus ojos. A Rosalind se le partió el corazón con aquella imagen. Tomó la mano de su hermana y se la estrujó.

—Oh, Juliet, por favor, dime por qué tienes esa firme determinación de casarte contra tu voluntad.

—¡Tengo que casarme con el señor Knighton! ¡He de hacerlo! —Juliet bajó la cabeza y unos mechones rizados le cubrieron la frente—. Por mi culpa perderemos Swan Park, así que he de evitarlo.

—¿Por qué dices por tu culpa?

—Porque si... si mamá no hubiera muerto durante mi alumbramiento, papá habría podido tener un hijo varón. —Las lágrimas rodaban ahora libremente por sus mejillas angelicales—. Y entonces no estaríamos en esta situación, a punto de perder estas tierras.

Así que aquel era el motivo de la tozudez de Juliet...

Con una enorme tristeza, Rosalind estrechó a su hermana entre sus brazos.

—Oh, mi pequeña, ni se te ocurra pensar esa perogrullada. No es culpa tuya que mamá muriera durante el parto; lamentablemente, eso sucede con frecuencia. Y papá podría haber tenido más hijos, si hubiera decidido volverse a casar. Pero no lo hizo. ¿Cómo puedes acusarte de ello?

—Porque pa... papá sí que... sí que me echa la cul... pa —se lamentó entre sollozos.

Rosalind sintió un impulso protector hacia su hermana menor, y la abrazó con más fuerza.

—¿Me estás diciendo que papá te ha dicho que es tu obligación casarte con el señor Knighton porque...?

—¡No, por supuesto que no! —Juliet se secó las lágrimas de las mejillas con sus pequeños puños—. Papá jamás diría algo así. Pero sé que me echa la culpa. Lo veo en su cara y en su voz cuando habla de mamá, cuando habla de mi matrimonio para salvar Swan Park. No tiene que decirlo abiertamente, sé cómo se siente.

Rosalind se sentía impotente ante aquel enfoque tan infantil. Su padre podía ser excesivamente severo y equivocarse a veces, pero amaba a sus hijas a su manera.

—Estoy segura de que no te echa la culpa, cielo. Nadie lo hace, ni papá ni nadie.

Juliet se apartó de su hermana de un salto, mientras que las lágrimas seguían empañando sus mejillas.

—Sabía que no lo comprenderías.

—¡Sí que lo entiendo! Solo es que creo que...

—Que soy una niñita boba que imagina cosas. ¡Pues te aseguro que no me lo imagino, por más que tú digas lo contrario para que no me sienta culpable! Os demostraré que puedo ejercer mi papel para salvar esta familia, del mismo modo que haces tú, encargándote de Swan Park. Por eso he de casarme con el señor Knighton, aunque no esté... enamorada de él. —Y con esa fría declaración, Juliet dio media vuelta y salió corriendo hacia las escaleras del ala oeste.

—¡Juliet! —gritó Rosalind, corriendo hacia el rellano de la escalera para mirar hacia abajo, pero su hermana, ágil y veloz, ya estaba lejos. De nada serviría perseguirla en esos momentos, cuando Juliet estaba de tan pésimo humor.

Rosalind sacudió la cabeza con tristeza mientras regresaba a la galería. Maldición. La firme determinación de Juliet por «salvar» la familia tenía unos motivos mucho más profundos de los que se había imaginado. Probablemente ella y Helena habían protegido a su hermana menor excesivamente, provocándole una sensación de vacío, de que no contaban con ella para las decisiones serias. Ahora les tocaba pagar por su gran error.

Rosalind se dejó caer en la silla más cercana, con la mente agitada. ¡Oh! ¿Cómo iba a acabar aquella historia? Juliet no se daría por satisfecha hasta que Swan Park no estuviera a salvo, y por consiguiente eso significaba que tenía que casarse con el señor Knighton. A menos que Rosalind pudiera pensar en la forma de evitar esa locura antes de que fuera demasiado tarde... Por lo que sabía, el señor Knighton todavía no había pedido la mano de ninguna de ellas —papá lo habría anunciado a bombo y platillo— pero esa incertidumbre no continuaría así para siempre. Después de todo, el señor Knighton tenía negocios que atender en Londres.

Sin embargo, Rosalind se dio cuenta de que la única escapatoria era prolongar aquel retraso en su decisión y ganar tiempo para urdir un plan que dejara a todos satisfechos. Papá había tomado una decisión tan rápidamente sin pedirles su consentimiento que apenas habían tenido tiempo para considerar otras opciones.

El problema era que Rosalind no controlaba la situación; no había forma de predecir cuándo su primo tomaría la decisión y se proclamaría oficialmente el noviazgo, ni cuánto tiempo duraría el cortejo. La única forma de tener el control era que ella misma aceptara casarse con aquel dichoso hombre.

A Rosalind el corazón le empezó a latir desbocadamente.

¡Sí, eso funcionaría! Si aceptaba casarse con el señor Knighton, podría desempeñar el papel de una novia escurridiza, insistir en que necesitaba tiempo para organizar la boda, hacer todo lo necesario para obligarlo a cambiar de parecer acerca de esa desatinada idea de casarse con una de ellas...

Frunció el ceño. Solo había un problema con ese plan: que él jamás se casaría con ella. Él quería a una mujer como Juliet, la esposa perfecta, fácilmente aceptada por la sociedad.

Con un suspiro, se puso de pie. Quizá podría encontrar el modo de tentarlo hacia ella. Tenía que darle vueltas al asunto, ya que de momento era el mejor plan que se le había ocurrido. Bostezó fatigada. Sin embargo, primero necesitaba echar una cabezadita. Siempre conseguía pensar con más lucidez después de dormir. O quizá se le ocurriría alguna solución mientras soñaba.

Solo cuando estuvo a mitad del camino por la galería recordó que había prometido a Griff ordenar a John que dejara de acompañarlo antes de que Griff saliera de su habitación. Maldición.

Según el reloj, solo había estado encerrado media hora, así que todavía tenía tiempo de sobra. Griff normalmente se pasaba más de dos horas trabajando en su alcoba por la tarde. Sin embargo, Rosalind prefería cerrar el tema. Después ya tendría tiempo de dormir un rato y considerar su plan con más detenimiento.

Retrocedió y bajó las escaleras hacia el ala oeste y subió hasta la segunda planta. John dormitaba en el pasillo junto a la puerta de Griff, como de costumbre, pero se levantó rápidamente de la silla cuando ella se acercó.

—El señor Brennan todavía no ha salido de su alcoba, milady —informó.

Ella se acercó a la puerta y aguzó el oído, pero no oyó nada. Suspiró.

—Puedes irte. Y a partir de ahora ya puedes retomar tus tareas diarias.

Él asintió, demasiado bien entrenado como para preguntar los motivos de tal decisión a la señora de la casa. Rosalind también proponía marcharse, pero se detuvo en seco, empujada por la curiosidad, como siempre. ¿Qué hacía Griff allí dentro cada tarde? Casi nunca lo veía hablar con el señor Knighton acerca de negocios, así que ¿cómo era posible que tuviera tanto trabajo?

Pegó la oreja en la puerta durante un minuto. Un silencio ominoso fue lo único que oyó. Por supuesto, nadie hacía ruido mientras escribía cartas y realizaba labores similares. Pero de todos modos le parecía extraño no oír el ruido de la silla o... cualquier ruido. Y él no podía pasarse todo el rato escribiendo cartas, ¿no? Sufriría calambres en la mano.

Rosalind achicó los ojos como un par de rendijas. Ahora que lo pensaba, Griff tampoco enviaba muchas cartas. Mmm... ¡Qué extraño! ¿Qué hacía realmente ahí dentro?

Movida por un impulso, llamó a la puerta. Nadie contestó. Volvió a llamar, esta vez con más impaciencia. Silencio total.

Unas arrugas surcaron su frente a causa de la sospecha. ¿Había escapado al control de su lacayo? Solo había un modo de descubrirlo. Intentó abrir la puerta, pero estaba cerrada. Maldición.

Con el firme propósito de descubrir su secreto, sacó del bolsillo el juego de llaves de toda la casa. Probó varias de ellas en la cerradura hasta que encontró la que abría la puerta. Empezó a girar la llave, pero vaciló. Sería horroroso si él estaba durmiendo y ella entraba de aquella manera indebida en su cuarto.

Pero claro, siempre podía alegar que solo había ido a comunicarle que ya le había dado a su lacayo la orden de que se retirara, ¿verdad? Sintiéndose más segura con aquella excusa, abrió la puerta y entró.

La alcoba estaba vacía, completamente vacía. Rosalind se quedó plantada con las manos en jarras y lanzó una maldición. Sin duda alguna, John había abandonado su puesto un rato antes para ir a la cocina, y Griff había aprovechado la ocasión para esfumarse sin ser visto.

Mientras examinaba la habitación, se fijó en que la chaqueta de Griff descansaba sobre una silla, y que su chaleco y su corbata estaban colgados en una percha en el armario. ¿Se había cambiado de ropa antes de salir? Pero ¿por qué? ¿Y por qué solo se había cambiado parcialmente? No, lo más probable era que él estuviera deambulando por ahí en mangas de camisa.

Sin embargo le pareció una actitud impropia del señor Brennan, que siempre iba impecablemente vestido.

Entonces algo llamó su atención. Alguien había apartado el escritorio de la pared. Se acercó más. La pintura del panel en la pared tenía unas grietas... y entonces comprendió qué método había utilizado Griff para salir de la habitación.

A través de la puerta de servicio, una puerta que había estado previamente sellada con pintura. ¡Maldito bribón! Solo Griff era capaz de descubrir una puerta que ya nadie usaba en aquella casa.

Abrió la puerta, echó un vistazo por el rellano de la escalera hacia abajo, y vio la pila de muebles que bloqueaba el paso. Le habían dicho que las escaleras superiores no eran seguras y que por eso ya nadie las usaba. Era obvio que eso había sido una exageración, ya que Griff sí que las usaba.

«Seguro que debe de sentirse muy orgulloso de sí mismo», pensó ella con rabia. Todos esos días se había estado escapando de la vigilancia del lacayo cuando le daba la gana, durante todo el rato que le venía en gana, y ella no había sospechado nada. ¡Y encima él había propuesto aquella maldita apuesta!

Cuánto más pensaba en ello, más se sulfuraba. Así que él deseaba pasear por la casa a sus anchas, ¿eh? Para poder entrar sigilosamente en las alcobas de los demás, y buscar... buscar... ¿quién sabía el qué? Ese hombre era una alimaña. Rosalind deseó saber exactamente qué era lo que pretendía, ya que si averiguaba sus planes podría actuar del modo más conveniente posible.

Frustrada, se volvió hacia el escritorio. Había varios papeles esparcidos sobre la mesa. ¿Eran documentos que pertenecían a su familia? Se acercó a la mesa, y miró el amasijo de papeles, entonces se dio cuenta de que la mayoría tenían que ver con la Knighton Trading.

Una lenta sonrisa se fue dibujando en sus labios. Si Griff insistía en husmear por una casa ajena, quizá ella podría hacer lo mismo y meter la nariz en asuntos que no eran de su incumbencia. ¿Quién sabía lo que podía encontrar? A lo mejor tenía suerte y hallaba algún documento que revelara la verdadera intención de su patrón. Entonces iría a ver a papá y le expondría sus sospechas, y él tendría que escucharla.

Echó un vistazo hacia la puerta cerrada que daba a la escalera de servicio y vaciló. No quería que él entrara y la pillara allí sola, no después de saber con qué la había amenazado.

Sin embargo, había transcurrido poco tiempo desde que se habían separado, y él siempre se quedaba por lo menos dos o tres horas encerrado en su cuarto. Seguramente tendría tiempo de echar una ojeada a algunos documentos y luego marcharse antes de que él regresara. Sintiéndose deliciosamente malvada, se acomodó en la silla y tomó un fajo de papeles. Solo se quedaría unos minutos, nada más. Solo el tiempo suficiente como para descubrir qué tramaba aquel bribón.

Capítulo once

Un momento especial sigue siendo especial, por más
breve que sea.

The Beacon, JOANNA BAILLIE, dramaturga escocesa

Griff subió las escaleras de servicio de dos en dos, absolutamente exhausto y hambriento. Ya casi debía de ser la hora de la
cena. Normalmente no prolongaba la búsqueda tanto rato,
pero si Rosalind había cumplido su palabra de retirar al lacayo,
¿quién se iba a dar cuenta? Era muy poco probable que ella se
hubiera quedado haciendo guardia junto a la puerta, esperándolo. Y si lo había hecho, la larga espera le serviría de escarmiento para la próxima vez.

Como de costumbre, no había encontrado nada. Había un
montón de documentos, incluso había encontrado la Biblia de
la familia con su lista de enlaces matrimoniales, nacimientos y
fallecimientos, pero las nupcias de sus padres no estaban regis-
tradas. Y tampoco había encontrado ningún indicio del certificado de matrimonio de sus padres.

Maldición. El conde debía de haberlo guardado en un lugar
muy seguro, probablemente en su propia alcoba. Allí era donde Griff tenía que buscar. Pero esa vieja sabandija nunca aban-
donaba su lecho. Y Daniel solo le había concedido a Griff tres
días más.

Daniel, con su inexpugnable sentido de la decencia que lo
sacaba de sus casillas. Jamás se habían enfadado antes, o al menos no de aquella manera. Griff se secó el sudor de la frente
surcada de arrugas de preocupación con la manga de la camisa
almidonada. Se quedó un momento contemplando el género
bajo la tenue luz de la vela que iluminaba la escalera. Muchos

años atrás no almidonaba tanto sus camisas ya que no se lo podía permitir. Ahora las almidonaba cuando le apetecía, e incluso se deshacía de ellas cuando quería.

«¿Desde cuándo un título o unas tierras son tan importantes para ti? Dispones de todo el dinero que necesitas, y la Knighton Trading es una compañía sólida.»

Su mano se crispó hasta cerrarse en un puño. Daniel jamás lo entendería. No se trataba de dinero. Se trataba de conseguir que la Knighton Trading fuera una compañía fuerte y poderosa, digna de respeto. En su modo de pensar tan cerrado, Daniel no podía comprender la dimensión de proyección que veía Griff: podría contratar a más empleados y los movimientos mercantiles se verían estimulados. ¿Cómo se atrevía su amigo a alegar que él solo se movía por sed de venganza, que lo único que perseguía era un objetivo de una mezquina ambición? Daniel se equivocaba, y tarde o temprano se daría cuenta.

Griff llegó al rellano con los taburetes apilados, las sillas rotas y otros trastos inútiles, y vadeó la pila con cuidado. En su primera incursión por aquellas escaleras, cuando tropezó con un peldaño, entendió perfectamente por qué los criados jamás usaban aquella ruta. Ahora tenía mucho más cuidado cuando subía y bajaba por allí.

Lo consoló la idea de que ya no tendría que hacerlo tan a menudo, ahora que Rosalind había apartado al lacayo. Solo esperaba que eso no implicara que ella pretendiera renovar sus apariciones constantes a su lado, porque esa era una guerra que él sabía que perdería rápidamente.

Todas sus tácticas por apartarla de su lado solo habían conseguido que la deseara todavía más. Cuando estaban juntos, el mundo a su alrededor se iluminaba con un baile sensual de olores y sabores, como un espléndido banquete. El primer plato eran las preguntas incómodas a las que ella lo sometía. El segundo, las respuestas ácidas que él le ofrecía. El tercero, la delicada forma en que ella se sonrojaba. Y entonces volvían a empezar el ciclo, una y otra vez, pero siempre con variaciones estimulantes hasta que él acababa por desearla con gula, como un suculento postre.

Lo que había empezado como un método para alejarla de él

se había convertido en un peligroso juego erótico, uno que solo acabaría cuando lograra acostarse con ella.

Intentó zafarse de ese pensamiento, pero le resultó imposible, como siempre. Seducir a una virgen era totalmente inaceptable. No tenía intención de casarse con ella, y era más que evidente que ella no sentía ningún deseo de casarse con él. Así que, ¿por qué insistía en esa vía?

Porque aquella fémina era única, en todos los sentidos de la palabra. La riqueza no la seducía, los halagos la molestaban. Era quien daba las órdenes a todo el personal de servicio de la casa, y sin embargo los criados solo tenían palabras generosas para ella, y sus lacayos no dejaban de ensalzarla. Ella mostraba una irritante tendencia a llamar cada cosa por su nombre, sin tapujos, y normalmente se salía con la suya en sus planes, por más que los hubiera planificado y ejecutado indebidamente. A Griff incluso le había empezado a atraer su gusto horroroso por los colores vivos y brillantes. Los colores intensos le sentaban bien a Rosalind.

Sin embargo, lo que más lo atraía de ella era el recuerdo de sus besos, o mejor dicho, de cómo besaba, cómo se entregaba al juego de la seducción, con aquella excitación que rayaba la inocencia, una pasión envuelta en un halo de fascinación. ¿Cómo un entusiasmo tan febril y natural no iba a excitar los instintos más básicos de un hombre?

Maldición. Después del combate dialéctico tan seductor que habían mantenido aquella tarde mientras jugaban al billar, Griff no sabía si sería capaz de sobrevivir otro día sin abalanzarse sobre ella como una bestia salvaje y raptarla y llevarla a su madriguera.

Llegó a su habitación y entró rápidamente, diciéndose a sí mismo lo contento que estaba de cambiar el escenario de aquella lóbrega escalera por la de su alcoba brillantemente iluminada. Pero la verdad era que no podía esperar a preparar su próximo combate con Rosalind.

Casi ya había cerrado la puerta tras él cuando la vio. El objeto de su ridícula obsesión se hallaba sentada en una silla con la cabeza apoyada sobre el escritorio, como dormida. Griff se detuvo asustado, preguntándose si la intensidad de su necesidad podía haberla conjurado para que apareciera en su cuarto. Pero no, si la hubiera soñado en su alcoba, ella estaría completamente desnuda. En vez de eso, Rosalind lucía el mismo traje escotadísimo de color esmeralda que él había imaginado cómo se lo rasgaba con los dientes durante la partida de billar.

Su concupiscencia frustrada pronto se trocó en un primitivo estado de furia, al constatar que esa maldita fémina se había colado sigilosamente en su habitación. Había abierto la puerta cerrada con llave y había entrado sin su permiso ni conocimiento. Por Dios, ¿acaso no había nada sagrado para la diosa guerrera?

Avistó el manojo de papeles que ella agarraba entre sus dedos delicados, y se le aceleró el pulso peligrosamente. ¿Qué era lo que él había dejado encima del escritorio? ¿Había algún documento comprometedor que pudiera desenmascarar su farsa? Griff avanzó a grandes pasos hacia la mesa y echó un rápido vistazo sobre el abanico de papeles que ella seguía sosteniendo en la mano.

Por suerte no exponían nada relevante. Solo se trataba de facturas. No le extrañaba que le hubiera entrado sueño con esos documentos tan tediosos. ¿Pero lo había hecho antes, eso de entrar en su cuarto mientras él no estaba? ¿Quizá durante el día, mientras él paseaba por la finca con el lacayo?

Eso ahora no importaba. No volvería a suceder. Una cosa era que ella se burlara y se riera de él, y otra cosa bien distinta que ella se inmiscuyera en su intimidad. Se negaba a tolerar tal comportamiento. Alzó la mano para zarandearla, entonces avistó la piedra de cuarzo que él había estado utilizando para sujetar los papeles.

Con una sonrisa de niño travieso, la cogió y la estudió. Sí, le serviría para su propósito. Se desplazó hasta una punta del escritorio, se inclinó por encima de la mesa y dejó caer la piedra tan cerca de la oreja de Rosalind como pudo, sin tocarla. La piedra chocó contra la madera de roble con un golpe seco.

Rosalind se despertó al instante, y abrió desmesuradamente los ojos con confusión, con la mejilla roja y sin soltar los papeles arrugados en la mano.

En el momento en que vio a Griff, él se inclinó hacia delante y plantó ambos puños en la mesa, antes de gritar:

—¿Se puede saber qué diantre haces aquí?

El manojo de papeles se escurrió entre sus dedos y uno a uno fue posándose en el suelo con la gracia de unas plumas ligeras.

—Yo... bueno, yo estaba...

—¡No tienes derecho a entrar en mi habitación cerrada con llave sin mi permiso, y lo sabes!

Por un momento, ella solo se lo quedó mirando boquiabierta, con un nerviosismo que su agitada respiración delataba. Entonces miró por encima del escritorio retirado de la pared, y sus ojos se achicaron como un par de rendijas.

—¿Y tú tienes la audacia de acusarme? ¿Se puede saber en cuántas estancias cerradas con llave has entrado sin mi permiso? ¡Vamos! ¡Dímelo!

—A tantas como me ha dado la gana. —Griff no mostraba ni un ápice de arrepentimiento. Cada habitación en esa casa le pertenecía en principio, lo que quería decir que tenía todo el derecho del mundo a inspeccionarlas—. No me has dejado otra opción. Me has denegado la posibilidad de estar solo, así que he tenido que buscar una solución.

—¡Tú mismo perdiste el derecho a estar solo cuando empezaste a fisgonear por mi casa!

Griff no pudo contenerse más y explotó de rabia. Agarrándola por las axilas, la alzó en volandas.

—¡Y tú misma has perdido el derecho a la cortesía cuando has entrado en mi habitación sin mi permiso! ¡Y ahora vete!

La soltó junto a la puerta, y ella casi tropezó cuando intentó retroceder asustada, obviamente consternada por la rudeza con que la había tratado. Pero como de costumbre, la amazona recuperó rápidamente la actitud beligerante: se cuadró de hombros y lo miró con aire desafiante.

—No pienso marcharme hasta que no me digas qué te traes entre manos. Te has devanado los sesos para urdir un plan que te permita poder moverte libremente por mi casa. Quiero saber el porqué. ¿Qué buscas?

—¡Un lugar donde una metomentodo pesada no me atosigue!

Ella irguió la barbilla con petulancia.

—Tu mala educación no me amedrenta. Quiero la verdad,

y por más que intentes asustarme con tus impertinencias y tu trato brusco, acabaré por descubrirla.

Griff miró a la amazona con ojos encendidos, desconcertado por unos momentos. Entonces su fragancia a agua de rosas le empañó los sentidos, y una fina percepción de su cuerpo femenino chocó contra su rabia.

Rosalind estaba en su habitación. Sola. Con él.

La devoró con los ojos. Su chal había quedado hecho un ovillo en una esquina del suelo, dejando a la vista las dos medias lunas de piel nacarada sobre su corpiño verde. Como pétalos de azucena flotando sobre un turbulento mar, se alzaban y bajaban a un ritmo frenético con sus respiraciones sulfuradas. Griff contempló el espectáculo hipnotizado, antes de alzar la vista hasta su barbilla temblorosa y sus labios completamente separados.

Esos dichosos labios que nunca fallaban a la hora de estimular su miembro viril.

—Si mi trato brusco no sirve para que no te metas en mis asuntos, sé un método que es infalible —la amenazó sin poderse contener.

Agarrándola por los hombros, bajó la cabeza, pero antes de que pudiera besarla, ella susurró en un tono implorante:

—¡Ni se te ocurra! —Su angustia consiguió que él vacilara un instante hasta que ella añadió—: ¡Ni se te ocurra besarme, Griff Brennan!

Oír cómo unía su nombre al apellido de Daniel fue la gota que colmó el vaso.

—No digas que no te lo advertí —sentenció con una voz gutural. Y a continuación, la besó con fiereza.

Griff había esperado que la diosa guerrera forcejeara, pero lo único que obtuvo como respuesta fue su parálisis total. Quizá la siesta había debilitado sus defensas. O quizás era tan descocada como él se había imaginado la primera vez que la vio envuelta en aquella bata de seda y blandiendo una espada.

No lo sabía; no le importaba. La fémina más seductora capaz de provocar a cualquier hombre ardoroso sobre la faz de la Tierra estaba en sus brazos y en su alcoba. Y la deseaba. Maldición, ¡cómo la deseaba!

Embistió aquellos labios carnosos con la lengua, y tras un momento de esfuerzo, consiguió romper la barrera. Lanzando un profundo gruñido de satisfacción, se apoderó de su boca. ¡Y qué boca tan gloriosa! Suave y cálida, abriéndose a él como invitándolo a entrar, a probar el gusto a canela de aquellas tartas de manzana que a ella tanto le gustaban. Podría alimentarse de aquel néctar todo el día, y nunca quedaría satisfecho.

Pero a pesar de ser una actitud imprudente, Griff sabía que esta vez necesitaba más que unos simples besos. Mucho más.

Rosalind notó la diferencia en su forma de comportarse, en su necesidad y su determinación. Maldito fuera. Solo quería distraerla para que no averiguara la verdad. Así que, ¿por qué se lo estaba permitiendo?

Porque besaba maravillosamente bien. Sus manos rebeldes le sostenían la cabeza firme para que soportara la embestida de besos hambrientos que le disparaban el pulso de una forma incontrolable. Sus dedos varoniles se enredaban sin tregua en su moño, intentando liberar la melena de aquellas insidiosas pinzas que ya se habían aflojado a causa de su siesta no planeada. Su cabellera cayó en una bella y tupida cascada por su espalda.

Eso sí que la puso realmente tensa. ¿Pero se podía saber qué estaba haciendo? Tenía que pensar en sus hermanas y en la caja fuerte de papá.

Con una enorme fuerza de voluntad, Rosalind apartó los labios de los de él.

—No permitiré que lo hagas. No permitiré... que me distraigas.

—¿Por qué no? —bramó él, colmando de besos sus mejillas—. Para que lo sepas, tú has sido una constante distracción para mí durante estos días.

Ella retrocedió de un salto.

—¡No mientas! —No podía soportar la idea de que él la engañara de nuevo y la hiriera igual que había hecho la primera vez que la besó.

Griff la miró a los ojos.

—¿Mentirte? ¿Sobre qué?

Centrándose en su mugrienta camisa que demostraba sus actividades fraudulentas, Rosalind tragó saliva.

—Quizá me tomes por... por una pobre ingenua que no se da cuenta de sus defectos, pero te equivocas. Sé que no poseo la belleza y la forma requerida para excitar las... necesidades carnales de un hombre, y que tú solo haces esto para distraerme y para que no me meta en tus planes secretos. Es imposible que me encuentres...

—¿Adorable? ¿Seductora? ¿Irresistible? —Agarrándola por los hombros como si tuviera intención de sacudirla, rio roncamente—. Llevo todos estos días volviéndome loco por intentar controlarme y no besarte, y tú crees que... —La atrajo hacia sí, devorándola con la mirada, con un deseo imposible de ocultar—. Te lo aseguro, Rosalind, no te falta nada. Excepto el buen sentido como para alejarte completamente de un hombre que se pasa las noches soñando contigo, con concupiscencia...

Rosalind contuvo la respiración. La verdad de su necesidad estaba escrita en su cara, en su mandíbula tensa, sus ojos encendidos...

Griff volvió a bajar los labios hacia los de ella. Rosalind suspiró mientras se rendía a su beso, con la emoción de saberse deseada, de que él la deseaba.

Peor aún, ella lo deseaba. Hasta ahora se había resistido a él solo porque pensaba que había recurrido a la táctica de la seducción para mantenerla alejada. Pero si él realmente quería seducirla, que Dios se apiadara de ella, porque solo Dios sabía cuánto lo deseaba.

Por la forma en que lo había besado, Griff también se dio cuenta de ello. Él había conseguido derrumbar todas sus defensas como si fueran de paja, esparciéndolas como un tesoro olvidado debajo de las poderosas patas del grifo.

Rosalind tuvo que sacar fuerzas de donde no las tenía para apartar los labios y suplicar:

—Sé que no siempre eres el bribón que finges ser, Griff —murmuró desesperadamente contra su áspera mejilla—. Pero te lo pido por favor: no te comportes como un bribón ahora. Por una vez, compórtate como un caballero.

A Griff no le gustó aquella petición.

—Yo no soy el caballero que quieres. —Le besó la oreja, jugueteó con el lóbulo y luego se lo lamió. Una ola de excitación recorrió el cuerpo de Rosalind, una ola cada vez más poderosa.

—¿Y por qué no habría de comportarme como un bribón cuando tú te comportas como una descocada?

Maldito fuera ese hombre por conocer tan bien sus más secretos anhelos. Sus manos contradijeron sus protestas al enredarse en la cintura de Griff. Él tenía prácticamente el pecho desnudo, solo cubierto por una fina camisa. Rosalind podía notar las costillas a través de la tela, y también cómo se le flexionaban y se le tensaban los músculos bajo sus dedos curiosos, indagadores. La intimidad al tocarlo libremente la embriagaba sin poderlo remediar.

Las manos de Griff recorrieron sus brazos hasta llegar a la cintura y la atrajeron hacia sí para que ella pudiera notar la protuberancia en sus pantalones.

—¿Lo ves? Ya vuelves a tentarme —le susurró con una voz ronca al oído.

—Entonces suéltame.

—Tú primero. —Griff le estampó unos besos ardientes, con la boca completamente abierta, a lo largo de la mandíbula—. Te soltaré si esa es tu voluntad.

Pero ella no podía. Quería acabar con aquella situación, de verdad. Las caricias de Griff le enturbiaban la mente cuando lo que realmente necesitaba era pensar con claridad. Pero era incapaz de separarse de él.

Enfebrecida, intentó otra táctica.

—Si no paras, se lo... se lo diré a papá. —Sonaba ridículo, como una amenaza infantil, y Rosalind se arrepintió de las palabras tan pronto como las hubo pronunciado.

Especialmente cuando él se rio sobre su oreja.

—Me encantaría oír esa conversación. —Volvió a lamerle el lóbulo, y luego la imitó en voz baja—: «El señor Brennan me ha besado cuando me he colado en su alcoba y me he quedado dormida cerca de su lecho». —Su respiración le calentaba la oreja—. Quizá también deberías decirle que viniste a mí porque querías estar conmigo.

—¡No es cierto! —protestó ella, arqueando la cabeza para separarse de él—. ¡Y no tenía la menor intención de quedarme dormida!

Griff atacó su cuello con un beso fulminante.

—Y supongo que no pretendías llamar mi atención presentándote ante mí envuelta en una fina bata la noche en que nos conocimos, ni cuando dejaste que te besara en el huerto. —Acorralándola contra la cama, se jactó—: Las niñas pequeñas que juegan con fuego no deberían ir luego corriendo a contarle a papá que se han quemado.

Tomándola por sorpresa, la tumbó sobre la cama de un empujón, luego rápidamente cubrió su cuerpo con el suyo, acomodándose entre sus piernas, sobre el valle que formaban sus muslos cubiertos por la falda. Su peso considerable y la posición tan íntima deberían haberla alarmado; en cambio Rosalind se sintió indecentemente cómoda.

—No soy una niña pequeña —susurró con fiereza.

La mirada de águila depredadora del grifo dibujó una línea hambrienta desde su cuello hasta sus pechos, que empezaron a elevarse y a bajar más rápidamente bajo su mirada rapaz, casi saliéndose por el escote.

—No, desde luego no eres una niña pequeña —aseveró él en un ronco susurro. Alzó una mano para enmarcar su pecho por encima del vestido y lo estrujó de un modo tan escandaloso que ella jadeó—. Pero me has tentado y te has burlado de mí durante días, mi bella amazona, y ahora ha llegado la hora de cobrarme la recompensa.

Unos escalofríos deliciosos le recorrieron la columna vertebral. ¿Cómo iba a cobrarse el grifo la recompensa?, se preguntó presa de la excitación. Pero lo sabía. Claro que lo sabía.

Porque los labios de Griff se apoderaron de los suyos de forma implacable, conquistando cada centímetro sin piedad. Su lengua se apoderó de su boca, embistiéndola con brusquedad y posesivamente hasta sus más profundos recodos. Y su mano se deslizó por su espalda hacia abajo hasta dar con los botones del vestido y desabrocharlos con una facilidad ignominiosa.

Rosalind logró liberarse de su boca al tiempo que él le bajaba el vestido desde los hombros, dejando sus pechos prácticamente al descubierto.

—Griff, no puedes...

—Sí que puedo —la atajó con una voz gutural. Dejó el vestido a la altura de la cintura para ocuparse de la blusa interior.

Rosalind clavó los ojos desmesuradamente abiertos en su cintura.

—¿Pretendes deshonrarme?

Griff la miró directamente a los ojos, con un incontenible deseo, con una gran insistencia.

—No. Solo satisfacer mi acuciante necesidad. Y la tuya. —Para sorpresa de Rosalind, él se inclinó hacia delante para deshacer el lazo de su blusa interior con los dientes. Una sonrisa de niño travieso se perfiló en sus labios cuando la blusa se abrió para revelar sus pechos—. Déjame que te mire. Déjame ver qué es lo que te falta, mi bella amazona. —Le apartó la mano de la cintura y tiró de la blusa hacia abajo para liberar un pecho tan apetecible como una ciruela madura ante su mirada oscura, devoradora.

A Griff se le aceleró el pulso, casi incontrolablemente, y se puso a recitar:

—«Desde el oeste a China no hay joya cual Rosalind».

—Eres realmente taimado al atreverte a usar a Shakespeare contra mí —protestó ella, a pesar de que en realidad estaba encantada con el romántico cumplido.

Y el ardor de la extasiada mirada de Griff logró encender un rubor en su piel desnuda que él se afanó en sofocar con la lengua rápidamente. Cielo santo, aquello era mucho más que jugar con fuego, era como jugar con pólvora, con pistolas, con cañones.

Ese era el problema: el peligro conseguía que la situación fuera aún más excitante.

Entonces Griff inclinó la cabeza hacia su desvergonzado pecho desnudo.

—¿Se puede saber qué estás haciendo? —susurró ella alarmada.

—Probar mi variedad favorita de ciruela —se apresuró a contestar, luego cerró la boca alrededor del pezón sonrosado.

Rosalind jamás había estado tan escandalizada. Pero su turbación dio paso a la excitación, después de que una lengua perversa le lamiera el pezón por primera vez. De repente notó cómo se le escapaban por la boca unos suaves jadeos involuntarios, mientras él lamía y jugueteaba y acariciaba su pecho. Extasiada, cerró los ojos para saborear el delicioso y cálido placer. Por todos los santos... aquello era... delicioso... Griff estaba consiguiendo despertar sus instintos más insondables.

Él deslizó los dedos hasta el interior de la blusa para agarrar el pezón del otro pecho, y Rosalind casi se desmayó de puro placer.

Cuando ella jadeó sensualmente, él dejó de lamerle el pecho para murmurar roncamente:

—Me has convencido de la dulzura de las ciruelas, Rosalind, a partir de ahora no podré vivir sin ellas.

Jugueteó con su otro pezón, y Rosalind abrió los ojos súbitamente ante el tumulto que le provocaba el incontrolable calor en el vientre. Griff estaba mirando su cara con una sonrisa embaucadora.

—¿Me dejas que pruebe otra? —Sus ojos destellaron peligrosamente mientras empezaba a estampar besos desde su escote hasta el valle que había entre sus pechos, y luego lamió todo el contorno hasta completar el círculo—. ¿Te gustaría?

—Sí, oh, sí... —Las palabras se escaparon de su boca antes de que pudiera frenarlas.

Con un apetito voraz, él siguió chupando y lamiendo sus pechos, y Rosalind se arqueó en busca de más, aferrándose a su cabeza y atrayéndolo hacia sus pechos mientras él alternaba entre uno y otro con caricias cada vez más íntimas. El pelo de Griff era como un satén prensado entre sus manos, una delicia al tacto. Pero ella quería acariciar otras cosas, tocar otras partes de aquel cuerpo, y pronto cerró los dedos desesperadamente sobre sus mangas, como si pudiera romper la tela con tan solo tirar de ella.

Con una carcajada, Griff volvió a alzar la cara.

—¿Os apetece algo más, milady?

Sin poder expresar debidamente lo que quería, con la cara encendida, ella le desabrochó la camisa sucia. A Griff se le borró la sonrisa de un plumazo, y su rostro expresó su enorme deseo. Empezó a jadear más deprisa cuando se quedó quieto para que ella tuviera mejor acceso a su torso.

Cuando Rosalind desabrochó el último botón, él se colocó de rodillas solo los segundos necesarios para quitarse la camisa y lanzarla al suelo. Sus brazos eran más musculosos de lo que ella había esperado, y sus hombros más anchos, pero eso fue todo lo que Rosalind acertó a ver antes de que él se tumbara otra vez sobre ella como la peligrosa criatura medio águila y medio león que era. Ella deslizó las manos con curiosidad por encima de la piel cálida y aterciopelada, por encima de sus músculos desarrollados que se hinchaban bajo su tacto.

Griff volvió a posar la boca sobre uno de sus pechos, y pronto ella volvió a sumirse en aquel placer indescriptible, esta vez aunado con una extraña necesidad de empujar la pelvis hacia él. Cuando lo hizo, él jadeó y empujó con fuerza contra el valle de sus muslos, y Rosalind jadeó de placer.

—Si sigues así, mi adorable amazona descocada, no respondo de mis acciones.

Una amazona descocada, ¿eso era ella? Un instinto vicioso la impulsó a arquearse otra vez contra él, solo para ver su reacción. Griff apartó la boca de su pecho y la miró fijamente a los ojos, sin parpadear y con la mandíbula prieta. Sin apartar la vista, levantó su cuerpo para tumbarse a su lado. Rosalind soltó un murmuro de decepción, pero no duró mucho, ya que la mano de Griff agarró su falda y se la subió hasta las rodillas.

—¿Gr... Griff? —tartamudeó ella.

—Las niñas pequeñas que juegan con fuego... —murmuró él despacio.

Y su boca volvió a cerrarse sobre la suya otra vez, con un beso puramente carnal, lleno de peligrosas promesas y llamas de pasión. Rosalind apenas notó cómo él acababa de subirle la falda hasta los muslos. Entonces su mano se posó sobre aquel lugar sagrado y húmedo, justo al inicio del valle que formaban sus muslos, despertando un deseo acuciante que se extendió hasta sus entrañas. Por un momento, él se limitó a ejercer presión con la palma de la mano contra ella, excitándola, consiguiendo que Rosalind se convulsionara y arqueara contra la mano que no acababa de satisfacer su deseo.

Entonces algo se deslizó dentro de ella.

Rosalind apartó la boca, escandalizada.

—¿Qué estás...? —Se calló al notar algo como un dedo que intentaba adentrarse más, lentamente, con unas íntimas embestidas que le arrancaron un gemido desde lo más profundo de su ser—. Ohhh... Griff... Esto es... cielo santo, es...

—Indescriptible, a juzgar por tu curiosa inhabilidad para hablar.

Él la estaba devorando con los ojos, maldito fuera, y ella ni tan solo podía enfadarse para replicar.

—Indescriptible. Sí. Oh, hazlo otra vez.

—Desvergonzada —susurró él con una carcajada maliciosa, y volvió a hacerlo. Y otra vez. Y otra vez, hasta que pronto eran dos los dedos que la acariciaban por dentro, haciéndola temblar y arquearse más sobre su palma caliente y dura en una desapacible necesidad de más—. Te gusta, ¿verdad? —Su voz sonaba tensa y gutural ahora, como si le costara un enorme esfuerzo hablar—. ¿Te gusta, verdad, mi descocada amazona?

A Rosalind le encantaba, y se dejaba llevar por aquel cúmulo de sensaciones. Si eso la convertía en una descocada, entonces no le quedaba ninguna duda de que lo era. Por fin comprendía a la lechera que un día sorprendió riendo y jadeando en la vaquería con uno de los mozos de cuadras, con la blusa desabrochada y las faldas alzadas hasta los muslos. A pesar de que Rosalind se había alejado corriendo de la escena completamente azorada, durante muchos días pensó que aquella muchacha era una fresca.

Ahora sabía lo fácil que era ser una fresca. Y lo delicioso que era, absolutamente delicioso. Las embestidas de sus dedos se aceleraron, hundiéndose en un bosque oculto donde las bestias rugían para violar a jóvenes virginales tal y como él estaba haciendo. Sin embargo, quería que la violara... oh, sí... se sentía como si corriera por el bosque a su encuentro... más y más rápido mientras él se hundía cada vez más dentro de ella... sin compasión...

La explosión llegó como un relámpago de luz plateada, tensándole los glúteos, empujándola a jadear y a gritar con un absoluto abandono, hasta que un último grito penetrante se escapó de sus labios mientras se arqueaba completamente sobre la mano de Griff.

Finalmente se hundió en la cama, saciada y exhausta, a pesar de que él seguía con los muslos pegados a los de ella y sus dedos seguían acariciándola. Pasó un segundo, durante el cual el único sonido en la alcoba era la respiración acelerada de Griff y la respiración entrecortada de ella, antes de que él apartara la mano de sus piernas y se la secara en el pantalón.

De repente Rosalind se sintió muy avergonzada. Intentando ocultar la cara para que él no la viera, giró la cabeza y la hundió en el edredón, pero no podía escapar de él, de su olor varonil y almizclado.

—Rosalind…, maldita sea, Rosalind… —gruñó él al tiempo que se inclinaba sobre ella para colmarla de besos por el cuello, la barbilla y la mejilla. La piel rasposa de su mejilla la arañaba, incrementando el placer que le provocaban sus besos. Entonces su aliento le calentó la oreja.

—Tú también puedes tocarme —le susurró—. Quiero que me toques. Por favor… Solo un poco…

Ella lo miró a los ojos. ¿Tocarlo? Durante todos esos días él no le había pedido que hiciera nada, ni tan solo había dicho «por favor» ni una sola vez. Pero la incontrolable necesidad y el deseo se habían apoderado de sus facciones mientras él la miraba con impudicia.

Griff le apresó la mano y la guio hasta la protuberancia en sus pantalones.

—Tócame, por favor, o me volveré loco.

Ella asintió fieramente, empujada por un deseo de complacerlo, igual que había hecho él con ella. Cuando puso la mano sobre su miembro viril inflamado y cubierto por la tela de los pantalones, este se movió instintivamente debajo de sus dedos.

Jadeando, él la invitó a manosearlo con más vigor.

—Sí, mi adorable Rosalind… así… pero… con más fuerza.

Ella sonrió con una coqueta satisfacción mientras se entregaba a la labor. Con un poderoso jadeo, él se arqueó contra su mano, y luego hundió la lengua en su boca con avidez, con unas embestidas profundas y lujuriosas.

Rosalind frotó los dedos contra la dura y gruesa protuberancia, incrementando la presión mientras él le acariciaba los pechos y la bañaba con besos fieros por las mejillas y la frente. Ella sentía una creciente curiosidad por aquella parte de él, hasta que acabó por maldecir la capa de cachemira que la separaba de su carne. Pues bien, si él podía subirle la falda… Rosalind forcejeó para desabrocharle los botones de la bragueta.

Griff se quedó petrificado y le cogió la mano para detenerla.

—No, bonita. No podría soportarlo. —Una fiera y primitiva necesidad empañó su cara—. Si me tocas la polla, juro que te haré el amor, seas virgen o no.

Por un momento, ella se lo quedó mirando desconcertada. La palabra «polla» aún resonaba en sus oídos, tan cruda y grosera. Entonces comprendió el resto de la frase, y se dio cuenta de la gran magnitud de lo que estaba haciendo. De lo que acababa de hacer.

—Virgen santa —susurró asustada, mientras el horror se apoderaba de ella. Apartó la mano—. Virgen santa, virgen santa, virgen santa... —continuó repitiendo mientras se levantaba de la cama.

Con unos movimientos frenéticos para cubrir su desnudez, agarró la parte frontal de su vestido y se lo intentó subir, pero este se negaba a quedarse en su sitio porque tenía los botones desabrochados. En un intento vano, Rosalind retorció los brazos en su espalda para alcanzar los botones mientras sucumbía a una profunda vergüenza.

Él se incorporó de la cama de un salto al tiempo que lanzaba una maldición en voz alta.

—¡Cálmate! ¡Lo romperás!

—¡Maldito seas! —susurró ella, mientras Griff se colocaba a su espalda y empezaba a abrocharle los botones con manos hábiles.

Ella empezó a respirar más deprisa. Qué humillación tener que confiar en él para abrocharse el vestido. ¿Y por qué era tan hábil? Eso solo podía significar una cosa.

—Probablemente lo haces muy a menudo —soltó Rosalind, presa de unos celos irracionales—, ayudar a todas tus doncellas a vestirse...

—¿Todas mis doncellas? —espetó él—. Hablas como si tuviera un harén.

—¡Por lo que sé, parece que sí! —Acababa de pronunciar aquellas palabras tan envenenadas cuando cayó en la cuenta de que apenas sabía nada de él. Quizá tuviera una amante. O dos o tres... Probablemente se había acostado con más vírgenes, mucho más hermosas que ella.

A Rosalind se le cayó el mundo encima con ese horrible pensamiento.

—¡Debes de estar felicitándote por haberme seducido, por haber conseguido que me comportara como una fresca no una vez, sino dos veces! —soltó enfurecida. ¿Cómo había podido ser tan descocada?

—¿Seducirte? —Griff la obligó a darse la vuelta para mirarlo, y la frustración en su rostro se trocó en irritación—. ¡No me eches la culpa a mí! Ya te previne de lo que pasaría. ¡Yo no te he pedido que vengas a mi cuarto! ¡Incluso he intentado echarte!

Era cierto, maldito fuera. Ella era la única culpable de aquel lío. Incluso ahora, sintiendo cómo Griff la agarraba fuertemente por los hombros y viendo su torso varonil desnudo a escasos centímetros de ella, tan firme y musculoso y salpicado de vello, Rosalind deseó que la besara de nuevo, que la llevara de nuevo a la cama.

Se cubrió la cara con las manos. ¡Virgen santa, realmente era una descocada!

—Tienes razón, todo esto es por mi culpa. —Lo empujó para apartarse de él.

—Yo no he dicho que sea completamente...

—Esto no puede volver a suceder, ¿me has oído? ¡De ninguna manera! Tú no quieres casarte y yo...

—Tú quieres ser una actriz —remató él con frialdad—. Sí. Lo sé. Ya me lo has dejado claro.

Rosalind alzó la cabeza para mirarlo. ¿Una actriz? Virgen santa, ese sueño parecía tan remoto en esos momentos aciagos... Y no se le escapó que él no había negado su falta de interés en el matrimonio.

Conociendo su pasado, no le sorprendería que Griff no sintiera remordimientos de conciencia por lo que acababa de hacer. Él no era la clase de hombre que deseara casarse con una mujer que prácticamente se le echaba a los brazos cada vez que él la besaba.

Aunque tampoco ella deseaba casarse con aquel bruto. ¡Ni hablar! Lo último que necesitaba era tomar estado con un administrador con un historial delictivo, perverso, desvergonzado y gruñón que se pasara el día dándole órdenes.

Sin embargo, si él y su patrón se quedaban en Swanlea muchos días más, no sabía cómo podría resistirse a sus encantos.

Él jamás tiraría la toalla. Si continuaba esa... esa maldita y dulce táctica de seducción con ella, acabaría por robarle la virtud, y quizá incluso la dejaría embarazada. Una cosa era ser una solterona y otra cosa bien distinta ser una solterona deshonrada y embarazada.

Tenía que detener aquella locura. Tenía que hacer algo para apartar a Griff —y a su patrón— de su camino, antes de que ella sucumbiera por completo a él y Juliet se casara con el señor Knighton. Solo podía pensar en una forma, un plan que pudiera funcionar.

Rosalind se inclinó para recoger el chal y acto seguido enfiló hacia la puerta.

—¿Adónde vas? —bramó él a sus espaldas—. ¡Tenemos que hablar!

—¿De qué quieres que hablemos? Hemos decidido que esto no puede volver a suceder, y yo tomaré las medidas adecuadas para que no se repita.

—¿Qué medidas? ¿Se puede saber de qué diantre estás hablando?

Ella dudó en la puerta.

—He sido una inconsciente y una egoísta. Pensé que podría detenerlo.

—¿Detener el qué?

—Todo esto. Que tú estés aquí. Que Juliet se case con el señor Knighton. Pero lo he intentado y no puedo. Y cuanto más esperemos, más posibilidades habrá de que... —De que me enamore perdidamente de ti, se lamentó en silencio—. Solo hay una forma de detener esta locura. Helena no se casará con él, y yo me niego a dejar que Juliet se case con él, así que solo queda una que pueda casarse con él.

Con un gran esfuerzo, lo miró a los ojos, antes de pronunciar la palabra que pensaba que podría ofrecerle una protección temporal:

—Yo.

Capítulo doce

Nadie puede jactarse de ser una persona honesta hasta
que no ha pasado la prueba.

The Perplex'd Lovers, Susannah Centlivre,
dramaturga inglesa

Griff se quedó mudo, mirando a Rosalind. Su Atenea permanecía de pie frente a él, con la melena suelta como una bella cascada sobre los hombros y los labios todavía enrojecidos a causa de los besos que él le había dado, ¿y le hablaba de casarse con otro hombre? ¿Daniel, al que ella consideraba su primo?

Seguramente no la había entendido bien.

—Es evidente que me has hecho perder la cabeza. Juraría que acabo de oír que querías ofrecerte para casarte con Knighton.

Rosalind tragó saliva, con la vista fija en el suelo.

—Eso es precisamente lo que he dicho.

El pensamiento de ella planeando casarse con otro hombre después de las intimidades que acababan de compartir despertaron en él una irrefrenable ira, irracional, impredecible e ingobernable.

—Antes tendrás que pasar por encima de mi cadáver —siseó Griff con un ronco gruñido.

Rosalind alzó la cara por un largo momento, y lo miró sin decir nada. Entonces sus ojos brillaron con ofuscación, y enfiló hacia la puerta de nuevo. Griff la agarró por el brazo, obligándola a darse la vuelta para mirarlo.

—¡Suéltame! —gritó ella—. ¡Ya he tomado la decisión!

—¿Y yo no puedo opinar? ¡Casi me has arrastrado a hacerte el amor! ¡Creo que eso me da derecho a opinar! —Ella abrió la boca para replicar, pero él la atajó—: No intentes convencerme de que nuestra relación tan íntima no te ha afectado en absoluto. Esta vez te conozco mejor. ¡Te prohíbo casarte con él cuando es obvio que me quieres a mí!

—¿Qué has dicho? ¿Que me lo prohíbes? ¡Eres... eres... un maldito bastardo arrogante! ¡Tú no tienes ni voz ni voto en mi vida!

La palabra «bastardo» resonó en la habitación, provocándole a Griff un desapacible escalofrío por la espalda al recordar las bromas pesadas a las que lo sometían sus compañeros en Eton. Una furia glacial se apoderó de él, mientras la acorralaba contra la puerta cerrada y plantaba ambas manos al lado de sus hombros para inmovilizarla.

—Pues diría que hace unos minutos no te importaba mi arrogancia ni que fuera un bastardo, cuando te he penetrado con los dedos.

Por un momento ella se quedó lívida y solo acertó a quedárselo mirando con la boca abierta. Poco a poco, sus mejillas fueron recobrando el color hasta adoptar un tono encarnado. Entonces lo abofeteó. El impacto de su mano contra la mejilla resonó en la habitación.

—¿Cómo te atreves? —gritó ella iracunda—. ¡Eres el hombre más cruel que jamás he conocido!

—Ni la mitad de cruel que Knighton, créeme —espetó Griff, pensando en las frecuentes visitas de Daniel a los burdeles de Londres—. Ni siquiera tan cruel como tú, bonita, que abandonas la cama de un hombre para lanzarte a los brazos de otro.

Aquello fue como una puñalada en la espalda. El dolor secó la chispa de sus ojos y su cara perdió el color. Con un sollozo ahogado que habría sido capaz de derretir cualquier muro, se hundió contra la puerta, girando la cara para apoyar la mejilla en el panel de roble.

—No sé por qué te sorprende mi reacción. Desde el primer momento me has llamado descocada.

Las lágrimas que temblaban en sus pestañas lograron disipar la rabia que se había apoderado de Griff, y de repente sintió una asfixiante sensación de culpa. Maldición. La había hecho llorar. El odio hacia sí mismo lo empujó a apartarse de la puerta. ¿En qué monstruo se había convertido?

Eso era fácil de contestar: en un monstruo abominable, el monstruo de los celos.

Sí, estaba celoso. ¡Y de sí mismo, por el amor de Dios! Jamás había estado celoso en su vida, y la situación era absolutamente ridícula. Si ella se quería casar con «Knighton», ese era él. Si en realidad lo que quería era casarse con Daniel —lo cual dudaba— Daniel no se casaría con ella. Así que ¿por qué atormentarla?

—Maldita sea, Rosalind, yo no pretendía... —Se frotó la mejilla que ella había abofeteado y que todavía le dolía. Debería haber sabido que su amazona respondería a cualquier ataque. Y probablemente él se lo merecía—. No debería haberte dicho eso. Nada de eso. Sé que no eres una descocada.

Rosalind permanecía ahora callada, con los ojos fijos en un punto detrás de él, con las lágrimas rodando por su cara y sus hombros convulsionándose con el infructuoso esfuerzo de contenerlos.

—No eres una descocada. No es culpa tuya que yo me haya aprovechado de la atracción que existe entre nosotros.

—Pero es... culpa mía que yo te... haya dejado. —Ahora Rosalind lloraba sin poderse contener. Le costaba hablar entre sollozos—. Por eso... te... ngo que... acab... ar con esta... situac...ión.

Él no sabía qué era peor: sus desconsolados sollozos o su determinación de alejarse de él. Obligándose a permanecer calmado esta vez, se acercó a ella.

—¿Pero cómo piensas acabar con la situación? ¿Casándote con Knighton?

—¿Te casarías tú... conmigo? —Rosalind resopló, y entonces añadió rápidamente—. ¡No! ¡Olvida la pregunta!

Él se quedó muy quieto. Podía casarse con ella, ¿no? Hasta ahora estaba convencido de que ella no querría considerar siquiera la posibilidad de casarse con él —es decir, con Brennan—. Pero si podía aceptarlo como Brennan, pensando que no ganaría nada con aquel matrimonio, entonces seguro que no se opondría a casarse con Knighton...

Maldición. ¿En qué estaba pensando? Ese no era su plan.

—Pensé que querías casarte por amor —respondió suavemente, escrutando su cara para detectar algún indicio de sus verdaderos sentimientos.

Rosalind se secó las lágrimas de la cara con el reverso de la mano e inclinó la cabeza hacia delante para centrar toda su atención en el chal que estaba retorciendo con dedos crispados.

—Sí, por supuesto. Seguramente no podría casarme contigo.

A Griff, aquellas palabras afiladas le arañaron el orgullo, pero intentó no dejarse llevar por la rabia.

Ella levantó la cara empañada de lágrimas hacia él.

—Además, tú no quieres casarte, ¿no es cierto? Me lo dijiste en el coto de caza. Dijiste que tenías otros asuntos que te preocupaban más que el matrimonio.

Otros asuntos. De repente recordó por qué estaba allí. No podía creer que se hubiera dejado absorber tanto por los embrujos de aquella fémina como para haber olvidado la situación. Si se casaba con Rosalind, tendría que revelar su identidad, su secreto... todo.

Griff la miró directamente a los ojos, tan vacilantes, tan esperanzados... tan seductores. La posibilidad de casarse con ella lo tentaba. Ella sería suya para siempre, cada centímetro de aquel cuerpo lujurioso, delicioso, fascinante. Y todo lo que tenía que hacer para poseerla, aparte de convencerla de que se casara con el perverso señor Knighton, era...

Abandonar sus planes referentes a la delegación a China.

Griff resopló resignado. Ella, su querida Rosalind con su recta moral, no comprendería su objetivo, ni lo aceptaría. Con delegación o sin ella, era evidente que Rosalind jamás se casaría con él si averiguaba que planeaba arrebatarle el título a su padre. Así que casarse con ella significaba descartar su objetivo.

Y eso significaba que tendría que admitir la victoria de Swanlea.

«Tu orgullo no te permite que el viejo conde gane la partida... Sé que tienes sed de venganza...»

Con un gran esfuerzo, Griff apartó las palabras de Daniel de su mente. No se trataba de orgullo ni de venganza. Se trataba de negocios, eso era todo. Un negocio de grandes proporciones, con cientos de empleados que dependían de él.

Pronunciando una maldición entre dientes, le dio la espalda a Rosalind y empezó a pasear con paso nervioso por la alcoba. Era una locura pensar en casarse con ella cuando había tanto en juego. ¡Por el amor de Dios, esa mujer ni tan solo había dicho que quisiera casarse con él! ¿Qué hombre en su sano juicio consideraría elegir entre una mujer y la posibilidad de expandir su negocio a otro continente?

Daniel lo haría. Recordó sus palabras: «No estoy a la altura de mujeres como lady Rosalind, ni jamás lo estaré. No sabes lo afortunado que eres».

Griff se puso tenso. Daniel se equivocaba. Griff sabía precisamente lo afortunado que era al tener una compañía en expansión y a punto de convertirse en una verdadera potencia en el mundo mercantil. A diferencia de su hombre de confianza sentimental, él podía apreciar esa ventaja.

Así que casarse con ella —contarle la verdad— quedaba completamente descartado. Lamentablemente, sin embargo, ella no le haría aquella proposición tan insensata a él, sino a Daniel, y Griff no podía permitir que aquella locura llegara más lejos. Si se ofrecía a «Knighton» para ser su esposa, Daniel tendría que rechazarla. Swanlea exigiría que Daniel eligiera entre una de sus otras dos hijas, y cuando no lo hiciera, los echaría a los dos. Y allí acabarían las posibilidades de Griff de encontrar el dichoso certificado.

Tenía que hacerla cambiar de opinión. La miró de nuevo, maldiciéndose a sí mismo al ver los exagerados e infructuosos intentos que ella hacía por contener las lágrimas. ¡Maldita fuera! ¿Es que acaso esa fémina era incapaz de hacer nada con delicadeza? Verla tan vulnerable le partía el corazón.

Se repitió a sí mismo que tenía que encarar el problema con serenidad.

—Has dicho que no te casarías conmigo, así que, ¿por qué quieres casarte con Knighton? Tampoco estás enamorada de él, ¿no? —Cuando ella sacudió la cabeza negativamente, Griff no pudo contenerse y añadió—: Ya veo que has decidido convertirte en una mercenaria. Su riqueza te ha convencido.

—¡No! ¿Cómo puedes pensar eso?

Él no lo creía, en absoluto. En los últimos años había aprendido a detectar cuándo una mujer estaba con él por conveniencia, y Rosalind no se le antojaba una de ellas. Pero deseó que lo fuera. Sería más fácil mantenerse firme en su objetivo si ella fuera una arpía avariciosa.

—Entonces ¿por qué? —preguntó él en un tono sosegado—. Si no me falla la memoria, recuerdo que dijiste que jamás te casarías para salvar Swan Park.

Rosalind suspiró angustiada.

—Lamentablemente, no puedo convencer a Juliet de que no lo haga. Hasta hoy no me había dado cuenta de su gran sufrimiento ante la idea de tener que abandonar estas tierras.

—Entonces deja que se case con él, si eso es lo que quiere.

—Porque lady Juliet era la clase de chica modosita que seguramente esperaría a que Daniel se le declarara, algo que Griff jamás permitiría que sucediera.

—¡Pero es que ella no quiere casarse! ¡Esa es la cuestión! Simplemente ha tomado... esta descabellada determinación de que no perdamos nuestro hogar.

—Primero Knighton tendrá que declararse, y por lo que sé, todavía no lo ha hecho. —«Ni jamás lo hará.»

Rosalind alzó la barbilla con altivez.

—Entonces mi propuesta lo obligará a tomar una decisión. Eso es todo lo que quiero, que decida de una vez por todas qué es lo que piensa hacer.

—¿Aunque ello suponga que debas de casarte con Knighton? —preguntó con una voz ronca.

Ella desvió la vista.

—Sí.

Griff aspiró aire despacio para intentar controlar su temperamento.

—¿Y si él se niega?

—No lo hará, a menos que al final decida no casarse con ninguna de las tres. Mi intención es proponerle unas condiciones inmejorables. No obtendrá otra propuesta similar por parte de mis hermanas, así que si no acepta la mía, tendrá que marcharse.

Maldita fémina. Los colocaba a él y a Daniel en una situación peliaguda. ¿Y qué diantre quería decir con eso de «proponerle unas condiciones inmejorables»?

—Si lo haces —le advirtió en un último intento desesperado de evitar que ella obligara a Daniel a tomar una decisión— le contaré a Knighton nuestra relación. No querrá una esposa que ha tenido una aventura amorosa con su hombre de confianza.

Rosalind lo fulminó con la mirada, con unos ojos tan centelleantes como un montón de oro y cristales verdes fundidos.

—Cuéntaselo si quieres. Aunque no creo que acepte a un hombre de confianza que ha estado jugando con su respetable prima.

Él resopló con rabia. Seguramente ella esperaba que Daniel lo despidiera o hiciera alguna estupidez similar. Griff estaba perdiendo la partida.

Ella se cuadró de hombros con obcecación.

—Además, esa clase de... intimidades no volverán a suceder, y no importa cuál sea la decisión de Knighton al respecto.

Aunque pareciera absurdo, aquella afirmación lo enfureció aún más.

—¡No puedes ofrecerte a Knighton! —bramó, completamente encolerizado.

—¿Por qué no? Hasta ahora no me has dado ninguna buena razón para no hacerlo.

Rosalind echó la cabeza hacia atrás. ¡Por Dios! Nunca la había visto tan tentadora. Con su melena suelta y libre, sus mejillas y labios sonrosados a causa de la tensión, y sus manos plantadas a ambos lados de sus generosas caderas, era la esencia pura de una diosa guerrera preparándose para la batalla. Una diosa guerrera codiciada y sensual.

¡Maldita fuera por ser tan voluptuosa! Sin darle tiempo a defenderse, él avanzó un paso y la inmovilizó agarrándola firmemente por la cabeza, y luego la besó apasionadamente, impulsado por una mezcla de deseo y... sí, de celos. Aunque Rosalind intentó zafarse de sus garras, él se negó a soltarla hasta que ella abrió la boca y lo aceptó. Entonces él la embistió una y otra vez, hambriento, desesperado. La acorraló entre su cuerpo completamente excitado y la puerta. En un arrebato de necesidad, ella se pegó a él y lo estrechó por la cintura con sus brazos. Eso solo sirvió para que él se excitara aún más.

En unos segundos, él tenía la mano dentro de su corpiño y le manoseaba su piel suave, estimulándole el pezón con el dedo pulgar, incitándose a sí mismo a iniciar aquella locura otra vez. Apenas consciente de nada, entregado por completo a la más salvaje lujuria, Griff empezó a friccionar su erección contra su pubis.

Ella se puso rígida. Entonces le propinó un brusco empujón, y Griff perdió el equilibrio y se tambaleó. Con el aspecto de un animal herido, Rosalind procuró componerse el vestido.

—¿No querías una razón de peso? —espetó él. Ahora respiraba agitadamente mientras intentaba recuperar el control—. ¡Esto debería ser una razón de suficiente peso para ti!

Rosalind agarró el chal y se lo echó sobre los hombros, cerrándolo con dedos crispados sobre su pecho.

—¡Y lo es! ¡Es una razón de suficiente peso de por qué debería casarme con él! —susurró ella—. ¡Porque si esto sigue así, tú usarás mis deseos para convertirme en una p... puta!

—Rosalind... —empezó a decir él, pero antes de que pudiera pronunciar una palabra más, ella abrió la puerta violentamente y salió al pasillo. Él corrió tras ella—. ¡Maldita sea! ¡Rosalind! ¡Vuelve aquí!

Griff se detuvo en seco cuando cayó en la cuenta de que iba sin camisa, sin chaleco y sin chaqueta. A pesar de que el pasillo estaba vacío, no podía correr tras ella con aquel aspecto, a menos que quisiera que todos los habitantes de la casa se enterasen de lo que habían estado haciendo.

Griff soltó una retahíla de improperios mientras veía cómo Rosalind volaba hacia las escaleras y se perdía de vista. Seguramente ella no se propondría ir a buscar a Daniel ahora... ¡Por el amor de Dios!

Regresó corriendo a su alcoba, agarró su ropa y se la puso atropelladamente, maldiciendo los inacabables botones que desafiaban todos sus intentos por ir más rápido. ¡Tenía que detenerla! Tenía que hablar con Daniel y tomar una decisión sobre cómo manejar aquella situación antes de que ella hablara con él.

¡Tenía que evitar que ella lo echara todo a perder!

Rosalind bajó corriendo las escaleras, secándose las lágrimas frenéticamente. ¡Maldito bellaco! ¡Maldito bribón! Griff se mostraba escandalizado de que estuviera dispuesta a casarse con su patrón, y sin embargo él no pensaba casarse con ella. No, él solo quería divertirse con ella, robarle la virtud y la honra. Y él sabía que podía hacerlo con el mero roce de sus manos sobre su cuerpo caliente.

Bajó hasta el primer piso, sin detenerse a mirar atrás. Griff podía estarla siguiendo. Parecía decidido a evitar que ella siguiera adelante con su plan, a pesar de que Rosalind no comprendía el porqué. Griff actuaba como un esposo celoso, aunque no fuera su esposo y no tuviera intención de serlo. De todos modos, él podría provocarle graves problemas si encontraba al señor Knighton antes que ella pudiera plantearle su propuesta. ¡Tenía que encontrar al señor Knighton antes que él!

Recorrió veloz la galería hacia la mesa de billar. Con gran alivio vio que el señor Knighton seguía jugando al billar con Helena, a pesar de que debían de haber pasado unas dos horas como mínimo. Rosalind se fijó con ironía en que habían decidido descartar la farsa de la silla. Helena apoyaba todo el peso de su cuerpo sobre la mesa y mantenía el equilibrio sobre su pierna sana mientras jugaba.

Rosalind podía oír los golpes secos de las bolas de marfil contra la madera mientras recorría la galería, entonces vio cómo Helena miraba al señor Knighton con una sonrisa coquetona. Juliet tenía razón. Era una pena que Helena no se casara con él. Era un hombre realmente encantador. No obstante, le costaba imaginarse a su elegante hermana casada con un hombre de modales tan bruscos como el señor Knighton.

Los dos alzaron la vista cuando Rosalind se les acercó. Cuando las pestañas de Helena se alzaron por lo menos medio centímetro, Rosalind se dio cuenta de que probablemente tenía un aspecto parecido al de una de las brujas de Macbeth, con la melena despeinada sobre los hombros y el vestido desaliñado. Pero no le dio a su hermana la oportunidad de reprenderla.

—Señor Knighton, siento mucho molestaros, pero he de hablar con usted en privado. Es una cuestión de suma importancia.

La alarma emergió en sus facciones huesudas mientras la escrutaba de arriba abajo.

—Oh... por supuesto, lady Rosalind, como queráis. —Le lanzó a Helena una mirada de desconcierto, a la que ella respondió encogiéndose de hombros.

El sonido de un portazo en el piso superior hizo que a Rosalind se le acelerase más el pulso. ¡Griff! ¡Maldición!

—Podemos hablar en el despacho de papá, en el piso inferior —se apresuró a proponer al tiempo que señalaba hacia las escaleras—. Por aquí.

—¿No podéis esperar hasta que acabe la partida con vuestra hermana? —protestó el señor Knighton—. Solo necesitamos un par de minutos...

—¡No! —Al ver el intercambio de miradas de estupefacción entre los dos, hizo un esfuerzo por suavizar su tono—. No, tiene que ser ahora.

—Muy bien, si insistís... —Él le ofreció su brazo robusto y ella lo aceptó, intentando no prestar atención a la indiscutible carrera de unos pies embutidos en unas botas que se acercaban a las escaleras en el piso superior.

Por fortuna, enfilaron hacia la escalera del ala este antes de que Griff emergiera por la escalera del ala oeste. A pesar de ello, Rosalind apremió al señor Knighton a bajar hasta el despacho de su padre sin perder ni un segundo.

—¿De qué se trata? —la interrogó el señor Knighton.

Ella cerró la puerta y buscó en el bolsillo su juego de llaves, pero por lo visto se le debían de haber caído mientras estaba en la habitación de Griff, en su cama...

«¡Maldición!», pensó, mientras el rubor se extendía por sus mejillas. Solo esperaba que Helena no le dijera a Griff adónde habían ido o que a él no se le ocurriera preguntar. Quizá ni tan solo la seguiría. No quería perder la esperanza.

Tragando saliva con dificultad, Rosalind se apartó de la puerta y miró a su gigantesco primo. Él se plantó delante del escritorio de su padre como un gladiador listo para luchar, con expresión desconfiada. Ahora que había llegado el momento, a Rosalind la invadió el pánico. ¡Maldito fuera Griff por obligarla a actuar de ese modo antes de que ella hubiera tenido tiempo para organizar su plan!

¡Y maldito fuera papá por haberlas metido en aquel atolladero! Qué conveniente que el pacto se cerrara en su despacho, donde la presencia de su padre era apreciable en cada emblema de poder: los libros con cubierta de piel, su impresionante sillón, el escudo de armas de Swanlea en la pared. Bueno, de momento satisfaría a papá, aunque solo fuera para ganar tiempo y poder urdir un plan.

Sin embargo, ¿cómo conseguía una mujer convencer a un hombre rico de que se casara con ella cuando todo lo que poseía era una parca dote y carecía de los finos modales para abordar aquella delicada cuestión? ¿Qué podía ofrecerle para tentarlo?

Debía haber algo. Tenía que presentar su propuesta de un modo que fuera lo bastante apetecible para que él la aceptara. Si no, Juliet y papá seguirían adelante con sus planes, y a ella aún le tocaría lidiar con Griff.

—¿Lady Rosalind? —la acució él—. Si preferís que hablemos más tarde...

—Deseo haceros una propuesta —explotó ella.

Unos ojos del color a pizarra mojada la examinaron con curiosidad.

—¿Qué clase de propuesta?

«¡Piensa, maldita sea, piensa!», se dijo frenéticamente.

—Sé que papá está interesado en que os caséis con una de nosotras. Y supongo que estáis analizando la posibilidad.

Él parecía sorprendido.

—Mmm... bueno... sí, supongo que sí.

—¿Habéis...? —Se calló en seco al oír unos pasos en el pasillo, que se dirigían directamente hacia el despacho. Se acercó más al señor Knighton y bajó la voz—. ¿Habéis tomado ya una decisión al respecto?

El señor Knighton se aflojó la corbata con visible nerviosismo.

—Lady Rosalind, esto es... una pregunta muy directa, ¿no os parece? No puedo decir exactamente que...

—¡Porque si aún no lo habéis hecho, me gustaría sugerir que me elijáis a mí!

A Daniel se le borró el color de la cara.

—¿Cómo decís, milady?

—¡Que me elijáis como esposa, maldita sea! —Se controló para no perder la paciencia, entonces añadió en un tono más sosegado—: Deseo casarme con vos. —Era la forma más fulminante de ir directamente al grano, prácticamente de arrastrar a un hombre hasta el altar—. Y además, creo que puedo sugerir unos términos que os interesarán mucho, para que os decidáis a casaros conmigo. —Tan pronto como los pensara, lo cual tenía que hacer en ese mismo momento o estaba hundida.

La puerta a sus espaldas se abrió violentamente, con tanta fuerza que golpeó la pared, haciendo que tanto ella como el señor Knighton se sobresaltaran. ¡Maldición! ¿No podría Griff haber esperado unos minutos antes de unirse a la reunión? ¿Y qué diantre se proponía hacer, exponer todo lo que había sucedido entre ellos dos?

Rosalind apretó los dientes. Antes intentaría evitarlo.

—He de hablar contigo, Knighton. —Griff se dirigió directamente a Daniel—. ¡Ahora!

Knighton abrió la boca, pero no pronunció ni una sola palabra. Su mirada de estupefacción iba de Griff a ella y luego otra vez hacia Griff. Observó a su hombre de confianza con porte interrogante. Luego se dio la vuelta para mirar a Rosalind del mismo modo. Al fin, una extraña sonrisa se perfiló en sus labios, como la de un cómico encantado con sus propias bromas.

Apuntaló la cadera en el escritorio y apoyó una mano sobre la superficie de roble.

—Yo también quiero hablar contigo, Griff. Entra y únete a nuestra conversación. Nos pillas en medio de una fascinante propuesta, una propuesta que creo que te interesará.

Rosalind se sonrojó hasta la médula. No tenía que verle la cara a Griff para saber que echaba fuego por los colmillos.

—Antes tengo que hablar contigo, a solas —repitió Griff, pronunciando cada sílaba de la última parte de su orden por separado.

El señor Knighton enarcó una ceja.

—Tendrás que esperar. —Señaló hacia una silla cercana a Rosalind—. Siéntate. Necesito tu consejo en este asunto que concierne a lady Rosalind.

Hubo una larga pausa antes de que Griff soltara una maldición en voz baja, entrara y cerrara la puerta. Con aire irritado pasó por delante de la silla que Daniel le había indicado y se dirigió hacia la ventana cercana a las estanterías.

—No veo por qué el señor Brennan ha de estar presente en este trato —protestó ella—. No es un asunto de su incumbencia.

—Todos mis asuntos son de la incumbencia de mi hombre de confianza —replicó el señor Knighton—. Nunca tomo ninguna decisión sin su asesoramiento. Así que si queréis que continuemos hablando de la cuestión, tendréis que tratar con él.

Protestando, Rosalind se arriesgó a mirar a Griff de soslayo y enseguida se arrepintió. Él estaba apoyado en la repisa de la ventana, con los brazos cruzados sobre su chaqueta arrugada, a la que evidentemente le hacía falta un buen planchado. Unos mechones rebeldes bailaban sobre su frente surcada de arrugas, y no llevaba corbata.

Pero lo peor era la forma en que la miraba. Si con una mirada se pudiera matar a una persona, él ya habría conseguido fulminarla en tan solo un segundo, como para recordarle que la conocía demasiado bien y que no permitiría que le dijera ninguna mentira a su patrón.

Pero Rosalind no tenía ninguna intención de mentir. Lo que pretendía era ser absolutamente honesta con su primo... es decir, en la cuestión que había decidido tratar con él.

Con la incómoda presencia de Griff retando su resolución, ella volvió a darse la vuelta para mirar al señor Knighton y lo sorprendió observándola con una expresión divertida. A pesar de que su aparente burla la desconcertó unos instantes, se negó a dejarse amedrentar por ello.

—Adelante, lady Rosalind —la invitó Daniel—, ¿decíais algo sobre casaros conmigo?

—Sí. —Su puño crispado se cerró sobre una de las puntas de su chal—. Exactamente.

A Rosalind le pareció que el improperio que lanzó Griff resonaba por encima de los estrepitosos latidos de su corazón desbocado.

El señor Knighton, en cambio, se dedicó a no prestar atención a la reacción de su hombre de confianza.

—Y habéis comentado algo sobre unos términos que me interesarían mucho...

A Rosalind se le contrajo la boca de vergüenza.

—Sí, tal como he dicho, creo que os gustarán los términos que estoy dispuesta a proponeros para que os caséis conmigo.

—¿Y se puede saber cuáles son esos términos? —espetó Griff desde su posición alejada junto a la ventana. Cuando ella lo acribilló con la mirada, él agregó fríamente—: El señor

Knighton me paga para que le asesore en todos los contratos que decide firmar.

Ella miró al señor Knighton como implorándole ayuda, pero Daniel se limitó a encogerse de hombros.

—Tiene razón. Jamás firmo nada sin que Griff lo examine primero. —Sus mejillas se tensaron como si le costara un enorme esfuerzo mantener el semblante serio—. No obstante, yo soy quien al final toma las decisiones. Así que decidme vuestros términos, por favor.

—De acuerdo. —Rosalind estrujó las puntas del chal e intentó no pensar en Griff, que atrincherado en su rincón la fulminaba inclementemente, como una bestia montando guardia en la entrada de una guarida que contuviera un valiosísimo tesoro—. Para empezar, sé que tenéis que ocuparos de vuestro negocio en Londres. Si os casáis conmigo, no esperaré que perdáis tiempo con Swan Park. Seguiré encargándome de la finca, si os parece bien.

—Un sacrificio verdaderamente noble —comentó Griff en un tono descortés—, dado que sé que detestáis encargaros de este lugar.

—Cállate —le ordenó el señor Knighton—. Deja que mi prima hable abiertamente. —Entonces le dedicó una sonrisa galante—. Continuad, por favor.

Ella tragó saliva. Eso era más difícil que lo que había esperado, más o menos como poner las cartas sobre la mesa. Lamentablemente, unas cartas muy malas.

—A diferencia de otras mujeres con las que podríais casaros, no esperaré que me deis mucho dinero para mis gastos diarios, ni tampoco os exigiré unas sumas exorbitantes para comprarme vestidos ni joyas. No tengo gran interés en ninguna de esas cuestiones, y si me quedo a vivir en el campo, no los necesitaré.

El señor Knighton tensó la mandíbula.

—¿Y si quiero que vengáis a vivir conmigo en la ciudad?

—Es vuestra elección, por supuesto. —Rosalind alzó la barbilla con orgullo—. Pero en dicho caso, os pediré que me deis la posibilidad de presentarme en sociedad con el aspecto que requiere mi elevada posición.

—Eso resultaría más caro —remarcó él con sequedad.

—Es una elección que debéis valorar, por supuesto. Yo aceptaré vuestra decisión sin rechistar. —Griff resopló roncamente, y ella se puso más tensa—. La verdad es que no os costaré tanto como la mayoría de mujeres. Ni siquiera tanto como mis hermanas, que son la clase de mujeres a las que les gustan los vestidos elegantes y las joyas caras. —Ahí había exagerado, aunque no mucho.

El señor Knighton se frotó la barbilla en actitud pensativa.

—Eso sería un punto a considerar para la mayoría de los hombres, pero yo tengo tanto dinero que puedo satisfacer las necesidades de una esposa derrochadora.

Rosalind abrió los ojos desmesuradamente. Si a él no le importaba el dinero, ¿entonces qué? ¿Qué más le podía ofrecer que otras mujeres no tuvieran? La mayoría de los hombres querían esposas hermosas, lo sabía, pero no podía hacer nada por remediar esa cuestión. Si Rosalind pensara que podría tentarlo con su físico... pero eso nunca funcionaría, aunque se rebajara hasta tal nivel como para intentarlo. Además, los hombres como él tenían amantes y...

¡Sí! ¡Claro! ¡Eso era lo que los hombres querían! Libertad para hacer lo que les viniera en gana, con o sin esposa.

—Seré una esposa de lo más conveniente, y no solo me refiero al dinero. No importa dónde decidáis fijar mi residencia, seréis completamente libre para llevar la vida que os plazca. No esperaré que abandonéis vuestras... actividades de soltero después de que nos hayamos casado.

A Daniel le brillaron levemente los ojos con aquella propuesta. Los hombres eran tan predecibles...

—¿Actividades de soltero? ¿A qué os referís exactamente, milady?

Rosalind no esperaba que él le pidiera que fuera más explícita en ese aspecto.

—Mmm... podréis... pasar la noche... en la ciudad, si os apetece.

—¿Os referís en un club social, o en un casino? No suelo frecuentar clubes de caballeros, y un hombre no consigue ser tan rico como yo si se arriesga a perder su dinero en las cartas.

Aquel maldito bribón la estaba obligando a hablar en plata.

—Ya, pero... bueno, tampoco me importará si... bueno... si...
—Se sonrojó—. Si salís con alguna mujer... —¡Cielos! ¿Cómo podía decirlo de la forma más delicada posible?

—Me parece, Knighton —la interrumpió Griff con un tono puramente glacial—, que lady Rosalind te está dando permiso para fornicar siempre que te apetezca y con quien te apetezca.

Rosalind se puso tan colorada que probablemente habría podido iluminar la estancia como un candelabro. Pero la patente satisfacción de Griff le dio fuerzas para recuperar la compostura.

¿Qué derecho tenía él a juzgarla? Al menos ella no se dedicaría a «fornicar», tal y como él seguramente había hecho un montón de veces. Y tal como lo había intentado con ella aquella tarde. Decidió enfrentarse a la expresión de sorpresa del señor Knighton con valentía.

—A pesar de que vuestro hombre de confianza lo haya expresado en esos términos tan vulgares, tiene razón. Eso es precisamente lo que os estoy ofreciendo. Si nos casamos, no protestaré si decidís tener una amante o ir a... algún burdel. —Su tono se había vuelto más cínico—. Creo que puedo decir con toda seguridad que pocas mujeres, incluyendo mis hermanas, se mostrarían tan comprensivas.

—¡Qué gran verdad, lady Rosalind! —Griff se separó de su rincón para acercarse al escritorio donde el señor Knighton se dedicaba a observarlos a los dos con gran atención—. Me atrevería a decir que «ninguna» mujer sería tan comprensiva. A menos, por supuesto, que tenga sus propios planes sobre cómo divertirse. ¿Un amante escondido en el armario, quizá?

Rosalind comprendió a quién se refería, ya que él la devoró con una mirada con la clara intención de recordarle con qué facilidad ella había sucumbido a sus excesos previamente.

—¡Griff! —bramó el señor Knighton—. Te prohíbo que insultes...

—No pasa nada —lo interrumpió ella, con el pulso desbocado—. Yo misma contestaré a la insinuación del señor Brennan. —«Antes de que este bribón lo eche todo a perder.»

Taladró a Griff con una fría mirada, a pesar de que las rodillas le temblaban como un flan.

—Me muestro tan «considerada» con vuestro patrón porque reconozco la desproporción de nuestras situaciones. Él tiene poco que ganar si se casa conmigo, en cambio yo ganaré mucho. Puesto que mi naturaleza sumisa es todo lo que puedo ofrecer, sería una verdadera inconsciente si me atreviera a poner en peligro mi posición exigiéndole unos términos muy rígidos, ¿no os parece? —Cuando él continuó mirándola con superioridad, ella añadió—: Sin embargo, no soy una inconsciente, y no, no soy una puta.

La aspiración profunda y sonora del señor Knighton hizo que Rosalind se planteara si había ido demasiado lejos. Pero no podía lamentar hablar con absoluta franqueza cuando Griff se estaba comportando de un modo tan irrazonable.

Griff se acercó más a ella, y dijo en un tono desagradable:

—Por lo visto, lady Rosalind, no comprendo bien el significado de la palabra «puta». Es alguien que se vende por dinero, ¿no?

Las palabras resonaron en la habitación, con una crueldad tan arrolladora que dejaron a Rosalind sin aliento. Ella había pensado que él comprendería sus razones, pero era obvio que no. No pudo frenar las lágrimas, que empezaron a fluir libremente por sus ojos y a recorrer sus mejillas mientras Griff la miraba. La expresión de Griff se trocó rápidamente de un sentimiento de ira a otro de horror.

Solo la mano del señor Knighton bajo el codo de Rosalind evitó que ella desfalleciera y cayera al suelo. Solo sus palabras salvaron su orgullo:

—Pero todos comprendemos la definición de bastardo, ¿no es cierto? —Daniel retó a Griff con una mirada acusadora—. A mi modo de entender, es una definición que encaja perfectamente con tu carácter.

Griff parecía realmente angustiado, como si no pudiera creer lo que él mismo acababa de decirle a Rosalind.

—Rosalind, yo... Por Dios, yo no quería decir... Por favor, perdóname. Maldita sea. No sé qué es lo que me ha pasado.

—¿Ah, no? —espetó el señor Knighton—. Pues a mí me parece clarísimo. Tu preocupación por mis objetivos y mi reputación ha conseguido que te olvides que se supone que eres un caballero. —Sus dedos estrujaron el codo de Rosalind para infundirle ánimos—. Pero no te preocupes por ello. Verás, creo que la propuesta de lady Rosalind es muy interesante, tanto como para sentirme tentado a aceptarla. Sí, la acepto.

La mirada consternada de Rosalind se posó en su primo al mismo tiempo que Griff estallaba en un rugido. ¿Hablaba en serio el señor Knighton? ¿Había conseguido convencerlo?

El hombretón la miraba ahora con la misma actitud afable que había mostrado con Juliet y, por un instante, ella se sintió asfixiada por una creciente sensación de culpa. Su primo se estaba comportando caballerosamente, dando por zanjada una propuesta que ella no pensaba cumplir.

Entonces él la desconcertó guiñándole el ojo. Sin saber por qué, ese gesto la reconfortó. Era evidente que él guardaba un as en la manga, aunque Rosalind no acertara a adivinar de qué se trataba. O por qué él había decidido aceptar su propuesta cuando su hombre de confianza prácticamente la había llamado puta.

Rosalind lanzó una mirada furtiva a Griff, preguntándose si había visto el guiño de su patrón. A juzgar por su expresión de puro asombro, supuso que no lo había visto. Griff abrió la boca, luego la cerró, y a continuación volvió a abrirla. Pero el único sonido que emergió fue un ahogado: «¿Qué?».

—Lady Rosalind me ha hecho una propuesta que no puedo rechazar —explicó el señor Knighton—. ¿Una esposa sumisa que se encargará de gestionar mis tierras? ¿Qué hombre sería tan estúpido como para no aceptar un trato tan redondo?

—Pero no puedes... no... —empezó a protestar Griff.

—¿Por qué no? Su padre me ha invitado a pasar unos días en Swan Park precisamente por ese motivo. Admito que pensaba que su hermana menor estaba más interesada en el trato, pero tal y como lady Rosalind dice, lady Juliet no sería seguramente tan sumisa.

—¡Es... es absurdo, y lo sabes! —gritó Griff sulfurado.

—Pues a mí no me parece absurdo. —El señor Knighton miró a Griff con una evidente satisfacción—. ¿Me puedes dar alguna razón por la que no debería casarme con lady Rosalind? ¿Aparte de tus críticas por su naturaleza tan sumisa?

El señor Knighton parecía estar recurriendo a la palabra «sumisa» demasiadas veces. Y cada vez que hablaba, Griff se ponía un poco más tenso.

Cuando Griff no respondió, el señor Knighton insistió:

—¿No tienes nada más que alegar sobre el tema? ¿O es que de repente se te ha comido la lengua el gato? Te aseguro que pones una cara tan agria como si una «delegación» entera de gatos se te hubiera comido la lengua.

Al oír la palabra «delegación», a Griff le centellearon los ojos de forma peligrosa.

—Simplemente creo que lady Rosalind no sabe dónde se mete.

—Entonces quizá tú deberías explicárselo —contestó el señor Knighton con aplomo.

«Quizá uno de los dos debería hacerlo», pensó Rosalind. El intercambio entre ellos dos la estaba dejando perpleja. Hablaban en una especie de código que no entendía, aunque acertaba a comprender algunos matices. Griff quizá tenía razón; no sabía dónde se estaba metiendo.

O en qué fregado acabaría si decidía seguir adelante con su plan. Se frotó las sienes con las yemas de los dedos. La situación se había vuelto demasiado complicada.

—¿Y bien, Griff? —lo exhortó el señor Knighton—. ¿Tienes algo que decirle a lady Rosalind para convencerla de que no se case conmigo?

Ella miró a Griff, pero él se negaba a mirarla. En vez de eso, permanecía con la vista fija en su patrón, llena de una ira impotente, tan fiera que a Rosalind le quitó el aliento. Finalmente dijo:

—No. Nada. Si ella se quiere casar contigo y tú quieres casarte con ella, adelante. Mi intención es continuar como si nada hubiera pasado.

Qué respuesta más extraña. Pero lo que más la sorprendió fue el desprecio con que había hablado. ¿Era desprecio hacia ella? ¿O hacia su patrón?

Su nuevo «prometido» la miró con una sonrisa triunfal.

—Entonces ya está decidido. Iré a ver a vuestro padre después de la cena y le pediré vuestra mano.

De repente, Rosalind se sintió un poco más aliviada.

—Supongo que después querréis regresar a Londres para dedicaros a vuestro negocio, junto con el señor Brennan, por supuesto. Estoy segura de que os hemos mantenido alejados de vuestros asuntos demasiado tiempo. Yo me quedaré aquí para organizar los preparativos de la boda.

El señor Knighton se la quedó mirando con los ojos muy abiertos. El casi imperceptible destello en sus ojos grises hizo que Rosalind se cuestionara si había sido demasiado explícita y si él había averiguado lo que ella tramaba. Detrás de él, oyó que Griff murmuraba algo ininteligible entre dientes.

Entonces su «prometido» sonrió.

—¡Qué ridiculez, milady! Mi hombre de confianza y yo nos quedaremos aquí. Quiero intervenir en todos los preparativos de la boda. ¡Ni loco se me ocurriría dejaros aquí sola con tanto trabajo! Y justo después de habernos comprometido formalmente.

Maldición. Bueno, por lo menos lo había intentado, y no pensaba tirar la toalla. De una forma u otra, pensaba retrasar la boda todo el tiempo necesario para planear alguna coartada para ella, Juliet y Helena.

—Así que no os preocupéis por la Knighton Trading —continuó el señor Knighton en un tono jovial—. Griff y yo habíamos planeado quedarnos aquí como mínimo una semana, y solo ha pasado la mitad. —Le lanzó a Griff una mirada divertida—. ¿No es cierto?

Griff ponía una cara como si se hubiera tragado un sapo, pero consiguió contestar con un tajante: «Sí, señor».

El señor Knighton se volvió hacia ella y le regaló una sonrisa aún más amplia.

—Perfecto. Entonces, ¿qué tal si empezáis a pensar en los preparativos de la boda? ¡Y no os preocupéis por el dispendio! No me importa gastar cuanto sea necesario. —Sus ojos brillaron con alegría—. Tengo mucho dinero, preguntádselo a Griff.

Pero Rosalind no se atrevía a mirar a Griff, y mucho menos a preguntarle por esa cuestión. Lo único que quería era escapar de su dura mirada condenatoria.

—De acuerdo —le dijo ella al señor Knighton—. Os veré a la hora de la cena.

—Por supuesto, milady. —Para su sorpresa, él colocó una mano posesiva en la parte más baja de su espalda y la acompañó hasta la puerta—. Hasta la cena, pues.

Solo después de abandonar el despacho y encerrarse en su

habitación se permitió desmoronarse por completo, exhausta. Solo esperaba ser capaz de retrasar la boda de modo indefinido... o por lo menos hasta que se le ocurriera una forma de escapar de aquella pesadilla. Porque si no podía, se metería en el peor apuro de su vida.

Capítulo trece

Los celos son un viejo enemigo siempre dispuesto a morder.

Golpe de suerte, APHRA BEHN, escritora inglesa

—$\mathcal{H}$a sido la exhibición más increíble de celos que jamás había visto —remarcó Daniel tan pronto como cerró la puerta y estuvo seguro de que lady Rosalind no podía oírlos—. Diría que incluso ha sido espectacular.

Sonrió burlonamente. Griff tenía un aspecto deplorable: desaliñado, con las prendas arrugadas, y tan furibundo como un perro rabioso. Daniel apenas podía contenerse para no echarse a reír en su cara. Ese bastardo egoísta se merecía que sus planes no salieran como esperaba. ¡Oh! ¡Cómo deseaba que esa solterona bravucona arrastrara a Griff hasta la tumba! Ella y su naturaleza «sumisa».

—¡No estoy celoso! —siseó Griff—. Solo estoy asqueado, eso es todo. ¿Cómo te atreves a aceptar su propuesta cuando sabes que estás mintiendo acerca de tu identidad?

—¿Yo? Lo único que hago es encubrir tus mentiras. Te he dado la oportunidad de contárselo todo, pero no lo has hecho.

—¡No podía hacerlo!

—No, supongo que no. Si le cuentas la verdad, las solteronas de Swanlea descubrirán que han acogido a una víbora en su seno durante estos días. —Daniel enarcó una ceja—. Aunque por tu aspecto y el de lady Rosalind, diría que ella ha tenido tu «víbora» entre sus senos toda la tarde. O quizá que tú has metido tu «víbora» dentro de su cueva. No habrá sido demasiado satisfactorio para esa viciosa, si ha venido corriendo en busca de mi protección.

Griff se quitó la chaqueta de mala gana y avanzó hacia Daniel con actitud beligerante.

—¡Maldito hijo de la grandísima puta! ¡Te retorceré el pescuezo por atreverte a hablar de ella en esos términos!

—Inténtalo. —Daniel se quitó también la chaqueta y el chaleco y se preparó para luchar, con los puños en alto. No habría manera de calmar a ese desquiciado hasta que alguien no le atizara un buen golpe en la cocorota. Además, Daniel tenía ganas de pelear con él. Estaba harto de las tácticas rufianescas de Griff—. Adelante, inténtalo. Me encantará ver a quién de los dos favorecerá lady Rosalind primero cuando aparezcamos a la hora de la cena con la cara llena de moratones. Y también me muero de ganas por ver la cara de su padre cuando esta noche le pida su mano.

Griff se detuvo y adoptó una postura de combate, obviamente tan furioso que necesitó todo su control para no arrancarle a Daniel el corazón con sus propias manos.

—Pero estoy seguro de que pensarás en alguna excusa que decirles, ¿no?, ya que eres tan bueno mintiendo —continuó provocándolo—. No querrás revelar la verdadera razón por la que te has peleado conmigo, ¿verdad? De que estás tan celoso que no soportas la idea de que lady Rosalind me toque, ni mucho menos que se haya ofrecido para casarse conmigo. —Bajó la voz—. Y que eres tan idiota como para no querer casarte con ella.

Los puños de Griff atacaron tan rápidamente que, aunque Daniel estaba completamente alerta, esquivó el golpe por los pelos, hundiendo la cabeza. Entonces Griff se abalanzó sobre él y lo derribó, y los dos rodaron por el suelo. Empezaron a pelearse sobre la lujosa alfombra, intentando atizarse el uno al otro con saña. Griff le propinó un fuerte puñetazo a Daniel en plena mandíbula, y Daniel contestó con un duro puñetazo a Griff en la barriga.

El gemido de dolor que soltó Griff fue música para sus oídos. ¡Rayos y truenos! ¡Hacía tiempo que no se divertía tanto! Como en los viejos tiempos, cuando solían desahogar las energías con una buena pelea en cualquier taberna. No había nada como una buena pelea con los puños para devolverle el sentido común a un hombre, y si alguien necesitaba recuperar el sentido común, ese era Griff.

Estaban muy equilibrados: Daniel lo superaba en tamaño, mientras que Griff era más rápido y tenía más nervio. Pero la poderosa mano de Daniel estaba muy acostumbrada a repartir leña y a aceptarla, así que soportaba bien los castigos, como el hombre fortachón y gigantón que era.

Unos cuantos puñetazos más tarde, sin embargo, Daniel se dio cuenta de que Griff tenía algo a su favor que superaba el talento de Daniel de sobras: sus celos. La rabia de su amigo seguía fluyendo incansablemente contra Daniel como un manantial que jamás se secaba, mucho después de que Daniel ya hubiera perdido el entusiasmo por la pelea y se estuviera dedicando solo a realizar movimientos defensivos.

Cuando Griff consiguió sacar toda su furia y Daniel logró zafarse de él, este se estaba regañando a sí mismo por ser tan insensato. Mientras se arrastraba por el suelo para separarse de su amigo rabioso, se dijo que ya no tenía edad para esos juegos. La próxima vez que necesitara devolverle el sentido común a su amigo, le atizaría un golpe seco de ladrillo en la cabeza y de ese modo remataría la cuestión rápidamente.

Los dos se pusieron de pie tambaleándose, cada uno en una punta de la estancia, jadeando e intentando recuperar el aliento mientras seguían mirándose con porte desafiante. Con satisfacción, Daniel se fijó en el hilillo de sangre que brotaba del labio partido de Griff y cómo se le iba hinchando el ojo. Daniel irguió la espalda, y luego lanzó un gemido cuando sus propios músculos entumecidos empezaron a protestar.

Frotándose su hombro dolorido, echó un vistazo a la estancia. No era una escena digna de admirar. Había libros desperdigados por doquier; la alfombra estaba manchada de sangre y de sudor; las sillas, volcadas, y la placa con el escudo de Swanlea, torcida. Miró a Griff con ojos acusadores, pero rápidamente los cerró a causa del dolor que le provocaban los pinchazos por todo el cuerpo.

—Por lo visto tendrás que añadir más gastos a tu cuenta con el viejo conde. Entre esto y los gastos de la boda, la bromita te saldrá por un total igual a los beneficios que obtienes con la Knighton Trading en un solo día.

—Muy gracioso —refunfuñó Griff mientras se secaba la sangre de la cara con el puño de su mugrienta camisa—. No habrá ningún gasto adicional a causa de los preparativos de la boda, y lo sabes, pedazo de zoquete irlandés.

Daniel se echó a reír. Siempre sabía cuándo se aplacaba el mal carácter de Griff: cuando sus insultos bajaban de tono.

Griff avanzó hasta una de las sillas y se dejó caer pesadamente.

—¿Por qué diantre le has dicho que te casarás con ella? ¿Se puede saber en qué estabas pensando, por el amor de Dios?

Daniel prefirió quedarse de pie con tal de no lastimar sus músculos doloridos con el leve movimiento al sentarse.

—No me ha quedado otra opción. ¿Qué querías que hiciera? ¿Rechazarla? Si su padre se entera, entonces me exigirá que elija entre una de las otras dos. ¿Todavía no has encontrado el dichoso documento?

Griff respondió con un gruñido.

—Además, solo he hecho lo que tú me habías pedido: que las cortejara, las entretuviera y las distrajera. Recuerdo perfectamente que eso fue lo que me pediste. Me dijiste: «Haz lo que sea necesario para mantenerlas alejadas de mi camino». Pues bien, con decirle que me casaré con ella he cumplido tus órdenes.

—Sí, pero ella creerá que hablas en serio. —Griff le lanzó a Daniel una mirada de discrepancia y luego apoyó la cabeza en el respaldo de la silla. Después resopló y volvió a inclinarse hacia delante, frotándose la parte posterior del cráneo donde Daniel le había atizado con fuerza unos minutos antes—. ¿Acaso no has oído qué pasa si un caballero rompe su promesa? El señor Knighton ha aceptado casarse con ella, pero tú no eres el señor Knighton. Los tribunales nos despellejarán vivos.

—¡Qué burro eres! ¿Lo sabías? Lo último que le preocupará a Swanlea después de que nos marchemos de aquí es la ruptura de una maldita promesa. Estará excesivamente ocupado combatiendo tu asalto a su título y sus tierras, sin olvidar su intento por seguir vivo el tiempo suficiente como para ver a sus hijas instaladas en alguna casita barata y decente en Stratford.

La despiadada punzada de culpa que se reflejó en las facciones de Griff le proporcionó a Daniel una inmensa satisfacción. Quizá aquel mentecato tenía incluso conciencia, enterrada en algún rincón oscuro, bajo todo el peso de su enorme ambición. Más animado, Daniel se encaminó hacia una silla volcada y la colocó derecha, luego flexionó las rodillas lentamente para sentarse en el asiento duro.

—Además —continuó—, no creo que lady Rosalind vaya detrás de un hombre por haber roto su promesa, ¿tú sí? Y desde luego no detrás de uno al que detesta tanto como para invitarlo a pasar las noches con su amante y sus putas. No, solo quiere casarse para mantener Swan Park en la familia, y dado que ella no podrá hacerlo cuando tú encuentres esos papeles, lo más seguro es que se sienta aliviada al no tener que casarse conmigo o contigo. —Se arrellanó en la silla—. Sobre todo dado que el verdadero señor Knighton la ha llamado «puta» a la cara.

Griff arrugó la nariz y se hundió en la silla.

—Eso ha sido una verdadera estupidez por mi parte.

—Estoy totalmente de acuerdo. Has tenido suerte de que ella no tuviera un cuchillo a mano, o es posible que ahora ya no contaras con tu «víbora».

Griff sacudió la cabeza lentamente.

—Podría haberme ocupado de un ataque físico; pero lo que ella ha hecho ha sido peor. No soporto ver llorar a una mujer, pero con esa maldita fémina... —Se frotó las mejillas con ambas manos—. Ella nunca llora con suavidad, no, claro que no. La amazona no sabe llorar con lágrimas discretas ni con sollozos delicados. Cuando decide llorar, pone todo su empeño y toda su energía.

—Ah, así que ya la habías visto llorar, ¿verdad? —dedujo Daniel.

Griff irguió la espalda.

—¿Por qué lo dices? ¿Crees que voy por ahí haciendo llorar a las mujeres?

—Has dicho que ella nunca llora con suavidad, y eso significa que la has visto llorar más de una vez.

Griff se quedó un momento pensativo y luego se encogió de hombros.

—¿Y qué si la he visto? Por lo que parece, tengo un cierto... talento para hacer llorar a Rosalind.

—Pues eso no te ayudará a ganarte el corazón de la dama.

—¿Ganarme su corazón? —Griff resopló—. No irás a pensar que...

—Sí que lo pienso. Es tan claro como la luz del día, que la deseas, y no solo para darte un revolcón con ella y ya está.

—¡Sandeces! —murmuró Griff.

Daniel enarcó una ceja.

—¿De veras? Un hombre no insulta a una mujer de un modo tan despiadado a menos que lo domine un instinto muy poderoso. Tú no la odias, de eso estoy seguro. Y por el modo en que te estás retratando con esos ataques de celos...

—¡Deja de decir que tengo celos, por el amor de Dios! Solo quería disuadirla para que no te metiera a ti en una situación difícil.

—Ya, ahora me dirás que estabas preocupado por mí —se rio Daniel.

Griff lo miró con cara de pocos amigos.

—¿Cómo iba a estar celoso de mí mismo? Ella ha decidido casarse conmigo, y lo sabes. Lo único que pasa es que en ese momento eras tú quien ostentaba el honor de llevar mi nombre.

—Quizá sí. O quizá a ella no le ha gustado que te hayas excedido con ella y ha decidido protegerse echándose a los brazos de un tipo más guapo y más fortachón. —Cuando Griff se levantó de un salto de la silla con los ojos enloquecidos otra vez, Daniel se rio de buena gana—. ¡Mírate a ti mismo, pobre diablo! Esa bruja hechicera te ha robado el juicio.

Griff se dejó caer de nuevo en la silla, abatido.

—Si lo ha conseguido es por culpa de mi incontrolable sed lujuriosa. Llevo bastante tiempo sin estar con ninguna mujer, y ella está cerca, y disponible, y es... interesante... Eso es todo.

—¿Sabías que eres un mentiroso compulsivo?

—Ese es el problema con vosotros, los irlandeses. Sois excesivamente sentimentales con las mujeres. Confundís un simple ataque de lujuria con una emoción más profunda.

Daniel sonrió levemente. Si Griff era incapaz de ver lo que sentía por esa mujer, a Daniel no le apetecía en absoluto convencerlo. A pesar de que le encantaba verlo absolutamente derrotado.

—Así que todavía no te has acostado con ella.

Griff titubeó un momento, hasta que finalmente admitió que no, pero rápidamente se apresuró a aseverar:

—No es por falta de ganas, sino porque no quiero acostarme con una virgen.

—Me alegra saber que tienes tus límites —espetó Daniel con sequedad.

Griff le lanzó una mirada desafiante e intentó buscar una postura más cómoda en la silla.

—Por lo menos yo no estoy engañándola, dejando que crea que mi intención es casarme con ella. No le he hecho ninguna falsa promesa. Eso ha sido idea tuya.

Daniel se preguntó si debía comentarle a Griff su sospecha: que lady Rosalind no planeaba casarse con nadie. La rapidez con que ella lo había animado a regresar a Londres era una prueba más que evidente.

—Es curioso cómo lady Rosalind ha cambiado de parecer en este asunto —remarcó Daniel—. Creía que había dicho que no pensaba casarse para salvar Swan Park.

—Ya, pero eso fue antes.

—¿Antes de qué?

Griff se pasó la mano por el pelo despeinado.

—Maldita sea. No lo sé. Hoy ha dicho algo sobre... que se había dado cuenta de que para Juliet era una cuestión muy seria. Se va a casar contigo para evitar que Juliet lo haga. Por lo visto, está convencida de que el señor Knighton se casará con una de ellas, así que prefiere que sea ella antes que su hermana.

—¿Por qué?

—No tengo ni idea. Esa mujer no discurre como el resto de los mortales. Dice que no permitirá que Juliet se case contigo... conmigo... bueno, con Knighton. Quizá sí que desea salvar la finca, y todos sus otros alegatos eran simples mentiras. Desde luego, ha sido una sorpresa que te planteara el trato que te ha ofrecido hoy.

—Para mí también. —No, la intención de lady Rosalind no era salvar las tierras ni tampoco salvar a su hermana, a pesar de lo que pensara Griff. Ella era una mujer guerrera, y no una mártir, y Daniel sospechaba que aquella era su nueva arma.

Sin embargo, Griff no parecía darse cuenta. Mientras Daniel lo observaba con atención, Griff avanzó cojeando hasta su chaqueta arrugada, la recogió y la sacudió con fuerza. No, ese pobre diablo no conocía en absoluto a las mujeres. Sus experiencias se limitaban a dar órdenes a su madre y a acostarse con alguna furcia de vez en cuando, o con la esposa de algún mercader. Su vida hasta entonces había sido gobernada por su ambición, que le dejaba muy poco tiempo para los asuntos del corazón.

A Daniel, en cambio, la ambición se le había despertado tarde, por lo que solo hacía unos pocos años que había creado su fundación, después de gozar de una vida volcado en los placeres terrenales. Daniel solo tenía diecisiete años cuando conoció a Griff, que por entonces tenía veintiún años. Incluso entonces, este ya poseía buenas formas, una mente muy aguda, y la voluntad necesaria para alcanzar grandes sueños. Daniel, por su parte, solo estaba agradecido de que la suerte lo hubiera empujado a conocer a un patrón generoso que sabía apreciar sus talentos peculiares. Tan pronto como obtenía su paga, se la gastaba prácticamente entera en putas de los barrios bajos de Londres.

Después de tantas noches con esa clase de mujeres, algo había aprendido sobre el sexo débil. Aquel era el secreto que hacía que las mujeres se sintieran atraídas por él. Oh, Griff podía lanzarles cumplidos y recitar a Shakespeare, pero Daniel sabía lo que querían. Bueno, al menos, lo que la mayoría de ellas quería. Una mujer como la distante Helena —cuya belleza lo excitaba a pesar de que su porte arrogante lo molestara— seguía siendo un verdadero misterio para él.

Pero una mujer franca y directa como lady Rosalind era más fácil de entender. Ella planeaba un motín, por decirlo de algún modo. Del mismo modo que sabía que ella quería a Griff. El aire se condensaba siempre entre ellos dos.

¿Debía referirle a Griff sus sospechas? Entrelazó las manos sobre la barriga y siguió observando a su pobre y loco amigo, que estaba colocando las sillas derechas y guardando los libros en las estanterías sin dejar de renegar a media voz.

No, mejor no decirle nada. A Griff las cosas le habían caído del cielo en los últimos años —el éxito, el dinero, incluso el respeto—. Todavía no era aceptado en los círculos de la alta sociedad, ¿pero a quién le importaba eso? Griff había escalado más posiciones en los últimos diez años que muchos hombres en su vida entera. ¿Pero era consciente de su suerte? No. Lo único que deseaba era obtener todo lo que se le ponía a tiro, sin importarle que para ello tuviera que hacer daño a alguien o actuar indebidamente, con tal de obtenerlo.

Pero la propuesta de lady Rosalind había lanzado una piedra de considerables dimensiones a las aspas del molino del señor, y Daniel iba a hacer que ese botarate se tomara los desperfectos en serio. Además, Daniel también guardaba varias piedras en el bolsillo.

—De todos modos —remarcó Daniel—, podemos darle la vuelta a esta situación con lady Rosalind para que te sea ventajosa.

—¿Y cómo pretendes hacerlo? —Antes de que Daniel pudiera contestar, Griff añadió—: Si estás pensando en usar este pacto con ella para obtener el certificado de su padre, ya puedes ir olvidándote. Su carta era clara en ese sentido. Recibiré la prueba el día de mi boda, y no antes.

—No estaba pensando en tu maldita prueba —espetó él, luego se contuvo cuando Griff lo miró con curiosidad—. Bueno, al menos no pretendo que me la entregue Swanlea. Pero ahora que lady Rosalind es mi prometida, tengo razones fundadas para pasar con ella mucho rato mientras tú sigues con tu búsqueda.

Griff dudó con un jarrón en una mano y un libro en la otra.

—¿Qué quieres decir con eso de pasar con ella mucho rato?

—Cortejarla, hombre. Paseos románticos por el jardín al atardecer, comidas campestres junto al río... Ya sabes, esa clase de cosas. Ella no podrá negarse, si planea casarse conmigo. Y eso servirá para mantenerla alejada de tu camino.

Griff no parecía encantado con la idea, y Daniel sonrió para sí.

—No sé si será una buena idea —replicó Griff, dejando el jarrón en una mesita rinconera con una desmedida brusquedad—. No es conveniente que le des esperanzas para este matrimonio que nunca llegará a celebrarse. No quiero... herirla cuando sepa la verdad.

—No puedes evitarlo —terció Daniel con sequedad—. Estás planeando destruir a su padre, ¿recuerdas? Además, a pesar de que tú no estés interesado en casarte, yo sí. —Al ver la cara de susto de Griff, añadió—: No con lady Rosalind, hombre. Es demasiado altiva para un hombre de mi posición. Pero cortejarla me ayudará a adquirir práctica para cuando tenga que hacerlo con otra dulce moza. ¿No me dijiste que eso era lo que debía hacer? ¿Aprender a comportarme como un caballero? ¿Y qué hay más civilizado que cortejar a una dama?

Griff exhibía ahora un semblante como si dos demonios estuvieran pugnando por apoderarse de su alma: el monstruo celoso que enseñaba las uñas, y el hombre de negocios orgulloso que no podía admitir la naturaleza egoísta de sus planes para las hermanas Swanlea.

El orgullo ganó.

—Haz lo que quieras —murmuró, a pesar de que los músculos de su mandíbula se habían tensado visiblemente—. Pero ten cuidado con... quiero decir, no hagas nada que nos pueda delatar.

Daniel se levantó para ayudar a Griff a ordenar la estancia.

—No, por supuesto que no. —Solo haría lo necesario para que Griff pensara de forma razonable. Y quizá no necesitaría esforzarse mucho, después de todo.

Capítulo catorce

En la guerra y el amor, todo está permitido.

Love at a Venture, Susanna Centlivre,
escritora inglesa

Aquella noche Griff se mantuvo alejado de todo el mundo. No bajó a cenar, y desde luego no intervino en la charla entre Daniel y el conde sobre el compromiso con Rosalind, a pesar de que se preguntó qué excusa iba a aducir Daniel respecto al deplorable aspecto de su cara.

Una cuestión más importante requería toda su atención. No sabía por qué no podía apartarla de la mente, ni tampoco por qué se sintió empujado a ir a la alcoba de Rosalind cuando estuvo seguro de que ella ya se había retirado. Pero no pudo contener el impulso.

Llamó suavemente a la puerta.

—Un momento —respondió una voz desde el interior.

Unos segundos más tarde, la puerta se abría y aparecía la carita de Rosalind. Al verlo, ella intentó cerrar la puerta, pero él deslizó el pie para evitarlo.

—¡Márchate! —Ella atisbó por encima del hombro de Griff con preocupación hacia las puertas de las alcobas de sus hermanas situadas al otro lado del pasillo.

—He de hablar contigo.

—No tenemos nada de que hablar.

—Solo será un momento, y luego me marcharé, te lo prometo. Por favor, déjame entrar.

—No pondrás el pie en mi habitación —dijo ella con actitud obcecada.

—¿Por qué no? Tú has entrado en la mía. —Cuando ella lo

fulminó con la mirada, él agregó—: Seré un caballero, te lo prometo. Solo quiero hablar contigo, eso es todo. Si prefieres que lo hagamos en el pasillo...

—¡No! —se apresuró a contestar ella—. No, no quiero que nadie nos vea.

—Entonces déjame entrar.

—Si tantas ganas tienes de hablar conmigo, espera a la hora del desayuno.

—Teniendo en cuenta mi aspecto, no tengo intención de bajar a desayunar. —Se acercó la vela a la cara—. Como puedes ver, asustaría a tus hermanas.

Rosalind se horrorizó, y la puerta se abrió un poco más, proporcionándole a Griff una visión de ella con la melena suelta y una bata de vivos colores. Griff se preguntó si aquello era una buena idea, después de todo.

—¿Qué te ha pasado? —susurró, preocupada.

—Lo mismo que a Knighton.

Rosalind arqueó una ceja con incredulidad.

—¿También te has caído por las escaleras?

Él resopló divertido.

—¿Eso es lo que os ha contado?

—Sí. Nos ha descrito el accidente minuciosamente. Aunque yo me he preguntado si tú no lo habrías empujado. Esta tarde parecías muy enfadado con él.

—Y lo estaba. —Hizo una pausa—. ¿Y cómo ha explicado el desorden en el despacho de tu padre?

—¿Desorden? —repitió ella, desconcertada.

—No te preocupes. Yo... él pagará todos los desperfectos.

—¡Desde luego que lo hará! ¿Sois los dos tan incívicos como para haberos peleado en el despacho de papá?

Griff se encogió de hombros.

—A él no le ha gustado lo que yo he dicho, y a mí tampoco me ha gustado lo que él ha dicho. Hemos arreglado las cosas a la vieja usanza. —Apoyó el codo en la puerta—. Déjame entrar, mi amazona sedienta de sangre, te prometo que te lo contaré todo. Si no, me quedaré aquí toda la noche, atrancando la puerta con el pie hasta que me dejes entrar. Me pregunto qué dirán tus hermanas mañana por la mañana cuando se despierten.

Rosalind se puso tensa.

—¿Te habían dicho antes que tu insistencia resulta terriblemente irritante?

—Sí, me lo dicen casi todos los días —se apresuró a contestar él, recordando un comentario muy similar en el coto de caza.

Por lo visto ella también recordó la conversación, ya que una pequeña sonrisa se dibujó en sus labios. Pero todavía se negaba a abrir la puerta.

A Griff se le estaba acabando la paciencia.

—¡Maldita sea, mujer! ¿No ves que no estoy en condiciones de seducirte? Después de la paliza de esta tarde, no resistiría ningún intento que requiriera una actividad tan vigorosa. ¡Así que déjame entrar!

—¡No hables tan alto, por todos los santos! —El sonido de alguien tosiendo en una de las habitaciones de sus hermanas la empujó a decidirse—. De acuerdo, puedes entrar un momento, pero te tomo la palabra de caballero. —Se apartó a un lado para dejarlo pasar, y añadió—: Aunque no creo que sepas realmente cómo se comporta un caballero.

Conteniéndose para no sonreír, él entró en el santuario de la amazona y sostuvo la vela en alto para examinar la alcoba mientras Rosalind cerraba la puerta. La luz de la vela no iluminaba demasiado, pero Griff vio una enorme cama con un edredón verde y unas altísimas ventanas cubiertas por cortinas de terciopelo de la misma tonalidad verde. A pesar de que no acertaba a ver la luminosidad de la tela, supuso que debía de ser brillante.

Griff se la imaginó envuelta en su bata de seda china de color naranja, tumbada sobre el edredón verde, como una piedra de jaspe sobre una de jade, llena de misterio y sensualidad oriental. De repente notó que su rebelde miembro viril se movía inesperadamente.

Griff se lamentó de que su estado deplorable le imposibilitara seducirla. Le habría encantado hacerlo, y sin dudar ni un momento. Realmente haría falta una horda de cincuenta hombres que lo sujetaran para desestimar la idea de acostarse con Rosalind. Le apetecía besarla y probar de nuevo sus pechos y...

«¡No!», se regañó severamente. Se lo había prometido a

Rosalind, a pesar de que al verla con aquella bata que dejaba adivinar sus «encantos», finamente delineados por la suave seda, se arrepentía de su promesa.

Ella se ató el cinturón con visible nerviosismo.

—¿Qué haces aquí, Griff? ¿Qué quieres?

Lo que él quería, no lo obtendría aquella noche.

—Quiero... asegurarme de que estás bien.

—Estoy bien. Y ahora, si eso es todo lo que...

—¿Cómo se han tomado tus hermanas la noticia de tu compromiso con Knighton? Ni falta hace que te pregunte por la reacción de tu padre. Supongo que estará dando saltos de alegría.

Frunciendo un poco el ceño, ella desvió la vista hacia la pared.

—Sí, claro que está contento. Está encantado de poder librarse finalmente de una hija solterona. —Hizo una pausa—. Y mis hermanas se lo han tomado mejor de lo esperado.

Griff no sabía exactamente qué había querido decir con aquello.

Rosalind volvió a mirarlo.

—Pero seguramente no habrás venido a preguntarme por la reacción de mi familia.

—No. He venido a pedirte perdón.

Incluso en la penumbra que confería la tenue luz de la vela, él acertó a ver una mezcla de emociones en su cara. Alivio, confusión, y finalmente, rabia.

—Creo que tendrás que ser un poco más específico —espetó ella—. ¿Por qué quieres pedirme perdón? ¿Por intentar seducirme? ¿Por llamarme puta delante de tu patrón? ¿Por actuar como una bestia...?

—¡Ya basta! —ladró él—. Ya veo que has empezado a elaborar un listado con todas mis faltas. No pienso pedir perdón por haber intentado seducirte, ya que de lo único que me arrepiento es de no haber llegado hasta el final.

—Griff... —le advirtió ella.

—Pero te pido perdón por el resto. Por eso estoy aquí, y para asegurarme de que estás bien. Esta tarde no nos hemos separado de forma amistosa. —Tenía otros motivos, aunque fueran absolutamente descabellados.

Ella no dijo nada, pero se apartó del pequeño halo de luz de la vela para mantenerse a una distancia prudente. Arropada por la oscuridad, tenía un aspecto fantasmal, místico... como un ídolo dorado oriental que acabara de cobrar vida para proteger a sus hermanas de los villanos invasores.

Villanos como Knighton. Él se frotó la nuca, preguntándose qué podía hacer para aplacar su malhumor.

—Sé que no te casas con Knighton por dinero, y sé perfectamente que no eres una puta. Solo es que cuando has empezado a hablar de tu naturaleza sumisa...

Se calló de golpe, cuando súbitamente comprendió por qué le molestaba tanto que Rosalind le hubiera propuesto a Daniel que se casara con ella. Griff se había pasado toda la tarde devanándose los sesos sobre la cuestión y, ahora, finalmente, acababa de darse cuenta de que el problema yacía en que había ofrecido al «señor Knighton» concederle unas libertades impensables con tal de convencerlo para que se casara con ella después de haber rechazado alegremente la posibilidad de casarse con el «señor Brennan». ¿Y por qué? ¿Por Swan Park? ¿Un lugar que ella decía que detestaba? ¿Por su hermana, que parecía bastante satisfecha con la idea de casarse con quien fuera con tal de salvar esas tierras? No tenía sentido.

—Si yo... —Hizo una pausa y apretó los dientes, consciente de que quizá más tarde se arrepentiría de haber formulado aquella pregunta. Pero no podía contenerse. Se había torturado toda la tarde pensando en su detestable comportamiento con ella—. Si te hubiera pedido que te casaras conmigo esta tarde en mi habitación, ¿qué habrías dicho?

La alcoba estaba tan silenciosa que Griff pudo apreciar que a ella se le aceleraba la respiración, un contrapunto que rompía el ritmo del crepitar del fuego en la chimenea.

—No me has pedido que me case contigo. —Su voz resonó en la oscuridad, añadiendo unas bajas notas de violonchelo a ese contrapunto.

—Lo sé —soltó él—. Pero ¿qué habrías dicho si te lo hubiera pedido?

—Ahora ya no importa, ¿no? Voy a casarme con tu patrón.

Griff se contuvo para no replicar con la primera palabrota

que le vino súbitamente a la cabeza. Esa fémina mostraba una habilidad para hacerle perder el control de sus palabras verdaderamente sorprendente. Jamás en su vida había hablado con tanta poca educación como lo había hecho aquella tarde con ella.

—Solo contesta la pregunta, Rosalind —la exhortó con el tono más calmado que pudo.

—¿Por qué? —La amargura se enredó en sus palabras—. ¿Para confirmarte que podrías tenerme si quisieras? ¿Para aquietar tu maldito orgullo? ¿Es por eso?

—No, claro que no. —Aunque en realidad sí que había una parte de ello. A pesar de saber todas las razones prácticas de Rosalind para querer casarse con el hombre que ella pensaba que era Knighton, a Griff le hollaba el orgullo verla perseguir aquel objetivo.

No obstante, las otras razones de Griff eran más nobles. Se había dado cuenta de que no tenía que renunciar a la idea de tenerla por esposa; no necesitaba cambiar demasiado sus planes respecto al viejo conde para casarse con ella. Todavía quería el título, por supuesto, pero quizá aquel asunto podría zanjarse de un modo no tan público.

Lo que Griff sabía era que quería obtener los dos. Quería el título que le abriría las puertas a la delegación a China para posicionar a la Knighton Trading en un puesto fuerte y poderoso, y también quería a Rosalind. En su cama, en su vida, para siempre.

¿Por qué no podía tenerla? No estaba seguro de si ella se opondría a sus planes. La causa de Griff era justa, después de todo, y Rosalind era la mujer más sensata que había conocido jamás. Seguramente admitiría que su padre se había portado muy mal con él y que él merecía el título. Además, por lo que había podido deducir, tampoco ella se llevaba muy bien con su padre.

Sin embargo, quería mucho a sus hermanas. Por más que él les ofreciera una cuantiosa suma de dinero para que pudieran vivir holgadamente, Rosalind no aceptaría que sus nombres se vieran manchados por el escándalo.

Pero quizá ella podría ayudar a resolver la situación del modo más satisfactorio posible para sus hermanas, si realmente se lo proponía. Después de todo, ella era la mujer que planeaba casarse para contentar a todos.

Griff había ido a su alcoba para averiguar cuáles eran sus sentimientos antes de tomar una decisión drástica... Sin embargo, Rosalind se negaba a abrirle el corazón porque seguía sin confiar en él. Muy bien.

—Entonces, no contestes. Pero por favor, responde a esta otra pregunta: ¿Aceptarías ser mi esposa? Quiero saber si te olvidarás de Knighton para casarte conmigo.

Griff contuvo la respiración, esperando ansioso la respuesta. Si ella decía que sí, le contaría la verdad —toda la verdad—. Pero primero tenía que saber cuáles eran los sentimientos de Rosalind hacia él. Más allá de la atracción física que ella pudiera sentir, por supuesto, ya que después de aquella tarde Griff estaba seguro de que ella lo deseaba. Incluso ahora, ella seguía echando miradas furtivas hacia la cama. Lamentablemente, él también era plenamente consciente de la cama.

—No —respondió ella al fin, de forma escueta.

Griff no daba crédito a lo que acababa de oír. ¿Ella lo estaba rechazando? ¿Cómo se atrevía, después de que se hubiera pasado toda la tarde decidiendo si debía declararse o no?

—¿Y se puede saber por qué no? —De repente, lo entendió—. Piensas que no podré mantenerte, ¿no es cierto? Un simple administrador no gana tanto dinero como para mantener a una dama, ¿no es eso? —Aquella era una respuesta que él podía entender, un impedimento que quedaría descartado cuando él le contara la verdad.

—No, no tiene nada que ver con tus ingresos, te lo aseguro.

Griff se quedó pensativo por unos segundos.

—Entonces es por mi pasado... Mi pasado te impide casarte conmigo.

—¡No! ¡Es porque tú no quieres casarte conmigo! Solo quieres batir al señor Knighton, por orgullo. No puedes soportar la idea de que le haya ofrecido mi mano, aunque sea por cuestiones prácticas, a alguien a quien tanto desprecias.

La respuesta lo desarmó por completo.

—¿Qué? ¡Yo no desprecio a Knighton!

—¿Ah, no? He oído el tono que utilizas cuando hablas con él, como si fueras mejor que él. Con tu naturaleza taimada, has logrado aprender los hábitos de un caballero, pero él no tiene tu talento. Él no es tan fino como tú, a pesar de su supuesta educación en Eton. Así que lo desprecias por ser tan zafio. Y tu propuesta de matrimonio solo es una prolongación de tu desprecio, un esfuerzo más para demostrarle que eres superior a él.

—¡Eso es una majadería! —¡Por culpa de esa abominable farsa, ella lo había malinterpretado todo! Lo que a Rosalind le parecía desprecio solo era una actitud autoritaria; tantos años al timón del negocio hacía que le fuera difícil alterar su actitud tan fácilmente.

—Dime una cosa, Griff —añadió ella con suavidad—, si yo no le hubiera expresado mi propuesta hoy, ¿estarías aquí ahora?

El dolor se reflejaba en sus palabras, y eso consiguió que Griff se serenara. Él no era la única persona cuyo orgullo había sido herido. A pesar de que odiara admitirlo, la propuesta de Rosalind a Daniel lo había empujado a considerar la posibilidad de casarse con ella, y Rosalind era demasiado inteligente como para no darse cuenta. Pero eso no significaba que él quisiera conquistarla por un sentimiento de competitividad hacia Daniel, por el amor de Dios. La quería porque en realidad eso era lo que le dictaba el corazón.

—No es lo que crees —contestó, con la firme determinación de acabar con todos los temores de Rosalind—. Knighton y yo tenemos una amistad inusual. Hace diez años que nos conocemos, y nos decimos las cosas con absoluta franqueza. De todos modos, te aseguro que no deseo batirlo en nada. —Se tragó el orgullo y admitió—: Te quiero, y quiero que seas mi esposa; esa es la verdad.

—¿Ah, sí? —Su voz tembló levemente—. Muy bien. Entonces respóndeme a una pregunta que no deja de abrumarme, y meditaré tu... propuesta.

—¿Qué?

—¿Qué es lo que has estado buscando con tanto empeño en Swan Park?

Maldición. ¡Esa tenía que ser su pregunta! ¡Cómo no! Y la respuesta más simple era la verdad. Seguramente con ello conseguiría corregir su mala interpretación respecto a su «desprecio» por «Knighton», y ella comprendería por qué él había retrasado tanto su petición de matrimonio.

Griff suspiró. ¿Seguro que lo comprendería? ¿Comprendería que él pretendiera hundir a su padre? Quizá a Rosalind no le importara, pero si se equivocaba se arriesgaba a que lo rechazara. Y entonces ella se aseguraría de que él jamás obtuviera la prueba que buscaba. ¿Por qué iba a arriesgarse cuando esa fémina ni tan solo había admitido que quería casarse con él?

—No estoy buscando nada, ya te lo he dicho —respondió evasivamente—. Solo estoy valorando la propiedad...

—¡Mentira! ¡Eso es una burda mentira! —Rosalind se le acercó, y de repente la vela la bañó con una luz que iluminó con destellos rojos su melena y reflejó el fuego en sus ojos—. ¡No me trates como a una pobre idiota! Ni siquiera has hablado con nuestro mayordomo, ni has pedido entrevistarte con el contable de papá. Si realmente ese hubiera sido tu objetivo, eso es lo que habrías hecho de entrada. Además, no he notado ni una sola vez que huelas a tabaco. Tratándose de un hombre que busca tan desesperadamente un cigarro, te has contenido mucho para no fumarte los que te di.

¡Por Dios! Esa fémina había estado observando todos sus movimientos con atención, y había llegado a unas conclusiones muy acertadas. Pero ¿qué podía esperar de su intrépida Atenea?

Griff intentó otra evasiva.

—Si estás tan segura de que busco algo, entonces ¿por qué no me dices tú de qué crees que se trata?

Rosalind escuchó la pregunta de Griff con cierta alarma. Necesitó realizar un enorme esfuerzo para no mirar hacia los pies de la cama, donde se hallaba el arcón con la caja de papá. Ya había desviado la vista hacia el arcón demasiadas veces desde que él había entrado en la alcoba.

—No tengo ni idea; por eso te lo pregunto.

—No tienes ni idea de lo que busco, y sin embargo estás segura de que busco algo. Si tus sospechas son tan claras, ¿por qué no le has comentado nada a tu padre? Seguramente, él me habría echado de aquí sin ninguna concesión.

Su tono prepotente la molestó. Rosalind alzó la barbilla con petulancia y lo miró con ojos desafiantes.

—Es lo que quería hacer esta misma tarde, cuando he descubierto que habías utilizado la puerta sellada de tu habitación. Pero entonces... me has distraído, y luego...

—Luego has ido a hablar directamente con mi patrón —espetó él—. Ahora que lo pienso, ¿por qué no le has comentado tus sospechas a Knighton, cuando le has ofrecido tu mano? ¿O acaso olvidas que trabajo para él? Por lo visto, consideras que mis movimientos son sospechosos, sin embargo, yo me limito a cumplir las órdenes de mi patrón.

Rosalind se dijo que él tenía razón. Si Griff planeaba alguna jugarreta, era evidente que el señor Knighton estaba detrás del asunto. Pero si los dos estaban metidos en alguna historia ilícita, ¿por qué el señor Knighton había aceptado su propuesta cuando Griff se había mostrado tan decididamente en contra? Algo no encajaba.

—Muy bien, quizá se lo pregunte más tarde. Pero primero quiero saber cuál es tu opinión al respecto, ya que eres tú quien está realizando la pesquisa.

Griff desvió la vista, y su perfil le confirió a Rosalind una nueva perspectiva de su lamentable estado físico, el mismo que lucía su patrón. Su mejilla superior exhibía un feo moratón, y tenía la comisura del labio cubierta por una gruesa costra.

A Rosalind la invadió una gran ternura. ¿De verdad se había peleado por ella? Aunque eso no quería decir nada. Además, ni siquiera estaba segura de si la pelea había sido a causa de ella. El señor Knighton no podía estar tan enamorado de ella como para pelearse en defensa de su honor. Y en cuanto a Griff... bueno, él se dejaba llevar fácilmente por el orgullo, eso era todo. Por tratarse de un mero administrador, tenía tanto orgullo como para llenar un saco sin fondo.

—Piensa lo que quieras sobre mis actividades —contestó él finalmente—, pero mi objetivo no ha sido otro que el que he profesado desde el principio. —La miró con una mirada sincera—. Además, eso no tiene nada que ver con nosotros, con el motivo por el que crea que deberíamos casarnos. Quiero casarme contigo. ¿Con eso no te basta?

Rosalind sintió que se le cerraba la garganta, no solo por su férrea negativa a contarle nada, sino por el tono llano y falto de emoción de su petición. Griff se comportaba como si por el hecho de declararse a una solterona, ella tuviera que postrarse a sus pies eternamente agradecida.

¡Pues ya podía esperar hasta que las vacas volaran!

—A pesar de que me siento realmente adulada de que consientas en casarte conmigo... —empezó a decir con frialdad.

—¿Qué quieres decir con eso de que consienta en casarme contigo? —la interrumpió él.

Las lágrimas empañaron los ojos de Rosalind, y ella luchó por contenerlas. ¡No quería que él la viera de nuevo llorar!

—Es evidente que la idea no te entusiasma en absoluto, Griff.

—¡Maldita sea, Rosalind! —bramó él, exasperado—. ¿Qué quieres de mí?

Ella lo miró fijamente a los ojos.

—La verdad. Y alguna señal de que sientes algo por mí. —Cuando a Griff se le oscureció la mirada de un modo que a ella le resultaba familiar, se apresuró a añadir—: No me refiero solo a mis atributos físicos. Ya sé que sientes esa clase de atracción por mí.

—No he visto que le hayas formulado las mismas exigencias a Knighton —espetó él—. No le has pedido que te cuente la verdad, ni tampoco le has preguntado si siente algo por ti.

Se sintió embargada por una profunda tristeza. «Eso es porque no quiero casarme con él. Te quiero a ti.»

Virgen santa. Era cierto. Quería casarse con ese bribón. Con un gran pesar, se dio cuenta de que sería capaz de echarlo casi todo a perder —sus esperanzas para el futuro de Juliet, su familia, incluso su sueño de convertirse en actriz— con tal de casarse con Griff. Pero solo si él la quería de verdad.

El problema era que él no la quería. Otro hombre había tomado su antiguo juguete, y ahora él ansiaba recuperarlo. Pero no la quería lo bastante como para contarle la verdad o demostrarle que la quería. No, ella no valía tanto para él.

Con una enorme tristeza, Rosalind enfiló hacia la puerta y la abrió.

—No se lo he pedido al señor Knighton porque él me ha ofrecido algo que yo no tenía: su voluntad y capacidad para ayudar a mi familia.

Rosalind se tragó las lágrimas.

—Tú no me has ofrecido nada, ni tan solo una buena razón para casarte conmigo. Si tengo que elegir entre dos hombres que no me quieren (un caballero cuya oferta solo cubrirá mis necesidades prácticas pero que me trata con cortesía y consideración, o un egoísta insidioso que me insulta o solo me ofrece casarse conmigo en un arrebato de orgullo) demostraría ser una verdadera ilusa si me decantara por el egoísta.

Griff achicó los ojos como un par de rendijas.

—¿En un arrebato de orgullo? Aquí la única que muestra un excesivo orgullo eres tú, Rosalind. Yo no te lo he pedido esta tarde cuando debería haberlo hecho, así que ahora quieres castigarme rechazándome, ¿no es así?

A Rosalind el corazón se le encogió en un puño. ¿Qué sacaba discutiendo con él? Griff simplemente se negaba a considerar nada que no fueran sus propios sentimientos.

—El señor Knighton tenía razón: no eres más que un pobre bastardo, y no lo digo en el sentido literal de la palabra. Pues bien, ya tengo bastante con mi padre. No necesito otro bastardo egoísta y conspirador en mi vida.

Los ojos de Griff refulgieron peligrosamente.

—¡Y yo no necesito una arpía desconfiada y metomentodo en la mía! Espero que disfrutes de tu «compromiso» con tu «caballero». Sospecho que al final lo encontrarás absolutamente insatisfactorio.

Griff se dirigió hacia la puerta con porte arrogante, atravesó el umbral, pero luego regresó a su lado. Agarrándola por la cintura, la atrajo hacia sí y le dio un beso apasionado. Al principio ella forcejeó, manteniendo la boca firmemente cerrada mientras él intentaba abrírsela con la lengua.

Entonces él se pegó más a ella para que pudiera notar su excitación a través de la bata de seda, y para gran vergüenza de sí misma, Rosalind se entregó sin ofrecer más resistencia, como siempre que él se proponía seducirla. Abrió la boca, y Griff, con un sofocado gruñido de triunfo, se apoderó de ella, metiendo la lengua hasta el fondo.

Allí, en el umbral de la puerta de su alcoba, donde alguien podría haberlos visto, Griff la besó como un verdadero amante, con absoluta pasión, mientras deslizaba las manos hasta posarlas en sus nalgas y la aplastaba contra sus pantalones hinchados. No la soltó hasta que ella se hubo derretido como la mantequilla, temblando como un flan a causa de la excitación.

Entonces él apartó la boca y la miró con ojos enfebrecidos.

—Me parece que tienes razón. No sé comportarme como un caballero. Pero la próxima vez que estés con tu «prometido», milady, recuerda que él no es el caballero por el que ardes en deseo, ni sus manos son las que desearías que te tocaran, sino las del bastardo. Y por más que te niegues a admitirlo, es con el bastardo con quien deseas acostarte.

Entonces el insolente demonio se marchó.

Mucho después de que se hubiera marchado, ella seguía allí de pie, temblando, con una necesidad no saciada. Que Dios se apiadara de ella, porque Griff había dicho la verdad. Rosalind quería acostarse con ese maldito bastardo.

Pero ¿casarse con él cuando no mostraba ni el más mínimo interés por ella, más allá del deseo carnal? Esa era otra cuestión. Gracias a Dios, Rosalind todavía tenía voz y voto a la hora de elegir con quién se iba a casar. Y a pesar de que probablemente no fuera con el señor Knighton, definitivamente tampoco sería con Griff.

Capítulo quince

No somos buenos jueces en lo que a nosotros
mismos nos incumbe.

Una historia sencilla, ELIZABETH INCHBALD,
escritora inglesa

*L*os dos días siguientes, Rosalind descubrió que estar comprometida con un hombre con el que no deseaba casarse suponía unos inesperados inconvenientes. Por desgracia, a pesar de la enorme alegría de papá, sus dos hermanas no habían mostrado entusiasmo alguno. Rosalind le había contado a Helena en privado sus verdaderas intenciones, y se había quedado estupefacta al ver que Helena se mostraba disconforme, aduciendo que no estaba bien que Rosalind tratara al señor Knighton de ese modo.

Pero Rosalind podía soportar las duras amonestaciones de Helena. Sin embargo, lo que más la sorprendió fue la reacción de Juliet. Cuando papá anunció a la menor de las hermanas el compromiso matrimonial, ella rompió a llorar y salió disparada de la alcoba. Rosalind apenas la había visto desde entonces.

Solo hoy había conseguido averiguar el motivo del descontento de Juliet. Por lo visto, la joven había decidido adoptar el papel de salvadora de la familia, para enmendar de ese modo el triste agravio que había provocado con su nacimiento. Ahora Rosalind quería negarle ese papel de redentora.

Pero Rosalind no podía hacer nada al respecto. Juliet era demasiado joven como para sacrificarse de ese modo por la familia.

Rosalind, por su parte, tampoco es que estuviera de un óptimo humor. Había esperado que, tras el anuncio de su compromiso, el señor Knighton regresaría rápidamente a Londres. Sin embargo, él todavía seguía allí y se empecinaba en pasar la mayor parte del tiempo con ella. A pesar de que normalmente ella protestaba y le decía que no era necesario que él se ocupara también de los preparativos de la boca, aquel pesado parecía ser sordo. Insistía en pasar todo el rato a su lado, llevándola al pueblo para mirar posibles trajes para la boda ficticia, consultándole a ella y a la cocinera qué platos podían preparar para el banquete ficticio... Rosalind empezó a temer que, por más que intentara retrasarlo, muy pronto se encontraría en el altar delante de un cura que no sería ficticio.

Hoy él le había propuesto una romántica comida campestre, los dos solos. Rosalind detestaba esas salidas tan íntimas, sin embargo no quería despertar sospechas. Así que ahora lo estaba esperando en la sala de música de Swan Park, intentando mantener la calma y no ponerse nerviosa.

Estaba acostumbrada a que la cortejaran, incluso a cortejos fingidos. Sus encuentros previos con hombres habían acabado siempre repentinamente cuando su inadmisible comportamiento irascible los enviaba corriendo fuera de los confines de la propiedad. Ningún hombre se había acercado lo bastante a ella como para minar sus defensas, y se había sentido feliz en ese estado, ya que ninguno de sus pretendientes había conseguido seducirla.

Hasta que llegó Griff. Un escalofrío le recorrió la espalda. Virgen santa, la última vez que la besó...

Sintió un repentino calor en la parte inferior del vientre, a pesar del recuerdo de sus comentarios desdeñosos. Su ausencia durante los dos últimos días —ya que él la evitaba por completo— le había provocado una dolorosa ansiedad que rivalizaba en intensidad con el deseo que sentía por ese bribón. Griff podía ser insolente y desconsiderado y un verdadero bastardo, pero la reducía a mantequilla cuando la besaba.

Afortunadamente, no lo había vuelto a hacer. Ni tan solo se le había acercado. Su alivio por haberse librado por fin de la incómoda presencia de Griff la había empujado a no prestar atención a sus sospechas sobre cómo ese tunante invertía las horas del día. Sin lugar a dudas seguía buscando... lo que fuera que papá guardara en su caja fuerte.

¡Pues buena suerte con la búsqueda! No le importaba que esa alimaña rastreara por todas partes. Había intentado interrogar al señor Knighton acerca de la búsqueda secreta de Griff, pero él había contestado que su hombre de confianza solo hacía su trabajo a conciencia. ¡Menuda falacia! Incluso le había confesado a papá sus sospechas, pero a él no parecía importarle, especialmente ahora que el señor Knighton había decidido casarse con ella. Su primo sería capaz de desvalijar la casa antes de que papá lo echara de una patada, a él o a su hombre de confianza.

Así que ella había tomado precauciones y había escondido la caja fuerte en su ropero, debajo de las prendas íntimas, si bien albergaba serias dudas de que Griff no se atreviera a hurgar en su ropa interior. Ese bribón desconocía el concepto de decencia.

Muy bien, ¿y qué, si encontraba la maldita caja? Por protegerla Rosalind se había metido en un buen berenjenal, así que si Griff estaba dispuesto a arrasar la casa con impunidad en su búsqueda, no lo detendría. Mientras no intentara arrasar su cuerpo con impunidad, Rosalind estaría a salvo.

Ahora lo único que él tenía que hacer era dejar de arrasar sus pensamientos por la noche, mientras ella estaba en la cama...

—¿Estáis lista para salir, mi adorable dama? —la invitó una voz cordial desde la puerta.

Sorprendida, alzó la vista y encontró a su primo de pie en el umbral. Enfiló hacia él con una sonrisa desganada.

—Por supuesto.

A pesar de que los morados de su cara ya no eran tan aparatosos, seguían añadiendo todavía una nota de fealdad a su incongruente apariencia.

A veces a Rosalind se le antojaba como un gran oso de feria al que habían emperifollado con ropa elegante para una función, soportando estoicamente la vestimenta inapropiada ya que en realidad el pobre animal habría preferido volver a su desnudez natural. Hoy, sin embargo, él era un gran oso con una cesta para el almuerzo, y ese accesorio sí que le sentaba bien.

—¿Adónde vamos, lady Rosalind? Os confío la labor de

elegir un lugar apropiado, ya que todavía no conozco estas tierras.

Ella sonrió y apoyó la mano sobre el brazo que él delicadamente le ofrecía.

—Por desgracia no tenemos bastantes lugares desde los que sea posible disfrutar de una buena vista. Hace ya varios años que no disponemos de un jardinero que se ocupe del cuidado de los jardines a diario, así que están un poco abandonados, y con la hierba excesivamente crecida.

—No me importa que estén un poco dejados.

—Ya, pero supongo que echáis de menos los bonitos parques y jardines de Londres, tan primorosos.

Los ojos de Daniel brillaron con malicia.

—¿Cómo voy a echar de menos Londres, si tengo una compañía tan adorable aquí?

A pesar de que se había ido acostumbrando a sus cumplidos durante los dos últimos días, Rosalind se sorprendió al sonrojarse como una colegiala. El señor Knighton podía ser zafio, pero poseía una facilidad por la galantería que Griff no tenía. Era un cambio refrescante después del torbellino de emociones que le había despertado Griff. Pero no tan refrescante como para querer estar con su primo todo el tiempo. En cambio, con Griff...

Apartó ese pensamiento de la cabeza con desdén.

—Además —continuó el señor Knighton alegremente—, en Londres nunca tengo tiempo para disfrutar de una comida campestre, así que eso es un preciado regalo, a pesar de que las vistas no sean espectaculares. —Le lanzó una mirada burlona cuando entraron en el vestíbulo—. Aunque cuando estemos casados, os aseguro que sacaré tiempo para disfrutar de comidas campestres con mi esposa.

—Un buen incentivo para casarme —soltó ella de golpe, al tiempo que intentaba dominar la sensación de culpa que empezaba a apoderarse de ella. Realmente era un hombre encantador. Qué pena que no quisiera casarse con él.

Daniel la guio hasta el exterior con una cortesía un poco brusca, y siguiendo la sugerencia de Rosalind, enfilaron por un sendero a través de los jardines y se dirigieron hacia el bosque que quedaba a unos ochocientos metros de la casa. Pronto se adentraron por una senda de tierra a través de unos robles, sauces y olmos centenarios.

—Ahí está —anunció ella, mientras ante sus ojos emergía un claro iluminado por la luz del sol entre los árboles—. Allí es donde solíamos jugar cuando éramos pequeñas. Papá colgó ese columpio para nosotras. Incluso hay una cabaña en un árbol, aunque sospecho que con el paso de los años la estructura seguramente ya no sea segura. Este claro es mi lugar favorito de Swan Park.

—Parece rozar la perfección.

Necesitaron solo unos minutos para llegar hasta el sitio deseado a través de la senda, y en ese rato Rosalind se fue poniendo cada vez más nerviosa. Había olvidado lo resguardado que quedaba aquel rincón tan especial. Los árboles formaban un impenetrable escudo que protegía la zona otorgándole una incómoda privacidad en aquel momento. Quizá debería haberle pedido a una criada que los acompañara, pero no había creído que fuera necesario. Hasta ahora, él no había mostrado ninguna inclinación a ahondar en la relación.

Cuando llegaron al claro, sin embargo, el comportamiento solícito de su primo hizo que Rosalind se preguntara si no intentaría ir un poco más lejos con ella precisamente ese día. Primero, cuando él extendió la manta, se disculpó por no haber pensado en traer un cojín para su delicado trasero. Después, cuando se sentaron a comer, él insistió en servir la comida, ofreciéndole los trozos más suculentos de pollo y las mejores manzanas. Todo parecía alarmantemente como un verdadero cortejo. ¿Cómo reaccionaría si él intentaba algo más... íntimo? A pesar de que Rosalind se concentró en comer, no dejó de mirarlo de reojo todo el rato, alerta ante cualquier señal de un posible exceso de confianza.

—Hoy tenéis un aspecto envidiable, mi adorable dama —comentó él después de devorar su tercer trozo de pollo. Cuando Daniel empezó a chuparse los dedos, ella le entregó una servilleta, y él la aceptó con una risita de niño travieso—. Esta pamela os sienta de maravilla.

Cielos, lo más sensato era cambiar de tema.

—Gracias, pero estoy segura de que no es nada del otro mundo, comparado con lo que veis en Londres.

A Daniel se le curvaron las comisuras de los labios levemente hacia arriba.

—Por lo visto creéis que en Londres todo es mejor, ya que habéis cantado sus maravillas por lo menos cincuenta veces en los dos últimos días.

Maldición. Realmente tenía que aprender a ser más sutil.

—Oh, no, simplemente es por curiosidad, nada más. —«Por curiosidad de saber cuándo tenéis intención de marcharos», pensó—. Pero seguro que la mayoría de las cosas son mejores allí: la moda, las diversiones, la gente... Debéis de encontrar que Swan Park es un lugar terriblemente aburrido después de la gran animación de la ciudad.

Daniel esbozó una mueca de lo más singular, como si intentara contenerse para no reír.

—No, no me parece un lugar aburrido, en absoluto.

Rosalind propinó un gran bocado a una manzana y masticó la fruta en actitud pensativa.

—Pero en Londres podéis ir a la ópera y al teatro cada noche.

—No me gustan la ópera ni el teatro.

—¿Y qué me decís del Museo Británico? ¿O de la Torre de Londres? ¡Me muero de ganas de ver las colecciones en la Torre de Londres!

—En cambio yo no sabría qué hacer en un museo. Además, con mi reputación no me atrevo a acercarme demasiado a la Torre de Londres, sabiendo que antiguamente había sido una prisión. —Ahora él sonreía abiertamente.

Rosalind se lo quedó mirando con incredulidad.

—¿Se puede saber qué es lo que os hace tanta gracia, señor Knighton?

—Pues mi adorable dama.

—¿Ah, sí? —Se limpió la boca con una servilleta, preguntándose si se le había quedado un trozo de manzana en la barbilla o en el labio superior.

—Por el amor de Dios, ¿por qué no lo soltáis y acabamos de una vez?

—¿Soltar el qué?

—Que queréis que me vaya a Londres para que podáis dejar de fingir que estáis comprometida.

A Rosalind la servilleta se le escurrió de la mano.

—¿F... fingir?

—Vamos, lady Rosalind, los dos sabemos que no tenéis intención de casaros conmigo.

Los árboles parecían estar cerrando el cerco alrededor de ella. Virgen santa, ¿cómo se había delatado? ¿Era posible que Helena le hubiera contado sus planes?

—No... no seáis ridíc... ridículo —tartamudeó ella—. ¿Por qué diantre haría una cosa así?

—Porque desde el día en que nos comprometimos no habéis dejado de intentar despacharme a Londres. Y no olvidemos esos «términos» que ni un perro se atrevería a ofrecer. No sois la clase de mujer que se avenga a un matrimonio de conveniencia, especialmente con unas condiciones tan sumisas.

Rosalind se puso de rodillas y empezó a recoger el resto de la comida mientras se preguntaba frenéticamente cómo salir de aquel atolladero. ¿Por qué siempre acababa por delatarse a sí misma?

—No pasa nada —prosiguió él—. Yo tampoco tengo intención de casarme.

Ella lo miró con ojos desorbitados.

—¿Qué?

—Yo ya sabía que no teníais ninguna intención de casaros conmigo el día que me propusisteis ese trato descabellado.

¿Su primo hablaba en serio? Rosalind se hundió sobre sus talones.

—Entonces ¿por qué aceptasteis?

—Por un motivo: lo expusisteis de una forma tan encantadora que no me sentí capaz de decepcionaros. —Sonrió divertido—. Pero sobre todo, porque quería ver a Griff celoso.

Rosalind sintió un intenso calor en las mejillas. No era posible que Griff le hubiera contado lo de los besos y... el resto de las intimidades. ¿Pero y si lo había hecho?

Intentó mostrar la debida indignación.

—No estaréis insinuando que el señor Brennan y yo...

—No lo insinúo. Lo declaro abiertamente. Tendría que ser tonto de remate para no darme cuenta de lo que sucede entre los dos.

—No hay nada entre Griff y yo... quiero decir, entre el señor Brennan y yo —rectificó, con la cara abochornada. ¡Virgen santa, con qué facilidad se traicionaba a sí misma!

—Tranquila. No me importa que os guste mi hombre de confianza.

—¡Os repito que no me gusta!

—Eso es falso.

Ella lo miró con el ceño fruncido.

—¡No lo es! ¡No tenéis ninguna razón para acusarme de mentirosa!

—¿Ninguna razón? Veamos. Hace dos días bajasteis corriendo del piso superior, donde está la alcoba de Griff, con el pelo suelto y el vestido arrugado. Fuimos al despacho de vuestro padre, y entonces Griff apareció despeinado y con la ropa arrugada, furibundo ante la idea de que quisierais casaros conmigo. Después, cuando os marchasteis, él se enzarzó conmigo en una pelea que casi me deja sin sentido por haber aceptado vuestra propuesta. Si estuvierais en mi piel, ¿qué pensaríais?

Apretando los dientes ante tan gráfica descripción, Rosalind volvió a sentarse sobre la manta.

—Así que será mejor que hablemos claro. Admitidlo; os gusta mi hombre de confianza.

—¡Oh! ¡De acuerdo! —refunfuñó—. Sí, supongo que sí.

Con una sonrisa triunfal, él se echó sobre la manta y se abrazó los codos por encima de la cabeza.

—Pues no lo decís muy entusiasmada, que digamos.

Rosalind soltó una carcajada irónica.

—¿Y por qué habría de estarlo? La última vez que lo vi, me llamó «arpía desconfiada y metomentodo».

—¿Cuándo fue eso?

Ella hizo una mueca llena de desidia. La situación le resultaba muy incómoda. Gracias a Dios que no tenía intención de casarse con el señor Knighton, porque de lo contrario, esas confesiones habrían puesto punto y final a su noviazgo. Sin embargo, era un alivio poder hablar con alguien acerca de Griff, especialmente alguien que lo conocía tan bien.

—¿Milady? —la exhortó él.

—Fue después de que os pelearais con él. —Hundió la cabeza para ocultar su rubor.

El señor Knighton rio divertido.

—No soportaba estar lejos de su dama, ¿eh?

—No penséis que eso significa nada. Solo vino a pedirme perdón, pero como de costumbre acabó insultándome. —Y declarándose y besándola hasta dejarla sin sentido, pero no quería pensar en eso, ni mucho menos mencionarlo.

—Claro que significa algo. Hace muchos años que conozco a Griff, y jamás lo he visto actuar de ese modo con una mujer.

—¿De qué modo? —espetó ella—. ¿Maleducado? ¿Arrogante? ¿Desvergonzado?

—Celoso. —El señor Knighton cruzó las piernas estiradas a la altura de los tobillos—. Normalmente no muestra ningún interés por ninguna mujer que lo lleve a comportarse de un modo tan ridículamente celoso ni desvergonzado ni nada parecido. Puesto que no dispone de mucho tiempo para festejar con mujeres, suele obtener lo que necesita de las prostitutas y luego se olvida de ellas y vuelve a centrarse en su trabajo.

A Rosalind no le gustó la implicación de la expresión «obtener lo que necesita». La idea de Griff desahogándose con una meretriz de baja condición le provocó un asco hasta un grado sorprendente.

—Veréis, Griff es el tipo de hombre que solo piensa en su trabajo —continuó el señor Knighton—. La Knighton Trading lo es todo para él.

—Me preguntaba... Él parece ocuparse de todo acerca de la compañía y en cambio... bueno...

—¿Yo no?

—¡No, no quería decir eso! —se afanó en corregir, maldiciendo su lengua, que siempre la traicionaba.

Él movió una mano en actitud relajada.

—No pasa nada. Griff lo sabe todo acerca del mundo mercantil —y añadió rápidamente—: Por el hecho de haber sido contrabandista, por supuesto. Tiene buenas relaciones, y se encarga de todas las gestiones.

El cerebro de la compañía. ¿Y qué ventajas aportaba el señor Knighton? No se aventuró a formular la pregunta; habría sido de mala educación.

Rosalind lo miró con ávida curiosidad por debajo del ala de la pamela.

—Entonces... él no es realmente su hombre de confianza de sus asuntos personales.

—Mmm... bueno, sí. Aunque la mayor parte de su trabajo consiste en... bueno, está relacionado con la compañía. —El señor Knighton carraspeó con nerviosismo—. De todos modos, esa no es la cuestión por la que quería hablaros a solas, lejos de la casa.

El señor Knighton se sentó y se inclinó hacia ella. Cuando volvió a hablar, lo hizo en un tono que destilaba una absoluta sinceridad:

—A Griff le gustáis, pero él jamás había considerado la posibilidad de casarse hasta ahora, y no sabe cómo enfocarlo. Una dama tan elegante... Bueno, la cuestión es que él sabe que no está a vuestra altura, y no se atreverá a pediros que bajéis el listón para que os pongáis a su nivel. Por eso aún no se os ha declarado. Tenéis que darle un poco de ánimos, demostrarle que os gusta, y...

—Ya es demasiado tarde —lo atajó ella con sequedad—. Por lo visto le he demostrado de sobras que me gusta. Y ya se me ha declarado.

—¿Qué? —Él la miró con la mandíbula desencajada—. ¿Cuándo?

—Esa misma noche. Cuando me llamó «arpía desconfiada y metomentodo».

El señor Knighton volvió a sentarse abruptamente.

—Rayos y truenos, sé que ese botarate puede ser muy desagradable cuando se lo propone, pero esperaba que al menos supiera cómo agasajar a una muchacha a la hora de declararse.

—No, me insultó cuando yo lo rechacé.

—¿Cómo que lo rechazasteis? —Sacudiendo la cabeza, masculló una maldición entre dientes—. Pero ¿por qué hicisteis tal cosa? ¿No habéis dicho que os gusta? —La miró desconcertado—. No lo habréis rechazado porque no está a vuestra altura, ¿no?

—¡No seáis absurdo! Mi madre era actriz, y mi intención es convertirme en actriz, también. ¿Por qué me iba a importar que Griff sea de más baja extracción?

—A lady Helena sí que le importa —remarcó él.

Rosalind suspiró.

—Mi hermana os sorprendería. No os dejéis engañar por su porte distante. Adopta esa fachada de mujer de hielo para evitar que le hagan daño. —Le lanzó una mirada de complicidad—. ¿Por qué? ¿Acaso es ella vuestra primera elección como esposa?

Él puso una cara como si Rosalind le acabara de asestar una estocada.

—No, por supuesto que no. Lady Helena es excesivamente altiva para mi gusto. —Él achicó los ojos—. De todos modos, no estábamos hablando de mí. Estábamos hablando de por qué habéis rechazado a Griff. Ambos sabemos que no fue por este compromiso imaginario.

—Cierto. Pero puesto que él no se me habría declarado a no ser por este compromiso imaginario, no veo ningún motivo para aceptarlo. No me quiere. Simplemente está furioso porque su patrón tiene algo que él no tiene. Eso es todo.

—¿De verdad creéis eso? —se lo preguntó en un tono tan suave que a Rosalind se le cerró la garganta.

—Sé que es verdad.

Él se quedó en silencio durante un largo rato. El viento soplaba entre los árboles, como un eco triste de su corazón apesadumbrado. Rosalind intentó zafarse de esos pensamientos aciagos, pero a pesar del día soleado y del entorno privilegiado, se sentía completamente desolada.

—Decidme una cosa, lady Rosalind: ¿mencionó Griff algo acerca de... es decir... os habló de la Knighton Trading? ¿O de su trabajo? ¿Os dijo por qué quería casarse?

Ella sacudió la cabeza.

—No, no dijo nada, excepto que me casara con él; que me olvidara de Knighton y me casara con él. ¡Ah! Y que quería casarse conmigo, y luego me preguntó si con eso no me bastaba.

—¡Menudo gilipollas! —murmuró el señor Knighton. Entonces la observó y frunció el ceño—. Disculpad mi forma de hablar tan poco elegante, mi adorable dama, pero es que realmente es un gilipollas.

—No tenéis que disculparos. Estoy de acuerdo. —Rosalind fijó la vista en el viejo columpio que parecía burlarse de su pena con su suave balanceo, mecido por el viento—. Yo no... no es que esperase una declaración muy romántica, ya me entendéis. Pero por lo menos me habría gustado una frase como: «¿Quieres ser mi esposa?», o algo así. —Notaba una fuerte presión en el pecho, como si se lo hubieran prensado con una lápida de granito—. Me habría gustado tener la certeza de que... de que siente algo por mí. —«Y no solo por mi cuerpo.»

—Quizá sí que os quiere. Como la mayoría de los ingleses, Griff no es muy romántico, que digamos.

—Pero es medio irlandés. Pensaba que los irlandeses tenían fama de románticos.

El señor Knighton súbitamente pareció muy interesado en la labor de guardar los restos de la comida campestre que ella no había acabado de recoger.

—Sí... ya... pero no se crió entre irlandeses. Su madre era inglesa, y creció en Inglaterra. —Dejó la cesta a un lado, entonces la miró a los ojos—. Y nosotros los ingleses somos comerciantes natos. Sabemos cómo ganar dinero. Sin embargo, el cortejo no se nos da tan bien.

Apoyado sobre una rodilla, apuntaló un codo sobre el muslo.

—Ese es el problema con Griff. Se ha pasado la vida ganando dinero —para mí, claro— y nunca ha aprendido nada más. Ahora ve a la mujer que quiere, y no sabe qué hacer ni cómo declararse. Ni tan solo es capaz de expresar lo que siente, así que ¿cómo esperáis que se lo exprese a su amada?

Rosalind pensó en la forma en que Griff se había comportado. Cómo le había repetido que la quería una y otra vez, aunque no sabía explicarle el porqué. Lo que el señor Knighton decía tenía sentido. Por otro lado, era posible que Griff no sintiera nada por ella.

—Además, ¿le expresasteis vuestros sentimientos? —quiso saber el señor Knighton—. ¿Le dijisteis que estáis enamorada de él?

¿Enamorada de él? Rosalind abrió la boca para protestar, pero no le salió ninguna palabra. Porque era verdad. Estaba enamorada de Griff.

Cerró los ojos y suspiró. Maldición. ¡No podía enamorarse de ese hombre! El destino le estaba jugando una mala pasada. ¡No podía, no debía enamorarse de él!

Pero lo estaba. Ella estaba tan segura como que su amor no era correspondido. Desolada, sacudió la cabeza.

—No podía decirle algo así. Él ni siquera me pidió que me casara con él hasta después de que yo os lo pidiera. No estoy segura de lo que él siente por mí, excepto... —se ruborizó—, excepto...

—¿Lujuria?

Ese hombre nunca escatimaba palabras. Ella asintió, y el rubor se extendió por su cuello.

—Hay algo que tenéis que saber acerca de los hombres. Un hombre tiene tres partes: el cerebro, la... el pajarito y el corazón. Cada parte tiene sus necesidades propias, ¿me entendéis? —Mirando hacia el bosque frondoso, suspiró—. Griff siempre ha saciado las necesidades de su cerebro y de su pajarito. Pero no ha prestado atención a su corazón, probablemente porque ni se da cuenta de que tiene uno.

La miró con franqueza a los ojos.

—Pero os ha conocido, y todo se ha desmoronado en su interior. Su cerebro intenta comprenderos, su pajarito requiere atención, y lo peor de todo es que su corazón grita por ser escuchado por primera vez en su pobre e insípida vida. Y ese clamor está confundiendo a Griff hasta el punto de volverlo loco. No sabe que esa desazón nace de su corazón, que quiere algo, ya que nunca antes había sentido ese tormento. Así que se limita a escuchar a su pajarito. Cree que si lo satisface, el resto de las partes de su cuerpo se calmarán y le dejarán volver a su rutina. Pero eso no funcionará. Pero él todavía no lo sabe.

Rosalind recordó que Griff le había dicho durante aquella discusión en el coto de caza que no se casaría por amor, que no creía en ese sentimiento. «La gente confunde deseo con amor», le había dicho.

Según el señor Knighton, Griff estaba haciendo lo contrario: estaba confundiendo amor con deseo.

—¿Y si os equivocáis? ¿Y si solo se trata de una cuestión de su... pajarito?

—Un hombre con tales necesidades no anda detrás de una virgen, mi adorable dama. Arrebatar el honor a una doncella es una cosa muy seria, y más si es de noble cuna. En cambio, a un hombre que está enamorado le cuesta mucho estar lejos de la mujer que ama.

Rosalind sintió un escalofrío en la espalda.

«No, no te dejes llevar por la esperanza. Griff te la echará por el suelo como de costumbre.»

—Me temo que dais muchas cosas por ciertas, sin tener la absoluta certeza de cuáles son los verdaderos sentimientos de Griff hacia mí.

—¿De veras? Casi me mata por aceptar vuestra propuesta. Os aseguro que ese no es el comportamiento de un hombre indiferente.

Ella sacudió la cabeza, sin estar completamente convencida.

—Simplemente le da rabia que su patrón haya conseguido lo que él quería, eso es todo. La noche en que se me declaró, no dijo nada sobre lo que sentía por mí. En cambio, no dejó de preguntarme por qué prefería casarme con su patrón en vez de con él.

—¿Y por qué no le dijisteis que no teníais intención de casaros conmigo?

—Porque pensaba que él iría corriendo a contároslo y echaría mis planes por la borda, por supuesto.

El señor Knighton rio a mandíbula batiente.

—¡Menudo par! Si os atrevierais a ser sinceros con vosotros mismos y os dierais la oportunidad de conoceros el uno al otro en vez de estar todo el tiempo maquinando, seguramente descubriríais que vuestros sentimientos no divergen tanto.

—¿Maquinando? —Ella irguió la espalda—. Diría que no somos los únicos que maquinamos. A ver, ¿cómo es que no le habéis comentado vuestras sospechas sobre mí?

—Es más divertido así. —Sus ojos brillaron bajo el sol de la tarde.

—Por lo menos mi maquinación tenía un objetivo —protestó ella—, mientras que en vuestro caso lo hacéis simplemente para divertiros.

—¿Qué objetivo? Me ofrecisteis casaros conmigo, aún sabiendo que no lo haríais.

—Estaba intentando evitar que os casarais con una de mis hermanas.

El buen humor desapareció de su cara.

—¿Acaso no os parezco un buen esposo para vuestras hermanas? —Se le tensó la mandíbula mientras clavaba la vista en el bosque.

—No. Porque no amáis a ninguna de las dos.

Sus rasgos rígidos se suavizaron.

—Ponéis un gran énfasis en el hecho de casarse por amor, ¿no es cierto?

—Sí. Aunque Juliet sería capaz de casarse por cuestiones prácticas. Pero es demasiado joven para casarse, especialmente cuando no os ama.

—Y lady Helena se considera demasiado superior para mostrarse tan condescendiente con un rufián como yo —argumentó él con sequedad.

Qué extraño que el señor Knighton hubiera mencionado a Helena dos veces como posible esposa. ¿Era posible que se hubiera enamorado de ella?

—De todos modos, es un asunto demasiado delicado —continuó él—. Vuestro padre parece verdareamente decidido a fijar un matrimonio.

—Sí. —Rosalind se animó—. Pero si no vais a casaros con ninguna de nosotras, solo tenéis que decírselo y regresar a Londres. Temía que quisierais casaros con Juliet, si yo no daba este paso, pero ahora ya no tengo que preocuparme. Así que no hace falta que os quedéis más tiempo en Swan Park. Podéis marcharos a Londres, con el señor Brennan.

—¿Estáis intentando desembarazaros de él? —le preguntó el señor Knighton con una sonrisita malévola.

Ella clavó la vista en la manzana a medio comer que tenía en el regazo. Empezó a juguetear con ella con aire distraído antes de contestar:

—Quizá sí.

—Pero si no se os ha acercado en un par de días, ¿no? Mirad, no nos echéis tan rápido. Todavía no estoy listo para regresar a Londres. Me gusta estar aquí.

Rosalind lo miró con desconfianza.

—Si estáis pensando en quedaros para ver si existe alguna posibilidad de matrimonio entre Griff y yo, será mejor que os lo quitéis de la cabeza. Eso no es posible.

—No es ese el motivo por el que quiero quedarme —protestó—. Tengo derecho a tasar la finca que heredaré, ¿no os parece? Quiero saber qué mejoras habré de aplicar.

—¿Es esa vuestra única razón? —Pensó en la búsqueda de

Griff, que según él estaba secundada por el señor Knighton—. ¿No tenéis ningún otro motivo?

—¿Y qué motivo podría tener?

Rosalind consideró la posibilidad de mencionar la caja fuerte, pero decidió no hacerlo. Él no lo admitiría, y sus continuas preguntas acabarían por despertar las sospechas de esos dos rufianes hasta quizá empujar a Griff a buscar en su habitación.

—¿Cuánto tiempo os quedaréis? —inquirió ella—. ¿Cuántos días más necesitáis para «valorar las mejoras que queréis aplicar»?

—Oh, solo unos pocos. Tal y como habéis dicho, tengo negocios de los que ocuparme en Londres.

Ella sonrió. Podría soportar unos pocos días más, especialmente si Griff continuaba sin prestarle atención.

—Mientras tanto —continuó él, con los ojos brillantes— creo que será mejor que continuemos fingiendo que estamos comprometidos, ¿no os parece? De ese modo vuestro padre estará contento y vuestra hermana pequeña, lady Juliet, no saldrá huyendo despavorida cada vez que me vea. Y Griff se volverá loco.

Rosalind tenía que confesar que le gustaba aquella idea.

—Creo que puede ser divertido.

Él tomó la botella medio vacía de vino blanco y vertió un poco en cada copa, le entregó una a ella, y luego alzó la suya para brindar.

—¡Por los noviazgos cortos, mi adorable dama!

—¡Por los noviazgos cortos! —convino ella alegremente—. Pero no deberíais llamarme «mi adorable dama», es demasiado... no sé, demasiado pomposo. Prefiero que me llaméis por mi nombre de pila. Además, cada vez que me llamáis «mi adorable dama» me siento como una duquesa vieja con las sienes plateadas y anteojos.

—Como gustéis, mi... quiero decir, Rosalind. —Él sorbió un poco de vino, mirándola por encima del borde de la copa con ojos burlones—. Pero he visto a una o dos duquesas ricachonas y os aseguro que no os parecéis en absoluto. De verdad. Sois mucho más hermosa.

Ahora que ella ya no tenía motivos para temer sus cumplidos, podía disfrutar de ellos, por más falsos que fueran.

—¿Estáis flirteando conmigo, señor Knighton?

—A lo mejor sí. ¿Os importa?

A Rosalind se le escapó una vigorosa carcajada.

—No, creo que no.

El resto de la tarde transcurrió de forma tranquila. Hablaron de la finca, de la siguiente cosecha y de la vaquería de Swan Park. Él parecía interesado en las cuestiones financieras: cuánto queso y leche vendían en el mercado, qué porción de beneficios reinvertían en la vaquería, cuánto pagaban a las lecheras. No debería sorprenderla; después de todo, él era un hombre de negocios, sin embargo le pareció curioso que el dueño de una gran compañía mostrara interés en esos pormenores. Rosalind no estaba segura de los números, y más de una vez tuvo que rectificar las cifras que daba.

Después de un rato, él le preguntó si el columpio aún estaba en buen estado, y ella le aseguró que sí. Pronto él la estaba propulsando hacia el cielo. Hacía años que no se columpiaba. La sensación era fantástica. Se sentía ligera, libre, feliz. Casi podía olvidarse de Griff. Casi.

El sol ya se había ocultado entre los árboles cuando ella dijo:

—Quizá será mejor que regresemos. Se estarán preguntando si nos ha pasado algo.

—Pues peor para ellos —replicó él en un tono jovial, al tiempo que se colocaba delante del columpio para ayudarla a bajar.

Entonces se quedó paralizado delante de ella y alzó la cabeza para escrutar la zona boscosa. Una leve sonrisa se perfiló en su cara. Sin previo aviso, se inclinó y la besó directamente en los labios.

Ella se quedó tan sorprendida que ni siquiera reaccionó. No había sido un beso excesivamente íntimo, pero era suave y tierno y ciertamente demostraba la facilidad que ese hombre tenía para besar. A pesar de que el corazón no le dio un vuelco como con los besos de Griff, Rosalind tenía la sospecha de que él lo había hecho para provocar el corazón de otra mujer.

Cuando él se apartó, ella se lo quedó mirando sin pestañear.

—¿Se puede saber a qué viene esto?

—Hay un caballero cerca que no nos quita el ojo de encima —murmuró, con el semblante divertido—. El gilipollas celoso.

Ella ladeó la cabeza justo lo suficiente para ver a Griff que se acercaba por el bosque, con cara de pocos amigos. Ahora sí que su corazón le dio un vuelco, pero por un desapacible sentimiento de humillación. ¿Él tenía la audacia de espiarla mientras otro hombre la cortejaba? Bueno, si insistía en actuar de esa forma tan mezquina, lo mejor era ofrecerle un espectáculo digno de ver.

Alzándose del columpio, enredó los brazos alrededor del cuello del señor Knighton, entonces se puso de puntillas para estamparle un beso en la boca.

Sin embargo, rápidamente descubrió que resultaba difícil besar a un hombre con convicción cuando él se estaba desternillando. Y mucho más aún cuando ella también se estaba desternillando. A los dos les cogió tal ataque de risa que tuvieron que contorsionarse para mantener los labios unidos durante el rato conveniente como para que pareciera un beso convincente.

Cuando ella se apartó, tenía la certeza de que su espectador no había detectado la comicidad de la situación. Así que no supo qué fue lo que se apoderó de ella para actuar del modo que hizo a continuación.

Capítulo dieciséis

Un corazón enamorado añade miel a la hiel.

De Montfort, JOANNA BAILLIE, dramaturga escocesa

Griff se detuvo en seco para observar a Rosalind. ¿Le había sacado la lengua? Esa fresca había besado a Daniel, y luego se había dado la vuelta, lo había mirado fijamente, ¡y le había sacado la lengua!

¡Por todos los...!

Quizá se lo había imaginado: el beso, la mueca grotesca, toda la escena. Ella y Daniel permanecían ahora separados, con una actitud absolutamente civilizada y cordial.

No, no se lo había imaginado. ¡Malditos fueran! ¡Malditos! Los había estado observando desde lejos durante un buen rato, mirando cómo Daniel flirteaba de forma descarada con ella y usaba sus encantos para hacerla reír. Cuando Daniel la besó, Griff notó cómo le hervía la sangre en las venas, y luego, cuando ella le devolvió el beso, notó cómo esa misma sangre se le helaba en las venas, y su cuerpo era presa de una parálisis total.

¡Y después ella le había sacado la lengua! No sabía si sentirse aliviado o insultado.

Había ido hasta allí jurándose a sí mismo que mantendría la calma, que controlaría los celos, que se declararía a Rosalind como era debido. Dos días antes, ella lo había rechazado porque él había sido descortés; esta vez se juró que iría con mucho más cuidado. Rosalind tenía algo más que razón: él no le había dado ningún motivo para casarse con él más que un apasionado y desenfrenado deseo carnal. Y esa clase de deseo no era un motivo de suficiente peso capaz de convencer a las mujeres del mismo modo que a los hombres.

No, esta vez pensaba contárselo todo, aunque se llevara un chasco. Parte de la culpa de que ella lo hubiera rechazado se debía a la equivocada percepción de Rosalind en cuanto al comportamiento de Griff respecto a Daniel, y solo había una forma de dejar las cosas claras.

Eso no significaba que hubiera cambiado de opinión respecto al certificado; no estaba tan enamorado. Pero pensaba casarse con ella a pesar de todo. Si ella había aceptado casarse con el falso Knighton para proteger a sus hermanas, seguro que se casaría con el verdadero Knighton por la misma razón, ¿no?

De una forma u otra, la amazona tenía que ser suya. La necesitaba; necesitaba cada centímetro excéntrico de su piel. No tenía sentido —ella no era la clase de esposa con la que alguna vez había pensado que acabaría por casarse—, pero por más que fuera la hija de un conde, su lengua viperina jamás frustraría sus objetivos respecto a la Knighton Trading. Además, ella ya no sería la hija de un conde cuando él presentara el certificado ante un juez.

Y sin embargo... sin embargo, esos dos días intentando no fijarse en ella habían supuesto un verdadero calvario. Griff no había conseguido nada. No había encontrado el dichoso documento, porque se había pasado la mayor parte del tiempo deambulando por su habitación y preguntándose qué debía de estar haciendo Daniel.

Ahora lo sabía. Griff apretó los dientes con rabia, y luego continuó avanzando hacia ellos como una bala de cañón que se abría paso hacia su objetivo. Una semana antes, Griff habría jurado que Daniel jamás se atrevería a robarle una mujer. Pero eso era solo porque Daniel nunca lo había hecho. Sin embargo, eso no significaba que esa sabandija no lo estuviera intentando ahora.

¿Y si Daniel se lo había contado todo, dejando a Griff como a un verdadero monstruo? Aquella noche en la habitación de Rosalind, ella le había dicho que la falta de dinero de Griff no suponía ningún inconveniente. Así que tampoco le importaría casarse con Daniel, ¿no?

«Si pudiera tener a una mujer tan atractiva como ella y lo

único que tuviera que hacer para conseguirlo fuera tragarme mi orgullo, te aseguro que no me lo pensaría dos veces», le había dicho Daniel.

¡Por Dios! ¡Pensaba estrangular a esa maldita alimaña! ¿Cómo se había atrevido a besarla? ¿Y cómo se había atrevido ella a devolverle el beso?

Pero Rosalind le había sacado la lengua después, ¿no? Recapacitó unos segundos sobre aquella reacción tan rara por su parte y se cuestionó cómo debía reaccionar a continuación. Jamás conseguiría convencerla si se abalanzaba sobre ellos como el maldito idiota por el que Daniel lo tomaba.

No obstante, a medida que se acercaba a ellos, se dio cuenta de que le resultaba difícil controlarse y ser fiel a su resolución, ya que Daniel lo miraba con una sonrisita provocadora. A Griff le entraron ganas de borrar esa estúpida sonrisa de un manotazo, especialmente después de que Daniel colocara una mano posesiva en la cintura de Rosalind. Ella parecía completamente cómoda con su nuevo compañero. Hasta ese momento, Griff jamás había detestado tanto la galantería que su administrador mostraba con las mujeres de una forma tan natural, tan genuina.

A pesar de que a Griff le bastó con un único y rápido vistazo para confirmar que ella llevaba la pamela y el vestido intactos y en su sitio, y que en su cara no había rastro de ningún brillo inusual, todavía quería estrangular a Griff por ese beso. Por más que los motivos de Daniel fueran inocentes, eso era intolerable. Y Griff no estaba tan seguro de que los motivos fueran inocentes.

—¡Vaya! ¡Hola, Griff! —lo saludó el demonio en persona—. ¿Qué haces por aquí? ¿Quieres unirte a nuestra comida campestre? —Intercambió una sonrisa con Rosalind—. Me temo que te has perdido la mejor parte, ¿no es cierto, querida?

Aquel exceso de confianza molestó tanto a Griff que casi olvidó la excusa que había fraguado para explicar por qué los había seguido. Necesitó otro segundo para aplacar su ira antes de poder hablar de forma razonable.

—Hace tanto rato que os esperábamos que lady Helena ha empezado a preocuparse y me ha pedido que salga a buscaros.

—¡Qué atención por parte de lady Helena! —Daniel le sonrió socarronamente—. Entonces será mejor que regresemos, ¿no?

Le ofreció el brazo a Rosalind, pero cuando ella lo aceptó, Griff dio un paso adelante para agarrarla por el otro brazo.

—No, ella y yo tenemos que hablar. Se quedará aquí conmigo.

—¿Y qué debo decirle a lady Helena? —preguntó Daniel.

—Lo que se te ocurra con tal de que no se acerque por aquí.

—¡Un momento! —Rosalind se zafó de su garra y se pegó más a Daniel—. Me parece que yo también tengo derecho a opinar en este asunto, y no pienso quedarme aquí a solas contigo, Griff Brennan.

¿Brennan? Bueno, por lo menos eso era un consuelo. Daniel no le había contado nada de la farsa. Eso habría echado a rodar los planes de Griff de contarle él, en persona, toda la verdad.

—Solo quiero hablar contigo, Rosalind.

Daniel clavó su penetrante mirada en Griff.

—Has dicho «hablar», ¿no? ¿Piensas contárselo todo?

Griff sabía a qué se refería su amigo. Asintió con una ostensible tensión.

—No quieres que yo...

—No —repuso de forma tajante.

—De acuerdo. —Daniel bajó la vista hasta la carita de Rosalind y le regaló una tierna mirada que a Griff le sentó como una patada—. Os sugiero que os quedéis aquí, milady, y que escuchéis lo que este hombre tiene que deciros. Es importante.

—No quiero quedarme.

—Es por vuestro bien. —Le propinó unas palmaditas en la mano a Rosalind, luego añadió—: Todo saldrá bien, os lo prometo. Una mujer también tiene tres partes, aunque funcionen de un modo diferente que en un hombre. Solo os aconsejo que recurráis a vuestras tres partes cuando escuchéis lo que este hombre tiene que deciros.

Ella enarcó una ceja.

—¿La tres partes? ¿Todas? Diría que hay una a la que no debería perder de vista.

—Bueeeeenooooo... —Daniel se inclinó y le susurró algo al

oído que hizo que Rosalind se sonrojara violentamente, entonces se despidió con una leve reverencia y se alejó, riendo.

Ese rubor no le sentó nada bien a Griff.

—¿Qué te ha dicho? —espetó Griff tan pronto como Daniel ya no pudo oírlos.

Ladeando la cabeza coquetonamente, Rosalind se dirigió al columpio y se sentó en él.

—Oh, cosas nuestras. Seguramente no esperarás que te cuente todo lo que pasa entre mi prometido y yo, solo porque trabajes para ese hombre.

«Mi prometido y yo», había dicho. ¿Es que esa mujer había decidido no darle tregua hasta volverlo completamente loco? El problema era que él seguía comportándose del mismo modo por el que ella lo había criticado dos días antes.

¿Pero cómo no iba a mostrarse tan nervioso cuando ella ofrecía un aspecto tan seductor con aquel vestido? El color que había elegido para la ocasión era un naranja chillón que a Griff le recordaba a aquellos deliciosos caramelos envueltos con papel de celofán brillante que tanto le gustaban. Deseaba desenvolver aquel caramelo y chuparlo hasta que se derritiera... en su boca, en sus manos, en su...

Griff renegó a media voz. Tenía que dejar de pensar con su polla, o no conseguiría decirle lo que quería expresarle sin antes intentar seducirla.

Como si Rosalind hubiera adivinado la dirección peligrosa de sus pensamientos, empezó a columpiarse alegremente con fuerza, como burlándose de él, pero él agarró el columpio por ambas cuerdas y lo detuvo.

—Apártate, Griff —le ordenó ella en un tono imperioso y alzando la barbilla con altivez, un gesto que él encontraba tan arrebatadoramente seductor.

—Primero dime qué es lo que Dan... lo que Knighton te ha susurrado. Y de paso, cuéntame: ¿a qué venía esa monserga sobre varias partes?

Ella volvió a ruborizarse. En otras circunstancias, él habría caído rendido en las redes de aquel rubor encantador, pero ahora lo único que consiguió fue encenderle más la sangre.

—¿Y bien?

—Creía que eras tú quien tenía cosas que contarme.

—Y así es. Y pienso hacerlo. —Soltó las cuerdas del columpio, pero solo para agarrarla por la cintura con la intención de inmovilizarla. El brusco movimiento obligó a Rosalind a abrir las piernas, y él aprovechó para encajar su cuerpo en medio, acorralándola entre sus caderas y el columpio. Rosalind quedó con las piernas abiertas alrededor de su cintura y con la cara al nivel de sus ojos—. Primero quiero saber qué te ha dicho Knighton. Dime qué es lo que te ha susurrado para que te sonrojaras de ese modo.

Ella se soltó de las cuerdas para empujarlo, pero rápidamente volvió a aferrarse a ellas al ver que perdía el equilibrio.

—¡Maldita sea, Griff! ¡Suéltame!

—No hasta que me digas qué te ha dicho.

—¿Y por qué habría de hacerlo?

Ella lo miró con ojos encendidos, y al instante Griff pensó en aquella famosa frase de *Mucho ruido y pocas nueces*: «En sus ojos cabalga chispeante el desdén y la mofa». ¡Por Dios! Seguro que Shakespeare habría escrito diez obras más si hubiera conocido a Rosalind.

Él agitó el columpio vigorosamente.

—¿Acaso no te han dicho nunca que es de mala educación hablar de alguien a sus espaldas?

—También es de mala educación espiar a las personas, ¿no? Y en cambio eso no parece importarte. —Una sonrisa confiada se perfiló en sus labios carnosos—. Aunque me parece que has visto más de lo que querías.

—¡Sí! ¡Y además ríete de mí! ¿Te parece una actitud inteligente, teniendo en cuenta que ahora estás sola conmigo? Olvidas que tu caballeroso prometido te ha dejado aquí sola conmigo. Y tus burlas solo están consiguiendo sulfurarme más y más.

Él alzó la vista para mirarla, pero con sus pechos a la altura de los ojos, no pudo evitar bajar la vista hasta donde las dos mitades de su traje naranja confluían en el escote, en un punto lo bastante bajo como para revelar una generosa vista de sus pechos, que sobresalían por debajo de su chaquetita de encaje.

—Sé lo que estás pensando, maldito bribón, y no permitiré que...

Griff hundió la cabeza en aquel dulce valle y estampó un beso cálido y húmedo en su piel por encima de la chaquetita.

—¡Para! —protestó ella, entonces contuvo la respiración cuando él buscó con la boca la cinta que anudaba la chaquetita por delante.

Él solo quería demostrarle que tenía el control de la situación, por decirlo de algún modo. No había ido hasta allí para seducirla; solo había ido para hablarle con absoluta franqueza y luego convencerla de que se casara con él.

Pero en vista de las tentaciones tan poderosas e imposibles de vencer —del hecho de estar solos en aquel lugar tan apartado, de la romántica luz mortecina que desplegaban los últimos rayos de sol del atardecer, y, sobre todo, de aquel lujurioso cuerpo atrapado entre sus brazos— Griff perdió la razón y la prudencia. Y solo quedó el deseo más primitivo.

Con la cabeza, la sangre y la polla desbocadas, desató la cinta de la chaquetita, luego se la quitó y la lanzó al suelo.

—Griff no... maldito seas... —protestó ella, apretando los dientes, mientras él se afanaba con demencia en abrirle el corpiño. Rápidamente consiguió llegar hasta su ropa interior y la desabrochó en unos segundos, dejando al descubierto sus pechos ante su hambrienta mirada. Rosalind se soltó de las cuerdas para detenerlo, pero él se las agarró y volvió a colocarlas en su sitio, inmovilizándola por completo.

Ella respiraba agitadamente, casi con tanta furia como él. Griff acarició un pecho con su nariz y se empapó de su aroma a agua de rosas, gozando de la repentina erección de sus pezones, que parecían implorarle que los chupara. Entonces besó aquella suave, delicada y deliciosa piel femenina.

—Maldito... —Rosalind se detuvo y jadeó cuando él empezó a chuparle el pezón con codicia—. Oh... no... cielos... ohhhhh, Griff...

Él lo chupó con avidez, lamiendo las perlitas endurecidas, mordisqueándolas hasta que ella soltó un suspiro de puro abandono. Griff le soltó una de las manos para acariciarle el otro pecho, pero esta vez ella no se soltó del columpio sino que se arqueó hacia delante para que él pudiera acceder más fácilmente con su boca y sus dedos a sus pechos.

—Sí, bonita, sí —murmuró Griff, con la boca pegada a su

pezón. Le gustaba verla dispuesta, caliente, entregada, de la forma que ella sabía hacer, y si lo conseguía era capaz de quedarse toda la noche allí plantado, dándole placer.

Aunque dudaba que pudiera aguantar tanto. Solo con darle placer a ella, se estaba volviendo loco. Necesitaba estar dentro de ella, sentir que Rosalind era suya. De ese modo, ella no podría rechazarlo, ¿no?

«Sí», pensó al tiempo que lamía con fervor cada una de las dos perlitas sonrosadas. Aquel era su nuevo plan. Hacerla suya, para siempre.

Rosalind ya tenía la falda levantada a causa de su posición con las piernas a horcajadas, pero él aún se la subió más, luego deslizó las manos por debajo y recorrió sus medias hasta llegar al pubis. No llevaba calzas. Por Dios, esa mujer no llevaba calzas, y eso consiguió excitarlo aún más. Rezó porque Rosalind jamás adoptara la nueva moda, aunque eso significara que tuviera que pasarse todo el tiempo con una perpetua erección al pensar que ella no llevaba nada debajo de la falda.

—Griff... de verdad... te diré... te diré... lo que el señor Knighton... me ha dicho...

—Ya no me importa lo que te ha dicho. —Encontró su pubis y empezó a acariciarlo con el dedo pulgar. Ella soltó un gemido de placer que lo excitó con una lascivia imposible de contener.

Lentamente, frotó la piel húmeda, luego deslizó un dedo dentro de ella. Por Dios, estaba totalmente empapada, esperándolo, húmeda y caliente y deliciosamente tensa. Lo único que tenía que hacer era invitarla a bajar un poquito las nalgas para que quedara a la altura de su polla y...

A pesar del tumulto de emociones que le gritaban «necesito estar dentro de ella ahora», se recordó a sí mismo que Rosalind era virgen. Necesitaba ir con cuidado, con mucho cuidado.

—Espera un momento, preciosa —murmuró él. Con un empujón de la pelvis alzó el columpio un poco más arriba, hasta que pudo encajar las piernas de Rosalind por encima de sus hombros. Luego le alzó la falda por encima de los muslos y contuvo la respiración al verla completamente expuesta ante él. Tenía que probarla. Por Dios, tenía que probarla.

Rosalind no sabía si sentirse ultrajada o excitada cuando él hundió la cabeza entre sus muslos. A pesar de que tenía el trasero apoyado en la tabla del columpio y con las piernas en los hombros de Griff, para aferrarse a él con más firmeza, se sintió como si perdiera el equilibrio, flotando a cien metros del suelo.

Entonces él la besó allí, y Rosalind notó que no solo perdía el equilibrio físicamente, sino también emocionalmente.

Jamás habría imaginado una cosa igual. El erotismo de la situación la excitaba muchísimo, empujándola a convulsionarse de placer. Especialmente cuando él empezó a lamerla. Por todos los santos, eso era demasiado bueno para ser el peor pecado del mundo.

—Griff... no deberías...

Él le contestó con una embestida de la lengua. Una embestida profunda, tal y como había hecho con su dedo. Cielos, eso era... cómo podía él... Oh, sí... sí...

Rosalind perdió el mundo de vista excepto la sensibilidad por las deliciosas embestidas de aquella lengua dentro de ella, que le provocaba un calor insoportable en su interior, como un incendio descomunal. Echando la cabeza atrás, entornó los ojos y dejó que la furia salvaje se apoderara de ella, tal y como le había sucedido en la alcoba de Griff, con todos los sentidos alerta, a cada uno de sus movimientos, con los muslos prietos alrededor de su cabeza, y sintiendo el cuerpo como si flotara alrededor de él mientras aquella endemoniada lengua jugueteaba con cada pliegue de su piel hasta hacerle perder el sentido.

Virgen santa. Por eso la gente prevenía a las jóvenes doncellas contra esas indecorosas prácticas, diciéndoles que eran pecado. De no hacerlo, en toda Inglaterra no quedaría ni una sola chica virgen mayor de dieciséis años.

Rosalind quería soltarse del columpio y aferrarse a él con más fuerza, pero temía que los dos perdieran el equilibrio. Y lo último que deseaba en ese momento era que él se detuviera. No, no quería que Griff parase. Tanto si era pecado como si no, quería gozar de ese... de ese...

Griff se detuvo abruptamente, y solo después de abrir los ojos ella se dio cuenta de que se había aferrado a su cabeza y de que su trasero estaba resbalando de la tabla. Él la agarró justo en el momento en que sus piernas resbalaban de sus hombros.

Griff la miraba con concupiscencia. Muy despacio, él la ayudó a apoyar los pies en el suelo.

—Me parece que será mejor que nos acomodemos sobre la manta. —A Griff se le había iluminado la cara con una sonrisa—. No creo que debamos arriesgarnos a seguir haciendo malabarismos en el columpio. Además, quiero tocarte y besar cada centímetro de tu cuerpo. Quiero verte desnuda.

Rosalind había empezado a recuperar la conciencia.

—Oh, pero no podemos...

—Por favor, Rosalind. —La sonrisa se borró de su cara, reemplazada por una mirada de tanto deseo que la hizo estremecer—. Deja que te haga el amor. Necesito hacerte el amor. Te necesito. Maldita sea, yo...

Griff se interrumpió de repente, y Rosalind recordó lo que el señor Knighton había dicho acerca de que Griff no era capaz de expresar las necesidades de su corazón. Pero si Griff había dicho que la necesitaba, si había dicho que quería hacerle el amor, seguramente eso implicaba un sentimiento profundo. Después de todo, la primera vez que él la amenazó con seducirla no le dijo que quería hacerle el amor, sino que quería acostarse con ella.

Rosalind echó un vistazo al claro, todavía bien iluminado, aunque el sol ya se había ocultado detrás de los árboles.

—¿Pero aquí? Alguien podría...

—Si pudiera llevarte a mi alcoba sin que nadie nos viera, te aseguro que lo haría, pero no pienso correr ese riesgo. Hay menos probabilidades de que nos descubran aquí que allí. Y si alguien nos sorprende, me aseguraré de casarme contigo antes de lo que tengo previsto. Porque pienso casarme contigo, Rosalind.

Al ver su sonrisa confiada, a Rosalind le entraron ganas de estrangularlo.

—Me parece, señor, que os sentís demasiado seguro de vuestras...

Él le cerró la boca con el primer beso que le daba en los labios en dos días, y... ¡menudo beso! Dulce, acuciante, posesivo... tal y como debería ser cualquier beso que se preciara de ser un beso decente. Sin embargo, rápidamente se convirtió en algo más. Las manos de Griff se posaron en su cuerpo con la confianza posesiva de un amante, quitándole la pamela y las pinzas que apresaban su melena.

Entonces hundió las manos dentro de la blusita interior abierta y empezó a manosearle los pechos y a juguetear con los pezones hasta que estos volvieron a ponerse completamente erectos. Rosalind no era capaz de pronunciar ninguna palabra a modo de protesta. Sus pensamientos de desafiarlo y vencerlo se diseminaron en el oscuro cielo del atardecer con cada una de sus caricias.

Durante dos días, ella había soñado con aquel momento, sí, lo deseaba, y deseaba a Griff. No entendía por qué ese maldito hombre, de entre todos los hombres, le hacía sentirse tan completa, pero Griff lo conseguía. Él le ofrecía una aventura más allá de cualquier confín. Él la comprendía como nunca nadie la había comprendido antes. Y la quería. Quizá aún no se lo había dicho, pero la quería. Ahora ella estaba segura.

Si Griff no le hubiera pedido que se casara con él, se habría resistido a sus artes seductoras por temor al futuro, pero él se lo había pedido y la quería. En ese momento, esa era toda la seguridad que ella necesitaba.

Todavía besándola con una pasión desenfrenada, él la alzó entre sus brazos y la llevó hasta la manta que estaba extendida sobre el suelo. La depositó con suavidad sin romper el beso, como si temiera que ella fuera a cambiar de idea.

Pero Rosalind sabía que nada la haría cambiar de idea. Y cuando él empezó a desvestirla, ella empezó a desabrocharle los botones del chaleco. Griff se quedó paralizado y dejó de besarla, pero solo para poder desnudarla con más rapidez. Cuando ella se aferró a las solapas de su chaqueta, él se quitó la prenda con un gesto expeditivo y luego el chaleco que ella había desabrochado. Después se quitó el resto de la ropa y las botas con la misma celeridad, hasta que se quedó en calzones, unos calzones apretados contra su miembro viril inflamado.

Rosalind apenas tuvo tiempo de darse cuenta de ese detalle, ya que él colocó las manos sobre su corsé y le ordenó con una voz gutural:

—Date la vuelta, cariño.

Ella obedeció con nerviosismo, aunque no por el pensamiento de que él fuera a desnudarla; al revés, la idea la excitaba de una forma licenciosa. Pero él nunca la había visto sin corsé, y Rosalind no era exactamente... bueno... no era de complexión delgada. Quizá no la desearía tanto cuando viera sus abundantes carnes totalmente desnudas.

Sintiéndose presa de una gran agitación, notó que el corazón le latía desbocado mientras él le aflojaba las cintas. Allí fuera, al aire libre, se sentía excesivamente expuesta, aunque los árboles formaran un escudo protector y la hora del día —la hora de la cena— le asegurara virtualmente que nadie estaría merodeando por esa parte de la finca. Sin embargo, deseó que el sol ya se hubiera puesto. Entonces él no podría verla tan bien.

Cuando Griff acabó de bregar con el dichoso corsé y consiguió quitárselo, Rosalind se abrazó a sí misma, preparada para enfrentarse a la desilusión de él. Griff le quitó la blusa interior por encima de la cabeza y la tiró al suelo. Lo último que ella se quitó fueron las medias y las botas, hasta que por fin quedó completamente desnuda, todavía dándole la espalda a Griff.

Su largo silencio consiguió hacer mella en la confianza de Rosalind. Hasta que lo oyó jadear con excitación. Él le acarició sus anchas caderas y su cintura, provocándole unos tiernos escalofríos de placer en la espalda. Colocado detrás de ella, la abrazó y puso las manos sobre sus pechos. Le frotó la melena con la nariz, y luego la oreja.

—Oh, Rosalind —pronunció con una voz ronca—. No deberías llevar corsé, preciosa. No deberías ocultar tal impresionante belleza debajo de ese armazón.

Ella se dio la vuelta para mirarlo, sin dar crédito a lo que acababa de oír, pero el brillo de necesidad en los ojos de Griff no daba lugar a error, ni tampoco la devoción con que acariciaba su cuerpo. Entonces empezó a besarla... en los hombros, en la parte superior de los pechos, en los pezones.

Se arrodilló sobre una rodilla y le estampó un beso debajo del pecho. Fue el primero de varios que dibujaron una línea hasta su vientre.

—Bendita carne... —La besó él—. Déjame que te bese sin parar... hasta morir... porque no hay muerte más dulce... que la muerte por placer...

Cuando Griff llegó a su pubis y la besó allí, Rosalind apenas podía contener las lágrimas que le cerraban la garganta. Jamás habría pensado que un hombre pudiera adorar su cuerpo de ese modo. Y encima que fuera el hombre al que amaba con locura...

Con un suspiro de placer y amor, pegó más el pubis a su cabeza al tiempo que pensaba: «Te quiero. No me importa lo que sientas por mí. Sé que te quiero».

Por un momento se quedaron inmóviles en esa postura, mientras ella le acariciaba el pelo negro y recio, y él le frotaba la parte interior del muslo con la nariz. Entonces Griff alzó la vista para mirarla a los ojos, y Rosalind vio reflejado en ellos un poderoso deseo animal.

—Te deseo, preciosa, te deseo ahora.

La invitó a tumbarse sobre la manta. Antes de que ella pudiera darse cuenta de lo que pasaba, él estaba arrodillado entre sus piernas abiertas, y se disponía a desabrocharse los botones de los calzones.

—¡Un momento! —gritó ella.

Griff se quedó paralizado, con los ojos refulgiendo con una necesidad primitiva.

—No, Rosalind, no me pidas que me detenga. No puedo soportarlo...

—No, no es eso. —A pesar del rubor que había empezado a expandirse por sus mejillas, ella se sentó dispuesta a desabrocharle los botones—. Solo quería que... La última vez tú no me dejaste que... te la sacara y la tocara. Déjame hacerlo ahora.

Griff suspiró lentamente cuando ella deslizó los dedos por encima de sus calzones.

—¿Curiosa? —le preguntó con una voz profunda.

—¿Y cómo no iba a estarlo? —Incapaz de mirarlo a los ojos, se arrodilló delante de él y empezó a desabrocharle los botones—. Tú me has descubierto un nuevo mundo, lleno de placer.

En el momento en que desabrochó el último botón, Rosalind comprendió por qué hablaba de su miembro viril como un ente con vida propia, ya que este salió disparado hacia delante, al sentirse libre de sus ligaduras, como una bestia salvaje que acabara de escapar de su jaula.

Griff acabó de quitarse rápidamente los calzones, luego se arrodilló otra vez delante de ella.

—Bueno, ahora ya sabes qué era lo que llenaba mis bolsillos.

Ella se quedó mirando aquel instrumento entre ellos con una fascinación que no podía ocultar. Qué extraño verlo tan orgulloso e impúdico, destacando de ese modo entre sus piernas como un gallito engreído.

Griff le agarró la mano y se la llevó hasta su sexo inhiesto.

—Te presento a mi colita. Los hombres utilizamos cientos de términos para referirnos a ella. Incluso tu adorable Shakespeare también usaba varios eufemismos.

—¿De veras? —Ella deslizó los dedos por encima del miembro viril, entusiasmada al ver cómo reaccionaba y se movía con el tacto de su mano.

Él entornó los ojos y su rostro se tiñó de un oscuro rubor.

—Seguro que... te darás cuenta de que... sus novelas tienen un nuevo y completo... significado, ahora que conoces estas cosas...

Ella siguió acariciándolo hasta que él empezó a respirar acaloradamente.

—¡No me digas! ¿Por ejemplo?

Griff frunció el ceño. Era obvio que tenía serias dificultades para concentrarse.

—¿Recuerdas Petrucho y Catalina? Él le pregunta dónde tienen las avispas el aguijón... y luego se ofrece a ser un gallo sin cresta si ella... se aviene a ser su gallina.

Ella lo soltó abruptamente.

—¿No me digas que se refiere a eso? Jamás habría pensado que...

Con un profundo jadeo, él le agarró la mano y se la guio otra vez hasta su pene. Cuando ella lo envolvió con los dedos tensos, él se estremeció.

—Shakespeare no es... el hombre más respetable sobre... la faz de la Tierra, bonita. No has sido tonta... al elegir a tu dramaturgo favorito.

Rosalind irguió la espalda.

—¿Me estáis diciendo que no soy una dama respetable, señor?

Él bajo la vista hasta sus dedos y enarcó una ceja.

—No me atrevería a provocarte. No cuando tienes mi... mi colita en tu mano.

Al ver la mirada sedienta y llena de deseo de Griff, ella empezó a acariciarlo de nuevo.

—Por Dios, Rosalind, acabarás conmigo —jadeó extasiado.

—No me gusta la palabra «colita». Prefiero «pajarito».

Él la miró sorprendido.

—Por Dios. ¿Dónde has aprendido esa expresión?

—Me la ha enseñado el señor Knighton —respondió ella sin pensar.

—¿Qué? —Griff le apartó la mano y la tumbó violentamente sobre la manta, luego se colocó sobre ella mientras le apresaba las manos con las suyas a ambos lados de la cabeza para inmovilizarla—. ¿Se puede saber por qué diantre estaba él hablando del «pajarito» contigo?

Se hallaban en una extraña posición, extraña y excitante. Rosalind era plenamente consciente de que él estaba arrodillado entre sus piernas, con la punta del «pajarito» enfocada hacia su pubis. La cara de Griff estaba tan cerca de ella que podía ver el iris azul intenso de sus ojos, brillando con una mezcla de celos y deseo.

Rosalind tragó saliva.

—Estábamos hablando de ti, de tus partes. Y de cómo me busca tu... tu «pajarito».

Él se relajó solo un poco.

—Esa no es la única parte de mí que te desea, pero he de admitir que es la que se muestra más obcecada en este preciso momento. ¿A eso os referíais cuando hablábais de las tres partes?

Lamiéndose los labios sedientos, ella asintió.

Él frunció el ceño, como si intentara recordar las palabras que ellos habían dicho. Una sonrisa iluminó súbitamente sus facciones.

—¿Y a qué parte de ti te referías, cuando has dicho que no la deberías perder de vista cuando estás conmigo?

—Creo que no es necesario que te lo diga —replicó ella con sarcasmo.

Griff contempló todo su cuerpo desnudo.

—No, creo que no es necesario. Aunque diría que has fallado al respecto.

—Pues a mí no me lo parece. —Ella se mostraba genuinamente satisfecha consigo misma. Sabía que de nada le serviría intentar contenerse cuando él estaba cerca.

Además, ahora que sabía que lo amaba, le parecía absurdo no compartir con él aquellas confidencias. Especialmente puesto que él iba a contarle sus secretos y a casarse con ella.

Griff cambió de postura: se apartó a un lado y se apoyó en un codo, acto seguido empezó a acariciarle el pubis de una forma voluptuosa, hundiendo el dedo completamente dentro de ella hasta dejarla sin aliento.

—Cuando Knighton se ha marchado, ¿qué te ha susurrado al oído?

—Es un secreto —respondió Rosalind evasivamente. Griff todavía no le había contado su secreto, así que le pareció más acertado mantener un poco más la intriga hasta que él le revelara el suyo.

—¿De veras? —Él le frotó la vulva con suavidad, solo para excitarla, nada más. Rosalind arqueó las caderas hacia arriba, en busca de su mano, y luego jadeó cuando Griff apartó los dedos—. Cuéntamelo, Rosalind —le susurró él maliciosamente, al tiempo que empezaba de nuevo a acariciarle el pubis húmedo—, o no dejaré de atormentarte hasta que lo hagas.

—Eres realmente perverso —lo reprendió Rosalind, con carita enfurruñada.

—Ya, suelen decírmelo muchas veces. —Griff hundió el dedo dentro de ella otra vez, y Rosalind jadeó y anheló más, mucho más—. ¿Me lo vas a contar, Rosalind?

—¡Oh! ¡De acuerdo! Me ha dicho que me asegure de que tu «pajarito» está bajo control hasta que me cuentes la verdad.

Por un momento, él se quedó helado. Una mirada intrigante oscureció su cara. Luego desapareció, reemplazada por una mueca de puro deseo.

—Demasiado tarde —susurró Griff—. Porque pienso meterte mi «pajarito» dentro, preciosa. Y tú no me lo impedirás, ¿verdad que no?

Ella apenas tuvo tiempo de asimilar el mensaje y de asentir con la cabeza antes de que él empezara a besarla de nuevo, con unos besos ardientes que tenían por intención distraerla de lo que sucedía entre sus piernas. Pero Rosalind sí que era consciente de lo que sucedía. No podía ignorar el miembro rígido y enorme que se deslizaba dentro de ella, llenándola con aquella exquisita presión.

Rosalind se sintió casi como si él estuviera anclado dentro de ella, unidos de una forma tan íntima como si fueran un solo cuerpo. Le gustaba la sensación... hasta que Griff la penetró un poco más. Rosalind se preguntó si en realidad pretendía hundir todo su «pajarito» dentro de ella. Apartando los labios, le preguntó:

—¿Estás seguro... de que... cabrá?

Obviamente él había llegado a la misma conclusión, porque ponía una cara como si no estuviera cómodo. Entonces la sorprendió con su respuesta:

—Sí, preciosa. Dale una oportunidad. —Con un gruñido, él ejerció un poco más de presión dentro de ella—. Por Dios, estás tan tensa y tan... caliente... Qué placer estar finalmente... dentro de ti.

—Pues a mí no me parece tan gustoso —murmuró ella, ya que la tensión era tan intensa que había empezado a provocarle un dolor que le parecía que no podría soportar por más tiempo.

—Lo sé, cariño, lo sé. —Empujó un poco más, luego jadeó como si hubiera llegado al límite de sus fuerzas—. Y ahora me temo que te haré un poco de daño.

—¿C... cómo? ¿Qué quieres decir con eso de que me harás un poco de daño? —gritó alarmada—. ¿Mucho daño?

Él tensó la mandíbula.

—No mucho, espero. Tengo que romperte el himen.

—Eso suena fatal.

—Pero cuando lo haya hecho, ya no te dolerá, te lo prometo —apostilló él. Inclinando la cabeza, le chupó el pecho, avivando de nuevo la llama del deseo. Cuando Rosalind entornó los ojos y ladeó la cabeza con abandono, él murmuró—: Perdóname. —Y la embistió hasta el fondo.

Rosalind notó que algo se desgarraba en su interior y gimió por el agudo espasmo. Afortunadamente, el dolor rápidamente se transformó en una ligera molestia. Ahora él estaba tan anclado dentro de ella que Rosalind se podía mover cómodamente sin apenas notarlo.

Rosalind abrió los ojos para escrutar los tensos rasgos de su amante.

—¿Te importa si volvemos a... los besos? Esto no es tan... agradable. —Rosalind movió un poco las caderas y él soltó una maldición entre dientes.

—Será menos agradable si sigues con esta actitud —le advirtió. Cuando ella le lanzó una mirada dolida, él suavizó el tono—. Necesitas acostumbrarte a tenerme dentro de ti. Y yo necesito acostumbrarme a estar dentro de ti. Si no, no podré hacerlo bien. —Le lamió un pecho, luego trazó una senda de besos hasta el otro—. Relájate, cariño. Intenta relajarte y todo irá bien.

¿Estaba loco o qué? ¿Cómo iba a relajarse con él completamente anclado en sus entrañas?

Entonces Griff empezó a colmarla de tiernos besos por la barbilla y las mejillas, a lamerle el labio inferior y a mordisqueárselo. Con un suspiro de abandono, ella abrió la boca y le permitió meter la lengua dentro.

Mientras él se excitaba otra vez perdido en su boca, llevó una mano hasta el pubis y se lo acarició. Rosalind sintió un repentino y delicioso escalofrío en la espalda. Cuanto más la besaba y la acariciaba, más relajada se sentía.

Entonces él se movió dentro de ella, retirando un poco su pajarito y volviéndolo a meter, imitando las aterciopeladas embestidas de la lengua en su boca. Rosalind notó que se quedaba sin aliento. Virgen santa... qué sensación más... lujuriosa. Oh, sí, totalmente lujuriosa.

Ella movió un poco las caderas. Qué interesante. Podía incrementar la sensación de placer con tan solo un leve movimiento.

—Maldita sea, Rosalind... —Griff apartó la boca para jadear—. Sí... sí, así... oh, mi dulce Rosalind...

Con el sol poniéndose por detrás de su cabeza, ella no podía apartar los ojos de aquel bello rostro que la miraba con ojos felinos, como si fuera un grifo dorado que se hubiera posado sobre ella para vulnerar su honra. Su grifo. Había algo tan... intenso en ser violada por un grifo... No podía escapar de él, de su poderosa figura. Su fragancia almizclada se mezclaba con el olor a hierba y a vino derramado, sus jadeos calientes la embriagaban, y su cuerpo bañado en sudor la rodeaba y estaba dentro de ella, provocándole un fuego incontrolable en las entrañas, haciéndola desear más, mucho más, de aquella relación tan íntima entre los dos cuerpos.

Griff había apartado las manos y las había plantado a ambos lados de ella mientras seguía embistiéndola rítmicamente, incrementando su excitación, volviéndola loca de placer. Rosalind se aferró a sus hombros y arqueó la espalda, apresada en la incontenible necesidad que él le estaba provocando dentro.

Ahora entendía por qué los amantes se citaban en sitios retirados, y por qué las mujeres lo arriesgaban todo por sus hombres, y por qué la gente hablaba de fundirse en un solo cuerpo. Era por aquella danza arrebatadora, por aquella unión perfecta.

La unión entre un hombre y una mujer que se amaban. Las lágrimas empañaron sus ojos. No podía atajarlas.

Entonces notó los labios de Griff que le lamían las lágrimas.

—No llores, preciosa —la consoló él con una dolorosa ternura—. No quiero... hacerte daño. Si quieres... me aparto.

—¡No! —Ella lo agarró por la cabeza y la atrajo hacia su cara—. ¡No! ¡Bésame, por favor! —A pesar de que su cuerpo parecía estar a punto de explotar dentro de ella, él la besó con una ternura que le derritió el corazón.

«Te quiero —pensó mientras él cabalgaba sobre ella—, te quiero, Griff.»

—Ahora eres mía, Rosalind —jadeó él con toda la furia de un grifo fijando su dominio, su tesoro. La embistió con más fuerza como si quisiera marcarla—. Mía para siempre.

Aquellas palabras la inundaron con una ola de placer caliente que la llevó a gritar y a convulsionarse debajo de él, clavándole las uñas en los hombros, intentando pegarse más a su cuerpo fornido. Rosalind todavía se estaba hundiendo en el éxtasis cuando él alcanzó el orgasmo, gritando su nombre.

Entonces se derrumbó encima de ella. Rosalind lo abrazó fieramente mientras las lágrimas resbalaban por sus mejillas. «Mío», pensó, con la misma codicia que él había demostrado al constatar aquel hecho irrefutable. Griff no le había hablado de amor, pero la quería para él, solo para él, y seguramente eso significaba algo, ¿no?

Permanecieron así tumbados y quietos hasta que sus respiraciones se fueron sosegando y sus pulsos recuperaron un ritmo más natural. El cielo sobre sus cabezas era un milagro de seda estampada en colores rosa, lila y dorado, el éxtasis final y personal del sol antes de fundirse en el horizonte. Todo estaba en silencio en el bosque que los cobijaba, como si incluso los pájaros se hubieran quedado mudos ante los dos milagros... el del cielo y el de la tierra.

Con un suspirito, Griff le acarició el cuello suavemente con la nariz, luego se apartó de ella para tumbarse a su lado y la abrazó. Rosalind se acurrucó junto a él, con la cabeza apoyada en su pecho. Sintiéndose repentinamente tímida por el hecho de estar excesivamente expuesta, tumbada completamente desnuda en el bosque, no se atrevió a mirarlo directamente a los ojos.

Sin embargo, quería saber si él sentía lo mismo que ella después de haber hecho el amor. Dibujó unos círculos en su barriga con el dedo.

—¿Griff?

—¿Qué?

¡Oh! ¿Cómo podía preguntárselo?

—Nada.

Él le alzó la barbilla para mirarla a la cara, luego frunció el ceño. Pasándole el dedo pulgar por las comisuras de cada ojo, le secó el resto de las lágrimas.

—¿Por qué has llorado, cariño? ¿Te he hecho daño?

La extrema ternura con la que él había formulado la pregunta resonó profundamente en su interior.

—No —susurró Rosalind.

—He intentado no hacerte daño. Pero te deseaba tanto...

—Yo también —lo reconfortó ella—. En estos dos últimos días no he pensado en otra cosa.

Griff enarcó una ceja.

—Pues me había parecido que tenías a otro hombre en mente, hace poco.

Rosalind rio.

—¡Pobre tonto celoso! Lo único que hemos hecho es hablar de ti. Tu patrón parecía decidido a convencerme de que tú sentías algo por mí. Y yo no me dejaba convencer.

—¿Has hablado con él sobre mí? —repitió Griff con incredulidad—. Pero... si planeabas casarte con él. ¿No has pensado que él podría haberse ofendido?

—Siento decírtelo, ya que no te sentará nada bien, pero jamás planeé casarme con él.

—¿Qué? ¡Por Dios! ¡Pero si yo mismo fui testigo de cómo te ofreciste a él en bandeja de plata!

Su tono celoso consiguió arrancarle a Rosalind una sonrisa. Alzó la vista para mirarlo a los ojos y se sintió invadida por un enorme gozo al pensar que se iba a casar con él.

—Has de saber que el señor Knighton es mucho más perceptivo que tú. Desde el primer momento supo que yo no tenía intención de casarme con él. Solo quería retrasar su decisión de casarse con una de nosotras, y pensé que si accedía a casarme, podría retrasar el compromiso de forma indefinida.

—¿Me estás diciendo que ha sido un compromiso simulado?

—Sí.

—Entonces, ¿por qué has dejado que te bese? —Se estaba empezando a sulfurar sin poderse contener.

—¡Porque sabíamos que nos estabas espiando, tonto! Y él quería ponerte celoso. Además, me ha pillado completamente por sorpresa.

Griff la agarró por la nuca y le dio un interminable beso embriagador; luego susurró:

—No quiero más sorpresas como esta, ¿me has oído? Porque ahora eres mía, solo mía, mi dulce Rosalind. Y si vuelvo a sorprender a Daniel besándote...

—¿Daniel? —preguntó ella, perpleja.

Griff se quedó helado, y se le borró el color de la cara.

—Maldita sea.

—¿Daniel? ¿Quién es Daniel? Un momento, ¿no se supone que tú te llamas...?

—Sí, me parece que ha llegado la hora de confesarte cuáles eran mis verdaderas intenciones al venir aquí en primer lugar. —Suspiró. Se apartó un poco de ella y se sentó—. Si nos vamos a casar, será mejor que sepas mi verdadero nombre.

A Rosalind la embargó un miedo aterrador. ¿Por qué tenía la impresión de que no le iba a gustar lo que iba a escuchar?

Griff deslizó los dedos por su melena con aire distraído, luego la miró a los ojos.

—El hombre que crees que es el señor Knighton es en realidad Daniel Brennan. Y a mí no me llaman «Griff» por el grifo. Me llaman Griff porque mi verdadero nombre es Griffith.

Griff resopló con una enorme tensión, y a ella se le heló la sangre.

—Me llamo Marsden Griffith Knighton. Soy tu primo, el señor Knighton.

Capítulo diecisiete

Aquel que poseía todos los conocimientos jamás escritos solo sabía una cosa: que no sabía nada.

El emperador de la luna, APHRA BEHN, escritora inglesa

*G*riff se abrazó a sí mismo al ver cómo los ojos de Rosalind destellaban de rabia. Al menos ahora había puesto todas las cartas sobre la mesa. Sabía que no podía seguir con aquella farsa, especialmente si se iban a casar.

Porque se iban a casar, por más airada que fuera la reacción de su amada.

Hacer el amor con ella había sellado su decisión. Jamás había experimentado un vínculo afectivo tan especial con una mujer, jamás. Todavía se emocionaba al pensar en ello, y lo invadía un fiero deseo de defender aquella relación a capa y espada.

Se levantó y se puso los calzones al tiempo que la observaba con recelo. Ella se había sentado y ahora intentaba cubrirse sus partes más íntimas con las rodillas pegadas al cuerpo. Finalmente, decidió cubrirse con la manta. Griff constató, con un sentimiento de culpa, que esta estaba manchada de su sangre virginal.

—¡Di algo! —le suplicó él mientras ella mantenía la vista fija en un punto alejado del bosque—. ¡Llámame maldito bastardo, enfádate conmigo, cualquier cosa!

—¿Cómo voy a llamarte bastardo? —musitó con un hilo de voz—. Si... si me estás contando la verdad, no eres un maldito bastardo, ¿no?

Si en algún momento Griff había pensado que necesitaba una prueba para asegurarse de que ella no sabía nada acerca de los planes de su padre, ahora la tenía. Y Rosalind le había dado la entrada perfecta para contarle el resto de la historia.

Pero no podía; de momento, no. ¿Cómo iba a hacerlo cuando ella estaba allí tan quieta y callada, con un silencio que ponía en jaque todos sus planes?

—Pero soy un maldito bastardo —admitió él con voz ronca—. Jamás debería haberte mentido sobre mi verdadera identidad.

Rosalind sacudió la cabeza lentamente, como si intentara aclarar las ideas.

—¿De verdad eres Marsden Knighton? ¿Mi primo?

—Tu primo lejano —le recordó él.

Ella esbozó una mueca de desaliento.

—¡Qué tonta he sido! Debería haberme dado cuenta desde el principio. Por tu forma de comportarte, por tu forma de hablar. Desde el primer día me pregunté cómo era posible que el señor Kni... que tu administrador soportara tu insolencia. No era insolencia, ¿no? Siempre le has dado órdenes. Simplemente te comportabas como su patrón.

Griff asintió, agradecido de que finalmente ella hubiera comprendido esa cuestión.

Rosalind se puso de pie como si estuviera en trance, y se arropó con la manta.

—Y sus maneras zafias... —Alzó la vista y la clavó en la cara de Griff—. Él es el hijo del salteador de caminos, no tú. Fue él quien pasó tres años en el orfanato. —El horror se extendió por su cara—. ¿O eso también era mentira?

—En lo único en que te he mentido ha sido respecto a mi identidad. —«Aunque todavía no te he contado muchas cosas más.»—. Daniel y yo intercambiamos nuestra identidad por completo, y todos los detalles referentes a nuestros respectivos pasados son ciertos. Lo único es que lo que te conté no me pasó a mí sino a Daniel, y lo que te conté de él me pasó a mí. Ya ves.

Griff podía ver cómo ella cavilaba, y eso lo alarmó. Cuando Rosalind se dejaba llevar por las emociones se convertía en un ser peligroso. Atacaba con espadas, se ofrecía impetuosamente en matrimonio para salvar a su hermana... se lanzaba apasionadamente a hacer el amor. Empezó a preocuparse al verla reflexionar sobre la cuestión en vez de dedicarse a recoger la cesta de la comida campestre.

—¿Así que tú fuiste a Eton? —dedujo.

—Él asintió con la cabeza.

—Tú eres nuestro primo... —Escrutó sus rasgos—. Sí, claro que sí. Una vez vi un retrato en miniatura de tu padre, y ahora me doy cuenta de que te pareces muchísimo a él. No sé cómo no me había dado cuenta antes.

—Porque la gente solo ve lo que cree que ha de ver. No nos conocías; no tenías motivos para sospechar que yo no era el señor Brennan.

Al oír aquel nombre, Rosalind abrió los ojos desmesuradamente.

—Eso significa que tú no eres medio irlandés. Por eso él dijo... Ahhhhh... —Resopló y cerró los ojos, obviamente acababa de recordar algo.

—¿Qué dijo Daniel?

Rosalind sacudió la cabeza.

—Nada. Solo hablamos de los irlandeses y... nada, no es nada. —Volvió a quedarse pensativa—. Entonces tú eres el cerebro de la Knighton Trading. ¿Cómo es posible que haya sido tan ilusa? Sabía que lo eras, pero no podía comprender cómo habías ocultado eso a sus inversores durante tanto tiempo o por qué dejabas que él se aprovechara de todos tus esfuerzos.

Griff rio con amargura.

—Me conoces demasiado bien como para saber que no permitiría que otro hombre se aprovechara de mis esfuerzos. En cuanto a Daniel te diré que no te dejes engañar por su apariencia torpe y desgarbada. Es muy bueno en su trabajo, tanto que sus conocimientos sobre inversiones me han permitido doblar mi fortuna personal en los últimos años. Además, también se dedica a asesorar a otros hombres de negocios. Su intención es abrir su propia compañía muy pronto.

Griff sabía que estaba exagerando, que seguramente Rosalind no tenía ningún motivo para querer saber toda esa información sobre Daniel, pero lo único que pretendía era borrar de su cara la expresión de traición.

Ella volvió a fijar la vista en él. Ahora ya había oscurecido tanto que Griff apenas podía verla, pero todavía se sentía mal por haberla engañado.

—Me has pedido que me case contigo —susurró ella— sabiendo que pensaba que eras otra persona. ¿No se te ha ocurrido que ese detalle podría ser muy significativo para mí?

—¡Maldita sea, Rosalind, te he contado la verdad!

—¿Seguro? A ver, explícame qué es lo que te impulsó a emprender esa farsa, y por qué, después de que supuestamente decidieras casarte conmigo, seguiste adelante con ella.

—¿Supuestamente? ¡Maldita sea, mujer! ¿Por qué dices eso? Desde el primer momento que te vi en el despacho de tu padre, te deseé. Y después de aquel día en mi alcoba, supe que tenías que ser mía.

—¿Te refieres a... acostarte conmigo?

—¡No! ¡Mía como esposa! Nunca te he mentido en ese sentido.

—Sí, pero en tu habitación no me propusiste casarme conmigo. ¿Por qué no? Podrías haberme contado la verdad en ese momento, haberme dicho que no me preocupara de nada, que te casarías conmigo. ¿Por qué esperaste hasta que fui a ver al señor... a...?

—Daniel. Se llama Daniel. Te será más fácil si lo llamas por su nombre de pila.

—¡Mira, no hay nada fácil en este enredo! —gritó encolerizada.

Sus hombros se convulsionaron de forma tan violenta que él rezó para que no se echara a llorar. No soportaba verla llorar.

—Pensé que me había enamorado... enamorado de ti —susurró Rosalind, con los rasgos rígidos de dolor—, pero ¿de quién me enamoré? ¿De Griff Knighton? No, es obvio que no. Pero tampoco de Daniel Brennan, sino de una clase de... creación, de una mezcla entre tú y tu hombre de confianza.

—¡Eso no es verdad! —¿Por qué hablaba en pasado? ¡No podía perderla ahora! ¡No por culpa de aquella maldita farsa! ¡Tenía que hacer que lo entendiera!—. Tú no saliste con Daniel a pasear por la finca. Ni jugaste con Daniel al billar, ni hablaste de Shakespeare con Daniel. —Avanzando hasta donde ella estaba, arrebujada con la manta y la mirada perdida, intentó acariciar la adorable curva de su mejilla—. No has hecho el amor con Daniel.

Al menos ella no se apartó cuando la tocó.

—Todavía no me has contado el motivo que te empujó a urdir esta maquiavélica farsa. Ni por qué la has llevado tan lejos.

La mano de Griff se quedó petrificada, y un repentino horror se apoderó de él. Maldición. No podía contarle el resto. ¿Cómo iba a hacerlo? Ella ya se sentía traicionada y herida. Si le contaba que había ido hasta allí con la intención de buscar una prueba que hundiría a su padre y arrastraría a sus hermanas a un inevitable escándalo... ¿Cómo iba a confesarle que todavía pensaba recuperar lo que era suyo legalmente?

No podía hacerlo; quizá más tarde, cuando estuvieran casados, se lo contaría. Por entonces, Griff sabría claramente cómo iba a actuar. De momento, tal como estaban las cosas, ni siquiera estaba seguro de que ella quisiera casarse con él. Así que primero tenía que asegurarse, y luego ya pensaría en el modo de resolver el resto de los enredos cuando estuvieran casados.

Solo necesitó un momento para idear una razón plausible.

—Cuando tu padre me invitó a venir, mencionó la posibilidad de casarme con una de vosotras. Yo no tenía ninguna razón para casarme, o eso era lo que pensaba.

—Y sabes que no necesitas casarte para apropiarte de estas tierras —replicó ella con irritación.

Griff se limitó a asentir, incapaz de seguir alimentando más mentiras.

—Sin embargo, quería ver Swan Park. Mi padre me había hablado a menudo de este lugar, sabía que lo heredaría, así que sentía curiosidad. Por eso ideé una forma de verlo sin sentirme asediado por tres mujeres. —Esbozó una leve sonrisa—. Créeme, si hubiera sabido que ninguna de las tres quería casarse conmigo, no se me habría ocurrido montar toda esta farsa. Pero había oído que erais... bueno... que erais...

—Las solteronas de Swanlea. —Rosalind acabó la frase por él, alzando la barbilla con petulancia, con una sorprendente dignidad por tratarse de una mujer descalza y envuelta en una manta en medio del bosque.

—Exactamente. Pensé que Daniel podría manteneros ocupadas mientras yo... examinaba la finca tranquilamente. Pero cuanto más duraba la farsa, más me costaba admitirlo.

Griff le apartó el pelo de la cara. Por Dios, jamás la había visto tan seductora como en aquel instante, envuelta en una simple manta. Era la viva imagen de Atenea, la diosa de la batalla, salvo que habría sido necesario bajarle un poco más la manta para revelar sus adorables pechos en todo su esplendor.

Intentó apartar aquella imagen de su mente para calmar a su insurrecto miembro viril.

—Cuando me di cuenta de que te quería, no supe cómo detener la argucia. ¡Ni siquiera estaba seguro de si yo te atraía como Griff Brennan más que como Griff Knighton! No parabas de repetir todas esas tonterías de casarte con el señor Knighton para salvar a tu hermana, y yo no quería que te casaras conmigo por esa cuestión.

—Así que decidiste perpetuar la mentira, para asegurarte de que me casara por ti y no por tu fortuna. ¿Es eso lo que intentas decirme? Me has manipulado y...

—¡Un momento! —la interrumpió él enojado, al ver que ella se mostraba tan poco comprensiva—. ¡Yo no he sido el único que se ha dedicado a manipular ni a tramar intrigas! Tú ni siquiera pensabas casarte con Daniel... quiero decir, conmigo, bueno... con Knighton. Tú no has sido mucho más honesta conmigo que lo que yo he sido contigo.

A Rosalind le empezó a temblar la barbilla.

—Yo luchaba por defender a mi familia. A ver, ¿por qué luchabas tú?

«Por mi compañía, mi futuro», estuvo a punto de decir, pero no se atrevió.

—Rosalind —dijo, intentando poner un tono razonable—, ya sé que nunca tendría que haber urdido un engaño tan falaz, pero ahora ya se ha acabado, y te lo he contado. ¿Podrás perdonarme? ¿Podemos zanjar la cuestión?

Rosalind se lo quedó mirando sin pestañear, sin estar segura de cómo tomarse sus revelaciones. Quería odiarlo por haberle mentido acerca de su identidad y por haber continuado con la farsa durante tanto tiempo, por haberle hecho el amor mientras fingía ser otro hombre.

Pero ¿cómo iba a hacerlo? Si en realidad era el verdadero señor Knighton, entonces todo era aún más sencillo. Se había devanado los sesos pensando cómo iba a confesar a su familia que pensaba casarse con el hombre indebido, el que no podría salvar Swan Park. Detestaba pensar que Juliet tendría que volver a aceptar las atenciones del hombre que pensaba que era su primo.

Sin embargo, Griff le había mentido. Y de forma repetida. De un modo atroz.

En el fondo Rosalind sabía que podría perdonarlo... si supiera realmente qué era lo que tenía que perdonar. Pero a pesar de que la explicación de Griff parecía plausible, no se la acababa de creer. ¿Había montado todo ese lío únicamente para que las solteronas de Swanlea no lo molestaran mientras examinaba la finca? No podía ser. Tenía que haber algo más.

Pensó en la caja fuerte de su padre y se puso tensa.

—¿Y qué me dices de tus paseos sigilosos por la casa? A ver, ¿qué me dices?

Él apartó la vista y un músculo se tensó en su mandíbula.

—Ya te lo he dicho. Quería examinar la finca. No me gusta hacerlo con alguien pegado a mí como una lapa, eso es todo. —Volvió a mirarla, devorándola con ojos sedientos, hasta que consiguió que Rosalind se ruborizara—. Especialmente con alguien tan seductor como una fémina que me tiene excitado a todas horas. Como por ejemplo ahora.

Una irresistible necesidad la empujó a bajar la vista hasta sus pantalones. Rosalind tragó saliva al ver que por lo menos no mentía en ese aspecto, ya que la tela de los pantalones no podía ocultar su erección, que parecía crecer por momentos, mientras ella la miraba sorprendida.

—Casi siempre estoy así de excitado cuando estoy contigo, preciosa —explicó él con voz gutural—. Hasta ahora jamás había conocido a una mujer a la que deseara a todas horas. Sé que no tiene sentido, pero desde el momento en que te vi... bueno... algo se alteró en mi interior. Es como si me faltara una parte de mí y la hubiera encontrado cuando tú entraste en mi vida.

«Tu corazón —pensó ella, recordando lo que Daniel le había dicho—. Pero el problema es que no sabes que es tu corazón.»

En ese momento también recordó otras cosas que le había dicho Daniel: «Su cerebro intenta comprenderos, su pajarito requiere atención, y lo peor de todo es que su corazón grita por ser escuchado por primera vez en su pobre e insípida vida. Y ese clamor está confundiendo a Griff hasta el punto de volverlo loco.»

Aquel pensamiento la alentó. Seguramente él la quería un poco, si podía hablar con tanta franqueza de la necesidad que sentía por ella. Probablemente no sabía que era su corazón el que le reclamaba estar con ella, pero eso no significaba que no fuera cierto.

—Quiero casarme contigo, ahora más que nunca —declaró Griff en una voz baja y acuciante—. La cuestión es: ¿podrás perdonarme? ¿Me perdonarás y te casarás conmigo?

¡Maldito bribón! Tenía el talento de reducir situaciones verdaderamente críticas a menudencias. Rosalind incluso sabía la respuesta que quería darle: ¿cómo no iba a perdonarlo cuando lo amaba tanto?

Después de todo, era posible que la situación fuera tal y como él se la había contado. A Rosalind no le costaba imaginar a Griff intentando evitar que tres solteronas lo acosaran. Y podía entender cómo su orgullo lo había frenado para no declararle su amor hasta ese momento.

Así que... ¿por qué se sentía inquieta, con la impresión de que él no le estaba contando toda la verdad? Aún quedaban cabos por atar. ¿Por qué se había tomado Griff tantas molestias para asegurarse de estar solo esos últimos días? Su explicación no aclaraba su comportamiento. ¿Y qué pasaba con la dichosa caja fuerte de papá? Este insistía en que solo contenía papeles, pero ¿por qué quería ocultarlos? No tenía sentido.

Por un momento pensó en la posibilidad de mencionar la caja, pero su instinto le dijo que se callara. Si Griff le estaba mintiendo sobre esa cuestión y ella lo mencionaba, aún se enredarían más las cosas, porque entonces él sabría dónde encontrar la caja. Si él le estaba contando la verdad, entonces el misterio del contenido de la caja fuerte era irrelevante.

—Rosalind, querida. —Griff la sacó de sus cavilaciones—. Si estás intentando castigarme con tu silencio, te aseguro que lo estás consiguiendo.

Su cara angustiada la enterneció.

—No estoy intentando castigarte. Solo es que... todo esto es tan inesperado, que estoy intentando asimilarlo. —«Todavía estoy intentando asimilar quién eres. Y si puedo fiarme de ti.»

—¿Qué es lo que tienes que asimilar? Soy el mismo hombre del que te enamoraste, solo que con un nombre diferente y un pasado menos infame. Eso no debería afectar tu decisión de si quieres casarte conmigo. —Cuando ella permaneció en silencio, él añadió en un tono tenso—: Y si mis mentiras han destruido tus sentimientos por mí, todavía podrías casarte por razones prácticas. Yo incluso estaría dispuesto a aceptar ese trato por tu parte.

—¿Razones prácticas? Supongo que te refieres a las ventajas para mi familia.

A Griff se le tensó la mandíbula.

—Sí, pero en particular las ventajas para ti. Soy rico, ¿recuerdas?

—¿Cómo lo iba a olvidar? —respondió ella fríamente—. Me lo recordaste constantemente ese día en el coto de caza. Si no me equivoco, me parece que me mostré tan poco interesada por el dinero y por las riquezas como lo estoy ahora.

—Eres una dama muy testaruda, lady Rosalind.

—De hecho, me parece que te dije que me interesaba tan poco esta finca que estaba dispuesta a echarlo todo a rodar con tal de convertirme en actriz.

Él suspiró.

—Entonces tendré que buscar otro cebo para tentarte, como por ejemplo... tu pasión por el teatro, ¿no? —Para sorpresa de Rosalind, Griff le pasó el brazo por la cintura y la atrajo hacia él. La manta resbaló un poco, pero ella no intentó resistirse. No podía.

Griff le acarició la mejilla con los labios, y adoptó una voz más seductora:

—No me negarás que formamos una buena pareja.

—¿Quieres decir en la cama? —Ella soltó una carcajada nerviosa. ¡Maldito fuera ese bribón, con su habilidad para nublarle la mente!

—En cualquier circunstancia. —Agarrándola por la barbilla, la obligó a alzar la cara para que lo mirara a los ojos, a sus bonitos ojos de gato montés—. ¿Qué posibilidades crees que tienes de encontrar un esposo con tantos conocimientos de Shakespeare como yo?

Otra pieza del rompecabezas encajó en su lugar. Por supuesto que él conocía a Shakespeare. Había estudiado en Eton. Sin embargo, de todas las cosas que podía haber dicho para convencerla, esa no se la esperaba. Demostraba un gran talento, y si había algo en lo que Griff destacaba era precisamente en su talento.

Ella enarcó una ceja.

—Todavía no me has demostrado que tengas los mismos conocimientos que yo respecto a la extensa obra de Shakespeare, querido.

Él sonrió ante el reto.

—Entonces quizá deberíamos casarnos. Piensa en lo bien que nos lo pasaremos compitiendo para ver quién sabe más citas del bardo. —Le estampó un beso cálido en la mejilla—. Piensa en las horas que pasaremos... —trazó una senda de besos hasta su oreja y le lamió el lóbulo—... hablando de todos los eufemismos que Shakespeare utiliza para «miembro viril».

Ella sintió un súbito escalofrío en la espalda. Ese tunante sabía realmente en qué contexto usar palabras ordinarias.

Jugueteando con su oreja excesivamente sensible, Griff la atrajo más hacia su cuerpo. Su cuerpo indiscutiblemente excitado.

—Y habrá otras ventajas, también. Podrás decorar nuestra casa en la ciudad de arriba abajo. Tendrás dos mansiones llenas de criados que acatarán tus órdenes.

—¿Y por qué desearía eso? —A Rosalind le costaba respirar, le costaba pensar. Ladeó la cabeza para apartarse, luchando contra la calurosa marea de excitación que siempre se apoderaba de ella cuando él empezaba con aquellos juegos de seducción—. No me gusta hacerme cargo de esta finca, ¿recuerdas?

—Dijiste que solo te disgustaban los detalles tediosos. Pues bien, querida, tengo muchos empleados que pueden asumir esos detalles tediosos, dejándote a ti plena libertad para gestionar el resto. —La besó en el cuello—. Y también para calentar mi cama.

Rosalind tragó saliva. Con dificultad.

—Supongo que consideras que calentar tu cama es una de esas ventajas a mi favor, si me caso contigo.

—¡Mira que eres testaruda! ¿Debo demostrarte de nuevo por qué los dos pensamos que es una ventaja?

La besó en la boca apasionadamente, robándole el aliento sin compasión. Rosalind notó cómo se le inflamaba el cuerpo y cómo todos sus sentidos se ponían alerta. Por un momento, se dejó llevar por la ola de sensaciones, respondiendo a sus besos con todo el amor de su corazón.

Pero cuando él le quitó la manta, ella recuperó el sentido. Recurriendo a una enorme fuerza de voluntad, se zafó de sus brazos y retrocedió unos pasos, cubriéndose nuevamente con la manta como si fuera un escudo.

—Rosalind... —la llamó él, preocupado.

—De acuerdo.

—¿De acuerdo qué?

—Me casaré contigo.

El desgarrado suspiro de alivio de Griff resonó en todo el claro.

—Perfecto. Y ahora ven; vamos a celebrarlo.

Solo Griff podía otorgarle al verbo «celebrar» un sentido carnal. Ella se estremeció ante la deliciosa tentación, pero se resistió. No podía acostarse con él hasta que estuviera segura de que todos sus temores eran infundados. Ya casi había admitido que lo amaba; si él le hacía de nuevo el amor, caería irremediablemente en sus redes para siempre. Y su orgullo no le permitía que Griff jugara con su corazón hasta que pudiera confiar plenamente en él.

—No. Todos empezarán a preocuparse por nosotros, si no regresamos pronto.

Él dio un paso hacia ella.

—Daniel se asegurará de que nadie nos moleste.

—No —volvió a repetir ella con firmeza—. Estoy... un poco... —¿Qué? ¿Cansada? ¿Dormida? ¿Tan pronto, al atardecer? ¿Qué razón podía darle?

Para su sorpresa, fue él quien le ofreció la excusa que buscaba.

—Entumecida. Lo entiendo. —Le pidió perdón con la mirada—. Lo había olvidado. Eras virgen, y hemos hecho el amor con... demasiado vigor. Necesitas tiempo para recuperarte.

Ella se apoyó en aquella excusa, aunque la verdad era que no se sentía tan mal.

—Sí, eso es. Lo siento.

—No tienes que excusarte. Soy yo quien debería pedirte perdón. Debería haber sabido que no te recuperarías tan pronto. —Le acarició la mejilla—. Navego por aguas desconocidas, ya que eres la primera mujer virgen con la que me acuesto.

—Será mejor que sea la última —le advirtió ella—. No importa lo que le prometiera a Daniel: no pienso jugar el papel de esposa sumisa contigo. Si te buscas una amante después de que nos casemos, te juro que te cortaré el pajarito, o como quieras llamarlo.

Él soltó una carcajada.

—Hablas como una verdadera amazona. Pero no te preocupes, no deseo una esposa sumisa. Ni tampoco quiero una amante. Te quiero a ti y a nadie más, para el resto de nuestras vidas.

Sonaba tan idílico, tan perfecto... «Demasiado perfecto», pensó Rosalind mientras él se inclinaba para besarla.

Solo había una forma de estar segura de sus intenciones y de despojarse de todos sus temores. Aquella misma noche, Rosalind tenía intención de ir a ver a su padre con la maldita caja fuerte y exigirle que la abriera delante de ella y que le explicara su contenido. Seguro que no era nada relevante para Griff, seguro...

Rosalind rezó para que así fuera.

Porque si Griff se atrevía a seguirle mintiendo ahora que ella había aceptado casarse con él, el desengaño la mataría.

Capítulo dieciocho

No hay pasión tan fuertemente arraigada
en el corazón humano como la envidia.

El crítico, RICHARD SHERIDAN,
escritor angloirlandés y propietario del teatro Drury Lane

*M*edia hora más tarde, después de vestirse y de retomar el camino de regreso a la casa, Griff no lograba librarse de la sensación de desasosiego que se había apoderado de él. No lo comprendía. Ahora que había conseguido lo que quería, todo lo que quería, debería estar eufórico.

Había conquistado a Rosalind a pesar de haberle revelado su engaño. Ella había aceptado casarse con él. Le había dicho que lo quería. Incluso lo había amenazado con caparlo si se atrevía a tener una amante, una reacción que a Griff le parecía decididamente prometedora. Los celos de Rosalind seguramente significaban que sentía algo más que un simple deseo carnal por él.

Y se había ganado el certificado. O, mejor dicho, lo conseguiría el día de su boda si el conde mantenía su promesa. Además, lo había conseguido sin que eso repercutiera en su relación con Rosalind, gracias a su prudente decisión de no contarle nada sobre la controvertida cuestión.

Sin embargo, todavía se sentía inseguro con ella. La observó de soslayo cuando llegaron a la mansión y pasaron por debajo de una ventana que iluminó su cara con una tenue luz. Parecía... pensativa, distante. ¿Era posible que supiera...?

No. ¿Cómo iba a saberlo? Rosalind estaba simplemente respondiendo a la pérdida de su virginidad y a los numerosos cambios en su vida. Porque si hubiera sabido la verdad, no habría dado su consentimiento para casarse con él. De eso no le cabía la menor duda.

Sin embargo, tarde o temprano tendría que confesárselo. ¡Qué dilema! Para obtener un escaño en la Cámara de los Lores y de ese modo ganar acceso a la delegación a China, tenía que reclamar públicamente el título. Pero si lo reclamaba públicamente, ya fuera antes o después de casarse con Rosalind, ella lo mataría.

Resopló angustiado. ¿Existía alguna otra forma de lograrlo sin que ella se enfureciera?

Aunque, pensándolo bien...

Rosalind no tenía por qué saber de dónde había sacado el certificado. El secreto podía morir con el conde y con él. Y después de que reclamara el título, la situación familiar no cambiaría excesivamente, porque cuando se casara con Rosalind, se instalaría en Swan Park y todo seguiría como hasta entonces. Incluso permitiría que el viejo conde se quedara en su alcoba. Después de todo, no era tan rencoroso.

Simplemente se trataba de un cambio a efectos legales, una transferencia pública del título de su padre a Griff. Posiblemente las gestiones se podrían cerrar en menos de un mes. En la Cámara de los Lores. Delante de todos los allegados del padre de Rosalind y de un considerable número de periodistas. Sin lugar a dudas, su padre quedaría como un vil impostor, y sus hermanas sufrirían una gran humillación cuando Griff expusiera al mundo el oscuro perfil de su padre.

Volvió a resoplar. ¡Maldición! ¡No era justo! ¡Merecía ese título! ¡Era suyo! Rosalind debería estarle agradecida de que todavía quisiera casarse con ella, después de todo lo que le había hecho su padre. ¡Maldición y mil veces maldición!

—Si vuelves a resoplar otra vez con tanta rabia, pensaré que te estás arrepintiendo de tu petición de matrimonio —murmuró ella a su lado en un tono crispado.

Él la miró, desorientado.

—No tengo ninguna duda al respecto, créeme. —Era verdad, y a Dios ponía por testigo. No temía las adversidades que tuviera que sortear para casarse con ella, porque eso era lo que más ansiaba en su vida. Bueno, eso si no pensaba en la delegación a China.

Pero encontraría un modo de obtener ambas cosas. Quizá el viejo conde le ayudaría palmándola lo antes posible.

Lo embargó una sensación de culpa por haber deseado algo que sabía que a ella le provocaría un profundo dolor. Volvió a resoplar. Al ver que Rosalind lo miraba con el ceño fruncido, se apresuró a decir:

—Simplemente estoy intentando decidir cómo hacer nuestra «entrada triunfal». No quiero ponerte en evidencia delante de tu familia. ¿Hay otra forma de acceder a la casa sin que nadie nos vea?

—¡No me digas que todavía no has recorrido todos los pasajes secretos de Swan Park durante tus incursiones!

—Ya veo que hacer el amor no ha suavizado vuestra lengua mordaz, milady. Muy bien. —Se detuvo, la cogió entre los brazos y enfiló hacia la puerta principal—. Siempre podemos entrar así. De este modo, eliminaremos todas las preguntas molestas de un plumazo.

—¿Qué haces? ¡Suéltame! —siseó ella, lanzando una mirada furtiva hacia las ventanas por las que pasaban—. ¡Por el amor de Dios! ¡Suéltame!

—Como quieras. —La depositó en el suelo con suavidad, sin dejar de abrazarla, y acto seguido la besó. Fue un beso ardiente, un beso dulce que la dejó extasiada.

Rosalind se separó de él, con la respiración acelerada, los ojos muy abiertos y los labios enrojecidos.

—Allí hay una pequeña puerta de servicio. —Señaló hacia una fila de setos—. Conduce a una de las escaleras de servicio.

Cuando llegaron a la pequeña puerta, ella la abrió, pero él la agarró por el brazo para detenerla.

—Sube tú sola —le ordenó—. Yo entraré por la puerta principal y distraeré a tus hermanas.

—¿Y cómo piensas hacerlo?

Griff se encogió de hombros.

—Supongo que ha llegado el momento de contarles la verdad, si es que Daniel no lo ha hecho ya. Con eso seguro que las tendré entretenidas un buen rato. —Sin embargo, rezó para que Daniel no les hubiera dicho nada—. ¿Bajarás a cenar después de arreglarte?

Rosalind bajó la vista, un poco azorada.

—Yo... yo... creo que esta noche cenaré en mi cuarto. Necesito un baño.

—¿Puedo subir a tu alcoba más tarde, para que tomemos ese baño juntos?

—¡Por supuesto que no! —se escandalizó ella con un fiero rubor.

Griff se echó a reír.

—Bueno, supongo que eso tendrá que esperar hasta que estemos casados.

Ella lo miró con incredulidad.

—No es posible que seas tan incorregible como para querer bañarte conmigo.

—Me temo que seré un esposo absolutamente incorregible. —Sonrió con frescura—. Sabes muy bien que ese es el motivo por el que has accedido a casarte conmigo.

Rosalind irguió la barbilla, pero no lo negó.

—Y supongo que tampoco me dejarás que más tarde me meta en tu alcoba sigilosamente, ¿no?

—¡Por supuesto que no!

Griff resopló con fuerza. Pero quizá era mejor así, puesto que su intención era ir a hablar con el viejo conde en privado para aclararle lo de la farsa. Con un poco de suerte, cuando Griff le dijera que deseaba casarse con Rosalind, el anciano no se pondría tan furioso como era de suponer.

Aunque tampoco tenía razones para enfadarse, teniendo en cuenta sus propias traiciones y engaños. Pero si se enfadaba, cabía la posibilidad de que el conde mencionara el certificado a Rosalind, y por eso era mejor que Griff se adelantara. Sin lugar a dudas, lo más conveniente era mantener a Rosalind al margen y lo más alejada posible de su padre hasta el día de la boda.

—Rosalind —dijo Griff al tiempo que estrechaba una mano entre las suyas—, pronto tendré que ir a Londres para confirmar cómo va todo en la Knighton Trading. Y me gustaría que me acompañaras.

—¡Pero Griff, eso sería... eso sería una desfachatez, y lo sabes! Una cosa es que nos veamos en... secreto... bueno, ya me entiendes..., pero no podemos permitir que todo el mundo piense que...

—Puedes llevarte a una de tus hermanas de carabina para el viaje. Seguro que Helena estará encantada.

—¿Y papá? ¿Y la finca?

—Juliet puede quedarse y ocuparse de tu padre como suele hacer. Y no pasará nada porque descuides tus obligaciones aquí unos días. —Le acarició los dedos—. Cuando estemos en Londres, tendrás a mi madre de carabina, y eso ahogará cualquier posible comentario malintencionado.

Ella lo miró confundida unos instantes, pero de repente su cara se iluminó.

—¡Oh, sí, claro! ¡Había olvidado que tu madre está viva! Estoy tan acostumbrada a pensar que eres el huérfano señor Brennan... —Se calló un momento al darse cuenta de que le había vuelto a recriminar el engaño de la doble identidad—. Me temo que me llevará tiempo determinar quién eres en realidad.

Para Griff aquellas palabras tuvieron el efecto mortífero de una estocada. Sin poderse contener, la abrazó y la besó con una insolencia que rozaba la indecencia, luego se apartó unos centímetros para mirarla a los ojos.

—Esto es todo lo que necesitas saber de mi personalidad, querida.

Rosalind se sintió extasiada por unos instantes, y lo miró con desmayo. Gracias a Dios que su dulce Atenea era genuinamente pasional; no había mejor arma para mantenerla a su lado. Si no quería perder a Rosalind, lo más conveniente era recurrir a aquella táctica a menudo.

Sonrió socarronamente. Eso no le iba a costar ningún esfuerzo. En absoluto.

Su satisfacción fue total cuando ella no se resistió a su abrazo.

—¿Cuándo quieres que nos marchemos? —le susurró Rosalind mientras él le acariciaba su preciosa melena salvaje.

—Pasado mañana, si es posible. Antes necesito arreglar con tu padre unos asuntos referentes a nuestro matrimonio, y Helena y tú tendréis que preparar las maletas, supongo. Pero no veo ningún motivo para retrasar más la marcha. Hay tanto por hacer en Londres... Y además, quiero que visites la Knighton Trading —añadió con malicia—, la fuente de todas las perversiones.

Ella torció el gesto.

—No creo que sea cuestión de la compañía, sino de su propietario, que es quien propicia todas esas perversiones.

—Así es. Y continuaré propiciándolas cuando estemos casados. —Colocó la mano sobre uno de los pechos de Rosalind y se inclinó para susurrar—: Toda clase de perversiones.

Ella le apartó la mano bruscamente.

—Pero de momento no, Griff. Si nos pillaran así, jamás me atrevería a volver a salir a la calle de la vergüenza. Será mejor que entre antes de que alguien salga a buscarme.

—Muy bien. —Le apresó la mano, se la llevó a los labios y la besó—. Buenas noches, cariño. Te veré mañana, a la hora del desayuno. Y ahora ve a bañarte y sueña conmigo mientras te enjabonas tu bonito...

—¡Ya basta, Griff! —Pero aunque Rosalind le lanzó una mirada reprobadora mientras atravesaba la puerta, él la oyó reír en voz baja cuando la cerró tras ella.

Griff suspiró. ¿Cómo diantre iba a aguantar hasta la boda? No le quedaría más remedio que acostumbrarse a tomar baños fríos hasta que pudiera volver a acostarse con ella, ya que a la mañana siguiente tenían muchas cosas que hacer. Con Helena de carabina en el trayecto hasta Londres y su madre custodiándolos cuando llegaran a la ciudad, dispondrían de muy pocas oportunidades de estar solos, cuando se marcharan de Swan Park.

Bueno, la abstinencia solo ayudaría a que la noche de bodas fuera más desenfrenada. Una sonrisita traviesa coronó sus labios. Su intención era mantener el noviazgo más corto de la historia. Y conociendo a Rosalind, seguro que ella no le pondría trabas.

Cuando entró en la casa, el mayordomo le informó de que todos estaban cenando. Había llegado la hora de enfrentarse a la ira de las otras solteronas de Swanlea. No es que tuviera miedo de lo que pensaran; solo le importaba Rosalind, y por fortuna ella ya había accedido a casarse con él.

Entró en el comedor y tomó asiento.

—Buenas noches. ¿Os ha contado ya Daniel nuestra pequeña mentira?

—¿Daniel? —inquirió lady Helena.

—¿Mentira? —repitió lady Juliet.

Él suspiró, entonces empezó a referirles el gatuperio. Daniel no dijo nada, apenas probó bocado, y Griff pronto supo el porqué. Aquel maldito irlandés quería ver cómo las dos hermanas machacaban a Griff.

Y eso fue precisamente lo que Griff tuvo que soportar durante la siguiente hora: un verdadero calvario. Les explicó a lady Helena y a lady Juliet las mismas razones que a Rosalind sobre los motivos que lo habían empujado a urdir aquella farsa, sin prestar atención a las muecas de incredulidad de Daniel. Al final de la cena, después de contestar cientos de preguntas de la forma más evasiva posible, se encontró acorralado por las miradas de condena de las dos hermanas.

—¿Así que nos habéis mentido? —repitió lady Juliet por enésima vez—. ¿Habéis estado fingiendo todo este tiempo?

—Sí —respondió Griff con impaciencia. Rosalind había sido más comprensiva, maldita fuera. Si ella podía perdonarlo, ¿por qué diantre no podían hacerlo sus hermanas?—. No cambia nada, excepto que yo seré quien finalmente se case con vuestra hermana, y no Daniel.

—Quien también nos ha mentido —terció lady Helena, lanzando al administrador de Griff una mirada ceñuda—. ¿Qué, os lo habéis pasado bien a nuestra costa? Riéndoos de nosotras por nuestra estupidez y...

—Un momento —la interrumpió Daniel—. Eso no es verdad. La idea no fue mía. Me opuse desde el primer momento, pero trabajo para él, así que tuve que hacer lo que me pedía. Os aseguro que no he disfrutado con este engaño.

Juliet le propinó una palmadita en la mano para expresarle su apoyo.

—Os creemos. —Por lo visto, ahora que no tenía que casarse con aquel grandullón ni ver cómo su hermana se sacrificaba casándose con él, le había perdido el miedo y se sentía cómoda a su lado—. Sabemos que sois una buena persona, señor Knig... quiero decir, señor Brennan. —Desvió la vista hacia Griff y lo miró con aprensión—. Es vuestro patrón quien ha actuado de un modo incorrecto, totalmente incorrecto.

Griff miró a Juliet con cara de pocos amigos.

—Antes de que empecéis a exonerar a Daniel de toda culpa,

deberíais saber por qué accedió a hacerlo. Yo no lo obligué. Él decidió hacerlo a cambio de una generosa recompensa: doscientas cincuenta libras, para ser exactos.

—¡Doscientas cincuenta libras! —Lady Helena se quedó estupefacta al oír la cantidad. Miró a Daniel con resentimiento—. Supongo que no se puede esperar más de un hombre que ha sido contrabandista, ¡Y quién sabe qué otras fechorías más ha cometido! ¿Cómo es posible que vuestro patrón os ofreciera tanto dinero? —Adoptó un porte herido—. Pero claro, supongo que os tuvo que ofrecer tanto dinero para que accedierais a pasar unos días con unas insoportables solteronas.

Helena lanzó la servilleta con violencia sobre la mesa y empezó a levantarse, pero Daniel la apresó por el brazo.

—Escuchad, por favor, lady Helena...

—Soltadme —susurró ella, con los ojos brillantes con lo que parecían lágrimas—. Debería haberme dado cuenta de que alguien os estaba pagando para ser tan afable, con la partida de billar, y el cortejo de Rosalind, y... Que alguien os estaba pagando para entretener a las solteronas. ¡Pues enhorabuena! ¡Os habéis ganado ese dinero a pulso! ¡Nos habéis engañado a las tres!

Cuando Daniel empezó a pedirle perdón a lady Helena y lady Juliet saltó en defensa de él, Griff sacudió la cabeza y abandonó el comedor. Era mejor dejar que ese trío arreglara sus cuentas pendientes. Aquella noche no estaba de humor para bregar con mujeres irascibles. Después de todo, todavía tenía que enfrentarse a un conde irascible, y temía que en ese empeño tendría que volcar toda su entereza.

A pesar de que Griff todavía no había estado en el aposento privado de Swanlea, sabía dónde estaba. El despacho donde había visto a Rosalind por primera vez y donde se había peleado con Daniel estaba situado en aquella ala en la misma planta, así que solo necesitó unos pocos minutos para localizar la alcoba del conde.

Había esperado encontrar a un criado montando guardia en la puerta, por si el conde necesitaba algo, pero el vestíbulo estaba desierto. Quizá el anciano estaba durmiendo. Por un momento consideró girar sobre sus talones y volver a la mañana siguiente, pero desestimó la posibilidad. Cuanto antes hablara con el conde, mejor. Entreabrió la puerta un poco y echó un vistazo al interior de la alcoba. Necesitó unos breves momentos para que sus ojos se adaptaran a la penumbra, ya que la habitación solo estaba iluminada por una vela encendida en la mesita de noche, junto a la cama.

Tras un rápido vistazo constató que el anciano estaba sentado, aunque parecía tener los ojos cerrados. Mientras Griff entraba y se acercaba a la cama, vaciló sobre qué iba a hacer. ¿El anciano estaba simplemente dormitando? ¿O siempre dormía en aquella posición sentada y con una vela encendida?

Una cosa era verdad: estaba más enfermo que lo que Griff había supuesto. El conde solo tenía cincuenta y pocos años, y sin embargo parecía mucho mayor. Un alarmante silbido marcaba su respiración, y tenía la cara completamente destensada, como en un sudario. Toda la habitación olía a orines y a ungüentos y a muerte, de una forma tan aterradora que a Griff se le heló la sangre, ya que le recordó dolorosamente la habitación de su propio padre moribundo muchos años antes.

Casi ya había decidido abandonar la alcoba y regresar a la mañana siguiente cuando el conde abrió los ojos y lo vio. Antes de que Griff pudiera articular ni una sola palabra, la expresión soñolienta del conde se tensó en una máscara de horror. Aferrándose a la sábana y llevándosela hacia el pecho como si pretendiera protegerse con ella, se hundió en la almohada.

—Así que has venido a por mí, ¿eh? —jadeó asustado—. ¿Es así como empieza el juicio final? ¿Iré a la tumba de la mano del hombre al que peor he tratado en esta vida?

Griff se quedó helado entre las sombras. ¿El anciano deliraba? Ninguna de sus hijas le había comentado que su padre sufriera demencia. ¿Esa sabandija estaba soñando con los ojos abiertos?

—Debería haber imaginado que te enviarían a por mí. —El conde tosió, sin apartar ni un segundo sus aterrados ojos de Griff—. ¿Quién si no debería guiarme hasta el infierno, Leonard?

Entonces Griff entendió la situación. Su madre siempre le decía que era la viva imagen de su padre, pero hasta ahora había creído que exageraba. Por lo visto, no era así.

Griff empezó a avanzar hacia la cama para que el moribundo pudiera verlo mejor, pero vaciló. Un impulso malvado lo llevó a preguntar con voz cavernosa:

—¿Y qué has hecho para que pienses que debo ser yo quien te guíe hasta el infierno?

Los ojos del conde parecían estar a punto de salirse de sus órbitas.

—¡No me atormentes, fantasma! ¡Sabes lo que he hecho! Pero estoy intentando reparar el agravio. Por favor... Dame solo unas pocas semanas más para que lo consiga, y aceptaré mi destino sin oponer resistencia.

—¿Conseguir el qué? —A Griff el corazón le latía desbocadamente—. ¿Cómo piensas reparar el agravio?

—Tu hijo se casará con Rosalind, mi hija. Eso compensará mi ultraje.

Griff necesitó un segundo para recordar que el conde pensaba que Rosalind se iba a casar con Daniel. Y que Daniel era el señor Knighton.

—Cuando se casen —continuó el conde con un hilito de voz apenas perceptible—, le entregaré a tu hijo el certificado de matrimonio, la prueba de su legitimidad.

—¿Por qué no se lo das ahora? ¿Por qué esperar hasta después de la boda? —A pesar de que Griff tenía intención de casarse con Rosalind de un modo u otro, quería escuchar de los labios del anciano su propia versión, ver cómo interpelaba a un poder no terrenal por sus despreciables acciones.

—No sé si tu hijo me guarda rencor por lo que pasó. Parece gentil, pero sé que está en todo su derecho a odiarme. Si le doy el certificado, quizá decida hundir a mi familia.

Griff apretó los puños a ambos lados de su cuerpo.

—Pero aceptas que él está en todo su derecho a odiarte, a querer hundirte.

—A mí, sí. Pero no a mi familia.

—Así que no piensas darle el certificado si no se casa con tu hija.

—¡No! ¡Yo no he dicho eso! —Hizo un esfuerzo por aspirar aire, presionándose el pecho con ambas manos—. De todos modos le daré el documento. No quiero morir cargando en mi conciencia con el peso de la calumnia de que tu hijo es un bastardo.

La sorpresa se extendió por el rostro de Griff. ¿Hablaba en serio? ¿Era capaz ese moribundo de mentir a un fantasma? Griff apretó los dientes. Quizá sí. Un hombre que quería desafiar a la muerte era capaz de aducir cualquier excusa.

El conde volvió a hablar, esta vez con tono suplicante:

—¿No lo entiendes, Leonard? Amo tanto a mis hijas como tú a tu hijo. Primero tenía que intentar la otra opción, asegurarme que a mis angelitos no les faltara nada en el futuro. —Tosió—. ¿O qué será de ellas cuando yo muera?

Era evidente que el conde no mentía. La sombra de la duda y de la culpa empezó a extenderse por el corazón de Griff, que seguía mirando al conde con ojos feroces. ¿Cómoera posible que los motivos de ese anciano, que le habían parecido tan repugnantes de entrada, le parecieran ahora casi comprensibles?

—Creo que te satisfará que tu hijo se case con Rosalind —continuó el conde con un hilito de voz. Aspiró hondo, tosió un poco, luego consiguió controlar la respiración—. Tiene un carácter muy fuerte, y no es tan hermosa como mi hija menor, pero...

—¡Rosalind es un ángel! —espetó Griff—. ¡No te mereces una hija tan especial!

El anciano lo miró desconcertado.

—¿Así que la conoces? Claro, supongo que los espectros conocéis a todo el mundo. Entonces seguro que te gusta. Se parece mucho a Georgina cuando tenía su edad.

—¿Georgina? —susurró Griff, recordando súbitamente que Daniel le había dicho que el conde conocía a su madre.

El conde se incorporó un poco para sentarse con la espalda más erguida y su respiración se volvió a agitar. Esperó a recuperar el aliento antes de volver a hablar.

—Ya no te odio por haberte casado con ella. Después de que yo conociera a Solange, dejé de soñar con Georgina. Después de todo, Solange me dio tres angelitos.

Las palabras le trepanaron el cráneo a Griff. ¿Qué acababa de decir esa sabandija sobre soñar con Georgina?

Una enorme tristeza empañó las facciones del anciano.

—Pero en el momento en que me la arrebataste, no pude resistirlo. Si no lo hubieras hecho, te aseguro que jamás habría actuado de una forma tan mezquina. Espero que puedas entender lo que sentí aquel día... —el conde se había vuelto a quedar sin aliento y respiraba ruidosamente por la boca—... cuando fui a conocer a vuestro bebé, el bebé que puso fin a todas mis expectativas. Estabas a punto de heredar el título y Swan Park. Y luego el título pasaría a tu heredero. Y además tenías a la mujer a la que yo amaba.

¿El conde había amado a su madre? ¿Cómo era posible que su madre no se lo hubiera contado? Aunque quizá ella tampoco lo sabía. Griff contuvo la respiración, por temor a que el anciano no le contara el resto de su versión y, al mismo tiempo, aterrorizado de que continuara con aquella confesión.

El conde mantenía la vista fija en un punto detrás de Griff, como si estuviera contemplando su pasado.

—¿Y yo? Yo no tenía nada. Tú tenías a Georgina, y yo no tenía nada.

A Griff se le tensó la mandíbula al oír aquellas palabras. Sabía lo que se sentía cuando a uno se lo arrebataban todo.

Entonces se regañó a sí mismo por mostrarse tan comprensivo. ¡El hombre que se lo había arrebatado todo a él era el maldito conde en persona, por el amor de Dios!

—Jamás deberías haberme invitado a conocer a vuestro hijo —farfulló el anciano prácticamente sin aliento. Griff tuvo que hacer un esfuerzo para recordarse a sí mismo que él creía estar hablando con el padre de Griff—. Qué gran tentación... robar vuestro certificado de matrimonio mientras ibas a buscar al bebé...

—Y tú sabías que la capilla en Gretna Green había sido arrasada por un incencio. —Griff lo incitó a seguir hablando, fascinado al ver que sus sospechas se confirmaban.

Swanlea asintió débilmente con la cabeza.

—Fue el viejo conde quien me lo dijo. Y yo sabía que sería imposible encontrar ningún testigo de vuestra boda.

«No, por supuesto que no —pensó Griff con amargura—. No en Gretna Green, donde los únicos testigos son normalmente desconocidos.»

—Lo que hice fue muy ruin, lo sé. —La voz del conde se había trocado en un ronco murmuro—. ¿Cuántas veces en los últimos treinta años me lo he repetido a mí mismo? —Respiró con dificultad, y en su pecho volvió a silbar aquel alarmante pitido—. Pero pensé que tú vivirías más años, maldito seas. ¿Quién me iba a decir que morirías tan joven? Pensé: «Cuando el viejo conde muera, Leonard será el conde durante toda su vida, pero cuando Leonard muera, será mi hijo quien herede el título, y no el suyo. Es lo justo».

Swanlea comenzó a mover la cabeza en señal afirmativa como si se estuviera reafirmando a sí mismo en lo que acababa de decir.

—Me dije: «Él me ha robado a Georgina, así que nuestras familias deberían compartir el título. Cuando Leonard muera, su hijo gozará de una buena posición social. ¿Para qué necesitará el título?».

—¡Pero él no gozaba de una buena posición social! —bramó Griff—. ¡Se quedó sin dinero, con un montón de deudas, y una madre a la que sacar adelante!

—¡Lo sé! —El conde jadeó penosamente, y luego continuó—: Intenté enviarle dinero a Georgina, pero ella no lo aceptó.

—¡Mentiroso!

—¡Es verdad! ¡Sabes que es verdad! Aunque tampoco es que pudiera enviarle mucho dinero. ¿Qué podía hacer, Leonard? Por entonces yo ya tenía a mis propias hijas. Admitir que había robado el título habría significado hundir a toda mi familia. ¡Y tú tenías a tu hijo, por el amor de Dios! —Su pecho silbó otra vez de forma espantosa y su cuerpo se convulsionó—. Él podía espabilarse y establecer su propia fortuna, ¡y lo hizo! Seguro que te sientes muy orgulloso de él. Yo solo tuve hijas, y no podía estar seguro de su futuro.

—¡Tú no necesitabas un hijo, maldito seas! ¡Eras un hombre con una salud de hierro! ¡Podrías haber establecido tu propia fortuna! Pero eras demasiado cobarde para arriesgarte. Preferiste dejar que un pobre niño de doce años sufriera de una forma atroz.

La amargura al recordar el dolor de aquellos años se reflejó en cada una de sus palabras.

—¡Te quedaste impasible, no hiciste nada cuando los otros niños lo llamaban «bastardo» injustamente! ¡No hiciste nada cuando él se vio obligado a tratar con contrabandistas y ladrones para poder saldar las deudas de su familia! ¡Y te quedaste sentado cómodamente en tu casa mientras él tenía que soportar la prepotencia y las mofas de otros hombres de su misma posición social! ¡Porque eso fue lo que tuvo que hacer para triunfar en los negocios!

—¡Pero lo consiguió! ¡Erigió una gran compañía! ¡Tu hijo es más rico de lo que yo jamás he sido! —La ferviente protesta le provocó al conde un severo ataque de tos, que Griff observó con una extraña mezcla de rabia e inquietud. Quería borrar de su mente las palabras del conde, no pensar en ellas, olvidarlas. Pero no podía.

Porque a pesar de todo lo que Griff había tenido que soportar en la vida, era cierto que había logrado triunfar, de un modo tan arrollador que incluso el conde se había visto obligado a pedirle ayuda. Le costaba odiar a un hombre cuyas expectativas habían caído tan bajo como para tener que llamar a la puerta del hombre al que más había agraviado en este mundo. Un hombre atormentado que moría en agonía, con una muerte lenta y dolorosa.

Sin embargo, eso era lo que esa alimaña merecía. Después de todo, Griff no era la única persona a la que el conde había agraviado.

—¿Y qué me dices de Georgina? —le echó en cara Griff cuando el anciano dejó de toser—. Si tanto la querías, ¿cómo permitiste que sufriera de ese modo? ¿Cómo permitiste que a mi... que a mi hijo lo llamaran «bastardo» delante de ella?

Un dolor atroz, demasiado atroz para ser meramente físico, se reflejó en la cara del conde.

—Yo era joven e inconsciente. Supongo que quería que ella compartiera mi tormento, que sufriera como yo había sufrido. Ella te eligió a ti porque tú ibas a ser conde. Yo no tenía ante mí un futuro tan brillante, pero hasta que apareciste tú, ella planeaba casarse conmigo. Sabes que no miento. Ella todavía me amaba el día que se casó contigo. ¡Me lo dijo!

La rabia explotó en el interior de Griff.

—¡Mientes, viejo chivo! —Avanzó hacia la cama con los puños cerrados amenazadoramente—. ¡Mientes! ¡Mi madre nunca te dijo eso! ¡Nunca!

Al conde se le descompuso el rostro lentamente, entonces palideció hasta quedar lívido. Barrió con la vista la habitación como si intentara comprender lo que pasaba. Su respiración se volvió más agitada, con unos roncos jadeos. Entonces alzó un dedo tembloroso y apuntó a Griff con él.

—¡Tú... tú no eres Leonard! ¡Tú eres de carne y hueso! ¿Quién eres? ¡Dime quién eres!

Una fría voz femenina contestó detrás de Griff:

—Tienes razón; no es un espectro. Es el hijo de Leonard, papá.

«¡No! —pensó Griff, paralizado de horror—. ¡No! ¡Ella no puede haber oído esta confesión!»

Se dio la vuelta muy despacio y vio a Rosalind de pie en el umbral de la puerta, pero ella no se atrevía a mirarlo a los ojos. Rosalind mantenía la vista fija en su padre, y sus suaves rasgos temblaban a causa del intenso sufrimiento.

¡Por Dios! ¿Qué era lo que había oído? ¿Todo, desde el principio? A Griff se le encogió el corazón.

Rosalind entró en la alcoba, con la caja fuerte entre sus dedos crispados. Era obvio que acababa de bañarse, ya que lucía un vestido menos formal y el pelo brillante y recogido en un moño. Era como mirar al cielo desde la barca que los conducía al infierno.

Entonces ella lo miró, y por la ostensible traición que expresaban sus ojos, Griff supo que había oído más de la cuenta.

—Papá, te presento a tu primo —continuó ella—. Marsden Griffith Knighton. Me temo que él es el verdadero Knighton.

Capítulo diecinueve

Aunque los traicionados sientan profundamente la traición, es el traidor quien se enfrenta a una mayor desventura.

Cimbelino, William Shakespeare,
dramaturgo inglés

«¿*P*or qué había de tener yo razón?», se dijo Rosalind.

¿Por qué no podía ser todo tan simple como la excusa que le había soltado Griff, una mera farsa de la que él se arrepentía ahora que quería casarse con ella?

¡Pero no, claro, realmente él no quería casarse con ella! ¡Él quería otra cosa! Y después de haber oído prácticamente toda aquella conversación, Rosalind comprendía que Griff estaba en todo su derecho a querer encontrar el certificado.

Con una intensa congoja, deseó no haber decidido ir a la alcoba de su padre, ni haberse quedado en la puerta cuando oyó la voz de Griff. La ignorancia habría sido su mejor aliada. Sin embargo, cuando comprendió lo que pasaba allí dentro, no se habría podido apartar de la puerta ni aunque su vida hubiera dependido de ello.

Le flaqueaban las piernas, pero logró abrirse paso hacia el lecho de su padre.

—¿Cuánto hace que... estabas ahí de pie? —le preguntó Griff con la voz entrecortada.

Ella lo miró durante el tiempo suficiente como para constatar que su cara estaba tan lívida como para parecer el vivo reflejo de la de su padre.

—Desde que papá empezó a hablar de reparar el agravio.

Entonces se volvió hacia su padre, quien escrutaba los rasgos de Griff con la mandíbula desencajada. Era difícil creer que ese anciano desvalido hubiera podido ser tan cruel. Siempre había sido un viejo arisco y gruñón, pero Rosalind jamás habría pensado que pudiera llegar a ser tan desalmado. Sin embargo, ahora sabía la verdad, y con ella había conseguido encajar el resto de las piezas en aquel rompecabezas grotesco.

Ahora sabía por qué Griff había reaccionado con tanta rabia cuando ella lo había llamado bastardo. Ahora sabía por qué él se había avenido a la propuesta que le había hecho su padre, por qué se había refugiado en aquella farsa, y qué era lo que había estado buscando con tanto empeño.

Un frío insoportable se había instalado en su corazón. Ahora entendía por qué él quería casarse con una desdichada y estúpida solterona como ella.

Se acercó al lecho de su padre antes de que la traicionaran las lágrimas.

—Papá, dame la llave de la caja fuerte.

Él la miró aterrorizado.

—Knighton ha dicho que se casará contigo. —El anciano sufrió otro escandaloso ataque de tos, y cuando pudo controlarlo, sacudió la cabeza con desconcierto—. Pero... pero el otro era Knighton, el joven rubio...

—Rosalind se casará conmigo —ladró Griff—, y no con el joven rubio. Yo soy Knighton, tal y como vuestra hija dice.

—No es necesario que continúes hablando de boda, Griff —susurró ella, sin atreverse a mirarlo a la cara—. Te daré lo que quieres. Estoy segura de que está en esta caja. —Miró a su padre con acritud—. Está aquí, ¿no es cierto? Dame la llave. ¡Ahora!

—Rosalind... —empezó a decir Griff.

—No, por favor, no digas nada —le suplicó ella, atormentada por la ternura con la que él la estaba mirando—. La situación ya es bastante difícil de por sí. No la empeores fingiendo.

—Como si intentara contener las lágrimas, se aferró a la caja fuerte con más fuerza, sin importarle que los cantos se le clavaran en el vestido. Dándole la espalda a Griff, se secó un par de lágrimas traidoras. No podía desmoronarse delante de él. ¡Maldición! ¡No podía!

—¿Fingiendo? —repitió Griff—. ¿Fingir el qué? ¿Que

quiero casarme contigo? ¡Maldita sea! ¡Pero si es la verdad! ¡Eso es lo que quiero!

Ella sacudió la cabeza enérgicamente.

—¿No lo entiendes? ¡Te daré el certificado! ¡No necesitas casarte conmigo para obtenerlo! ¡Te lo daré! ¡Es tuyo! Sé que papá te lo estaba ofreciendo a condición de que te desposaras con una de nosotras... Si me hubiera dicho lo que contenía esta caja cuando me pidió que la custodiara...

Se le cerró la garganta. Las lágrimas amenazaban con ahogarla. Intentó serenarse, entonces se colocó junto a la cama y fulminó a su padre con una mirada inflexible.

—¡Dame la maldita llave, papá!

Su padre parpadeó varias veces, hundió la mano en el camisón y sacó una fina cadena de la que colgaba una llave. Rosalind ni siquiera intentó desengancharla de la cadena. Se la arrebató de un tirón, después metió la llave en la cerradura de la caja. Le temblaban tanto los dedos que necesitó unos segundos para poder abrirla.

En aquellos segundos, Griff se le acercó y depositó una mano sobre su brazo.

—Por favor, no sigas. En estos momentos lo que más me importa no es el certificado.

—¿Cómo que no? —Ella se zafó de él, y se aferró a la caja como si fuera lo único que pudiera mantenerla a flote en aquel mar de engaños. Lo miró con tanta pena como la que reflejaban los propios ojos de Griff—. ¡No me digas que ya no te importa, Griff Knighton, porque sé que mientes! Te importaba tanto como para decidir venir a Swan Park e intercambiar papeles con tu hombre de confianza y pasarte horas buscando por todas partes, y cuando tu actitud me hizo sospechar, te importaba tanto como para que decidieras usar cualquier patraña y engaño posible con tal de librarte de mí. —«Incluso recurriste a la seducción», pensó, pero no se atrevió a decirlo delante de su padre.

Su voz se quebró y solo pudo continuar con un apagado susurro:

—Y cuando finalmente aceptaste que no lo ibas a encontrar, te importaba tanto como para aceptar los términos de mi padre y pedirle a una de las patéticas solteronas de Swanlea que se casara contigo. ¡Así que no me digas que no te importa, porque mientes!

—Por el amor de Dios, ¿no creerás que...?

—¡Aquí lo tienes! —gritó ella, abriendo enérgicamente la caja fuerte. Sacó un fardo de papeles y empezó a ojearlos nerviosamente hasta que encontró uno de Gretna Green que tenía un aspecto bastante llamativo. Lanzó el resto a un lado y avanzó hasta Griff con el único documento relevante—. ¡Aquí lo tienes! —repitió, agitándolo frenéticamente delante de él—. ¡Es tuyo! ¡Cógelo! ¡Y luego márchate, maldito seas!

—¡No pienso irme! —replicó él, sin prestar atención al documento—. ¡No me iré sin ti!

—No puedes echarlo, hija mía —intervino su padre—. Cuando acepte ese documento, este ya no será tu hogar. ¿No lo entiendes? Él es el conde legítimo. Presentará el certificado al Colegio de Heraldos y a la Cámara de los Lores, y el título y estas tierras pasarán a ser de su propiedad.

—Lo entiendo perfectamente, papá. —Rosalind atizó a Griff en el pecho con el certificado—. Pero a diferencia de ti, no me importa. Porque era suyo desde el principio. Tú solo se lo arrebataste unos años.

A pesar de que la vergüenza se extendió por los rasgos de su padre, el anciano no parecía dispuesto a dar el brazo a torcer.

—De todos modos, tengo que pensar en mis tres hijas. Si él se casa con una de vosotras, tendrá una razón para esperar hasta que yo me muera. Si no se casa con una de vosotras y tiene el certificado, me llevará a los tribunales. Todos sufriremos a causa del escándalo público, y con el escándalo se desvanecerá cualquier sueño de un futuro digno para vosotras tres.

La dura exposición consiguió que a Rosalind se le encogiera el corazón. Ella miró a Griff con incredulidad.

—¿Era eso lo que planeabas hacer cuando encontraras el documento?

Griff dudó solo unos instantes, lo suficiente como para que ella pudiera leer la verdad en su aspecto alicaído.

—Maldito desalmado... —siseó ella. Dejó caer el certificado al suelo, a sus pies, y se dio la vuelta expeditivamente hacia la puerta.

Él la agarró por el brazo y la obligó a quedarse en su sitio.

—¡Maldita seas! ¡Yo no os odio a vosotras! ¡Ya he decidido que quiero casarme contigo, y no tengo ningún inconveniente en que tus hermanas se queden a vivir aquí! ¡Solo lo odio a él! ¡Pregúntale a Daniel, si no me crees! ¡Pero necesito esa prueba de mi legitimidad, y sí, mi intención era encontrarla! Ya te lo he dicho esta tarde: cuando vine aquí, no tenía intención de casarme.

—¡Hasta que te viste forzado a aceptar el trato porque no podías encontrar el dichoso documento!

—¡No! ¡Es cierto que cuando vine aquí tenía otras intenciones! ¡Pero he cambiado! ¡Te he pedido que te cases conmigo porque te quiero por esposa! —Sin soltarla, se plantó delante de ella para que Rosalind tuviera que enfrentarse a sus ojos—. ¡No puedes consentir que esta pesadilla grotesca te aleje de mí! ¡Quiero casarme contigo!

—Escucha a Knighton —los interrumpió el viejo conde con una voz temblorosa desde su lecho—. Tu deber es salvar a la familia, hija mía.

Cuando ella irguió la espalda con evidente tensión, Griff fulminó al viejo con una mirada llena de resentimiento.

—¡Cállate, viejo chivo! ¿No ves que solo estás empeorando las cosas? ¿Acaso no conoces a tus propias hijas?

Soltó una maldición en voz baja y a continuación volvió a dirigirse hacia ella. La tenue luz de la vela dibujaba unas largas sombras sobre sus rasgos, pero en cierto modo parecían hechas a medida, ya que hasta ese momento Griff había intentado mantener sus sentimientos completamente ocultos.

—¡Escúchame, por favor! Si has oído toda la conversación, seguro que habrás oído que he dicho que eres un ángel, ¿no es cierto?

Rosalind empezó a recordar trozos de la conversación. Sí, lo había oído, pero abrumada por el peso del resto de las revelaciones, no había prestado la debida atención a aquel preciso comentario.

Cuando ella no dijo nada, Griff prosiguió:

—¿Crees que un hombre definiría así a una mujer si se sintiera obligado a casarse con ella? ¿No te parece que si quisiera casarme con una de vosotras solo por el certificado, habría elegido a la que mostrara más disposición a hacerlo, la que me habría resultado más fácil de convencer? ¿No te parece que habría elegido a Juliet si eso fuera lo único que me importara?

—¡Sabes que jamás permitiría que Juliet se casara contigo! —replicó ella con obcecación—. Y Helena no se desposaría contigo ni con nadie más, así que solo quedaba yo.

—¡Por Dios, mujer! ¿Por qué siempre has de ser tan testaruda?

—¡Mira, porque soy así! Pensé que a estas alturas ya me conocías. Incluso pensé que... incluso pensé que te gustaba un poco mi carácter.

—¡Y me gustaba! ¡Me gusta! ¡Me gusta y también me gustan otras cosas de ti! —Lanzándole a su padre una mirada furtiva, se le acercó más y bajó la voz—. Pensé que esta tarde te había dejado claro lo que siento por ti. —Su ardiente mirada se posó en sus labios—. ¿También crees que mentía cuando hacíamos el amor? ¿De verdad crees que podría fingir deseo hacia una mujer, fingir estar celoso por ella si no sintiera nada por ella?

—¿Por qué no? Has fingido ser el hijo de un salteador de caminos, un administrador, un antiguo contrabandista. Has fingido ser medio irlandés. Si no hubieras recitado tantos versos de Shakespeare, habría pensado que habías fingido que te sabías todas las obras de Shakespeare de memoria. Incluso hace un rato estabas fingiendo ser un fantasma. —Como si todas las mentiras de Griff hubieran vuelto para asaltarla y asfixiarla, Rosalind se detuvo para tomar aliento antes de continuar—. Y... y la primera vez que nos besamos, no lo hiciste de corazón. Tú mismo lo admitiste.

—¡Admití que todo había empezado como una farsa! Pero no ha acabado como tal —rectificó él en un susurro—. Y hacer el amor contigo esta tarde ha sido la experiencia más maravillosa de toda mi vida.

Rosalind empezó a notar que le fallaban las fuerzas. ¡No! ¡Esta vez no iba a dejarse convencer por él!

—Griff, no sé por qué insistes tanto en continuar con este engaño. Ya tienes el documento, te lo doy sin condiciones. Comprendo por qué lo hiciste, de verdad, lo comprendo. He oído lo que te ha dicho papá. —Las lágrimas inundaron sus ojos. ¡Virgen santa! ¡Cuánto había sufrido Griff por culpa de su padre!

»Fue una atrocidad, hacerle eso a un niño indefenso —continuó ella—. Tal como le has dicho, estás en todo tu derecho a odiarlo, a desear hundirlo. No te culpo por ello. Así que no hay necesidad de que te cases conmigo, ni que arrastres un sentimiento de culpa respecto a mí ni por ningún otro motivo. ¡Coge el maldito documento y déjame en paz!

—Nunca te dejaré en paz, ¿me has oído? En cuanto a lo del sentimiento de culpa, déjame que te diga que te equivocas: no quiero desposarme contigo por ese motivo, quiero casarme contigo porque soy un egoísta. Te quiero. Quiero que seas mía. ¡No me disuadirás para que abandone la idea de casarme contigo!

Ella leyó la determinación en su cara. Virgen santa, ¿era posible que él realmente quisiera casarse con ella? ¿Pero por qué? Todavía no le había dado ninguna razón plausible, aparte del deseo carnal. Y sin embargo parecía honesto.

Lamentablemente, él no era el mismo hombre con el que había creído que se iba a casar.

—¿Y si soy yo la que decide que no quiero casarme contigo?

Él la miró pasmado, como si alguien le acabara de atizar un duro golpe en la cabeza con un mazo.

Rosalind alzó la barbilla con orgullo.

—Ya veo que te parece sorprendente que una solterona sin futuro se atreva a rechazar una oferta de matrimonio por parte de un joven apuesto y rico, que además está a punto de heredar un título nobiliario. La mayoría de la gente pensará que soy idiota. —De una sacudida, se zafó de sus brazos y lo miró con ojos desafiantes—. ¡Pero es que soy idiota, como bien sabes, y no me importa lo que piense la gente! —Rosalind desoyó la débil protesta de su padre—. No deseo casarme con un hombre al que apenas conozco y entiendo, cuyos objetivos en la vida son tan opuestos a los míos.

Griff torció el gesto con rabia.

—¿Y se puede saber por qué soy tan diferente ahora, en relación a esta tarde? Entonces parecías encantada con la idea de casarte conmigo.

—Eso era antes de que supiera que tu elaborada farsa tenía como objetivo vengarse de mi padre humillándolo públicamente y, por consiguiente, humillarnos también a mis hermanas y a mí.

—¿Vengarme? —Griff le dio la espalda con descortesía—. ¡Tú y Daniel y vuestras mentes tan cerriles! ¡No se trata de venganza!

—¿Ah, no? Entonces, ¿de qué se trata? ¿Por qué otro motivo habrías decidido robar el certificado y usarlo para arrebatarle el título a papá? Eres rico, y tienes una compañía próspera. ¿Por qué necesitas ese título?

Por un momento, ella pensó que Griff no iba a poder contestar, ya que él permaneció con la vista fija en un punto. Tenía el cuello tan tenso que a Rosalind le pareció que podía ver su pulso en la vena yugular.

—Es cierto, tengo una compañía próspera. —Se volvió hacia ella, fulminándola con una temible mirada—. Pero ¿cuánto tiempo seguirá siendo próspera si no procuro que crezca y no encuentro nuevos mercados? El año que viene una delegación partirá hacia China para establecer una vía de comercio más allá de los confines de la Compañía Británica de las Indias Orientales. Todas las grandes compañías que se dedican al comercio en Inglaterra quieren conseguir un sitio en esa delegación, incluido yo. Como hijo bastardo con un pasado infame, no dispongo prácticamente de ninguna opción de que me acepten. Pero como conde en la Cámara de los Lores...

A Rosalind se le encogió el corazón.

—Ya lo entiendo. Entonces estarás en la posición correcta, políticamente hablando, para que te acepten. Por eso has de establecer tu legitimidad lo antes posible, ¿no es cierto? Tienes que actuar antes de que ultimen las decisiones sobre la delegación.

Pestañeó angustiada, y nuevas lágrimas resbalaron por sus mejillas. Sí, lo comprendía perfectamente. Daniel había dicho que la Knighton Trading lo era todo para Griff, y ahora se daba cuenta de que no había exagerado, en absoluto.

—Simplemente se trata de una cuestión práctica; asuntos de negocios —le explicó él en aquel odioso tonillo condescendiente que siempre usaba cuando hablaba de sus métodos sin escrúpulos a favor de su compañía—. Si pudiera encontrar otra forma de conseguirlo, te aseguro que lo haría, pero no es posible. No obstante, mi intención es recuperar el título de la forma más discreta posible, en deferencia a tu familia.

—Dime, cuando esta tarde me has pedido que me case contigo, ¿tu intención seguía siendo utilizar el certificado tan pronto como cayera en tus manos? —Cuando él no contestó, Rosalind lo interpretó como un sí—. ¿Qué planeabas hacer? ¿Casarte conmigo y luego arrastrar a mi padre moribundo hasta la Cámara de los Lores para que pudieras proclamar públicamente que es un monstruo? Admito que se lo merece, pero por encima de todo es mi padre. ¿Creías que yo te secundaría?

Apartando la vista de ella, Griff se aflojó la corbata con los dedos crispados. Le parecía que ese trozo de tela lo estaba asfixiando.

—Esperaba que... bueno, yo pensaba que... ¡Maldita sea! ¡Todavía no he tenido tiempo de meditar sobre lo que voy a hacer! —Volvió a mirarla a los ojos—. Pero pensaba que cuando tú supieras las circunstancias, entenderías que ese título me pertenece legítimamente.

Lo más triste era que Rosalind lo entendía. Sin embargo, esperaba que él demostrara la suficiente nobleza de carácter como para no reclamarlo públicamente. Pero era obvio que no conocía a Griff. En absoluto. Griff no tenía sentimientos nobles. Daniel se equivocaba al respecto: no era que Griff estuviera desoyendo su corazón; el problema era que Griff no tenía corazón.

—Un momento, Knighton —protestó su padre desde el lecho—. ¿Me estás diciendo que pensabas reclamar ese título antes de que yo muriera? ¿Y humillar a mis hijas?

Una incontrolable tristeza se apoderó de Rosalind.

—Sí, papá, me temo que eso es precisamente lo que Knighton planeaba hacer. Mejor dicho, lo que todavía piensa hacer.

—¿Por qué no? —se defendió Griff airadamente—. ¡Ese título es mío!

Rosalind suspiró. Durante todo ese tiempo, su padre había creído que su brillante plan los salvaría de la ira de Griff y les daría a ella y a sus hermanas la posibilidad de gozar de un futuro digno. En lugar de eso, lo que había hecho era abrirle la puerta al grifo, y ahora que el grifo había entrado, no pensaba irse sin arrasarlo todo a su paso y llevarse su trofeo.

¡Pues bien, había un trofeo que no conseguiría!

—Sí, ese título te corresponde por derecho legítimo. Pero yo no.

La expresión de pánico empañó los rasgos varoniles de Griff.

—¿Por qué crees que todo es diferente ahora, con el certificado? ¡Nada ha cambiado! ¡Viviremos aquí después de que nos casemos, y tu familia también vivirá aquí! Es cierto, quizá tengamos que soportar habladurías durante unas semanas, pero la gente se olvidará del tema. A ti no te importa lo que piensen los demás. No veo por qué te ha de importar en este caso.

Rosalind pensó en la obsesión de Juliet de no acabar convertida en una solterona toda su vida, y en la actitud reservada de Helena a causa de su cojera.

—No, claro, ¿por qué iba a importarme? —repitió ella en un tono sarcástico—. Después de todo, mis hermanas ya son bichos raros. No pueden encontrar esposos que estén a la altura de su rango, por consiguiente, ¿a quién le importa si son humilladas? ¿A quién le importa si la gente cuchichea a sus espaldas? Mis hermanas no te roban el sueño, ¿verdad? Son las hijas de un hombre que te ha tratado muy mal, así que no ves ninguna razón para proteger sus reputaciones.

Un oscuro rubor se extendió por su cuello y su cara.

—Por supuesto, la sociedad también me criticará a mí, pero nadie se atreverá a hacerlo en mi cara si nos casamos. Nadie osará mofarse públicamente de la esposa del nuevo conde de Swanlea, con todo su poder e influencia. Pero se reirán de mí en privado. Seré la hermana lista que se ha casado con el verdadero conde para proteger a su familia de la deshonra. —Se esforzó por contener más lágrimas—. Seré la hermana que se ha prostituido para conseguir dicho objetivo.

—¡No vuelvas a definirte en esos términos jamás! —explotó Griff—. ¿Y desde cuándo te importa lo que piensen de ti? ¡Maldita sea! ¿No acabas de decir que no te importa lo que piense la gente?

—La cuestión es que a ti no te importa lo que me pase a mí ni a mi familia mientras tú consigas tu objetivo. Eres capaz de hacer cualquier cosa por la Knighton Trading, ya sea tratar con contrabandistas o difamar a gente inocente, así que, ¿qué papel podría jugar en tu vida una pobre mujer como yo? ¡Pues bien, no puedo casarme con un hombre al que le importo tan poco!

Rosalind se dio la vuelta impetuosamente y abandonó la alcoba, temerosa de quedarse más rato. Ya se desmoronaría por completo en su habitación, lejos de él.

Cuando lo oyó gritar su nombre, aceleró el paso. No pensaba sucumbir a sus tentadoras palabras, ya que en ese momento se sentía excesivamente susceptible.

¡Oh! ¡Cómo deseaba odiarlo! De ese modo, todo sería más fácil. Si pudiera verlo como el malo de la función, podría tomar las riendas de la situación y echarlo de su vida con una buena patada en el trasero.

Pero no podía odiarlo, porque ahora sabía cómo había sufrido a causa del agravio de su padre. Griff le debía a papá su carácter rencoroso, así que no se lo podía echar en cara. Mientras él y papá habían estado hablando, ella se había quedado paralizada de horror, comprendiendo la magnitud de la tragedia, imaginando cómo había sido la infancia de Griff, difamado y tratado como un hijo bastardo. Aquella faceta lo había empujado a adoptar unas medidas deleznables. Con vergüenza, Rosalind recordó la ridícula postura moral que ella había defendido en el coto de caza. Él había hecho lo que había podido para salir adelante después de aquella terrible traición, y Rosalind lo había castigado por ello.

Las lágrimas seguían rodando por sus mejillas. Griff se había pasado la vida intentando recuperar algo que le habían robado. Por culpa de un insensato acto de crueldad de su padre, Griff y su madre habían vivido todos aquellos años con deshonor.

Se secó las lágrimas de los ojos. Comprendía los sentimientos de Griff, desde luego, pero no podía participar en aquella venganza. Papá podía haberle arrancado el corazón a Griff, pero eso no significaba que ella estuviera dispuesta a casarse con un caparazón vacío.

Al oír pasos a su espalda, Rosalind miró hacia atrás, entonces le entró el pánico al ver a Griff, que corría tras ella. Si la pillaba sola, no podría mantener la compostura. Griff poseía aquella odiosa habilidad de incitarla a perder todas sus buenas intenciones...

Rosalind también se puso a correr, alarmada, preguntándose cómo iba a escapar de él. No conseguiría llegar a su habitación. Estaba cerca del despacho de su padre, pero no tenía las llaves para encerrarse dentro.

Entonces avistó la vetusta espada, emplazada de nuevo en su sitio en la pared. La agarró y la blandió delante de él justo cuando Griff le daba alcance.

—¡No te acerques! ¿Me has oído? ¡Tú y yo hemos acabado! ¡No me casaré contigo! ¡Déjame en paz!

La luz de la vela que Griff sostenía en la mano realzaba la expresión firme de él.

—Estás loca si crees que te dejaré escapar. No permitiré que el certificado cambie las cosas entre nosotros, Rosalind.

Griff avanzó hacia ella con resolución, y ella retrocedió un paso, acercándose al umbral de la puerta del despacho situado a su espalda. Él podía haberse inventado la historia de su apodo, pero la verdad es que le sentaba como anillo al dedo. Exhibía con poderío los instintos depredadores y la obsesión de un grifo. Como un grifo, no pensaba dejar escapar su presa, su trofeo.

Rosalind volvió a blandir la espada.

—¡Te juro que... que la usaré! —gritó, para convencerse a sí misma más que a él—. ¡Te caparé como te acerques, te lo juro!

Griff se detuvo y enarcó una ceja.

—Si no recuerdo mal, me amenazaste con el mismo desafío si se me ocurría tener una amante. Y no la tengo.

La desesperación se apoderó de ella. ¿Cómo podía estar tan ciego?

—¡Sí que la tienes! ¡Desde mucho antes de conocerme a mí! ¡Una amante a la que nunca abandonarás!

—¿Se puede saber de qué diantre estás hablando?

—De la Knighton Trading, una amante que te exige tanto como lo haría cualquier mujer. Es una amante contra la que no puedo contender.

Como la mitad león de la figura del grifo, él se abalanzó iracundo sobre ella.

—¿Qué quieres de mí? ¿Que arruine la Knighton Trading? ¿Es eso lo que quieres?

Rosalind retrocedió asustada y entró en el despacho. No tenía otra escapatoria. Era evidente que no pensaba usar la espada para defenderse.

—¡No quiero nada de ti! —Al menos, nada que se sintiera con derecho a exigirle. Rosalind quería que él abandonara sus planes para humillar a su familia. Quería que él la amara con locura, que le demostrara que la quería—. No hay nada que puedas ofrecerme para que me sienta tentada a casarme contigo ahora. Has matado todos mis sentimientos por ti.

El terror hizo mella en la cara de Griff, durante un segundo.

—No te creo. —Griff continuó avanzando, acorralándola en la estancia oscura—. Me niego a creer que una mujer que se ha entregado a mí esta misma tarde pueda haber cambiado por completo sus sentimientos simplemente porque yo persigo algo que me pertenece por derecho legítimo. —Cerró la puerta tras él, luego depositó la vela en el candelabro de pared junto a la puerta—. Todavía me amas, lo sé.

A Rosalind le molestó oír aquel tono de necesidad en su voz. ¿Cómo se atrevía a apelar a sus sentimientos después de haberlos menospreciado tanto unos momentos antes?

—¡Maldito seas! ¡No sabes nada ni de mis sentimientos ni de mí! —susurró dolida.

Él sonrió con retintín.

—¿Qué pasa? ¿Ahora ya no te atreves a llamarme bastardo, porque sabes que no lo soy?

—¡Sigues siendo un bastardo, porque te comportas como tal! ¿Por eso te volviste tan desalmado? ¿Porque todo el tiempo te llamaban bastardo?

Él sacudió la cabeza con tristeza.

—Fue tu padre quien me convirtió en un bastardo. Pero por lo visto está deseando borrar esa lacra, así que no comprendo por qué tú te opones.

—No me opongo a que él se ofrezca a borrar esa lacra. Solo a que tú aceptes su oferta cuando sabes lo que eso supondrá para mi familia...

—Tu familia no importa, ¿no lo entiendes? —gritó encolerizado—. ¡Lo único que importa somos nosotros!

—¡No estoy de acuerdo!

—Maldita sea, Rosalind, yo... —Desvió la vista, con la mirada vacía—. Entiendo qué estés enfadada. No debería haberte ocultado mi objetivo. —Volvió a posar la vista en ella—. ¡Pero no te lo conté porque temía que pasara precisamente esto! No quería que tú cometieras el error de pensar que este asunto entre tu padre y yo te afecta a ti y a lo que sentimos el uno por el otro.

Griff avanzó como si quisiera tocarla, pero ella alzó la espada a la altura de su pecho.

—No... no te a... acerques —tartamudeó.

—¿O qué? ¿Me matarás? —A Griff se le tensó la mandíbula—. Puedes ser un poco inconsciente, pero no creo que te atrevas a matar a tu amante. Y ambos sabemos que jamás serías capaz de caparme.

—¡No me tientes! —gritó ella, iracunda, y dirigió la punta de la espada hacia sus pantalones.

Con una expresión cansada, él apresó el filo con una mano, agarrándolo con tanta fuerza que si a ella se le ocurría moverlo siquiera un milímetro, irremediablemente le provocaría un corte en la mano. Rosalind se quedó helada, con la mirada fija en aquella terrible unión de acero y carne.

—Suelta la espada —le ordenó él—. Sabes que no quieres hacerme daño.

¡Maldito fuera ese bribón por tener razón!

—¿Y si te equivocas? ¿Y si quiero hacerte tanto daño como el que tú me has hecho a mí?

Él la miró con contrición.

—Lo siento, yo no quería herirte, te lo juro. Y si por un momento creyera que ya no sientes nada por mí, que en realidad deseas hacerme daño, me marcharía esta misma noche y nunca más me volverías a ver. Pero no lo creo, y tú tampoco.

—Porque esa versión no favorece tus planes —susurró ella.

—Porque no es verdad. —Griff soltó el filo, pero solo para cubrir con su mano la mano de Rosalind sobre la empuñadura—. Por favor, no me abandones.

Aquella petición tan sincera desarmó a Rosalind emocionalmente, y ella no ofreció resistencia cuando él apartó la espada y se la quitó de sus dedos insensibles. Pero cuando Griff la estrechó entre sus brazos, las lágrimas empezaron a rodar nuevamente por sus mejillas.

—Por favor, no llores, bonita —murmuró él, secándole las lágrimas con la mano—. No puedo soportar verte llorar.

—¡Entonces libérame de este maldito compromiso! —le suplicó ella.

—¡No puedo! —Besó suavemente su pelo, su frente, su sien—. Te necesito.

—Para calentar tu cama, quieres decir...

—No, para mucho más que eso —susurró él, trazando una línea de suaves besos en su melena—. Y tú me necesitas. Lo sabes.

Rosalind lo necesitaba; ese era el problema. Porque lo necesitaba más desesperadamente que él a ella. Quizá Griff no tenía corazón, pero por lo menos tenía sus otras partes bien definidas, y por lo visto pensaba que dos de tres era un número perfectamente aceptable. Ella no.

Y sin embargo, le había dicho: «No me abandones». Las palabras resonaron en su cabeza mientras él le cubría la cara de besos, con aquellos besos tentadores que siempre conseguían derretirla como la mantequilla. Con él, Rosalind era incapaz de controlar su cuerpo. Cuando Griff le besó la oreja, y luego le mordisqueó la delicada piel del lóbulo, ella se estremeció de deseo, y sí, de necesidad.

¡Oh! ¿Por qué siempre tenía que embaucarla de ese modo? La envolvía con sus garras de grifo, y Rosalind no sabía cómo zafarse de ellas. ¿Cómo se iba a resistir, cuando el hombre al que amaba la estrechaba apasionadamente contra aquel cuerpo que tanto deseaba?

—Quiero que seas mi esposa, esa es la verdad. —Griff deslizó los dedos por su pelo aún húmedo, y empezó a quitarle las pinzas hasta que su melena cayó en una bella cascada sobre sus hombros—. Quiero que seas mi compañera de día y mi amante de noche. Quiero que seas la madre de mis hijos...

Ella retrocedió para mirarlo con los ojos desmesuradamente abiertos. ¿Hijos?

—Ni siquiera habías pensado en ello, ¿no es verdad? Pues yo sí. —Apoyó la mano en su vientre, y la hizo rotar lentamente hasta dibujar un círculo—. Quizá nuestro hijo ya esté creciendo en tu vientre; solo se necesita un intento. ¿Eres capaz de decirme que no quieres un hijo mío?

La vela sobre ellos iluminó la cara de Griff con un brillo voluptuoso. Él deslizó la mano dentro de su vestido hasta acariciar su pecho, y puesto que ella no llevaba ropa interior, tocó directamente su piel desnuda.

—¿Eres capaz de decirme que la idea de que nuestro hijo se amamante de tu pecho no te produce una inmensa emoción, igual que a mí? —La incontrolable necesidad que se escapaba de su voz resonó en el corazón de Rosalind—. ¿Te atreves a negarlo?

Ella quería protestar, decirle que se equivocaba, pero no podía mentir sobre algo tan sagrado. Se odiaba a sí misma por ser tan débil, pero no podía mentir.

Cuando el silencio respondió por ella, Griff la miró con ojos felinos.

—Lo sabía.

—Pero Griff...

Él ahogó su protesta con un cálido beso, lleno de necesidad. Exploró su boca con unas embestidas suaves y lentas, y su lengua se entrelazó con la de Rosalind de una forma tan erótica que Griff suspiró excitado. Su mano dentro del vestido seguía acariciándole los pechos tiernamente, y ella se inclinó hacia él y lo rodeó por el cuello con ambos brazos.

¡Maldito fuera por conocerla tan bien y por saber cómo tentarla! El cuerpo de Rosalind ya había dejado de ofrecer resistencia y se preparaba para él. Bajo aquellas ardientes caricias, los pezones se le pusieron erectos, en forma de perlitas. No fue hasta que él quiso desatarle las cintas del vestido que Rosalind consiguió aunar fuerzas para apartar la boca.

—Todo saldrá bien, Rosalind, te lo prometo —susurró él. Su aliento con un suave olor a vino le calentaba la mejilla—. Solo dame la oportunidad de demostrártelo. Déjame que te enseñe otra vez lo bien que lo pasamos juntos.

Rosalind sintió que la desesperación se apoderaba de ella. No necesitaba que él le recordara cómo gozaban haciendo el amor. Cada momento de aquella dulce experiencia había quedado grabado en su memoria.

Pero ya no le bastaba con hacer el amor. Por más que él la

embriagara con su pasión, Rosalind sabía que se despertaría cada mañana sabiendo que él no la amaba, y que nunca podría amarla, porque su único y verdadero amor era la Knighton Trading. No podía casarse con él, consciente de aquella dura verdad.

Como si él le leyera el pensamiento, le agarró cariñosamente la cara con ambas manos y la miró con una desesperada avidez.

—Quédate conmigo ahora —le susurró—. Deja que te haga el amor, vida mía. Te necesito. Te deseo.

Rosalind vaciló. Ella también lo necesitaba y lo deseaba, pero no podía casarse con él. Y cuanto más se quedara con él, más le costaría rechazarlo.

Apenada, notó que se le cerraba la garganta cuando tomó la decisión de lo que iba a hacer: un poco más tarde, aquella misma noche, huiría de Swan Park, antes de que él la atrapara en sus redes desplegando todos sus encantos. Cogería sus parcos ahorros y huiría a Londres.

Pero antes de abandonarlo para siempre, haría el amor una última vez con él; una hora más en el paraíso. Una oportunidad más para demostrarle el verdadero significado del amor, para que él pudiera recordarlo cuando ella ya no estuviera a su lado.

—Sí —susurró Rosalind.

Y se fundió con él en un abrazo.

Capítulo veinte

Reconocemos nuestras faltas, es lo justo; pero este reconocimiento tiene un precio, y por consiguiente nunca las enmendamos.

Camila, FANNY BURNEY,
novelista, columnista y dramaturga inglesa

Griff no podía creerlo. Al final había ganado. Aunque esta vez le había costado más, la había conquistado para siempre.

Sin embargo, mientras se dedicaban a desnudarse, desatando cintas y desabrochando botones impetuosamente, Griff no podía zafarse de un aciago presentimiento que le provocaba un gran malestar. ¿Cómo podía ser suya, si su relación solo se sustentaba en la pasión?

¿Y por qué no? La pasión era una fuerza poderosísima, tal y como su propio cuerpo le demostraba, gritando a viva voz su necesidad de unirse a ella, de estar dentro de ella, de quemar toda su aprensión en la acogedora calidez de sus entrañas. No importaba la forma de conquistarla. Con el tiempo, ella perdonaría el resto de sus faltas. Y Griff le haría el amor siempre que pudiera, hasta que llegara ese día.

No quiso prestar atención a las protestas de su conciencia, incapaz siquiera de considerar la idea de perderla. ¡No la perdería, maldición, no por culpa del dichoso certificado! Cuando llegara el momento, se esforzaría por no fallarle, y pensaba empezar aquella misma noche, dándole tanto placer como ella jamás pudiera imaginar. Afortunadamente, aquella tarde Griff había conseguido desahogar parte de sus necesidades, de modo que ahora podría hacer el amor sin prisas. Pensaba dedicar cada minuto a ampliar y satisfacer el deseo de Rosalind. Ella no se arrepentiría de su decisión. ¡Ya se aseguraría él de que así fuera!

Griff se quitó la chaqueta y el chaleco, luego la camisa, pero cuando iba a desabrocharse los pantalones, se quedó paralizado al ver que ella empezaba a bajarse el vestido, dejando los hombros al descubierto. Con una sonrisa tan seductora como la de Eva, Rosalind dejó que el vestido se deslizara por su lujurioso cuerpo hasta caer al suelo y formar un remolino de seda alrededor de sus pies.

A Griff se le paró el corazón. Ella se había quedado únicamente con unos pantaloncitos de encaje rosa y unas medias blancas, nada más, ni blusita interior ni enaguas. Rosalind, en todo su esplendor, bañada por la íntima luz de la vela, perfumada con agua de rosas, y toda para él, sí, toda para él. Griff casi se arrodilló delante de ella. Por Dios, ¿cómo iba a contenerse para no abalanzarse sobre ella como un animal salvaje?

Mientras la miraba embobado, con su miembro viril realizando una danza por cuenta propia, Rosalind se sonrojó y con la cabeza señaló hacia los botones de la bragueta, donde sus dedos se habían detenido.

—¿Y bien?

—No, todavía no. —Si se los desabrochaba, seguramente la embestiría como un animal hambriento, y no era eso lo que planeaba—. Ven aquí, preciosa.

Mirándolo con recelo, ella se dejó guiar hasta el sofá.

—Siéntate —la invitó él, y ella obedeció.

—¿Qué estás...?

Rosalind no acabó la frase. Griff acababa de arrodillarse delante de ella y le estaba separando las piernas.

Con una inclemente sed casi dolorosa, le abrió los muslos y contempló aquellos pliegues húmedos que tanto deseaba besar. Entonces alzó la vista y la miró a los ojos.

—Antes te ha gustado, ¿verdad? ¿En el columpio?

Rosalind notó un intenso calor en las mejillas. Bajó los párpados con timidez, pero asintió.

Inclinándose hacia delante, él murmuró:

—Esta vez será incluso mejor, te lo prometo. —Acto seguido, cubrió aquellos suaves pétalos con su boca.

¡Por Dios! ¡Cómo le gustaba probar aquel cálido manjar!

Su aroma femenino lo volvía loco. La penetró con la lengua, sin prestar atención a las exigencias de su propia erección, centrándose en darle a ella el máximo placer. Quería que Rosalind se volviera loca de gusto, que pensara en él y solo en él como el único hombre que podía satisfacerla. Tenía la impresión de que su relación pendía de un hilo muy frágil, y eso lo asustaba.

Sin embargo, no sabía cuánto rato podría soportar en aquel estado de excitación. Podría devorarla justo en ese preciso instante, pero sabía que ni así lograría saciar su apetito. Nada podía colmar su sed por Rosalind, excepto más dosis de Rosalind.

«Más», pensó él, usando los dedos y los labios y la lengua para excitarla. «Más, más», le exigía su necesidad. Al cabo de unos segundos, su amazona hechicera se aferró a su cabeza, presionándola contra su pubis, impulsando las caderas hacia delante para permitirle a Griff un mejor acceso. Él acarició su piel aterciopelada y la excitó con la lengua hasta que notó cómo crecía la tensión dentro de ella, cómo se convulsionaba debajo de su lengua. Cuando finalmente ella gritó de placer y se pegó más a él, Griff pensó que su miembro inflamado iba a explotar dentro de sus pantalones.

Jamás había conocido a una mujer tan seductora. Aunque la verdad era que nunca había hecho el amor con ninguna mujer como Rosalind, que se entregaba completamente, que gozaba del placer sin avergonzarse. Griff se sentía extasiado con ella. Y completamente excitado.

Cuando Rosalind recuperó la noción de la realidad de nuevo y lo miró con unos ojos que todavía reflejaban un intenso estado de placer, Griff no pudo contenerse ni un segundo y dijo:

—Ahora me toca a mí.

Mientras ella lo observaba con los ojos entornados, él se puso de pie y se quitó rápidamente los pantalones, luego los calzones, arrancando los botones de la bragueta con uno de sus movimientos febriles. La invitó a ponerse de pie y la abrazó por un momento, luego la besó y le acarició los pechos con lascivia, mientras ella se entregaba completamente a él con abandono, todavía embriagada por el intenso placer que acababa de experimentar.

Entonces él se sentó en el sofá. Quería que ella se sentara sobre su regazo a horcajadas, pero antes de que pudiera acomodarla en esa postura, Rosalind se arrodilló a sus pies.

—¿Qué haces? —jadeó él.

—Has dicho que ahora te toca a ti, ¿no? —susurró ella, observando su falo con un gran interés—. ¿No te referías a esto? ¿Acaso una mujer no puede hacerle a un hombre lo que tú me acabas de hacer con la boca?

Mientras Griff la contemplaba boquiabierto, Rosalind se inclinó hacia delante y depositó un beso en la punta. El maldito traidor casi derramó su semilla en ese mismo momento, y Griff tuvo que recurrir a toda su voluntad para alzar a Rosalind y sentarla en su regazo antes de correrse dentro de aquella dulce boca.

—Pero Griff —protestó ella, mirándolo con la carita enfurruñada mientras él la acomodaba sobre su falda—. ¿Las mujeres no...?

—A veces, sí —respondió él con voz ronca—. Pero si me lo haces esta noche, acabaremos demasiado rápido, así que será mejor que nos reservemos esa variación para otra ocasión.

—Otra ocasión —repitió ella con un sentimiento de pena.

Griff resopló excitado. ¿Es que ella nunca dejaría de sorprenderlo? Nadie excepto las prostitutas más experimentadas le habían ofrecido hacerle una felación, así que la propuesta de Rosalind fue un inesperado regalo. No obstante, no debería sorprenderse de que su curiosa compañera mostrara tanto interés en la diversidad de modos de dar placer, incluso en los que las mujeres consideraban más repugnantes. En ese mismo instante, Rosalind estaba mirando su pene erecto con palmaria curiosidad.

—Lo que quería decir con eso de que ahora me toca a mí es que quiero hundir mi «espada» dentro de ti, ahora.

Bajo la ávida mirada de Rosalind, su falo se puso... más gallito. Griff le apresó los pechos con ambas manos y le frotó los pezones satinados.

A Rosalind se le encendió la cara al tiempo que alzaba la vista hacia sus ojos.

—¿Así, en esta postura?

—Sí. Seguro que te gustará. —A Griff le resultaba extremamente excitante tener su pubis tan deliciosamente expuesto sobre sus muslos desnudos—. ¿Te imaginas lo que hay que hacer, o quieres que te lo enseñe?

Una sonrisa de gatita en celo coronó sus labios carnosos.

—Creo que ya sé lo que he de hacer. —Dejándose guiar por su instinto básico, se alzó un poco y volvió a sentarse sobre él, tan lentamente que Griff pensó que se moriría antes de llegar al orgasmo.

—Por Dios, Rosalind... sí... ooooh... —La agarró por las caderas y la penetró hasta que el cuerpo de Rosalind se adaptó firmemente a su pene, todo lo que le permitía la posición.

Ella se aferró a sus hombros y lo miró a la cara.

—¿Y ahora qué?

—Ahora hazme el amor... tal y como yo te lo he hecho esta tarde —consiguió explicarle con evidentes dificultades, ya que el intenso placer de estar dentro de aquella deliciosa caverna le nublaba la mente.

—¿Te refieres a... así? —le preguntó, levantándose unos centímetros y volviéndose a sentar, apretando los muslos y las nalgas, lo cual provocó a Griff un intenso calor y placer.

Él estaba tan excitado que no era capaz de articular palabra alguna, solo asintió y alzó las caderas para ayudarla a seguir mejor el rítmico movimiento.

Pero su Atenea era una estudiante aventajada, y siguió cabalgando sobre él como si estuviera dispuesta a llevarlo al centro de la batalla, con su melena suelta como estandarte y sus generosos pechos por escudo. Ahora que él le había dado la oportunidad de tomar las riendas de la situación, ella se entregó a la labor como la diosa guerrera que era, desplegando su poder sensual, apresando su falo con aquel cuerpo esplendoroso, con una intensidad y excitación iguales a las de él. ¡Por dios, esa fémina lo mataría, seguro! Y Griff solo deseaba que lo torturara de ese modo muy a menudo.

Rosalind lo miró a la cara, con los ojos brillantes, el pelo cayéndole en una gloriosa cascada de rizos húmedos sobre su cara y sus hombros.

—¿Esto que estamos haciendo se considera... obsceno?

—Mucho —soltó él—. Pero a los bastardos como yo... nos gusta todo lo... obsceno... y nos gustan las mujeres obscenas.

—La agarró por la nuca y la obligó a bajar la cara para besarla en la boca, enredando la mano en su melena.

Con la otra mano le acarició el pecho. Estaba enamorado de aquellos esplendorosos pechos. No tenía bastante con solo tocarlos, necesitaba probarlos, así que rompió el beso para dirigir la boca hacia uno de los pezones erectos y apetitosos. Cuando ella jadeó, él se lo lamió y le mordisqueó la punta, y Rosalind lo recompensó con un gemido sensual.

Griff aceleró el ritmo de sus embestidas, y ella reaccionó incrementando el suyo, para seguir la cadencia de su amante. Ahora su amazona cabalgaba sobre él vigorosamente, envolviéndolo con su sedosa piel caliente, engulléndolo con fuerza como si quisiera robarle toda la fuerza. Él estaba dispuesto a entregársela voluntariamente siempre y cuando ella la usara con ese fin: para conducirlo hasta el clímax.

Pronto la sensación de placer fue demasiado intensa para poderla soportar. Griff estaba a punto de explotar, así que deslizó una mano hasta su pubis y empezó a acariciarlo para estimularlo más, para asegurarse de que ella también gozaba. Entonces acabaron la batalla juntos. El ritmo desbocado de sus corazones y de sus jadeos explosionó en un clímax tan increíble que los dos gritaron al unísono cuando sucumbieron a la victoria, y él se corrió dentro de ella.

Cuando Rosalind se abandonó por completo, Griff se aferró a ella enérgicamente, poseído por una fiera alegría incomparable a nada que hubiera experimentado hasta ese momento. Ella era suya, suya, sí. Jamás se separaría de ella.

Griff le apartó tiernamente el pelo de la cara y la besó en la sien. Jamás habría creído que pudiera ser capaz de encontrar una fémina tan única y especial en Warwickshire. ¡Qué pena que Swanlea no lo hubiera invitado antes! Lamentaba cada uno de los días que había vivido sin ella.

Saciado y felizmente cansado, Griff se echó en el sofá y la invitó a tumbarse a su lado. Con un suspiro, ella acomodó su cuerpo junto a él. A pesar de que Rosalind no era exactamente de constitución delgada ni ligera, a Griff le gustaba sentir su peso sobre él, sus orondos pechos aplastados sobre su torso, y su cabeza sobre su hombro.

Rosalind, sin embargo, casi no podía soportar que él la

abrazara de una forma tan íntima, consciente de que muy pronto ya no estarían juntos. Pero cuando intentó apartarse, él murmuró:

—Quédate un rato, por favor. Además, si te mueves, despertarás de nuevo a mi pajarito.

Ella clavó la barbilla sobre su pecho y contempló su cara de niño travieso.

—Tenéis un pajarillo muy apasionado, señor Knighton. ¿No podéis controlarlo?

Él rio divertido y propulsó sugestivamente su pajarito ahora flácido entre las piernas de Rosalind.

—Por lo visto no. Además, no veo la razón de controlarlo cuando tu almeja está tan cerca para calmarlo.

—¿Al... almeja? —Rosalind lanzó un gritito al tiempo que intentaba controlar el rubor—. ¡No me digas que también existen términos para referirse a las partes íntimas de una mujer!

—Probablemente tantos como para las de un hombre.

—¿Y Shakespeare utiliza algunos de ellos? —preguntó llena de curiosidad. Realmente, los hombres podían ser como niños, a veces.

Griff soltó una carcajada.

—Pues claro. Hay uno que seguramente te gustará: el guante de Venus. Normalmente puedes adivinar su significado por el contexto, especialmente ahora que sabes exactamente cómo funcionan tus instintos básicos.

Eso era lo que más iba a echar de menos de Griff. Él nunca la consideraba una descocada o una fresca. Bueno, casi nunca. Incluso cuando lo hacía, eso parecía excitarlo en vez de ofenderlo. Bajó la mirada y dibujó un círculo en su pecho con un dedo, sintiéndose embargada por una inmensa melancolía al pensar que pronto se separaría de él.

Griff le apresó la mano y le besó la palma.

—Ya puedo imaginarme lo que tú y yo haremos cada noche; aparte de hacer el amor, por supuesto. Releerás todas las obras de Shakespeare intentando descifrar los sentidos obscenos, ¿no es cierto, amor mío?

—¡No es verdad! —protestó ella, luego se quedó quieta. «Amor mío», él jamás la había llamado así antes. De repente se sintió presa de una terrible confusión. Quizá se estaba apresurando demasiado con su decisión de marcharse a Londres. Quizá...

¡Maldito fuera! ¡Sabía que eso sucedería, si se dejaba seducir por ese bribón! Sabía que él la desarmaría por completo. Sintiéndose perdida, se levantó en busca de su vestido.

—¿Adónde vas? —le preguntó Griff con voz gutural.

—Será mejor que me vista. Se está haciendo tarde. —Demasiado tarde.

—Me gustaría que nos quedáramos aquí más rato.

Sí, a Rosalind también le habría gustado, pero... no, no era la decisión más acertada.

—No podemos, Griff. Alguien podría vernos. —Necesitaba tiempo para reflexionar y tomar una decisión. Porque si planeaba marcharse de Swan Park, tendría que irse lo antes posible, o él le daría alcance fácilmente por el camino.

También necesitaba hablar con Helena. Seguro que su hermana la ayudaría.

Griff se recostó sobre un codo.

—Muy bien. Vayamos a tu habitación.

Ella resopló con una evidente tensión.

—No, porque podríamos quedarnos dormidos, y no quiero que la criada nos encuentre juntos por la mañana.

—¿Y qué más da? Nos vamos a casar.

Rosalind intentó pensar en una excusa plausible.

—Lo sé... pero... a mí me resultaría muy incómodo. —Se cubrió con su vestido, intentando no prestar atención a la mueca de decepción en la cara de su compañero.

—De acuerdo. Supongo que podemos esperar hasta que estemos casados. —Griff se sentó con las piernas extendidas, satisfecho e indiferente al hecho de estar completamente desnudo delante de ella.

—¿No piensas vestirte? —le preguntó Rosalind mientras se abrochaba el vestido, al ver que Griff se quedaba tranquilamente sentado en la cama.

—¿A qué viene tanta prisa? Me vestiré en menos de un minuto. —La miró con cara pícara—. Quiero mirarte mientras te vistes.

Rosalind renegó en voz baja, luego enfiló hacia el rincón

donde estaba toda la ropa de él apilada y empezó a lanzarle las prendas.

—¡Pues no puedes! Me moriría de vergüenza si uno de los criados nos encontrara aquí solos. —Se disponía a tirarle la chaqueta, pero se detuvo cuando cayó algo de uno de los bolsillos. Una hoja doblada de papel vitela.

Ella se quedó mirando la hoja, mientras notaba que se le encogía el corazón. Como si acabara de despertar de un dulce sueño, se agachó para recogerla. No hizo falta desdoblarla; sabía su contenido. Aunque eso no debería haberla sorprendido, se sintió decepcionada. Casi había empezado a pensar que quizá él sí que la quería por encima de todo.

Sintió una profunda tristeza en su pecho. Debería haberlo sabido. Para él, ella no era más que una nueva adquisición: la adorable esposa que, por si fuera poco, era una descocada. Pero desde luego no una mujer por la que estuviera dispuesto a cambiar sus planes.

Con un gesto desabrido, volvió a guardar el papel en el bolsillo de la chaqueta y avanzó hacia él. Mientras le entregaba la chaqueta, las lágrimas empañaron sus ojos. Griff debió de darse cuenta de su cambio de estado de ánimo, porque le agarró la mano antes de que ella pudiera escapar.

—Rosalind...

—Ya veo que aunque has salido precipitadamente de la alcoba de mi padre, no te has olvidado del certificado. ¡No, claro, cómo vas a olvidarte de él! —Y solo cuando lo había tenido a buen recaudo, había decidido seguirla para seducirla—. Por lo menos sé lo que represento para ti.

Rosalind forcejeó para librarse de su mano, pero él no la soltó.

—Esto no tiene nada que ver contigo ni con lo que siento por ti. Se trata de negocios, nada más. —Cuando ella se negó a mirarlo a los ojos, él suavizó su tono—. Si no me ocupo de mis negocios, ¿cómo vamos a comer?

Griff había formulado la pregunta con aquel tono que tanto la irritaba, con la seriedad de quien se sabe poseedor de una verdad irrefutable. Su actitud únicamente sirvió para confirmarle sus peores temores sobre él.

—¡No me hables como si fuera una niña idiota! ¡Jamás te

atrevas a usar otra vez ese tonillo condescendiente conmigo! Los dos sabemos que no se trata de una cuestión de negocios, y desde luego no afectaría en absoluto a si nos alcanza para comer o no.

Murmurando una maldición entre dientes, él le soltó la mano y empezó a ponerse los calzones con unos movimientos bruscos.

—Entonces, ¿de qué crees que se trata? Ya te lo he dicho antes: si mi intención hubiera sido vengarme de tu padre, habría elegido otra forma más demoledora que simplemente pensar en arrebatarle el título. ¿Te das cuenta de que podría haberme acostado contigo y luego haberme negado a casarme? ¿O que podría haber arruinado a tu padre sin mostrar ni un ápice de piedad? ¡Por el amor de Dios! ¡Incluso podría haberlo envenenado! Pero no habría valido la pena; eso habría sido una estupidez, y una aberración, moralmente hablando. A pesar de lo que opines de mí, sé diferenciar entre lo que está bien y lo que está mal. Me gustaría pensar que a estas alturas me conoces mejor como para darte cuenta de que no haría nada tan mezquino como seguir la senda de la venganza.

—No, pero te dejas llevar por otro motivo igual de mezquino: la ambición.

De un brinco, Griff se puso de pie y empezó a deambular con paso nervioso delante del sofá.

—La ambición no es mala. Sin ella no existiría la Knighton Trading. No veo ninguna razón por la que debería truncar las posibilidades de verla crecer intentando abrir un nuevo mercado en China, simplemente porque tú no quieres que unos pobres diablos hablen mal de tus hermanas.

Rosalind echó la cabeza hacia atrás.

—Me conoces, Griff, no soy tan «práctica» como tú. A mí me importa más la gente que unas miserables tierras o que el éxito de tu maldita compañía.

—Quizá te preocupes por tu familia, pero no te preocupas por mí. Estás más dispuesta a salvar a tus hermanas de unos simples chismes que ver cómo triunfo en la vida. Sí, gracias a Dios soy práctico. No escucho las habladurías cuando se trata de tomar decisiones que beneficien a mi compañía y a mis numerosos empleados.

¡Oh! Él le daba un enfoque tan noble... Tanto que incluso parecía que ella era la egoísta, la que pensaba únicamente en sus propios intereses. Pero no la había convencido. Antes había oído la emoción en la voz de Griff, cuando este se había enfrentado a su padre y había hablado del dolor de ser tratado como un bastardo. Aquel sentimiento estaba muy arraigado dentro de él, demasiado como para tratarse de una razón práctica.

La verdad la asaltó con una fuerza descomunal, una verdad tan simple que le partió el corazón.

—Sigue intentando convencerte a ti mismo de que todo lo haces por el bien de tus empleados, pero en el fondo sabes que no es verdad. La verdad es que te importan mucho, muchísimo, las habladurías.

Rosalind notó que se le secaba la garganta del disgusto, tanto hacia él como hacia ella misma.

—Detestas que se te niegue tu legitimidad. Detestas a todos aquellos que te llaman bastardo, a todos los que te rechazan porque has mantenido tratos con delincuentes, a todos los lores que todavía no te aceptan en su círculo de amistades por ser hijo ilegítimo. Anhelas ese título, y quieres que se reconozca públicamente, para poder restregárselo por las narices a todos aquellos que te han menospreciado injustamente, para demostrarles que vales mucho más de lo que ellos habían pensado.

La expresión ofendida de Griff demostró que había dado en el clavo.

Rosalind continuó.

—Has intentado demostrar tu valía con un gran esfuerzo y una gran capacidad de trabajo, pero eso no ha sido suficiente, así que ahora quieres intentarlo por una vía más fulminante, más importante. Por eso, y solo por eso, estás dispuesto a sacrificarlo todo, para obtener tu título, ¿no es cierto?

—¡Estás loca! —protestó él, aunque su cara decía lo contrario. El motor de su vida había sido su afán por apartarse de aquel camino de dolor, humillación y rabia contenida.

Necesitaba reafirmarse frente a todos los que lo habían despreciado, pero por más que lo intentaba, no lo conseguía. Y jamás estaría plenamente satisfecho, por más alto que llegara, porque alguien siempre lo miraría con superioridad. Además, lo que él realmente quería era llenar ese espacio vacío que debería ocupar su corazón, y esos hombres ridículos en la Cámara de los Lores no podrían hacer eso por él.

—Siento mucho que mi padre te hiciera esta atrocidad, Griff. Si pudiera cambiar lo que pasó, lo haría ahora mismo. Borraría tu dolor, si pudiera. Pero no puedo. Solo tú puedes hacerlo. Y de momento lo único que haces es malograrlo todo.

—Es tu opinión, pero eso no cambia nada —replicó Griff.

—Lo sé. —Por eso no podía casarse con él, por eso tenía que marcharse de Swan Park aquella misma noche. Porque su opinión no conseguiría cambiar nada mientras él estuviera atrapado inexorablemente en las traumáticas garras de su pasado.

Rosalind se dirigió hacia la puerta, pero él consiguió llegar primero y barrarle el paso.

—No cambia nada —le repitió él—. Nos casaremos, por más que tus opiniones difieran de las mías en esta cuestión. Has admitido que me quieres a pesar de mis supuestos fallos, y no pienso dejarte escapar.

Ella miró su adorable cara y notó un sofocante nudo en la garganta. Probablemente no lo volvería a ver en mucho tiempo. En un arrebato de ternura, le acarició la rígida mejilla. ¡Su pobre grifo, fiero y atormentado! Ahora Rosalind sabía por qué él había defendido su trofeo a capa y espada. Alguien se lo había arrebatado mucho tiempo atrás, y por eso él solo se sentía seguro cuando amasaba muchos trofeos.

Lamentablemente, no quedaba espacio para el amor en medio de aquel turbulento mar, de aquella necesidad de amasar trofeos sin fin. No había espacio para ella, aunque Griff no lo admitiera.

—Te amo —susurró Rosalind—, sí, te amo, y esa será mi perdición. Pero tú no sabes amar, y esa será la tuya.

Rosalind finalmente bajó la mano y salió cabizbaja de la estancia, sin mirar atrás.

Capítulo veintiuno

Fe, señor, hoy estamos aquí, y mañana no.

Golpe de suerte, Aphra Behn, escritora inglesa

«*T*e amo, sí, te amo, y esa será mi perdición. Pero tú no sabes amar, y esa será la tuya.»

Mucho rato después de que ella se hubiera ido, Griff seguía sentado en el sofá, en ropa interior, acariciando el certificado de matrimonio de sus padres con aire ausente y la vista perdida en el escudo de armas de Swanlea que había en la pared frente a él.

Rosalind lo amaba. Su amazona había declarado que lo amaba, y él sabía que era sincera. Quizá Rosalind había recurrido a una o dos estrategias engañosas para intentar salvar a su familia, pero la conocía lo suficientemente bien como para saber que, cuando se trataba de asuntos del corazón, ella no mentía.

Griff lanzó el certificado a un lado y hundió la cara en sus manos. ¡Maldición! Ella lo amaba. ¿Qué iba a hacer ahora? Él jamás había creído en el amor romántico. En el amor a la familia, sí. Pero el amor romántico era un término extravagante que las mujeres utilizaban para referirse al amor carnal, nada más. O por lo menos eso era lo que siempre se había dicho a sí mismo.

Ahora ya no estaba tan seguro. A diferencia de la mayoría de las mujeres, Rosalind parecía no sentir la necesidad de referirse a sus deseos carnales con otro nombre. Los aceptaba, incluso con una evidente complacencia. Por el amor de Dios, ¿cuántas mujeres de noble cuna serían capaces de ponerse a comentar con una actitud absolutamente abierta los eufemismos que se utilizaban para referirse a las partes más íntimas? Rosalind quizá podía indignarse por no saber frenar sus propios deseos, que chocaban con la educación moral que había recibido, y podía indignarse con él por inflamar sus deseos, pero ella no simulaba que se trataba de otra cosa, como por ejemplo amor.

No, si Rosalind decía que lo amaba, entonces era cierto. Y aquel pensamiento lo aterraba.

Griff podía soportar unas muestras de afecto de su parte. De hecho, él también sentía un enorme afecto por ella. ¿Pero Rosalind enamorada? ¡Por Dios! ¡Esa mujer nunca hacía las cosas a medias! Si Rosalind le daba su amor, eso significaba que ella ponía su inocente corazón en sus manos.

¿Y ahora qué se suponía que tenía que hacer él con aquel corazón? ¿Cómo podría satisfacerla? ¿Cómo la complacería si ella esperaba que le respondiera también con amor? Rosalind tenía razón: él no sabía amar; no tenía ni la más remota idea de cómo hacerlo.

Sintiéndose como si alguien acabara de propinarle un fuerte puñetazo en el pecho, se puso de pie y empezó a vestirse de una manera mecánica. ¿Y qué pasaba con las otras acusaciones de Rosalind respecto a sus razones para querer el certificado?

Griff frunció el ceño. Ella se equivocaba en sus deducciones, por completo. Rosalind simplemente estaba desconfiando, como de costumbre, y buscaba un significado más profundo donde no lo había. Pero se equivocaba. Totalmente.

¿O no?

Renegando a viva voz, cogió el certificado de mala gana y se lo guardó en el bolsillo. Sí, Rosalind se equivocaba, y se daría cuenta cuando el asunto quedara zanjado de una vez por todas. Griff haría lo que estuviera en sus manos por reclamar el título de la forma más discreta posible, para que ella apenas se viera salpicada por la mancha del escándalo. Cuando Rosalind reconociera el éxito que la decisión de Griff había reportado a la Knighton Trading y cuánta riqueza...

Resopló desalentado. A Rosalind le importaba un pimiento la riqueza. Aquella maldita fémina probablemente gastaría todo el dinero de Griff en financiar teatros y solo Dios sabía en qué otras banalidades. Tendría que controlar muy de cerca en qué gastaba Rosalind su dinero, porque seguramente serían gastos absurdos y nada prácticos.

Torció el gesto. ¡Cómo si pudiera negarle nada que ella le pidiera! Gracias a su «pajarito», Rosalind le podía pedir la luna, y él no dudaría en ofrecérsela en bandeja.

Pero en un único aspecto pensaba mantenerse firme. Rosalind no conseguiría que él rechazara el título y perdiera la oportunidad de formar parte de aquella delegación. De ninguna manera.

«Lo único que haces es malograrlo todo.»

¡Maldita fémina! ¿Sus opiniones absurdas tenían que atormentarlo incluso cuando ella no estaba presente?

Intentando no sucumbir a la coacción, salió del despacho con paso airado, no sin antes asegurarse de no dejar ninguna pista que pudiera alertar a los criados, y luego se fue a la cama. La casa estaba insólitamente en silencio, como si las paredes contuvieran la respiración. Quizá estuvieran... esperando a que el viejo conde se muriera, a que las hijas se casaran, a que él heredara el título.

«No», se recordó a sí mismo deliberadamente, él iba a heredar el título antes de que el conde muriera.

Ya en la cama, sin embargo, no podía conciliar el sueño. Por más que intentaba librarse de las palabras de Rosalind, estas seguían atormentándolo sin piedad.

De acuerdo, quizá deseaba probarse a sí mismo. ¿Qué había de malo en ello? La mayoría de los hombres deseaban probarse a sí mismos. ¿Por qué iba él a ser diferente?

«Lo único que haces es malograrlo todo.»

Con un bufido, se dio la vuelta en la cama e intentó apartar la pertinaz voz de Rosalind de su cabeza. Después de un buen rato, consiguió dormirse, aunque no con un sueño profundo. Se estuvo removiendo inquieto toda la noche, sin sentirse cómodo, sin poder olvidar las palabras de Rosalind. Entonces, cuando faltaba muy poco para el amanecer, empezó a soñar.

Estaba de pie en la Cámara de los Lores, ondeando el certificado de matrimonio de sus padres mientras una voz potente y chillona lo declaraba el legítimo conde de Swanlea. Orgulloso de su éxito, echó un vistazo alrededor, pero para su sorpresa, los lores en sus togas se habían convertido en niños. Cuando se miró a sí mismo con más atención, se dio cuenta de que él también era un niño. De nuevo tenía doce años, sin padre, sin amigos, y los otros niños se reían de él. Intentó explicarles que ahora era hijo legítimo, pero el clamor de sus compañeros ahogaba su voz.

Entonces la vio. Rosalind sobresalía por encima de todos en la sala contigua, observando el proceso. Él la llamó, pero ella no oyó su voz. Con una triste mirada, Rosalind dio media vuelta y se alejó. El pánico se apoderó de él, bloqueándole el paso, impidiéndolo ir tras ella. «¡Rosalind! —gritó— ¡Rosalind!»

Se despertó sobresaltado, todavía gritando su nombre. Necesitó unos momentos para ubicarse y saber dónde estaba, y para volver a dominar su pulso acelerado. Cuando lo consiguió, se dejó caer sobre el colchón y se aferró a la almohada, maldiciendo y gimiendo con desesperación.

Ella tenía razón. Esa fémina había sabido leer en lo más profundo de su alma, hasta un punto al que incluso él se había negado a ahondar. Su búsqueda no se guiaba únicamente por una sana ambición, ¿no era cierto?

Se puso rígido, con la vista fija en el techo. Si examinaba sus motivos detenidamente, sabía que había otras razones. No tenía ninguna garantía de obtener el permiso para formar parte de la delegación una vez le concedieran el título. Y aunque no formara parte de esa delegación, eso no significaba que no pudiera establecer una ruta comercial con China por su cuenta. Después de todo, no había tenido ningún título cuando se abrió camino en la India.

No, había algo más, y Rosalind se había dado cuenta. Cerró los ojos y resopló angustiado. Evidentemente, ella había sido más considerada con él que lo que merecía. Porque lo que Griff quería era incluso más insignificante, más mezquino que lo que ella había dicho. Aquella conclusión le provocó un profundo desasosiego.

No quería probarse a sí mismo ante el resto de la nobleza inglesa. No, él quería retroceder en el tiempo, probarse a sí mismo ante todos sus compañeros de Eton, limpiar su infancia manchada. Aquel era el significado de su sueño.

Y eso era imposible, tal y como Rosalind había sentenciado. Intentar reescribir el pasado era un juego de niños, un ridículo juego infantil y sin sentido en el que le sería imposible ganar.

Todos los títulos del mundo no podrían borrar la humillación de aquel chico difamado. Aunque todos los que se habían burlado de él cuando era un niño cambiaran de opinión de la noche a la mañana, no conseguiría borrar el pasado. Esa lacra lo acompañaría toda la vida.

«Si pudiera cambiar lo que pasó, lo haría ahora mismo. Borraría tu dolor, si pudiera. Pero no puedo. Solo tú puedes hacerlo. Y de momento lo único que haces es malograrlo todo.»

Abrió los ojos de golpe. Sí, hasta ese momento no había hecho más que agravar la situación. Pero se acabó. Había estado actuando como un crío mimado; y había llegado la hora de crecer. ¿Qué importaba si obtenía un puesto en la delegación pero perdía el corazón de Rosalind en el proceso? No podía perder su corazón. Significaba demasiado para él. Quizá ella tenía razón, y él no sabía amar, pero podía aprender. Por ella, aprendería.

Se sentó en la cama, rezando porque no fuera demasiado tarde. A pesar de su escepticismo acerca de los sueños premonitorios, la última parte de su sueño lo había dejado preocupado, con un mal sabor de boca, un malestar que lo angustiaba tanto, que se levantó y se vistió expeditivamente.

Y no se sintió mejor cuando bajó a desayunar y no vio a Rosalind. Los demás estaban allí, con unas caras menos afables que la mañana previa. Lady Juliet se había encerrado nuevamente en su timidez. Lady Helena estaba más fría que de costumbre. Incluso Daniel no se atrevía a mirarlo a la cara y se dedicaba a comer el desayuno en un incómodo silencio.

—¿Dónde está Rosalind esta mañana? —preguntó Griff con la vista fija en el asiento vacío.

Lady Helena lo miró con una visible irritación, pero contestó con tono sosegado:

—Me ha dicho que quería dormir un poco más. Por lo visto, alguien la mantuvo despierta hasta muy tarde anoche.

Él enarcó una ceja. Tampoco habían estado juntos hasta tan tarde. Pero claro, el día había sido tempestuoso. Seguramente necesitaba descansar.

Al ver que Rosalind no aparecía durante el resto de la mañana, se repitió la explicación a sí mismo. Intentó no preocuparse mientras recogía sus pertenencias y realizaba los preparativos para el viaje. Pero cuando ella no bajó a comer —un almuerzo que lady Helena retrasó inexplicablemente hasta casi las dos de la tarde—, empezó a alarmarse.

Lady Helena volvió a repetirle que Rosalind seguía descansando, pero Griff abandonó el comedor y se dirigió a su habitación. Necesitaba hablar con ella y decirle lo que había descubierto de sí mismo, lo que ella le había enseñado. Necesitaba tener la certeza de que ella todavía era suya.

Lady Helena lo siguió hasta el piso superior, recriminándole que debería mostrar algunas «nociones de decencia».

Eso lo desbarató. Se detuvo en las escaleras y la miró con el ceño fruncido.

—En lo que se refiere a Rosalind, no tengo nociones de decencia, señora. Estoy segura de que ella misma os lo confirmará si se lo preguntáis.

Cuando lady Helena se ruborizó, Griff se preguntó si Rosalind le había contado lo que había ocurrido entre ellos. No estaba seguro de si sentirse contento o avergonzado cuando reemprendió la marcha por las escaleras.

Unos momentos más tarde, llegó a la habitación de Rosalind y aporreó la puerta violentamente. No obtuvo respuesta.

—Ya os lo he dicho, está durmiendo —repitió Lady Helena con obcecación—. Rosalind duerme profundamente.

Griff intentó abrir la puerta. Estaba cerrada con llave.

—Abridla —le ordenó.

—¡Ni hablar!

—Muy bien, entonces la echaré a patadas. —Retrocedió unos pasos, preparándose para cumplir la amenaza.

—¡Esperad! —Lady Helena sacó un puñado de llaves y murmuró—: De acuerdo, la abriré.

Ella se tomó su tiempo para hacerlo, sin embargo, cuando abrió la puerta, Griff no se quedó completamente sorprendido al constatar que la habitación estaba vacía.

Renegando en voz baja, se dio la vuelta expeditivamente hacia su acompañante.

—¿Dónde está?

Lady Helena se encogió de hombros.

—No tengo ni idea. Ya conocéis a lady Rosalind. Podría estar en cualquier parte, hablando con el ama de llaves o paseando a caballo o...

—¡No juguéis conmigo, maldita sea! —espetó—. ¿Dónde está?

—Señor Knighton, no respondo a los hombres que me insultan y me gritan —argumentó ella con su típico aire de dignidad.

En ese mismo instante, Daniel apareció tras Helena, con el semblante muy serio. Griff ni siquiera lo miró.

—Entonces, contestadme a otra pregunta: ¿Cuándo regresará?

Lady Helena se limitó a responder con un sedicioso silencio. Griff perdió los nervios y enfiló de nuevo hacia las escaleras con paso airado.

—Quizá lady Juliet se muestre más dispuesta a hablar.

Su reacción pareció alterar la compostura de lady Helena.

—¡Sois realmente aborrecible! ¡Os prohíbo que torturéis a mi hermana! ¡Ella no sabe nada de los planes de Rosalind!

Griff se detuvo en seco y la miró.

—Entonces adelante, contádmelo todo, lady Helena, o torturaré a Juliet, y después a vuestro padre y a cada uno de los criados de esta maldita casa, ¡hasta que alguien me cuente la verdad!

—Rosalind tenía razón. ¡Sois un monstruo!

La palabra resonó dolorosamente en su cerebro.

—¿De verdad... ella me ha llamado así?

Lady Helena escrutó su cara, luego suspiró.

—No exactamente. Os llamó grifo. Pero un grifo es un monstruo, tal y como sabéis.

Sí, era cierto. Griff recordó cuando Rosalind le dijo en el coto de caza que aquel apodo le parecía muy conveniente para describir su personalidad. El grifo, siempre alerta, custodiando su tesoro y aniquilando a cualquier enemigo que osara inmiscuirse en su camino. ¿Rosalind lo veía de ese modo, todavía?

«No importa», se dijo para sí, ignorando la repentina sequedad que sentía en la garganta. Ella cambiaría de opinión cuando le contara lo del certificado de matrimonio. Lo único que ahora importaba era averiguar adónde había ido.

—Lady Helena —dijo suavizando el tono de voz—, necesito saber dónde está. He de saberlo. Por favor, decídmelo. Es mi prometida, ¿no merezco al menos esa consideración?

La mirada arrogante de lady Helena le recordó a la que su madre había utilizado con los que se habían atrevido a insultarlo cuando él era pequeño. De repente, se sintió aún más incómodo.

—Ya no es vuestra prometida, os lo aseguro, si es que alguna vez lo ha sido. Y es precisamente porque no quiere casarse con un grifo por lo que se ha marchado a Londres.

Al principio pensó que no la había oído bien.

—¿Adónde ha ido?

—A Londres. Para ser actriz. Es lo que siempre ha querido ser y...

—¿Ser actriz? —gritó él, sulfurado—. ¡Por el amor de Dios! ¿Ha perdido la cabeza?

Lady Helena irguió la espalda con petulancia.

—En absoluto. No esperaríais que ella aceptara casarse con un hombre que pretendía arrastrar a toda su familia hasta el lodo y el escándalo.

Las palabras asfixiaron su conciencia, añadiendo más cicatrices a las ya existentes.

—Os ha contado lo del certificado...

—Por supuesto que sí. Es mi hermana.

Y era evidente que ella lo detestaba por ese motivo. No la culpaba; recordando las palabras de Daniel, se había comportado como un verdadero idiota. O peor.

—¿Me estáis diciendo que Rosalind ha huido a Londres para ser actriz en vez de casarse conmigo?

—Sí. Ya que muy pronto nos quedaremos sin hogar —Helena hizo una pausa para que sus palabras tuvieran un mayor impacto—, se ha ido a Londres en busca de un trabajo que le dé ingresos y un alojamiento donde podamos vivir las tres. Siempre ha querido ser actriz, así que esa será la primera vía que probará para obtener ingresos.

Por un momento, el dolor que Griff sentía afectó incluso su capacidad para respirar. ¡Rosalind había preferido marcharse antes que casarse con él! Después de todo lo que habían compartido, después de que ella le hubiera declarado su amor, después de haber vuelto a hacer el amor con él la noche anterior, lo había abandonado. ¿Cómo se atrevía?

Pero Griff sabía la respuesta a esa pregunta. Él no le había dado demasiadas razones para que ella pudiera soñar con un futuro feliz junto a él. La había utilizado, la había seducido, le había dicho que no le importaba lo que ella pensaba. La había empujado a huir, sin remedio, como si la hubiera amenazado poniéndole aquella vetusta espada en la garganta. ¿Qué otra cosa podía hacer una diosa guerrera cuando se sentía acorralada? Rosalind se había retirado, con la sabia intención de reunir fuerzas para la próxima batalla.

¡Pero ella había huido a Londres, por el amor de Dios! Seguramente no disponía de mucho dinero para sobrevivir, estaba sola, y con tantos salteadores al acecho de los carruajes que se dirigían a Londres, y con las posadas plagadas de villanos... ¡Sin olvidar los rufianes que invadían las calles de Londres!

A Griff se le heló la sangre. Rosalind jamás había estado en Londres en su vida. No tenía ni idea de los maleantes que intentaban aprovecharse de las mujeres que llegaban solas. Incluso su amazona lo pasaría mal cuando se viera acorralada por uno de ellos. Miró directamente a Daniel a los ojos, cuya expresión compungida mostraba que sus pensamientos discurrían más o menos en la misma dirección.

—¿Cuándo se ha marchado? —preguntó Griff con la voz ronca.

—Un poco después de la medianoche.

—¿Después de la medianoche? —exclamó Daniel antes de que Griff pudiera protestar—. ¡Por todos los santos! ¡Vuestra hermana está loca de remate, si se atreve a viajar sola por la noche!

Lady Helena los miró a los dos con porte beligerante.

—No le pasará nada. Monta muy bien y...

—¿Se ha ido a caballo? —Griff notó que el corazón se le comprimía en un puño—. ¿Se ha ido a caballo, y sola?

—Sí. —Griff debió transmitirle sus temores a Helena, ya que ella lo miró con inquietud—. No le pasará nada, ¿no? Quiero decir, se ha llevado la pistola de papá.

—¿Sabe utilizar una pistola? —El miedo de Griff se estaba trocando en un clamoroso terror.

—Bueno... no... pero ya conocéis a Rosalind. Puede apañarse sola.

Griff montó en cólera. ¡Maldición! ¿Nadie se había dedicado a explicarles a esas tres ingenuas los peligros a los que se veían sometidas las mujeres que viajaran solas?

—¿Apañarse sola? —repitió Daniel—. ¿Contra salteadores de caminos y malandrines? ¿No os dais cuenta de que le puede pasar cualquier cosa si tiene la mala suerte de topar con esa clase de individuos?

El despecho en la cara de lady Helena habría amedrentado incluso a un rey.

—No pueden ser peor que estas dos malditas alimañas que tengo en estos precisos instantes delante de mí.

Daniel la acribilló con una dura mirada.

—Un momento, milady, estoy harto de vuestra actitud condescendiente y vuestra...

—¡Ya basta! ¡Dejad de pelearos! Ahora lo único que importa es la seguridad de Rosalind. —Además, lady Helena tenía razón, por lo menos acerca de él. Griff no había tratado a Rosalind mejor que lo habría hecho cualquier villano. Aunó fuerzas para mirar a lady Helena a la cara—. ¿Adónde piensa ir Rosalind cuando llegue a Londres?

Ella alzó la barbilla con petulancia, la viva imagen de su hermana.

A punto de volver a perder los nervios, Griff la fulminó con una mirada de advertencia.

—Me dijisteis que habíais estado en Londres una vez, así que deberíais recordar cómo es esa ciudad. Y no me refiero a las fiestas ni a los bailes, sino a sus calles, con tanta gentuza y ladrones acechando en los callejones. Seguramente vuestro padre debió de ordenaros que caminarais deprisa para no caer en las redes de timadores avispados. Londres no es una ciudad segura para una mujer sola, especialmente una mujer que no conoce a nadie allí.

—¡Pero sí que conoce a alguien! —protestó lady Helena—. Una actriz que era amiga de mamá la ayudará a buscar trabajo y a encontrar un lugar para vivir.

¿Una actriz? Eso no acababa de reconfortarlo.

—¿Y esa amiga de vuestra madre la espera? ¿Sabe Rosalind con absoluta certeza que esa mujer se halla en la ciudad y no está de gira con su compañía de teatro, o que no se ha marchado a visitar a alguien fuera de la ciudad?

Sobrecogida, lady Helena desvió la mirada. Era obvio que no se le había ocurrido pensar en ese posible inconveniente.

—Dadme la dirección de esta mujer en Londres —le ordenó Griff.

—No... no la sé.

Él profirió una maldición.

—¡Decidme cómo se llama esa mujer!

—¡Tampoco lo sé!

—¡Y un cuerno no lo sabéis! ¡Sí que lo sabéis, lo que pasa es que no queréis decírmelo!

—¿Y por qué habría de hacerlo? —replicó ella, sulfurada—. ¿Para que volváis a romperle el corazón?

Aquella provocación asestó a Griff una nueva puñalada en su conciencia enfurecida y llena de culpa.

—¡Yo no quería romperle el corazón!

—¡Quizá no, pero lo habéis hecho!

—Lo sé. Pero os prometo que no volveré a hacerlo. Si ella sigue empeñada en no querer casarse conmigo cuando la encuentre, la dejaré en paz. —Se tragó el miedo creciente que sentía en el pecho—. Solo quiero asegurarme de que está a salvo, ¿no lo entendéis?

Lady Helena lo miró con desconfianza.

—Pronto actuará en un teatro en Londres. Eso debería ser prueba suficiente de que está bien.

El pánico se apoderó de él.

—¿Y si Rosalind no encuentra trabajo en uno de los teatros de Londres? La mayoría de las actrices empiezan en compañías ambulantes, donde reciben una mísera paga, son maltratadas por los gerentes, y tienen que soportar los abusos de cada energúmeno borracho que se encapricha de ellas. No es una vida adecuada para vuestra hermana, ¿no lo veis? ¡Ella es demasiado buena para esa clase de vida! —Maldición, ¿y si Rosalind se unía a una de esas compañías ambulantes? ¿Y si no lograba encontrarla a tiempo? ¿Y si le sucedía algo antes de que la encontrara?

—Entonces, estáis realmente preocupado por ella, ¿no es cierto? —apostilló lady Helena, sin poder ocultar su asombro.

—¡Claro que estoy preocupado por ella! ¿Qué pensabais, maldita...? —Se contuvo, procurando controlar su ira desmedida. Y el miedo que lo paralizaba—. Por favor, lady Helena, os lo suplico. Decidme dónde puedo encontrarla.

Ella tragó saliva.

—¿Qué razón podríais posiblemente alegar para justificar que rompa la promesa que le he hecho a mi hermana?

Pronunció la pregunta antes de que él hubiera tenido tiempo para plantearse la cuestión.

—La quiero. Amo a vuestra hermana. Y tengo que saber que está sana y salva.

Con gran consternación, Griff se dio cuenta de que lo que acababa de confesar era verdad. Si amarla significaba que la necesitaba más que a su propio aliento, que le preocupaba más saber si ella estaba a salvo que conquistarla, entonces solo Dios sabía lo mucho que la amaba, con una intensidad que lo aterrorizaba y a la vez le provocaba una inmensa alegría. Rosalind había sabido leer su alma y descubrir sus resentimientos más cicateros. Solo por eso, debía encontrarla, para agradecérselo, para decirle que sus palabras no habían sido en vano.

Y si Rosalind todavía podía encontrar un hueco en su corazón para amarlo, entonces él no se separaría de ella nunca más. Pero si ella no podía...

Se tragó la agonía que lo había dejado sin aliento. Ya se enfrentaría a esa posibilidad cuando llegara el momento. Primero, tenía que asegurarse de que estaba a salvo. A juzgar por la mirada escéptica reflejada en los ojos de lady Helena, no iba a ser fácil.

—¿Decís que la amáis? Pues tenéis una forma muy peculiar de demostrarlo —espetó ella sin consideración.

—Soy plenamente consciente de ello. No obstante, mi intención es reparar mis errores. Pero necesito vuestra ayuda. Tenéis que decirme dónde puedo encontrarla en Londres.

Por un momento, Griff pensó que su interlocutora se estaba ablandando. Le temblaba el labio superior, y había empezado a frotarse las manos con nerviosismo. Entonces dijo con un hilito de voz:

—No... no puedo. Se lo he prometido a Rosalind. —Lo miró con una dolorosa sinceridad—. Además, nos habéis contado tantas mentiras en estos últimos días que no sé cómo tener la certeza de que esta vez me estáis diciendo la verdad.

Griff sintió que se le encogía el corazón. No había pensado que todos sus engaños revertirían en él para atacarlo de ese modo tan cruel. Se estremeció con un incontrolable miedo al pensar que Rosalind estaba por esos caminos de Dios, viajando sola, durmiendo en posadas sin protección alguna. ¿Y qué pasaría cuando llegara a Londres? Deambularía por las calles de la gran ciudad en busca de trabajo, posiblemente sin un penique y sin amigos. Y todo por culpa de la maldita postura infantil que él había mostrado la noche anterior y su arrogante seguridad de que de algún modo conseguiría ganarse el beneplácito de Rosalind en los maquiavélicos planes para su familia.

—Muy bien —sentenció a lady Helena—. Haced lo que creáis que tenéis que hacer, pero yo haré lo que creo que he de hacer. —Lleno de una rabiosa impotencia y frustración, prácticamente en su totalidad dirigidas hacia sí mismo, añadió—: La encontraré, aunque para ello tenga que barrer todos los malditos teatros del país. Y lo juro: si le ha pasado algo, cualquier cosa, toda la responsabilidad recaerá sobre vuestra persona.

Empezó a alejarse, pero la voz de lady Helena lo detuvo.

—Os respondo con la misma amenaza, señor Knighton. Ya le habéis partido el corazón a mi hermana una vez. Si se lo volvéis a romper, os arrancaré el vuestro a cambio y con él cebaré a los tiburones de Londres que tanto os preocupan.

Griff no respondió, ni tampoco se volvió para mirarla. Pero a medida que se alejaba, oyó que Daniel espetaba:

—Al menos este pobre diablo tiene corazón, milady. Eso es más de lo que podemos aducir de vos. —Acto seguido, Daniel aceleró el paso para seguir la frenética marcha de su amigo.

Con los ojos llenos de lágrimas, Helena observó cómo los dos hombres bajaban apresuradamente las escaleras. ¿Cómo se atrevía Daniel Brennan a llamarla desalmada? ¡Si alguien no tenía corazón era ese pedazo de zoquete grandullón, hijo de un salteador de caminos, que había aceptado dinero para ayudar a su patrón a engañar y a destruir a toda su familia! ¿Cómo se atrevía a criticarla después de todas sus mentiras?

Con un gran esfuerzo, consiguió recuperar la calma. No importaba lo que dijera ese maldito bribón; se negaba a dejar que la presionara. Con un poco de suerte, nunca más tendría que verlo, ni a él ni sus perversos encantos ni su brusca cortesía ni sus formas sutiles de hacer que una mujer se sintiera atractiva y completamente...

Helena resopló enojada.

«¡Ojalá os pudráis en el infierno, Daniel Brennan! ¡Y que con vos también se pudra vuestro retorcido patrón!»

Sin embargo, se preguntó si había actuado correctamente. Ni por un momento se había detenido a pensar en los peligros que podía correr Rosalind sola en Londres. Su hermana siempre había sido perfectamente capaz de cuidar de sí misma. Y después de lo que le había contado sobre los pérfidos planes del señor Knighton, Helena se había sentido tan ultrajada que deseaba ver cómo Rosalind ganaba la partida.

Pero ¿y si realmente él amaba a Rosalind? ¿Y si en realidad era sincero?

Fuera como fuese, no pensaba tomar cartas en el asunto. El señor Knighton era una sabandija y su hombre de confianza, una víbora. Pensaba escribir a Rosalind para prevenirla de que él había partido en su busca y para referirle lo que le había contado. Entonces Rosalind podría decidir si quería verlo o no.

Sí, eso haría. Y entonces Daniel Brennan no podría acusarla de no tener corazón.

Capítulo veintidós

¡Jugadores, señor! No son más que unas infortunadas criaturas que alguien ha sentado en taburetes frente a una gran mesa para que hagan muecas y los demás se rían, como perritos de feria.

Frase célebre de Samuel Johnson
que James Boswell citó en su biografía,
SAMUEL JOHNSON, mecenas y crítico de teatro

*T*res días después de llegar a Londres, Rosalind estaba apoyada en uno de los pilares que había en la entrada del teatro Covent Garden, mordisqueando una manzana y contemplando la gran diversidad de carruajes que desfilaban por Bow Street: birlochos decorados con vivos colores, sillas de mano, y faetones conducidos por jóvenes hercúleos y temerarios. Londres tenía todo lo que Stratford no tenía: teatros y tiendas, y salones de té.

Y gente. De todas las índoles. La noche anterior la señora Inchbald la había invitado a asistir a una velada con gente del mundo del teatro donde estaba el mismísimo Richard Sheridan. Incluso había tenido la oportunidad de hablar con él, y lo había conseguido sin la ayuda de Griff.

Rosalind renegó entre dientes. Maldito fuera Griff. Por culpa de él, no estaba disfrutando de Londres como debería. Aquel dichoso hombre plagaba su mente sin conferirle ni una hora de tregua.

Había intentado apartarlo de sus pensamientos. Había intentado olvidarlo, pero, por lo visto, olvidar a Griff no era tan sencillo. Cada vez que comía una ciruela o leía a Shakespeare o veía a algún hombre jugando al billar, pensaba en él. Cada vez que se desnudaba recordaba la última vez que habían hecho el amor. No había conocido a ningún hombre en Londres comparable a él. Algunos no eran tan inteligentes y avispados como Griff. A otros les faltaba su chispa. A otros los encontraba repulsivos porque no tenían el pelo negro ni los ojos azules...

¡Maldito fuera! Cómo lo odiaba por haberle hecho aquella trastada, por haberla encantado con su magia para que detestara al resto de los hombres, y por no amarla como ella lo amaba. Se secó las lágrimas que habían empañado sus ojos sin haberse dado cuenta. No pensaba llorar por ese bribón. ¡Ni hablar! ¡No merecía la pena!

Probablemente Griff ya había dejado de pensar en ella. Después de todo, ahora ya tenía el maldito certificado. ¿Para qué iba a necesitarla?

Sin embargo, Rosalind estaba segura de que tarde o temprano se cruzaría con él en Londres. Solo rezaba para que eso sucediera cuando ya hubieran transcurrido muchas semanas, para tener tiempo de reponerse y ser capaz de hablar con él con una absoluta indiferencia y desapego.

¡Ja! ¡Cómo si pudiera ocultar sus sentimientos cuando estaba cerca de Griff Knighton! Volvió a renegar angustiada y se guardó la manzana a medio comer en el bolsillo del delantal.

—Tu madre se volvería a morir del susto si levantara la cabeza y te oyera usar ese vocabulario tan soez —comentó una voz gentil a su lado.

Rosalind se dio la vuelta y vio a la señora Inchbald, que la miraba con una sonrisa en los labios.

—Sí, supongo que tenéis razón. —Rosalind deseó que sus ojos enrojecidos no delataran su abatimiento—. Me temo que todos los intentos por parte de mi madre para que me comportara como una verdadera señorita fueron en vano. Con Helena, sin embargo, no fracasó.

A sus sesenta y dos años, la señora Inchbald seguía siendo una mujer hermosa, tan delgada y grácil como lo había sido en su juventud, cuando había actuado en el Covent Garden. Con un gorrito blanco de algodón cubriéndole los rizos, parecía tan modesta y reservada como cualquier viuda, pero en el fondo era una persona vivaz y poseía unos impresionantes conocimientos de literatura. También era más generosa de lo que Rosalind había esperado, ya que la había invitado a vivir con ella hasta que fuera capaz de ganarse la vida.

—Hablando de tu hermana —dijo la mujer—, he venido al teatro para traerte una carta que acaba de llegar para ti; es de ella. Pensé que quizás podría ser algo importante.

Rosalind tomó la carta con el corazón compungido. Helena seguramente le describía la reacción de toda su familia ante su inesperada huida. Y también la reacción de Griff. Se la guardó en el bolsillo del delantal; no quería leerla delante de la señora Inchbald.

La mujer se limitó a enarcar una ceja.

—No sé si sabías que yo solo tenía diecinueve años cuando huí de casa para ser actriz, pero lo recuerdo perfectamente. Esperaba encontrarme con una vida excitante y sin embargo descubrí que era una vida dura y tediosa. Y lo más grave fue la gran añoranza que sentía de mi casa y mi familia. Por eso me fui a vivir con uno de mis hermanos que era actor, tan solo después de una semana de ser «independiente».

—No siento añoranza, en absoluto, os lo aseguro. —Bueno, quizá un poco. Echaba de menos poder hablar con Helena. Y los paseos por el jardín. Echaba de menos la sensación de disponer de muchos espacios abiertos en Swan Park, perfectos para recitar versos sin preocuparse por si alguien la oía.

Sin embargo, eso era todo lo que echaba de menos de Swan Park. De verdad. Y las tartas de manzana que preparaba la cocinera, por supuesto.

—Te has iniciado como actriz con buen pie —comentó la señora Inchbald—. Yo no fui tan afortunada. Tuve que empezar en una compañía ambulante. Espero que sepas apreciar la suerte que tienes de haber conseguido un trabajo en el Covent Garden en tu primer intento, aunque sea en un papel pequeño como Iras, en *Antonio y Cleopatra*.

—Por supuesto que lo valoro, especialmente porque sé que todo os lo debo a vos. He obtenido ese papel gracias a vuestra influencia. Os aseguro que me siento avergonzada por el hecho de desconocer que habéis escrito varias obras de teatro y que sois tan amiga de los gerentes más influyentes. —Era cierto. Rosalind no tardó en darse cuenta de que John Kemble, el gerente del Covent Garden, y la señora Inchbald eran... bueno... digamos que buenos amigos—. No me comentasteis nada de esa faceta en vuestras cartas. Si hubiera sabido que gozabais de tanta fama, que vuestras obras de teatro habían sido publicadas y llevadas a escena, no se me habría ocurrido pediros ayuda...

—No tienes que disculparte de nada. —La señora Inchbald le sonrió afectuosamente—. Estoy encantada de poder ayudar a la hija de mi mejor amiga. Además, no has obtenido el papel únicamente por mi influencia. —La señora Inchbald seguía sonriendo con gentileza—. Ni tampoco he tenido nada que ver con que la actriz que tenía que hacer ese papel se fugara con un capitán del ejército, dejando a John en un grave apuro. El pobre estaba desesperado, buscando a alguien a tiempo para mañana por la noche que fuera capaz de aprenderse el papel.

—Me siento muy afortunada de que me haya elegido a mí.

—Con este papel podrás demostrar tu talento, y seguro que a partir de aquí te saldrán otras ofertas. —La mujer hizo una pausa y escrutó la cara de Rosalind, luego añadió—: Si eso es lo que de verdad quieres.

Rosalind se mordió el labio inferior y desvió la mirada.

—Por supuesto que eso es lo que quiero. Sería incluso capaz de unirme a una compañía ambulante.

—Espero que no haya necesidad. —Haciendo girar su bastón sobre el suelo de piedra, la señora Inchbald dijo en un tono excesivamente desenfadado—: John me ha dicho que recitas muy bien. Sin embargo, me ha dicho que... tienes bastante carácter.

Rosalind suspiró.

—Es cierto, lo sé, pero no puedo evitarlo. Quieren que me salte algunas de las mejores frases. Me piden que le dé un enfoque a mi personaje completamente inverosímil, como si Iras fuera una pobre mentecata. De acuerdo, quizá solo sea la doncella de Cleopatra, pero es más que evidente que Shakespeare quería que se mostrara perspicaz y astuta. Quiero decir, fijaos en la escena con el adivino...

La señora Inchbald rio abiertamente.

—Te encanta Shakespeare, ¿no es cierto? Había olvidado que el Bardo es el dramaturgo favorito de tu padre. Me temo que pronto averiguarás que la opinión de las actrices con papeles secundarios no se tiene en cuenta cuando se trata de decidir qué frases hay que eliminar o qué enfoque hay que darle al personaje.

—¿Y que me decís de las actrices principales?

—Eso depende del gerente del teatro.

—Ya veo que tendré que ser gerente de teatro —murmuró Rosalind con carita enfurruñada.

Los ojos de la señora Inchbald destellaron jovialmente.

—¿Por qué? ¿Acaso no te gusta ser actriz?

Rosalind pensó en el ensayo de aquella tarde. Durante todo el rato había tenido que acatar órdenes: dónde tenía que colocarse, cómo tenía que hablar, qué vestuario tenía que lucir, cuando en realidad ella sabía perfectamente cómo debería ser su personaje.

—Todavía no lo he decidido. Me gusta actuar, pero me gustaría mucho más si pudiera hacerlo a mi manera.

Su amiga parecía contener las ganas de reír.

—¿Consideras que tus compañeros de reparto no actúan adecuadamente?

—Bueno... se saltan trozos de sus papeles... —Suspiró—. Pero supongo que en el fondo puedo soportarlos, excepto al señor Tate, que es muy desagradable. Me toca el trasero siempre que pasa cerca de mí.

—Ya te acostumbrarás a esa clase de atenciones por parte de los hombres. Con una palabra fulminante pronunciada a tiempo conseguirás que te dejen en paz, aunque has de ir con cuidado a la hora de rechazar algunas de esas osadías. Determinados actores son más influyentes que otros, y lo último que querrías sería ofenderlos.

El comentario dejó a Rosalind perpleja.

—Un... mmm... un amigo me dijo que algunos hombres consideran que las actrices son como las prostitutas. Él... quiero decir, mi amigo dijo que ser actriz es un oficio degradante. No es cierto, ¿verdad?

La señora Inchbald la miró con palmaria curiosidad.

—Depende de la actriz. Tú tienes suficiente talento y eres hermosa, así que podrás hacer lo que te apetezca sin que nadie te critique cuando llegues a ser una actriz célebre. Pero las que no tienen talento y no son agraciadas físicamente, tienen que...

rodearse de la gente adecuada. No me refiero a comportarse como prostitutas, no me malinterpretes. Pero en esos casos, casarse con un hombre que las ayude a escalar posiciones en la profesión no es mala idea. A mí me resultó muy útil casarme con un actor con tanta experiencia como Joseph Inchbald.

Rosalind abrió los ojos horrorizada.

—¿No os casasteis por amor?

La señora Inchbald resopló.

—Por amor al teatro. Por eso me casé. ¿Por qué? ¿Es eso lo que quieres? ¿Casarte por amor?

—¡Por supuesto que sí! —Irguió la espalda con orgullo—. Si no encuentro al hombre del que me enamore, no me casaré. Estoy completamente decidida.

—Entiendo. —La mujer volvió a voltear su bastón—. Y hablando de casarte... mientras estaba con John esta mañana, se presentó un hombre preguntando por ti.

Rosalind contuvo la respiración.

—¿Ah, sí?

—Y aunque parezca una gran coincidencia, se trataba del mismo hombre sobre el que me preguntaste hace unos meses, cuando me escribiste. El señor Knighton, ese tipo que es hijo ilegítimo.

—¡Griff no es hijo ilegítimo! —lo defendió Rosalind. Cuando la señora Inchbald enarcó una ceja, se mordió la lengua—. Quiero decir... circulan ciertos rumores sobre él que son falsos, eso es todo.

—Bueno, no sé si es hijo ilegítimo o no, pero el hecho es que hace años que se muestra realmente generoso con el Covent Garden, a juzgar por el modo en que John le ha ofrecido su ayuda desinteresada. El señor Knighton ha dicho que estaba buscando a su prometida... a ti.

Rosalind notó un fuerte calor en las mejillas y no pudo hacer nada por ocultar el rubor. ¿Griff estaba allí? ¿Buscándola? No pensaba que fuera capaz de ir tan lejos.

—No le habréis dicho nada, ¿no?

—Por supuesto que no. He deducido que si estabas tan desesperada como para huir de tu casa y adoptar un nuevo nombre como actriz, eso significa que tienes tus razones para evitar a ese individuo. —Se pasó el bastón de una mano a la otra—. No obstante, él mostraba un enorme interés en ti, y si no le hubiéramos contado a John esa historia de que eres mi prima, seguramente él le habría contado que estabas aquí. Pero John simplemente mencionó que había contratado a mi prima.

Rosalind resopló pesadamente. Griff la estaba buscando. ¿Por qué? ¿Porque su maldito orgullo le impedía perderla? Alzó la barbilla con petulancia. Si esa era la razón, más valía que esa alimaña arrogante se fuera haciendo a la idea de que la había perdido para siempre.

—Gracias, aprecio mucho vuestra discreción. Papá concertó el matrimonio entre el señor Knighton y yo, pero creo que no tenemos nada en común.

—Entonces, ¿por qué te sonrojas cada vez que menciono su nombre, querida?

Rosalind tragó saliva.

—Porque hubo un momento en que creí que estábamos hechos el uno para el otro. Lamentablemente, soy muy exigente con el hombre con quien decida casarme, y descubrí a tiempo que el señor Knighton no cumplía mis expectativas. —Esbozó una sonrisa forzada—. De todos modos, gracias por comentarme su visita. Y ahora, si no os importa, me gustaría leer la carta antes de que me llamen para reanudar el ensayo.

—Por supuesto, querida. Ya nos veremos más tarde. Mañana es el gran día, así que esta noche cenaremos en casa para que tengas la oportunidad de descansar y prepararte.

Impulsivamente, Rosalind besó la mejilla perfumada de su amiga.

—Habéis sido tan buena conmigo que no sé cómo agradecéroslo.

—¡Bobadas! No estoy tan segura de que el hecho de abrirte las puertas al teatro sea realmente una bendición. Pero ya veremos. —Sonrió con aire enigmático—. Sí, ya veremos.

Tan pronto como la señora Inchbald se alejó por la calle en dirección a su casa, Rosalind rompió el sello de la carta, desesperada por saber lo que Helena le contaba. Leyó por encima el relato de Helena sobre cómo había intentado retrasar la salida de los dos hombres. El siguiente párrafo, sin embargo, captó su atención de inmediato:

Se dirigen a Londres, y el señor Knighton parece decidido a encontrarte. Se ha puesto muy furioso cuando se ha enterado de que habías huido a Londres, aunque su furia pronto se ha trocado en un más que visible desasosiego. Conoces al señor Knighton mejor que yo, así que tú sabrás si su preocupación por tu bienestar es fingida o genuina. Se ha puesto a hablar con gran angustia acerca de tu seguridad por las carreteras y en Londres. Me ha pedido que le dé tu dirección, pero me he negado a dársela.

No obstante, hay una cosa que has de saber. Ha declarado que si está tan desesperadamente obsesionado en encontrarte es porque te quiere. Allá tú si lo crees o no, pero he de admitir que parecía sincero, aunque no soy muy buena a la hora de juzgar su honestidad ni la de su amigo, ya que los dos nos han mentido de forma reiterada. Quizá solo lo decía para obtener lo que quería de mí.

Y en cuanto a su amigo, esa alimaña escurridiza...

Rosalind no prestó atención a la severa crítica que su hermana hacía de Daniel. Helena no se fiaba de ningún hombre, así que era normal que sintiera esa animadversión por él, ahora que había quedado claro que era un antiguo contrabandista y el hijo de un salteador de caminos.

Lo que hizo fue volver a leer el párrafo en el que decía que Griff la quería. Se llevó la carta al pecho con los dedos crispados y clavó la vista en un punto lejano de la calle. ¿Podía ser cierto? Seguramente Griff no sería tan cruel como para mentir otra vez en un intento de volver a obtener una ventaja.

Sin embargo...

Rosalind volvió a leer la carta desde el principio hasta el final, y notó cómo se le encogía el corazón cuando se dio cuenta de que Helena no había mencionado el certificado ni una sola vez. Aunque Griff pensara que hablaba en serio, solo se trataba de palabrería. Y las palabras se las lleva el viento. Mientras él siguiera con sus pérfidas intenciones, Rosalind no podría creer que la amaba.

¿O estaba siendo injusta con él? Griff se había pasado toda la infancia bajo una nube amenazadora, y ahora que quería apartar esa nube de su camino para siempre, ella le negaba ese derecho. ¿Significaba eso que ella era corta de miras? ¿Le estaba exigiendo un sacrificio excesivo a Griff?

¡Oh! ¡Cómo le gustaría tener la certeza de que no era así! Porque la verdad era que Rosalind no había tenido ni un momento de paz desde que lo había abandonado. A pesar de todas las maravillas de Londres y de los aspectos intrigantes del mundo del teatro, lo echaba muchísimo de menos. La idea de ser actriz empequeñecía en comparación con el pensamiento de amar a Griff.

Después de todo, ella no era como la señora Inchbald: capaz de hacer cualquier cosa con tal de abrirse paso en el teatro. Rosalind estaba descubriendo rápidamente que algunas cuestiomes eran más importantes para ella. Y temía mucho que todo el éxito que pudiera cosechar como actriz no fuera suficiente para hacerla feliz, si no podía estar con Griff.

Griff deambulaba por su despacho con paso impaciente mientras Daniel le refería las noticias.

—En el Pantheon y en el Lyceum no han oído hablar de ella —comentó Daniel—, y en estos últimos días nadie ha contratado a ninguna actriz nueva. He estado hablando con todos los gerentes de las compañías ambulantes, pero ninguna descripción de las mujeres que han contratado últimamente encaja con ella.

—Quizá se haya disfrazado. ¡Quién sabe lo que Rosalind es capaz de hacer!

—Dudo mucho que sea capaz de llegar al extremo de disfrazarse, Griff —apuntó Daniel. Su tono denotaba su cansancio—. Si quieres, echaré un vistazo a cada una de esas mujeres, pero eso me llevará semanas, ya que algunas ya han salido de gira por el país.

Sintiendo el mismo terror incontenible que lo había atormentado los últimos días, Griff se detuvo frente a la ventana para contemplar las calles atestadas de gente en las que Rosalind podía estar oculta.

—Ayer fui al Drury Lane, pero sus dos nuevas actrices son rubias y bajitas. Ya conoces los gustos de Sheridan. Kemble en el Covent Garden me ha dicho que solo ha contratado a la prima de la señora Inchbald, la actriz. No creo que Rosalind se haya decantado por probar fortuna en los teatros de pantomima, pero por si acaso será mejor que esta tarde vayamos a echar un vistazo al Adelphi y al Olympic.

—¿Y qué harás cuando la encuentres?

—¿Qué quieres decir?

—Bueno, si ha huido para no casarse contigo una vez, ¿qué te hace creer que esta vez aceptará casarse contigo?

Griff se aferró al alféizar de la ventana.

—No sé qué decidirá hacer Rosalind. Algunas cosas han cambiado desde la última vez que hablé con ella, aunque quizá ya sea demasiado tarde para hacerla cambiar de parecer. Lo único que quiero es confirmar que se encuentra bien. Es lo mínimo que deseo.

Griff casi se había vuelto loco, tras tantos días preocupándose por ella, contemplando las desgracias que podían haberle pasado.

—¿Y qué es lo que ha cambiado desde la última vez que hablasteis? —quiso saber Daniel—. ¿No te dio ella el certificado? Seguro que no se mostrará ahora más contenta que antes, con la idea de que tú lo uses para perjudicar a su familia.

Griff se puso tenso al oír el tono de reprobación de Daniel. Le costaba recordar qué era lo que lo había guiado hasta hacía apenas unos días, antes de darse cuenta de las verdaderas aristas de su egoísmo, que habían empujado a Rosalind a escapar de él.

—He decidido que no presentaré el certificado a ningún juez hasta que el conde haya muerto. Después, alegaré que he encontrado el certificado entre unos documentos antiguos. Para las tres hermanas será mejor que sea yo quien herede la propiedad, ya que si no irá a parar a manos de otra persona o incluso a la Corona, si no hay ningún heredero. Pero haré todo lo que pueda para proteger la reputación del viejo conde y para que parezca que el caso se ha debido a un trágico malentendido.

—Así que has cambiado de idea, ¿eh? —apuntó Daniel con un tono más sosegado.

—Sí. —Griff no agregó nada más. Sus pensamientos seguían ofuscados en Rosalind.

Pero su parca respuesta no consiguió que Daniel perdiera el interés.

—¿Así que ya no quieres formar parte de la delegación a China?

—¡No! ¡Maldita sea, no! Tenías razón. Me equivoqué. Y ahora, ¿podemos cambiar de tema? Tengo cosas más importantes en las que pensar. —Propinó unos rítmicos golpecitos en la repisa de la ventana—. ¿A quién nos falta visitar? Quizá deberíamos repasar de nuevo la lista de teatros.

Daniel sacó la lista, pero dijo:

—Esa chica te tiene bien agarrado por las pelotas, ¿verdad?

—No solo por las pelotas —admitió Griff lentamente. Daniel podía atormentarlo sin parar sobre Rosalind, pero no pensaba morder el anzuelo y enzarzarse en otra pelea con su amigo. Si le pasaba algo a Rosalind, jamás se lo perdonaría.

—No le pasará nada, ya lo verás. —La voz de Daniel dejaba entrever su desánimo—. Es una mujer fuerte. Encontraremos a Rosalind, no te preocupes.

—¿Cómo quieres que no me preocupe? —Griff se pasó los dedos por el pelo distraídamente—. Es como si se hubiera esfumado de la faz de la Tierra sin dejar rastro, es como si...

De repente se calló, al oír un fuerte estrépito al otro lado de la puerta de su despacho, seguido de la entrada triunfal de una mujer a la que Griff no deseaba ver precisamente en ese momento. Su madre.

Un empleado se apresuró a entrar tras ella, con el semblante tenso y sofocado.

—Os pido perdón, señor Knighton. He intentado explicarle que estabais reunido, pero...

—¿Reunido? ¡Ja! —espetó su madre mirando al empleado—. ¿Acaso no ves que solo está hablando con Daniel?

Griff hizo una seña a su empleado.

—No pasa nada. Puedes retirarte.

Tan pronto como la puerta se cerró, su madre avanzó hacia él con paso impetuoso y moviendo sus gráciles hombros con enérgicos meneos.

—¿Se puede saber dónde diantre has estado? ¡Desapareces y nadie me dice adónde has ido ni cuándo piensas regresar! Aunque lo único que sé es que te habías ido con Daniel. —Se calmó un momento y miró a Daniel con ojos críticos.

—Buenas tardes, señora Knighton —la saludó Daniel en

un tono optimista—. Es un placer volver a veros. Cada día estáis más joven.

—No intentes ablandarme con tus lisonjas, Danny. Te conozco, y no caigo en tu trampa como esas pobres meretrices. Debería haber imaginado que estabas detrás de todo esto. Tendrías que avergonzarte de ti mismo. —Volvió la vista hacia Griff—. ¡Los dos os deberíais avergonzar! Pensé que habías dicho que ya habías dejado atrás todos esos negocios ilegales, que tú y Daniel ya no desapareceríais en más viajes secretos a quién sabe dónde...

—He estado en Warwickshire, madre.

Ella pestañeó.

—¿Warwickshire? ¿Y se puede saber por qué?

—Para visitar a un amigo mutuo, el conde de Swanlea. Me invitó.

Ella palideció hasta que su cara adoptó un color ceniciento nada saludable.

—¿Él te invitó? ¿Pero... pero... por qué?

Griff miró a Daniel con el ceño fruncido, y su administrador se apresuró a abandonar la sala. Daniel podía sentir cierto aprecio por la única mujer a la que había permitido que lo llamara «Danny», pero sabía perfectamente que era mejor no estar cerca cuando esa mujer con tanto carácter se enfadaba.

Cuando Daniel se hubo marchado, Griff se apoyó en el alféizar y se cruzó de brazos. Había esperado poder retrasar ese encuentro con su madre hasta que hubiera podido aclarar la situación con Rosalind, pero ahora que su madre estaba allí...

Rápidamente le resumió la historia de la carta que había recibido y cómo había ido a Warwickshire con la intención de recuperar el certificado de matrimonio sin contemplar la idea de casarse con una de esas solteronas. Le costó más explicar por qué quería el certificado, ya que ahora era plenamente consciente de su grave error y se avergonzaba de los motivos que lo habían impulsado a urdir aquella farsa. Griff sabía que su madre no aceptaría su actuación, sin embargo tenía que contárselo, básicamente porque ella merecía saber toda la verdad, y en parte porque él también quería que ella le contara su versión de los hechos.

La mujer necesitó un momento para asimilar la historia, pero cuando lo consiguió, se dejó caer abatida en la silla más cercana. Sus rizos plateados bailaron por debajo del ala de su sombrerito cuando sacudió la cabeza, apesadumbrada.

—No puedo creerlo. ¿Y has... has conseguido encontrar el certificado de matrimonio?

—Sí. —Griff metió la mano en el bolsillo y sacó el papel doblado y se lo entregó.

Los dedos finos y largos de su madre temblaron mientras acariciaba el papel.

—Así que él lo ha tenido durante todos estos años. Fue él quien lo robó. No estaba completamente segura.

—Sí, me lo admitió él mismo.

La madre de Griff alzó la vista y lo miró con visible consternación.

—¿Has hablado con él acerca de lo que pasó?

Griff asintió, luego resopló lenta y pesadamente.

—Sí, él me contó que... —Hizo una pausa, preguntándose cómo iba a plantearle a su madre las dudas que tenía—. Él me dijo que... quiero decir, que... dijo que tú estabas enamorada de él antes de que te casaras con papá. Incluso me aseguró que tú misma le dijiste que todavía lo amabas el día de tu boda. Por eso robó el certificado; en parte para vengarse de ti por no casarte con él, y en parte para obtener lo que él interpretaba como una división justa de las propiedades de Swanlea.

El silencio de su madre, junto con su expresión decaída, consiguió que a Griff se le formara un nudo en la garganta, aunque no quería creerlo. Se apartó de la ventana y avanzó hasta el escritorio.

—Por supuesto, yo lo llamé mentiroso a la cara. —Hizo una pausa, temeroso de formular la pregunta, y con miedo de no querer saber la respuesta—. Porque mentía, ¿no es cierto?

Cuando ella no contestó, Griff se dio la vuelta y la encontró llorando en silencio, con unos lagrimones que rodaban por sus mejillas. Griff tragó saliva.

—Es mentira, ¿verdad? Dime que es mentira.

La mujer alzó unos ojos atormentados hacia su hijo.

—Yo era muy joven, Griff, y estaba sola... Mi padre siempre estaba tan ocupado dirigiendo el teatro en Stratford que no me prestaba atención, pero Percival... Él compartía conmigo su pasión por el teatro y me protegía cuando los otros niños me insultaban o intentaban aprovecharse de mí. Él vivía en Swan Park. Eso sucedió mucho antes de que yo conociera a tu padre, que estaba estudiando en un internado. Percival y yo... nos hicimos muy amigos. Él no era como los otros hombres que conocía. Era todo un caballero, y siempre me adulaba. Cuando tienes diecisiete años, te gusta que te agasajen.

Griff entrelazó las manos en la espalda, con los dedos completamente crispados.

—¿Pero estabas enamorada de él?

Los bellos rasgos de la mujer se tiñeron de una sombra de tristeza.

—Sí. Lo amaba. Mucho. Pero sabía que no tenía futuro. Era un derrochador, y en cambio tu padre...

—Era el heredero del cuarto conde de Swanlea —espetó Griff, preguntándose cómo había podido interpretar incorrectamente toda la historia desde su infancia, cómo podía haber sido tan ciego como para permitir que esa tragedia modelara su vida.

Su madre irguió los hombros obcecadamente, como solía hacer cuando se sentía acorralada.

—Sí, tu padre tenía un futuro, un futuro realmente brillante. Cuando llegó para quedarse en Swan Park y tanto él como Percival venían a visitarme, descubrí que me gustaba. No lo amaba del modo que amaba a Percival, pero me gustaba. Sabía que si me casaba con Percival, seríamos... pobres y siempre estaríamos pendientes de recibir ayuda económica. Y yo había crecido en un entorno pobre. Detestaba la pobreza. Ansiaba algo mejor.

A pesar de que Griff podía comprender sus motivos, no pudo evitar comparar la respuesta de su madre con la de Rosalind. Rosalind jamás se habría casado para evitar ser pobre, no, su Atenea jamás lo habría hecho.

—Pues si en realidad lo que querías era evitar la pobreza, el destino te jugó una mala pasada, ¿no es cierto? —soltó él, con tono desabrido.

Ella lo miró con una indescriptible tristeza.

—No. El destino me pagó del modo que merecía. Esa es mi

conclusión. Me casé con tu padre por sus expectativas en vez de seguir los pasos que me dictaba el corazón, y pagué un precio muy alto por ello. —Una sonrisa desganada se dibujó en sus labios—. Acabé por sentir un inmenso afecto por Leonard. Él era más pícaro. Cuando tú naciste, me sentí tan dichosa que creí que me iba a morir de felicidad. Mi esposo estaba a punto de ser un conde rico, y yo le había dado un heredero para su título. No podía pedir más.

La sonrisa se desvaneció abruptamente, y ella desvió la vista.

—Pero esa felicidad no está pensada para los mortales, especialmente cuando se ha obtenido a expensas del dolor de otra persona. Traté a Percival de un modo injusto. Ni siquiera tuve la decencia de... de mentirle el día de mi boda, de decirle que ya no estaba enamorada de él. Parecía tan perdido, tan vencido, y yo pensé que lo ayudaría si le decía que todavía sentía algo por él. —Un escalofrío agitó su delicada estructura ósea—. Pero lo que realmente le dolió fue la constatación de que yo no lo amaba tanto como para aceptar un sacrificio.

—Y él alimentó ese dolor durante meses —concluyó Griff fríamente—. Así que cuando papá y tú le pasasteis vuestra felicidad por la cara cuando lo invitasteis a conocerme, él no pudo contener su cólera. Por eso robó el certificado y con ello consiguió que me declararan bastardo.

Su madre fijó la vista en él, con unos ojos que expresaban un absoluto remordimiento.

—He rezado tanto para que tú no te vieras envuelto en aquel turbio asunto y no sufrieras, hijo mío... Yo merecía sufrir, pero tú no. Esperaba que entre tu padre y yo pudiéramos escudarte, pudiéramos evitar que te salpicara el escándalo. —Ella sacudió la cabeza con desánimo—. Sin embargo, cuando tu padre murió tan joven a causa de la viruela...

Griff notaba la garganta hinchada y seca.

—Por eso cuando yo despotricaba de Swanlea, tú me decías que me callara. Por eso tú jamás has despotricado de él, nunca lo has culpado ni has buscado venganza.

—¿Cómo iba a culparlo? Yo lo empujé a hacerlo. —Hizo una pausa, luego preguntó con una voz temblorosa—. ¿Es eso lo que piensas hacer ahora con el certificado, vengarte de él?

Dos semanas antes, aquella pregunta lo habría enfurecido de una forma peligrosa, probablemente porque a pesar de que él se negaba a aceptarlo, en cierto modo había sido cierto.

—No, ya no. No negaré que esa era en parte mi intención, pero ahora... —Se pasó las manos por la cara—. Supongo que debería agradecerte que no te casaras con él. Si lo hubieras hecho, yo nunca habría nacido. Ni tampoco Rosalind.

—¿Rosalind?

Griff sintió una incontrolable necesidad de hablarle de su amada.

—La hija de Swanlea, la mediana. Esperaba casarme con ella. Pero ella... —Tragó saliva en un intento de deshacer el nudo amargo que sentía en la garganta, y se sentó con el semblante abatido detrás del escritorio—. Se enteró de lo que yo pretendía hacer con el certificado y huyó antes de que pudiera decirle que había decidido abandonar mis planes. Todavía no la he encontrado. Creo... Espero que esté en algún lugar de Londres. —Sus ojos permanecían duros y fijos en la lejanía—. Espero que esté en uno de los teatros de la ciudad, y no en la carretera, donde le puede pasar cualquier cosa como... —No pudo continuar, incapaz de contener su horror.

—¿La amas?

Griff asintió.

—¿Y ella te ama?

—Me dijo que sí.

Su madre se levantó y se le acercó, luego emplazó una mano sobre el hombro de su hijo.

—Entonces haz todo lo que esté en tus manos para encontrarla y recuperar su amor, hijo mío. Nadie sabe mejor que yo lo importante que es seguir lo que te dicta el corazón.

Abrumado por una compleja mezcla de emociones —envidia, dolor, y quizá un poco de sentimiento de traición— alzó la cabeza para contemplar los ojos azules y llenos de lágrimas de su madre.

—¿Por eso no volviste a casarte? ¿Porque seguías enamorada del padre de Rosalind?

Ella suspiró.

—No volví a casarme porque aprendí de una forma muy ingrata que algunas personas solo aman una vez. Y simplemente no tiene sentido casarse con alguien a quien no amas de verdad.

Griff sacudió la cabeza, intentando asimilar aquella lección. De repente estaba descubriendo un montón de cosas en su mundo que antes no había visto, tan obsesionado con sus propias preocupaciones como para prestarles atención.

—Jamás imaginé que pudieras tener esos sentimientos. Este certificado te corresponde a ti más que a mí, sin embargo nunca lo consideré en esos términos. Ni siquiera pensé en hablarte de ello ni explicarte mis planes o...

—Ahora me lo has contado —lo interrumpió ella, sonriendo—. Y eso es lo que importa.

Su madre le estrujó el hombro tiernamente, y él le apresó la mano con vigor, sintiendo una conexión con su madre que no había sentido en muchos años. Hasta ese momento, Griff no se había dado cuenta de cómo la había alejado de su vida, y de cómo había alejado a cualquiera y a cualquier cosa que no hubiera sido relevante para la Knighton Trading.

La puerta de la sala se abrió súbitamente y Daniel se apresuró a entrar.

—Acabas de recibir una invitación que creo que te interesará. Es de parte de la señora Inchbald.

Griff se sentó con la espalda completamente erguida y soltó la mano de su madre.

—La dramaturga. Estaba en el despacho de Kemble en el Covent Garden cuando fui a preguntar por Rosalind.

—Antes esa señora había sido actriz en ese teatro, y creo que actuaba precisamente en la misma época en que la madre de Rosalind era actriz. —Daniel avanzó a grandes zancadas hasta el escritorio y le lanzó un papel con una entrada adherida—. Te envía una entrada para ver *Antonio y Cleopatra* en el Covent Garden.

¡Shakespeare! ¡Cómo no! ¿Dónde iba a estar Rosalind si no en el teatro que no solo albergaba una estatua de mármol de Shakespeare, sino que contenía escenas de sus obras pintadas en el vestíbulo?

¡Qué memo había sido! ¡Rosalind debía de ser la «prima» de la señora Inchbald! Con el corazón desbocado, leyó la nota primero. Lo único que decía era: «Creo que os interesará esta obra». Miró la entrada. Era para la función de aquella misma noche, la primera. Examinó el reparto de personajes con gran atención, hasta que se fijó en uno de los nombres rodeado con un círculo que indicaba la actriz que hacía el papel de Iras: la señorita Rose Laplace. Nada más.

—La mujer que se casó con Percival se llamaba Solange Laplace —intervino la madre de Griff, leyendo el reparto por encima del hombro de su hijo—. ¿Te sirve de algo?

Griff asintió mientras un sentimiento de alivio se apoderaba lentamente de todo su ser.

—Es ella, gracias a Dios. Y si la señora Inchbald era la amiga a la que lady Helena se refería, entonces al menos Rosalind está sana y salva, ya que esa mujer es muy respetada y responsable. Aunque me pregunto por qué la señora Inchbald ha decidido enviarme esta entrada hoy, cuando ayer no dijo nada acerca de Rosalind. —Continuó con la vista fija en la entrada—. Bueno, no importa. Esta noche no pienso perderme la función por nada del mundo.

¿Y luego qué? Tenía que ver a Rosalind, aunque solo fuera para confirmar que ella era feliz y estaba bien. Griff ansiaba mucho más, pero temía que no lo merecía, y ella seguramente pensaba lo mismo acerca de él. Probablemente Rosalind había decidido continuar con su trayectoria en el teatro. ¡Pues como si le daba por actuar montada a lomos de un caballo en el anfiteatro de Astley cada día, con tal de que accediera a casarse con él!

Pero ¿y si no deseaba verlo? O peor aún, ¿y si hablaba con Rosalind y ella rechazaba su propuesta de matrimonio otra vez? Griff no pensaba que fuera capaz de sobrevivir a tal desgracia. ¿Pero qué diantre podía hacer un hombre para convencer a la mujer que amaba cuando ella había perdido la fe en él, cuando creía que él solo pensaba en sí mismo y en su compañía?

«Eres capaz de hacer cualquier cosa por la Knighton Trading, ya sea tratar con contrabandistas o difamar a gente inocente, así que, ¿qué papel podría jugar en tu vida una pobre mujer como yo? ¡Pues bien, no puedo casarme con un hombre al que le importo tan poco!»

De repente Griff supo lo que tenía que hacer. Rosalind no

creería simplemente en sus palabras, y no la culpaba. Pero le podía ofrecer algo en lo que sí creería.

Echó un vistazo a la hora en que empezaba la función, y luego desvió la vista hacia el reloj de pared. Solo tenía cinco horas para disponerlo todo. Tendría que apañarse con eso, porque no podía esperar otro día.

—Madre —dijo al tiempo que se levantaba súbitamente de la silla—, lo siento pero he de marcharme. Tengo algunos asuntos urgentes que resolver antes de que empiece la función.

Ella enarcó una de sus cejas plateadas.

—Espero que tu plan incluya invitarme a la función de esta noche. Me gustaría conocer a mi futura nuera.

—Te lo advierto, no estoy totalmente seguro de que ella acceda a casarse conmigo. Se lo pediré, pero si me rechaza, no intentaré hacerla cambiar de parecer. Ya lo he hecho antes, y el resultado fue un verdadero desastre.

—Se casará contigo. Sé que lo hará. —Su madre lo miró cariñosamente—. ¿Cómo se atrevería alguien a rechazar a mi hijo?

—Por mi propio bien, espero que no te equivoques, y que no sea solo un anhelo maternal. —Se esforzó por sonreír—. Supongo que este es el momento adecuado para pedirte tu bendición.

—¡Ya, como si fueras a hacerme caso si no te la diera! —bromeó ella—. Sé sincero, hijo mío; te importa un rábano si te doy mi bendición o no.

Griff se la quedó mirando fijamente, y por primera vez se dio cuenta de lo mucho que ella debía de haber sufrido a causa de su descomunal ambición, con qué frecuencia la había dejado sola sin sentir ningún remordimiento mientras se dedicaba a perseguir sus propios sueños. ¿Cómo era posible que no hubiera sido consciente de ello antes?

Porque no había tenido a Rosalind a su lado para que le mostrara sus graves errores.

Movido por un impulso, buscó la mano de su madre y se la besó con ternura.

—Confieso que si Rosalind me acepta, mi intención es casarme con ella tanto si tú das tu bendición como si no. Pero no creo que protestes. Es probable que te haya decepcionado en el pasado, madre, pero estoy prácticamente seguro de que en esta ocasión estarás más que encantada. Y sí, para que lo sepas, me importa mucho recibir tu bendición.

Los ojos de la mujer volvieron a inundarse de lágrimas mientras Griff sentía nuevamente un nudo en la garganta. Sacó un pañuelo del bolsillo y se lo entregó a su madre.

—Por lo que más quieras, deja de llorar, por favor —protestó él—. De verdad, entre tus lágrimas y las de Rosalind, conseguiréis volverme loco.

Mientras ella se sonaba la nariz con el pañuelo de su hijo, Griff se volvió hacia Daniel.

—Bueno, amigo, ha llegado la hora de ponernos en marcha. Tú y yo tenemos negocios de los que ocuparnos en el despacho de mi procurador.

—¿Negocios?

—Sí. Voy a hacer lo que todo hombre que se precie de ser decente hace cuando decide casarse: me voy a librar de mi amante. La mujer a la que amo no me dirá que sí a menos que lo haga.

Y sin preocuparse por explicar su enigmático alegato, abandonó el despacho con paso enérgico.

Capítulo veintitrés

Por mi parte, confieso que casi nunca escucho a los actores: uno tiene tanto que hacer, buscando caras conocidas entre el público que, de verdad, no hay tiempo para prestar atención a lo que sucede en el escenario... La gente simplemente va al teatro para encontrarse con amigos y gozar del placer de estar todavía viva.

Evelina, FANNY BURNEY,
novelista, columnista y dramaturga inglesa

*R*osalind deambulaba entre bambalinas, sorprendida de no estar más nerviosa. Había visto el teatro abarrotado, y esa visión debería haberla aterrorizado, sin embargo no era así. No estaba segura del porqué. Quizá sería diferente si su familia estuviera allí o...

Apartó aquel pensamiento de su mente.

La señora Inchbald se acercó para examinar el vestuario que lucía Rosalind y esbozó una sonrisa de aprobación.

—Estoy encantada de ver que te lo han adaptado a tu complexión. Tu primera aparición en un escenario no debería verse enturbiada por culpa de un traje en mal estado.

—De nuevo estoy en deuda con usted. Si hubiera sabido que lo mejor era usar mis propios trajes, habría traído más vestidos de Swan Park para poderlos renovar.

Rosalind examinó el esplendoroso traje que la señora Inchbald le había prestado. Sus hilos dorados y la fina tela le conferían un aspecto más egipcio que cualquier otro atuendo que hubiera podido encontrar en los camerinos, aunque como consecuencia exhibía una considerable porción de sus carnes. Pero claro, eso era todo lo que había podido hacer la costurera, dado que la propietaria del traje —la señora Inchbald— era una mujer delgada y en cambio la nueva usuaria era una mujer tan corpulenta como Rosalind.

Apretando más las cintas del corpiño, Rosalind sonrió apocadamente.

—Quizá no debería haber empezado mi carrera como una doncella egipcia, después de todo.

—Bobadas. Estás magnífica. —La señora Inchbald apartó un poco la cortina y echó un vistazo a la audiencia, luego sonrió—. Es perfecto, dado que tu querido señor Knighton también está aquí.

A Rosalind se le desbocó el pulso de una forma incontrolable.

—¡No es posible! —Se apresuró a colocarse al lado de la mujer y examinó el público.

La señora Inchbald señaló en dirección a un palco cercano al escenario.

—Mira, es él, ¿verdad?

Rosalind avistó inmediatamente al hombre con el pelo oscuro que se hallaba de pie en el primer palco, de perfil al escenario. Virgen santa, virgen santísima.

—Sí, es él.

—Es muy apuesto.

Rosalind asintió mientras lo examinaba sin pestañear. Efectivamente, era muy apuesto. Debería haberse imaginado que estaría impecable, ataviado con ese traje. El frac, delicadamente confeccionado, le quedaba la mar de bien. Pero claro, Griff era muy rico y se lo podía permitir. Probablemente pagaba más dinero en el sastre en un mes que lo que ella se gastaba en vestidos durante un año entero.

Iba acompañado de Daniel y de una dama con el pelo plateado que Rosalind supuso que debía de ser su madre. Rosalind inspeccionó a Georgina con dolorosa curiosidad. Así que esa era la mujer a la que papá había amado tanto como para intentar destruir a su hijo... Rosalind comprendía el porqué. Georgina todavía era hermosa, y su sonrisa irradiaba un brillo que habría cautivado a cualquier hombre.

La mujer se sentó, y Rosalind volvió a fijar toda su atención en Griff. Pensó que parecía pálido bajo la luz de las innumerables velas. No sonreía, aunque Daniel parecía estar sonriendo por los dos. Al verlo tan cerca y sin embargo tan inaccesible, sintió una punzada de dolor en el pecho.

La orquesta empezó a tocar los primeros acordes, y Rosalind retrocedió de un brinco. Le tocaba salir en la segunda escena. No tenía tiempo para quedarse mirando embobada a Griff.

Cuando la señora Inchbald también se apartó y sonrió, Rosalind tuvo una súbita sospecha.

—¿Cómo sabía Griff que yo estaba aquí?

Su amiga se encogió de hombros.

—Tal vez le guste Shakespeare.

Rosalind resopló.

—Sí, claro. —Qué tonta había sido al aceptar un papel en una obra del Bardo, especialmente cuando en todo Londres no había ninguna otra obra en cartel de Shakespeare. Bueno, quizá él no la reconocería. ¿Cómo iba a establecer la conexión entre Rose Laplace y ella? No podía saber el nombre artístico de su madre y, además, iba disfrazada.

Esbozó una mueca de fastidio. Oh, sí, un disfraz que no ocultaba nada. Ni siquiera llevaba peluca, por el amor de Dios, ya que habían considerado que su pelo oscuro era ideal para el papel. Y el palco en el que él se hallaba estaba prácticamente encima del escenario.

Dio inicio la función.

Ahora sí que estaba nerviosa.

La primera escena pasó antes de que Rosalind estuviera lista, y de repente se vio obligada a salir al escenario con los otros ocho actores. Afortunadamente, bordó su primera intervención. A partir de ese momento, se sintió tan cautivada por la historia como para olvidarse de Griff... No por completo, pero por lo menos de modo que él no interfiriera en su actuación.

Iras, junto con el personaje de Charmian, era la doncella de Cleopatra, destinada a morir con ella. En su escena, Iras y Charmian estaban consultando su futuro con un adivino cuyas palabras poseían un doble sentido, un significado más directo. Durante prácticamente toda la escena, Rosalind actuó con una impresionante desenvoltura.

Sin embargo, hubo un momento crítico, cuando se atrancó

en una de sus frases. El adivino acababa de decirle a Charmian que tenía la misma suerte que Iras, y esta le había preguntado si no tenía por lo menos un centímetro de mejor suerte que su compañera.

La siguiente frase de Charmian fue: «Bueno, si tuvieras un centímetro de suerte mejor que yo, ¿dónde la elegirías?».

De repente, Rosalind comprendió el doble sentido en la respuesta que debía dar Iras: «Donde no fuera la nariz de mi marido». Azorada, tartamudeó al recitar la frase, pero gracias a Dios se recuperó a tiempo como para darle el efecto cómico que merecía.

Durante el resto de la escena, sin embargo, no pudo dejar de pensar en Griff, aunque no se atrevió a mirarlo. En lo único que pensaba era en aquellas charlas sobre el humor erótico de Shakespeare. Virgen santa, ¿cómo iba a poder actuar en una obra de Shakespeare sin pensar en ello? ¿O en Griff? ¿Acaso ese hombre iba a entrometerse incluso en esa nueva faceta de su vida?

Rosalind temía y a la vez deseaba que él bajara a verla durante uno de los intermedios, pero cuando el tercer acto pasó y Griff no bajó, decidió que quizá no la había reconocido. Se dijo que debería sentirse aliviada.

Pero en cambio se sentía enojada. ¡Allí estaba ella, debutando como actriz, y él ni siquiera era consciente de ese gran momento! Sintió ganas de salir al escenario y anunciárselo a voz en grito. Por supuesto, eso habría sido una verdadera insensatez.

Aunque quizá sí que la había reconocido, pero no le importaba. Rosalind frunció el ceño ante tal pensamiento, luego se regañó a sí misma por enfadarse. ¿Qué más le daba lo que él hiciera, lo que él sintiera?

Por desgracia, sí que le importaba.

Cuando llegó la última escena, en la que ella tenía que morir con Cleopatra, finalmente aunó el coraje necesario para mirarlo durante la primera parte, en la que ella no tenía que recitar ninguna frase sino únicamente permanecer de pie en el escenario.

Se arrepintió al instante. Era evidente que Griff la había reconocido. Él no apartaba la vista de ella —solemne y sincera, reflejando la misma ansia desesperada que sentía Rosalind—. Daniel y su madre conversaban entre susurros a su lado, pero él no les prestaba atención. Cleopatra habló, y Griff tampoco le prestó atención. Solo tenía ojos para Rosalind.

Y ella solo tenía ojos para él. Lo devoraba con avidez, deseando poder verlo mejor a través de las velas situadas al pie del escenario.

En aquel instante —cuando toda su atención estaba centrada en Griff en lugar de en la escena— Rosalind se dio cuenta de que nada le importaba excepto él. La ovación del público no significaba nada a su lado; las exigencias de la obra le parecían ridículas a su lado. Si él asistía a todas sus funciones y la miraba de ese modo, era mejor que pensara en retirarse de la profesión antes de que la echaran a patadas, por buena actriz que fuera. Pero en ese momento, para ella, la única persona en todo el colosal teatro Covent Garden era él.

Actuó durante el resto del último acto como si estuviera en trance, sin importarle la entonación que aplicaba a sus frases. Lo único que quería era verlo, y ahora estaba segura de que así sería. El hecho de que Griff no hubiera intentado interrumpir su actuación acercándosele entre los actos la emocionó, pero seguramente Griff no perdería ni un segundo cuando se acabara la función.

Rosalind tenía razón. Cuando abandonó el escenario después de la última vez que todos los actores salieron a saludar, él la estaba esperando entre bambalinas. Los actores y las actrices estaban entusiasmados, charlando sobre la función, evaluando la reacción del público, pero ella no tenía ojos para nadie más. Avanzó hacia Griff, y de repente sintió una repentina aprensión. ¿Y si ya no la quería? ¿Y si solo había bajado a saludarla para ser educado?

Pero él jamás hacía nada para ser simplemente educado. La miraba con expectación, y sostenía una cartera bajo el brazo. Rosalind sintió una punzada de culpa al ver las arrugas de cansancio que surcaban su frente y las oscuras ojeras bajo sus bellos ojos. Griff tenía aspecto de haber comido y dormido tan poco como ella. Seguramente eso demostraba que la amaba, ¿no? Quizá no del modo que ella lo amaba, pero...

—Has estado magnífica —le dijo cuando ella se colocó

frente a él, con una voz apenas audible por encima del barullo que había a su alrededor. Coronó sus labios con una tímida sonrisa—. Pero ya sabía que bordarías el papel.

—Gracias. —«Te quiero», pensó de golpe.

Permanecieron separados unos pasos, incómodos. Tenían tantas cosas que decirse... pero por lo visto ninguno de los dos sabía por dónde empezar.

Griff se aclaró la garganta.

—Ya veo que has decidido empezar a buscar esos pasajes picantes de Shakespeare sin mí.

Ella no tuvo oportunidad de contestar, ya que un joven se colocó en medio de los dos y acto seguido le entregó un ramo de flores medio marchito con brusquedad.

—¡Señorita Laplace, habéis eclipsado a todos!

Sin saber qué más hacer, ella tomó las flores y murmuró otro «gracias», a pesar de que en esta ocasión su voz sonó casi mecánica.

El joven clavó la vista descaradamente en su escote.

—Algunos miembros de la compañía han aceptado venir a cenar con nosotros, a la taberna Crown and Anchor, y nos encantaría que os unierais al grupo.

—No, yo...

—No aceptamos un no por respuesta, ¿a que no, Darnley? —Otro joven se acercó a ellos. El primero le guiñó el ojo a Rosalind—. Hay otras dos actrices que han aceptado. Tenéis que venir. Nos lo pasaremos muy bien.

Ella miró a Griff, pero él permanecía a un lado en silencio, mostrando una reserva muy poco propia de él. A pesar de que Rosalind no sabía cómo interpretar aquella falta de reacción, sabía que no deseaba salir a cenar con ese par de gallitos. Los miró con impasibilidad.

—Lo siento, pero tengo otro compromiso.

Rosalind hizo un movimiento para apartar a los dos jóvenes y acercarse a Griff, pero el gallito que se llamaba Darnley deslizó el brazo por su cintura.

—Por lo menos dadnos la oportunidad de intentar convenceros.

—Me parece que la dama te ha dicho que no está interesada, Darnley —gruñó Griff al tiempo que daba un paso adelante para agarrarla por el brazo—. Ya se ha comprometido conmigo, así que ¿por qué tú y Jenkins no vais a buscar a otra actriz para divertiros?

Darnley miró a Griff con cara de estupefacción.

—¡Knighton! ¡Viejo amigo! Te pido perdón. No te había visto.

Griff lo miró con el ceño fruncido hasta que Darnley bajó el brazo y propinó un empujón a su amigo para alejarse lo más rápido posible, refunfuñando.

—¿Podemos hablar a solas? —le preguntó Griff en voz baja—. Kemble me ha dicho que podemos usar su despacho. Bueno, eso si quieres venir conmigo.

—Por supuesto que sí.

Aquel repentino cambio en su actitud —tan educado y considerado— la inquietó. Rosalind dejó que él la guiara a través del largo pasillo hasta unas escaleras, pero su silencio la tenía tan intrigada que al final no pudo contenerse.

—Gracias por haberme defendido de ese par.

—Sabes quiénes son, ¿no? —le dijo él con evidente tensión en la voz.

—No tengo ni idea.

—Darnley es el marqués de Darnley. Y su compañero es el capitán Jenkins, su primo. Los dos estudiaron en Eton conmigo. —La fulminó con la mirada—. Quizá ahora te arrepientes de haber rechazado su invitación.

—No seas ridículo. —Deliberadamente, lanzó el ramo de flores al suelo—. No habría dejado que se tomaran tanta confianza conmigo si no me hubieran pillado desprevenida.

—¿Pillarte desprevenida? —gruñó él. Repasó con una mirada severa su ligero atuendo, y sus ojos se achicaron cuando se posaron en su generoso escote—. No veo por qué. Este traje está diseñado para conseguir que la mitad del público masculino se postre a tus pies.

Encantada con aquella muestra de celos, Rosalind esbozó una tímida sonrisa.

—Me lo ha prestado la amiga de mamá, la señora Inchbald.

—Creo que será mejor que hable con esa mujer, si tu intención es seguir usando sus trajes.

Rosalind notó que el corazón se le encogía en un puño. Eso

no parecía una nueva petición de mano. Pero entonces, ¿por qué estaba Griff allí, deseando hablar con ella en privado?

Tan pronto como alcanzaron el despacho del señor Kemble y entraron, él le soltó el brazo, y con ello incrementó el nerviosismo de Rosalind. Griff se alejó y se dirigió al escritorio del señor Kemble, donde depositó la cartera que llevaba. Por un momento, permaneció quieto, de espaldas a ella, incrementando la sensación de inquietud de Rosalind mientras él seguía en silencio.

La estancia estaba fría, a pesar de que el fuego crepitaba en la chimenea. Nerviosa, Rosalind se frotó sus antebrazos desnudos al tiempo que intentaba comprender la actitud de Griff. Esperaba recriminaciones, acusaciones, y desde luego más intentos de seducirla. No aquel silencio tan anormal. No por parte de Griff. Entonces él se dio la vuelta para mirarla, y Rosalind contuvo el aliento al ver el evidente dolor en su expresión.

—Quiero que sepas —empezó a decir él—, que he pasado los últimos días familiarizándome con mi lado más oscuro. Jamás lo había hecho, pero después de que tu padre me lo mostrara con un espejo, y luego tú, y finalmente mi madre, no podía ignorar la imagen. Confieso que lo que he descubierto ha sido realmente desagradable. Resentimientos ocultos en lo más profundo de mi ser que no sabía ni que existían; vanidades expuestas a la luz del sol de una forma tan abominable que ni tan solo soportaba reconocerlas.

—Oh, Griff... —lo interrumpió ella, pero él la hizo callar con un brusco gesto con la mano.

—Déjame que me desahogue antes de que intervengas, por favor.

Rosalind asintió, aunque lo que realmente quería no era hablar sino rodearlo con sus brazos y besarlo hasta curar todas sus heridas.

Él desvió la vista hacia la ventana cubierta por la cortina que había al lado derecho de Rosalind, como si no pudiera reunir el suficiente coraje para mirarla directamente a los ojos.

—Una de las cosas que más me han horrorizado ha sido constatar que tú tenías razón, en todo; sobre mi ambición, mi egoísmo, todo. No te habías equivocado en mis razones para querer que la Knighton Trading triunfara. Me di cuenta la misma mañana que me abandonaste, cuando soñé...

Griff hizo una pausa. Se frotó la nuca y esbozó una mueca grotesca antes de proseguir.

—Bueno, digamos que tuve un sueño que me ayudó finalmente a comprenderme mejor. Dijiste que yo quería dar una lección a todos aquellos que me habían llamado bastardo, que quería que ese título se reconociera públicamente para poder restregárselo por las narices a todos aquellos que me habían menospreciado injustamente. Tenías razón. Quería vengarme de los que me habían atormentado durante mi infancia, un montón de niños que ya hace años que no he vuelto a ver ni me importan. Ese era realmente mi objetivo: una estúpida necesidad de batir a un montón de niñatos de Eton, como Darnley y Jenkins, una imperiosa necesidad de demostrarles que yo era mejor. Para conseguir mi objetivo, estaba incluso dispuesto a actuar como un niño malcriado y egoísta.

Rosalind no había pensado que sus palabras lo hubieran afectado tanto. Él parecía tan furioso aquella noche...

Un músculo se tensó en la mandíbula de Griff.

—Finalmente me he dado cuenta de que todas mis esperanzas respecto a la delegación a China se reducían a eso. En realidad, la Knighton Trading funciona bien sin tener la necesidad de abrir nuevos mercados, y yo lo sabía. No quería admitirlo, pero lo sabía. —Volvió a clavar la mirada en la cara de Rosalind—. Y su dueño, un hombre hecho y derecho, y no un niñato malcriado, debería haberse dado cuenta de lo despreciables que eran sus planes. Tú te diste cuenta. Daniel también. Incluso tu padre también lo vio. La parte de mí que todavía tenía un poco de conciencia también se daba cuenta, porque de no ser así jamás te habría pedido que te casaras conmigo sin revelarte lo del certificado. Sin embargo, no presté atención a mi conciencia hasta que me abandonaste.

Rosalind contuvo la respiración, emocionada por las palabras con las que Griff acababa de expresar su remordimiento. Virgen santa, lo amaba tanto...

—He venido a decirte que ahora soy plenamente consciente de ello, que me doy cuenta y que lo lamento, y para pedirte perdón por todos los problemas que te han causado mis planes. Además, he venido para darte algo. —Volviéndose hacia el escritorio, sacó unos papeles de la cartera. Luego volvió a darse la vuelta hacia ella y se los ofreció.

Sin saber qué podía esperar, Rosalind aceptó los papeles con un gesto desconfiado.

—Seguro que reconoces el documento que está encima de todo —explicó Griff con una voz ronca—. Es el certificado. Tengo el permiso de mi madre para entregártelo. —Cuando ella alzó la vista para mirarlo a los ojos, perpleja, Griff añadió con una triste sonrisa—: Ya ves, una de las cosas que me has enseñado ha sido que debía consultar a todas las partes implicadas, en vez de perseguir mis planes como si fuera el único afectado. Puesto que el certificado era de mi madre antes de que tu padre lo robara, pensé que ella tendría algo que decir sobre el uso que hay que darle. Ella ha accedido a entregártelo.

A Rosalind se le cerró la garganta y unas lágrimas de alegría se le escaparon a traición mientras contemplaba el documento que había causado tantas desgracias y tristeza a tanta gente.

—Lo necesitarás cuando tu padre fallezca —continuó él—, para poder ejecutar el segundo documento que tienes en las manos.

Movida por la curiosidad, Rosalind tomó el siguiente documento y lo leyó sin pestañear. Era un contrato, escrito en la típica e impenetrable jerga legal.

—El documento os asigna como propietarias de Swan Park a ti y a tus hermanas cuando tu padre fallezca y yo herede las tierras. —Cuando ella alzó la vista rápidamente para clavarla en sus ojos, Griff añadió con un tono que denotaba su claro remordimiento—: Era la única vía legal para conseguirlo. Como sus hijas, no podéis heredar la propiedad, y solo después de que se demuestre que yo soy el legítimo heredero puedo entregároslas. Pero si usas el primer documento para probar que soy el heredero legítimo, entonces podrás ejecutar el segundo documento, que os permitirá a las tres hermanas recibir la propiedad de mi parte como un regalo.

Rosalind se había quedado sin habla. ¿Era posible que ese hombre fuera el mismo que había urdido una maquiavélica farsa para recuperar el título que le había sido robado? ¿Era posible que él estuviera no solo dispuesto a rechazar el título, sino también las tierras y todo lo que eso conllevaba?

Como si Griff se diera cuenta de su desconfianza, dijo:

—Todo es legal, te lo aseguro. —Le dedicó una sonrisa apagada—. Me he pasado las últimas horas con mi procurador y sus secretarios para que lo redactaran a tiempo para esta noche, pero es legal. Si no me crees, llévalo a un abogado o...

—Te creo. —De repente, el miedo se apoderó de su pecho, y su corazón empezó a latir desbocadamente—. ¿Pero esto... esto significa que ya no quieres casarte conmigo?

—Ahora llegaremos a ese punto. —Un desolado padecimiento se reflejó en sus ojos—. Quiero casarme contigo, más que nunca. Pero quiero que tú me aceptes porque me quieres. Sé que no puedes elegir libremente si te sientes abrumada por el peso de la responsabilidad de proteger a tus hermanas. Si eres propietaria de Swan Park, entonces podrás elegir libremente. Si no te casas conmigo, este documento te permitirá... —su voz se quebró levemente— continuar con tu carrera de actriz si quieres, o dedicarte a gestionar tus tierras. Sea como sea, tú y tus hermanas tendréis un hogar. Es un pequeño detalle que te ofrezco para enmendar mi... comportamiento inicial.

Rosalind no podía soportar que él siguiera incriminándose de esa manera feroz.

—Por favor, Griff...

—Déjame acabar, por favor. —Él entornó los ojos, como si intentara aunar fuerzas para proseguir. Cuando continuó, su tono denotaba su intenso sentimiento de culpa—. Entre las duras verdades que he aprendido en estos últimos días, la que más me pesa es saber que te he tratado a ti y a tu familia mal, muy mal. Quizá tu padre lo merecía, no lo sé, pero vosotras no. Te he manipulado, te he mentido, y te he seducido, y a pesar de todo eso, tú me has perdonado. No he parado hasta que no he conseguido el certificado que me declara legítimo heredero de ese maldito título, un título que en realidad no necesito, pero que pensaba que necesitaba.

Griff se echó hacia atrás para apoyarse en el escritorio, aferrándose a los cantos hasta que los nudillos se le quedaron blancos.

—Probablemente no te sorprenderá saber que yo no me

daba cuenta de que estaba actuando indebidamente, hasta que tú te marchaste de Swan Park. Entonces me dije que si una mujer se mostraba tan herida por mis acciones como para arriesgarse a graves peligros e incertidumbres con tal de librarse de mí, eso significaba que tenía que estar totalmente desesperada. Y yo te he llevado a esa desesperación. Yo te he alejado de mí.

Con la vista fija en un punto detrás de ella, Griff continuó con la voz entrecortada:

—Entonces fue cuando lo entendí todo. Me dijiste que no sabía amar. Bueno, al menos en eso te equivocaste. Quizá no supe hacerlo antes, pero ahora sí. —La miró directamente a los ojos, con una gran solemnidad—. Te quiero. Siempre te querré. Cuando te marchaste, me entró pánico a perderte. Para mí eso era mucho más importante que el dichoso certificado o que la delegación a China. Me importaba más que la Knighton Trading.

Rosalind pensó que el corazón le iba a estallar de emoción y por el incontenible amor que sentía por él, sin embargo, Griff todavía no había acabado, y ahora ella deseaba desesperadamente escuchar el resto de la confesión.

Griff se apartó del escritorio y se acercó a ella con una solemne determinación.

—Una vez me acusaste de tener una amante contra la que no podías competir. Pues bien, amor mío, he decidido abandonar a mi amante, por ti. —Señalando hacia los papeles que ella sostenía en la mano, añadió—: El último documento te declara propietaria de la Knighton Trading.

—¿Qué? —exclamó Rosalind, casi segura de que se trataba de una broma.

—Te entrego lo único que poseo de valor. Ahora es tuyo. Puedes mantenerme como gerente o administrador o lo que te parezca. O despedirme. Tú eliges.

—Amor mío...

—Si eliges casarte conmigo, por supuesto, la Knighton Trading volverá a pertenecerme por el hecho de ser tu esposo, aunque la verdad es que no me importa; tú todavía tendrás capacidad de decisión en todas las actuaciones. De ese modo no tendrás que preocuparte de que la compañía signifique más para mí que para ti. Y si decides que no quieres casarte conmigo... —Griff desvió la vista, como si esa posibilidad le resultara demasiado dolorosa como para contemplarla—, entonces nada de esto importa. Porque en estos últimos días he descubierto que sin ti, mi vida carece de sentido. Por lo menos de este modo tendré la satisfacción de saber que te he entregado algo con el suficiente valor como para garantizarte un futuro feliz.

—¿Un futuro feliz? —Rosalind miró al hombre atormentado al que amaba profundamente, el hombre que había tenido el coraje de enfrentarse a sus propios fantasmas por ella. Ahora era el turno de Rosalind. Sin dudarlo ni un instante, avanzó hacia la chimenea y tiró el documento referente a Swan Park al fuego—. Ya te dije una vez que la idea de encargarme de Swan Park no me hacía feliz.

Mientras el documento se quemaba entre las llamas, Rosalind sintió que se le aligeraba el corazón. Acto seguido, lanzó el documento relativo a la Knighton Trading, y notó que aún se sentía más aliviada, casi como flotando, como el humo que se elevaba a causa de la desintegración de todos sus miedos.

—Y estoy completamente segura de que dirigir una compañía mercantil, aunque solo fuera como tu socia, tampoco me haría feliz.

En cuanto al certificado, lo dobló cuidadosamente y se lo guardó en la cincha de su falda.

—Esto, en cambio, sí que me lo quedo. —Con el corazón desbocado de alegría, se acercó a Griff, que la miraba con inseguridad—. Lo necesitaremos para nuestro hijo algún día, ¿no te parece?

Mientras la esperanza suavizaba las facciones de Griff, ella apresó la cara de su amado entre sus manos.

—Solo hay una cosa que deseo para ser feliz en la vida, y no se trata de tu riqueza. Pero solo tú puedes dármelo. De hecho, es la única cosa que quiero de ti.

—¿De qué se trata? —resopló él, inquieto, clavando sus adorables ojos azules en sus labios.

—Tú. Tu corazón. Tu amor. Tu...

Griff la estrechó con fuerza entre sus brazos y la besó con dulzura, con un beso que prometía más amor del que ella habría podido esperar de cualquier hombre. Cuando Griff se apartó, el mismo amor resplandeció en su adorable cara.

—Lo tienes. Te doy todo mi amor —declaró sinceramente—. Mi riqueza, mi corazón, mi amor. Cásate conmigo, y te dejaré hacer lo que quieras; corretear por el escenario, gestionar Swan Park, o pasarte todo el día tumbada mientras yo te cebo a base de tartas de manzana. Pero no vuelvas a dejarme, amor mío, porque no puedo soportar la idea de vivir sin ti.

—Ni yo tampoco. —Rosalind empezó a darle besos por las mejillas, la barbilla, la frente. Radiante de alegría, ahora que había conseguido barrer todas sus inquietudes. Él la amaba tanto que estaba dispuesto a sacrificarlo todo por su felicidad. ¿Cómo iba una mujer a resistirse a un hombre así?

Rosalind se echó hacia atrás para regañarlo en broma.

—¿Sabes? No era necesario que hicieras todo esto. Cuando te he visto en el teatro, me he dado cuenta de que nunca más podría apartarme de ti, y de que en realidad nunca quise apartarme de ti.

Su declaración le valió otro beso, solo que esta vez Griff parecía tener la intención de permanecer para siempre pegado a su boca, adorándola, conquistándola... amándola. Y como siempre, cuando finalmente se apartó de ella, a Rosalind le temblaban las rodillas como un flan.

—Espero que te des cuenta de lo que significa para mí casarme contigo, amor mío —la previno él—. Ya que estoy decidido a mantener el secreto de tu padre, en público he de fingir que sigo siendo lo que he sido hasta ahora. Así que te casarás con un hombre al que todos llaman bastardo y desalmado. Sin lugar a dudas, un tipo nada digno de la hija de un conde, ante los ojos de todo el mundo.

—¿Y a quién le importa lo que opine la gente?

Griff la miró con ternura.

—Lo único que me importa es que aceptes casarte conmigo.

Ella escrutó su cara pero solo detectó cierto temor, y eso la acabó de reconfortar.

—Entonces me siento completamente satisfecha. —Sonrió—. Además, los dos somos buenos actores, así que podemos desempeñar cualquier papel. Mientras seas mi esposo en privado, no me importa qué otro papel desempeñes en público. Ambos sabemos la verdad.

Colocando la mano sobre el pecho de su amado, añadió:

—En cuanto a lo de ser un tipo desalmado, retaré a cualquiera que se atreva a decirlo. Ya que finalmente he descubierto que Daniel tenía razón. Hasta ahora no sabías que tenías corazón, pero lo tienes. Desde luego que sí, mi amor, siempre lo has tenido.

—Y es tuyo —declaró él mientras le estrujaba la mano con amor—. Siempre será tuyo.

Epílogo

Medianoche ha sonado con lengua de hierro.
Acostaos, amantes: es la hora de las hadas.
Por la mañana, lo sospecho,
dormiremos todo lo que hemos velado en esta noche.
Esta tosca función ha burlado
el paso lento de la noche. ¡Acostémonos, amigos!

El sueño de una noche de verano,
WILLIAM SHAKESPEARE

*G*riff estaba tomando un sorbo de champán en un extremo de la terraza de Swan Park mientras observaba cómo su esposa entretenía a los invitados con divertidas anécdotas sobre su trayectoria como actriz. Una carrera que tan solo había durado tres semanas. A pesar de que había decidido apartarse de los escenarios, Rosalind todavía sabía cómo cautivar a su audiencia.

Por lo visto, ella misma se había dado cuenta de que no le gustaba ser actriz. Durante los ensayos de su segunda obra, a menudo le había expresado su frustración por tener que soportar que le dieran órdenes todo el rato, y en más de una ocasión le había plantado cara a Kemble.

Griff sonrió. Nadie podía decir que su esposa fuera dócil, de eso no le cabía la menor duda. Ni holgazana. Ya había empezado a hacer grandes planes para su nuevo papel de mecenas del teatro. Kemble seguramente estaba en el séptimo cielo al pensar en todo el dinero que lady Rosalind pretendía invertir en el Covent Garden, pero pronto se enteraría de que ese dinero tenía un precio: soportar la lengua mordaz de la señora Knighton.

Daniel se le acercó, siguió su mirada y sonrió.

—Ya estás pensando en la noche de bodas, ¿eh? Esa chica todavía te tiene atrapado por las pelotas.

Aquel día ni siquiera Daniel podía enturbiar su buen humor.

—Disfruta a mi costa mientras puedas, amigo mío, porque algún día tú también caerás en las redes de una mujer. No obstante, solo espero que la afortunada te haga sudar la gota gorda antes de darte el sí. De ese modo tendré la oportunidad de vengarme por todos tus comentarios malévolos.

—Pues seguramente tendrás que esperar una eternidad.

Griff lo miró con asombro.

—¿No me dijiste aquella vez que nos peleamos en el despacho que tu intención era casarte algún día?

—Probablemente sí. Un hombre necesita que una mujer cuide de él cuando se cansa de ir de putas. Pero no será tan sencillo encontrar a la mujer ideal, y el hecho de ser un pobre diablo bastardo seguramente no juega a mi favor.

—¿Qué me dices de las dos hermanas de Rosalind? Si no recuerdo mal, dijiste que eran unas verdaderas damas. Y a las dos les gustas.

Daniel resopló con cansancio.

—A lady Juliet solo le gusto cuando no tengo intenciones amorosas. Pobrecilla, por lo visto le aterra mi estatura. Y en cuanto a lady Helena...

Daniel echó un vistazo hacia Helena, que permanecía apartada de todos los demás, departiendo relajadamente con la madre de Griff. Por un momento, sus ojos adoptaron un cariz intenso y oscuro, que rápidamente se trocó en una mirada de resignación.

—Esa mujer ni siquiera mostró el más mínimo interés en mí cuando fingí ser tú, así que ahora que sabe que no soy más que el hijo de un salteador de caminos, ni se le ocurrirá pensar en mí como posible pretendiente. —Rio bruscamente, tomó un sorbo de champán antes de concluir—: Además, ¿qué hombre en su sano juicio querría por esposa a una mujer tan altanera como ella?

Griff achicó los ojos como un par de rendijas. Miró primero a Daniel y luego a Helena, justo en el momento en que ella lanzaba a Daniel una mirada furtiva y luego se ruborizaba y apartaba la vista rápidamente al ver que él la miraba con ese absoluto descaro, devorándola con los ojos. Griff sonrió socarronamente. Así que el viento soplaba en aquella dirección, ¿eh? Quizá tendría la ocasión de burlarse de Daniel antes de lo previsto.

Griff entregó su copa vacía a un lacayo que pasó por su lado.

—Por lo menos, parece que Helena y mi madre han hecho buenas migas. Qué bien. Así mi madre no se aburrirá durante su estancia. Swanlea la ha invitado a quedarse con la familia mientras Rosalind y yo estamos de luna de miel por Europa. Después de todo, hacía tantos años que mi madre no pisaba estas tierras... Además, ella todavía tiene familia en Stratford.

—¿No te importa verla aquí, con él? —se interesó Daniel, señalando con la cabeza hacia el viejo conde, que estaba sentado en el sillón en el que lo habían bajado desde su alcoba.

Griff observó al anciano, pero no sintió ni rastro de la ira que lo había consumido antes tan fieramente.

—No, la verdad es que no. Creo que ha llegado el momento de olvidar el pasado. De que todos olvidemos el pasado. —Con una sonrisa, desvió la vista hacia su esposa, que estaba radiante con aquel vestido azul intenso que había elegido para el día de su boda—. Ahora estoy más interesado en el futuro que en el pasado.

La multitud alrededor de Rosalind se dispersó, atraída por la música que había empezado a sonar bajo las carpas de lona dispersas por el jardín. Como si se diera cuenta de que él la estaba observando, Rosalind alzó la vista, y su cara se iluminó de amor. Rápidamente, enfiló hacia él como Atenea siguiendo la flecha que acababa de lanzar a su amado en el corazón.

Cuando llegó hasta él, hundió la mano en el ángulo recto que formaba el brazo de su esposo y alzó la vista para mirarlo con ojitos pícaros.

—Espero que no estéis urdiendo ninguna nueva estrategia para la Knighton Trading. Sé que Daniel ocupará tu lugar durante las semanas que estemos en Europa, pero me niego a que mi esposo hable de negocios el día de nuestra boda.

—¡Dios nos libre! ¡No me atrevería! —resopló Griff, entre

risas—. Conociéndote, serías capaz de ir a buscar la vetusta espada y esperarme detrás de algún arbusto. —Bajó la voz, pero no tanto como para que Daniel no pudiera oírlo—. Del mismo modo que mi espada te está esperando en su vaina.

Rosalind se puso colorada.

Daniel esbozó una mueca de fastidio.

—Sé cuándo estorbo. —Miró hacia las mesas repletas de manjares—. Me parece que veo una pierna de cordero que está pidiendo a gritos que alguien vaya a comérsela, y no quiero hacerla esperar.

Mientras el gigantón se alejaba en dirección a una de las carpas de lona, Rosalind le estrujó el brazo a Griff con fuerza.

—¡Eres incorregible! ¡Y encima delante de Daniel! ¡Has avergonzado a ese pobre chico de una forma intolerable!

—¿Que lo he avergonzado? ¡No seas ridícula! —Griff la repasó con una mirada lujuriosa, embriagado por aquel cuerpo regio y seductor—. Además, creía que te gustaba mi comportamiento rudo. No pretenderás que cambie simplemente porque me haya casado contigo, ¿verdad?

—¡Por supuesto que no!

Cuando él se rio a carcajadas, ella volvió a ruborizarse, pero se le acercó un poco más. Griff apoyó una mano sobre la suya y empezó a acariciarle la muñeca por encima del guante con su dedo pulgar. A pesar de que él sonreía y saludaba cortésmente a los invitados, toda su atención estaba puesta en su adorable esposa: la mujer que veneraba, la que le había robado el corazón.

Y la mujer que deseaba con locura. Por culpa de todos los preparativos de la boda, llevaban varias semanas sin hacer el amor, así que Griff soñaba con su noche de bodas como cualquier otro recién casado.

La miró de soslayo.

—No te preocupes, amor mío, no pienso reformarme. Y te aseguro que no pienso en otra cosa que en esta noche —bromeó entre susurros—, y en probar esa forma de hacer el amor que despertó tu curiosidad en el despacho de tu padre hace unas semanas.

Ella miró furtivamente por encima del hombro de Griff, pero no había nadie tan cerca como para oírlos.

—¡No me digas! ¡Me encanta la idea! —respondió provocadoramente.

—Aunque te aseguro que existen muchas otras formas. «¿Dejaréis que me siente en vuestro regazo, milady?»

—¡Griff Knighton! ¡Deberías avergonzarte de ti mismo! —le reprochó en un tono burlón—. ¿Cómo se te ocurre citar ahora una de las insolencias de Shakespeare? ¿Es que no tienes ni una pizca de decencia?

—Contigo no, amor mío. —Le estrujó la mano cariñosamente—. Tal y como ya te dije en una ocasión, los bastardos somos unos tipos obscenos. Y cuando se trata de ti, me temo que siempre me comportaré como un verdadero bastardo en la cama.

Ella se echó a reír.

—¡Entonces brindo por los bastardos!

Nota de la autora

Un año después de los sucesos que acontecen en mi novela, partió una delegación a China que abrió el mercado de ese país a Inglaterra. Me gustaría creer que Griff formó parte de ella.

La señora Inchbald fue realmente una actriz y dramaturga de esa época. Que yo sepa, no me he tomado ninguna libertad a la hora de relatar detalles de su vida. Su relación con John Kemble fue muy íntima hasta que ella falleció, una relación que se inició cuando su esposo, Joseph Inchbald —que era un poco tarambana— murió. Es un personaje fascinante que ha sido redescubierto por los historiadores hace poco.

En cuanto a la boda de los padres de Griff en Gretna Green, es verdad que existieron casos judiciales en los que se litigó si ciertos matrimonios eran lícitos o no. El objetivo de muchas de esas disputas era salvar el honor de las mujeres implicadas; una familia podía acusar al recién casado de ser un cazafortunas que había secuestrado a su hija para obtener la dote de la doncella a partir de un matrimonio forzado. La legalidad de la boda de Kitty Barnes con lord Cochrane, el heredero del conde de Dundonald, sin embargo, se litigó entre sus hijos para decidir quién era el heredero legítimo de la fortuna y del título de la familia cuando su padre falleció. El matrimonio fue ratificado gracias al testimonio de Kitty. Pero yo deseaba escribir sobre lo que podría haber pasado en el supuesto de que un matrimonio similar no hubiera sido ratificado por el sistema judicial.

Un amor peligroso
SE ACABÓ DE IMPRIMIR
EN UN DÍA DE OTOÑO DE 2011,
EN LOS TALLERES GRÁFICOS DE EGEDSA
ROÍS DE CORELLA, 12-16, NAVE 1
SABADELL (BARCELONA)